संजय मनहरण सिंह

संजय मनहरण सिंह का जन्म 28 दिसम्बर, 1970 को मानपुर, शहडोल, मध्यप्रदेश में हुआ। उन्होंने 'इतिहास' और 'ग्राम विकास' में परास्नातक और स्पेनिश-हिन्दी अनुवाद में एडवांस डिप्लोमा किया। नौकरी के सिलसिले में दिल्ली, रायगढ़, मुम्बई, बंगलुरु और वर्धा आदि शहरों में रहे। फिलहाल महात्मा गांधी अंतरराष्ट्रीय हिन्दी विश्वविद्यालय से स्वैच्छिक सेवानिवृत्ति लेकर रायगढ़, छत्तीसगढ़ में निवास। 'देह की लोरियाँ' उनका प्रकाशित कविता-संग्रह है।

'कथादेश', 'पक्षधर', 'परिकथा', 'कथाक्रम', 'वागर्थ' आदि पत्रिकाओं में उनकी कहानियाँ और कविताएँ प्रकाशित हैं। विपाशा अखिल भारतीय कहानी प्रतियोगिता में प्रथम पुरस्कार से पुरस्कृत।

ई-मेल : perjs@rediff.com

ख्वाब सा कुछ

संजय मनहरण सिंह

लोकभारती पेपरबैक्स

लोकभारती पेपरबैक्स में
पहला संस्करण : 2024

लोकभारती पेपरबैक्स : उत्कृष्ट साहित्य के लोकप्रिय संस्करण

लोकभारती प्रकाशन
पहली मंजिल, दरबारी बिल्डिंग, महात्मा गांधी मार्ग
प्रयागराज-211 001
द्वारा प्रकाशित

शाखाएँ : 1-बी, नेताजी सुभाष मार्ग, दरियागंज, नई दिल्ली-110 002
अशोक राजपथ, साइंस कॉलेज के सामने, पटना-800 006
1, अनमोल सोराबजी संतुक लेन, धोबी तलाव, मरीन लाइंस, मुम्बई-400 002

वेबसाइट : www.lokbhartiprakashan.com
ई-मेल : info@lokbhartiprakashan.com

विकास कंप्यूटर एंड प्रिंटर्स
ट्रॉनिका सिटी-201 102
द्वारा मुद्रित

मूल्य : ₹350

KHWAB SA KUCHH
Novel by Sanjay Manharan Singh

ISBN : 978-81-19996-77-3

पिता मनहरण सिंह की
स्मृति को समर्पित

क्रम

नरक दरवाजा

कमरे की सीलन की बू से बेखबर बाबा चुपचाप बिस्तर पर लेटा हुआ था। छत पर लगे मकड़ी के जालों की तरह वह स्मृति के जाले में खुद को उलझा महसूस कर रहा था। उसकी आँखों की सफेदी में विस्मृति का धूसर रंग कहीं-कहीं नजर आ रहा था।

उसे लगा कि वह मृत्यु के पहले वाली उदासी और पीड़ा से जूझ रहा है। नरक में दी जाने वाली यातनाओं की तरह अस्थियों को तोड़ती यह प्रतीक्षा। किसकी प्रतीक्षा नहीं मालूम। अपनी अप्रतीक्षा में पड़ा बाबा अपने आभासी दुखों से घिरा हुआ था।

उसकी आँखों के सामने स्मृति का धुआँ इधर से उधर जाने लगा, जिसके झुटपुटे में उभरती हरिया की आँखों की गहरी खामोशी जो चाहकर भी न चीख पाती। चेहरों का कोलाज तेजी से आने-जाने लगा। फुसफुसाहट चीख में बदल गई और फिर चीख पत्थरों में। दवाओं की परत से जीभ इच्छाहीन और माथा हताशा से गर्म हो गया था।

उसकी पीठ पर दर्द और प्रतीक्षा के घाव उभर आए थे। उसकी नजरों के सामने एक भ्रूण नाचने लगा। वह किसी तितली की तरह उसके चेहरे के सामने उड़ रहा था। वह घबरा गया। वह डर गया। उस भ्रूण को अपने चेहरे के सामने से भगाने के लिए वह हवा में हाथ हिलाने लगा।

उसका हाथ ऐंठबहार के चेहरे पर जा लगा जो पास ही खड़ा अपने दादा के पागलपन को देख रहा था। ऐंठबहार बाबा के कान के पास झुका और चीखकर बोला, "मैं हूँ बाबा।"

बिस्तर की दबोच में ना जाने वह कब से पड़ा था, उसका बाबा को अन्दाजा नहीं था। वह सोचने लगा। शायद जन्म से। वह किसी भ्रूण के खयाल भर से ही घबरा जाता था। उसके सिर के बाल झड़ रहे थे, जैसे देह अपनी किस्तें वापस माँग रही हो। देह ने त्वचा की कसक भी ले ली थी।

आँखों में नींद की बजाय सिर्फ स्मृतियों की आवाजाही थी। वह धोखा और हकीकत में फर्क करने की ताकत खोता जा रहा था। उसे लगा कमरे में पैखाना की बू है। सच में कमरे में बू थी।

उस बू से ऐंठबहार के नाक की बेहद पतली और झीनी रगों में दबाव बढ़ गया। उसकी नाक से खून की धार बहने लगी। वह तेजी से उस नरक दरवाजे वाले कमरे से बाहर आया। उसे देखकर शान्ता ने कहा, "ये गर्मी का मौसम आते ही तुझे ऐसा होता है।" उसने ऐंठबहार को भीतर के शयनकक्ष की खाट पर लिटा दिया, जिसे हरिमन वडयार का कमरा कहता था।

शान्ता ने ऐंठबहार की नाक पर प्याज का टुकड़ा काटकर लगा दिया। ऐंठबहार जोर-जोर से साँस लेने लगा। प्याज की तीखी गन्ध से उसकी आँखों में नमी आ गई। उस नमी की झिलमिल के पीछे से उसने ऊपर छत की ओर देखा, जहाँ गुलाबी रंग की साड़ी कीलों से ठोंककर लगाई गई थी। उस साड़ी पर बने फूल देखकर लगता कि अब गिरे कि तब। वह उन फूलों की बारिश होने के इन्तजार में सो गया।

*

कस्बे के बीच स्थित मटकी चौक का यह कच्चा घर किराये पर लिया गया था। घर के सामने जो कमरा था वह बैठक, पढ़ाई आदि के काम आता था, जिसका एक दरवाजा बाहर चौक की ओर खुलता था। पीछे जो दरवाजा खुलता था, उस दरवाजे को हरिमन ने दीवार तोड़कर बनाया था ताकि बाबा जब यहाँ लौटे तो आराम से रह सके।

उस कमरे में बाबा का पलंग, आलमारी और जरूरी सामान रखे थे। जब तक बाबा वहाँ रहता, उस कमरे में किसी को जाने की इजाजत नहीं थी, क्योंकि वह नरक दरवाजे वाला कमरा था।

वह दरवाजा नरक की ओर ले जाता था, जिसमें पापियों, झूठों और मक्कारों के लिए कई प्रकार की यातनाएँ थीं। मसलन् तेल की खौलती कड़ाही, सिर काटने वाली आरी, कोड़े बरसाते शैतान, छाती पर दौड़ने वाले काले घोड़े।

उस नरक दरवाजा वाले कमरे में बाबा अभी भी पड़ा है। नींद और ख्वाब में उलझा। उसका काला बैग पलंग के नीचे रखा हुआ है, जिसे दूर से ही घुमनाहा सूँघने की कोशिश कर रहा है। छह घंटे की ट्रेन यात्रा से उसका बूढ़ा शरीर थक चुका था। रायपुर से लौटते समय वह पूरे रास्ते फूलमती के बारे में ही सोचता रहा था। वह फूलमती की झिकझिक से नाराज होकर ही सालमोंगरा कस्बा आया था ताकि कुछ दिन अपने बेटे के घर चैन से रह सके।

लेकिन चैन नाम की चिड़िया तो कब की उड़ चुकी थी। वह बैचेन होकर चीख पड़ा, "हरामजादी!" सच में वह चीख न पाया। दरअसल वह गुरुबारी के बारे में सोच रहा था। गुरुबारी जो पैखाना के बाद अक्सर हाथ धोना भूल जाती थी। अपनी पत्नी की ऐसी हरकत पर बाबा के खून में उबाल आ जाता था।

गुरुबारी की मासूम आँखों और यौवन के सामने वह श्वान मुद्रा में आ जाता। उसकी कामनाएँ जीभ निकालकर लपलपाने लगतीं। उसकी जीभ से निवेदन का लार टपकने लगता। वह उसके साँवलेपन का शिकार हो जाता।

गुरुबारी की पुरानी धुँधली यादें उसे जारोबारो गाँव की पगडंडियों से घुमाते हुए उसके पुराने घर ले जातीं। वहाँ बीच में बड़ा-सा आँगन और चारों तरफ कमरे बने हुए थे। आँगन के बीचोबीच तुलसी का चौरा था।

घर के पीछे बाड़ी थी, जहाँ स्नानघर का पानी पौधों की क्यारियों में जाता था। स्नानघर वहीं बाड़ी में बोरियों से घेरकर बनाया गया था। बाड़ी की ओर रसोई की खिड़की खुलती थी। घर के सामने वाला कमरा ददा का था। ददा अपनी टेढ़े मुँह वाली लकवाग्रस्त पत्नी गोसइनीन के साथ रहता था। उसके पीछे के कमरे में सामान आदि रखा जाता था। आँगन के पश्चिमी हिस्से में पूजाघर था। उसके ठीक विपरीत दिशा में धान का कमरा था, जिसमें बाबा रहता था।

उस कमरे में एक खाट थी। दीवार पर चिमनी रखने का छोटा-सा आला बना हुआ था। कोने में लकड़ी का टेबल था, जिस पर गुरुबारी को दहेज में मिला नया लोहे का बक्सा रखा था। बक्से के ठीक ऊपर रस्सी में गुरुबारी के कपड़े टँगे हुए थे। कमरे में गुरुबारी अपने बाल खोलकर सुखा रही थी। उन बालों की खुशबू कमरे में फैल गई। बाबा खाट पर धीरे से उठा और पास बैठी गुरुबारी को अपनी बाँहों में भर लिया।

चिमनी के कंजूस उजाले में चूड़ियों की खनक, साँसों की झीनी आवाज और देहों की अदला-बदली होने लगी। कोशिकाओं ने होंठों और हथेलियों को पूरी तरह उकसा दिया। बाबा की हथेली गुरुबारी के चेहरे से होते हुए उसकी कमर की ओर जाने लगी, जिसे गुरुबारी ने अपनी नाभि के पास दबोचकर कहा, "आज नहीं।"

बाबा ने झट से अपनी आँखें खोली। उसने देखा आसपास कोई नहीं था। वह नरक दरवाजा वाले कमरे में अकेला पड़ा है। उसे शान्ता की आवाज सुनाई दी, जो कह रही थी, "ऐंठबहार जा बाबा को पानी दे आ।"

पीतल के लोटे में पानी लेकर बाबा सामने वाले कमरे से बाहर आ गया। सामने मटकी चौक था, जिससे पाँच दिशाओं में रास्ते जाते थे। बाबा ने लोटा जमीन पर रख दिया और सामने स्टेशन जाने वाली सड़क की ओर देखने लगा, जिस पर दोनों ओर नीलगिरी के पेड़ों की कतार थी। कुछ रिक्शेवाले उधर जा रहे थे। शायद किसी ट्रेन के आने का समय हो रहा हो।

जो सड़क थाना की ओर जाती थी, उस पर हमीद भाई की मटकी बेचने की दुकान थी। उसके बगल में पंजाबी की दुकान। आगे बढ़ई, दर्जी, नाई की दुकानें थी। सड़क के इस तरफ कोने में जरीवाले बंगाली की दुकान थी और उस दुकान से लगकर पीछे उसका घर भी था। जरीवाले के घर की एक खिड़की चौक की तरफ खुलती थी।

तीसरा रास्ता पश्चिम दिशा की ओर जाता था, जिधर जिला न्यायाधीश का बँगला था। पुराना सन्तोषी मन्दिर था। आगे बच्चों का स्कूल था, जिसके सामने पेट्रोल पम्प था, जो सीधा कोतरा गाँव की ओर जाता था। उस रास्ते पर हरिमन की एकान्त साइकिल यात्राएँ थीं।

घर के ठीक बगल से जो चौथी सड़क पीछे गौशाला की ओर जाती थी, उस रास्ते पर गुजरातियों का मकान था और गुड़ाखू बनाने का कारखाना था, जिसके गुड़ के टैंक सड़क किनारे रखे रहते थे। उस रास्ते से रोज सुबह दातून बेचनेवाली आदिवासी औरतें, कामवाली बाइयाँ, दूधवाले, लकड़ी का गट्ठा उठाए लकड़हारे, चर्च से लौटती आदिवासी लड़कियाँ, रिक्शावाले, मजदूर और धोबी आते थे।

पाँचवाँ रास्ता पांडे के घर के सामने से देवी मन्दिर की ओर जाता था। उस तरफ़ कालोनी थी, जिसमें आगे बब्बू की दुकान थी। एक कुआँ था। मन्दिर का बड़ा-सा दरवाजा था, जिस पर शेर की मूर्ति बनी हुई थी। इस रास्ते से बस स्टैंड जाना होता था।

बाबा ने घर के सामने लगे सार्वजनिक नल से अपना चेहरा धोया। फिर लोटे के पानी से कुल्ला किया। अपने कन्धे पर रखे गमछे से चेहरा पोंछा। फिर वापस घर के भीतर आया। भीतर हल्की गर्मी थी। घुमनाहा कोई किताब पढ़ रहा था। बुतरू अपनी माँ के पास वडयार कमरे में लेटा हुआ था।

शयनकक्ष में ऊपर खपरैल की छत थी, जिससे कमरे में धूल, धूप और बारिश टपक पड़ती थी। इससे बचने के लिए शान्ता ने खपरैल के नीचे की लकड़ी की बल्लियों पर पुरानी बोरी को ठोंक दिया। फिर उसे थोड़ी सुन्दरता देने के लिए अपनी गुलाबी साड़ी को उन बोरियों के नीचे लगा दिया। साड़ी की लताओं, फूलों और पत्तियों को देखकर लगता कि देखते ही रहें, और लगातार देखने के बाद एक ऐसा तिलिस्म रचता कि लगता अब सारे फूल गिरने वाले हैं।

उस भव्य गरीब कमरे में जब जीरो वाट के बल्ब की रोशनी गिरती तब आँखों में नींद का बोझ होता। थकान देह को निचोड़ने लगती। तब हरिमन शान्ता के कान में धीरे से फुसफुसाता। वह उसकी ओर करवट बदल लेती। फिर देह अपने जादू में उन्हें जकड़ लेती। प्रेम और पसीने से भीगी शान्ता बगल में लेटे हरिमन को अपनी कुहनी से हुरसते हुए कहती, "देखो न ऊपर से देव फूल बरसा रहे हैं।" दोनों प्रेम की खुशबू में लिपटे सो जाते।

शान्ता अचानक अपनी सोच से बाहर आई। उसे याद आया कि बाबा को खाना देना है। वह झट से रसोई की ओर भागी। उसने पहले चूल्हे में आग जलाई। फिर बाबा के लिए सब्जी गर्म की। धुएँ से उसकी आँखों में जलन होने लगी। उसने नमी को अपनी साड़ी के पल्लू से पोंछा। उसने बाबा को खाना परोसा। उसे देखकर बाबा को फूलमती की याद आने लगी।

उसके अन्दर खीझ उठी, "साली की मति मारी गई है।" यह सोचते ही बाबा

को हिचकी आने लगी। उसने गिलास का पानी पीया और चावल पर कटोरी की दाल उड़ेलने लगा। फूलमती तो कभी इतनी अच्छी दाल नहीं बना पाती। कभी नमक ज्यादा तो कभी पानी। उसका मन हमेशा तितली की तरह उड़ता रहता। आखिर थी भी तो बाबा से बीस साल छोटी।

वह एकदम बेपरवाह और जिद्दी थी। उसका जी करता तो खुले आँगन में नहाती। देर तक पूजा करती। बाबा का चश्मा छिपा देती। तम्बाकू की डिबिया धान की बोरी में रख देती। बाबा के काम पर जाने के समय आईने के सामने बैठकर खुद को निहारते रहती।

आईने में उसका चौड़ा माथा कत्थई दिखता। उस पर लगी बिंदिया और जामुनी होंठ। लहरदार चाल और नींदभरी आँखें। बिस्तर पर बेपरवाह पड़े रहना। साड़ी का घुटनों से ऊपर उठ जाना। बाबा उसकी साड़ी ठीक करने झुकता तो वह उसे पकड़ लेती, "आओ न इंस्पेक्टर साब।"

बाबा के सबसे महीन ठिकानों और इरादों पर उसकी चोट सरसरा जाती। फिर देहों की निकटता में त्वचा पर गर्म फफूँद उग आते। जैसे ही प्रेम की नदी में उतरने वाले होते तो ठीक उसी समय फूलमती बाबा को याद दिलाती, "आपने तो कहा था मुझे बच्चा नहीं चाहिए।"

यह सुनते ही बाबा चौंक गया। उसने देखा पास खड़ी शान्ता उसे ही देखे जा रही है। वह उठा और सामने दरवाजे से बाहर गया। सार्वजनिक नल पर हाथ धोया। फिर भीतर नरक दरवाजा वाले कमरे में जाकर बिस्तर पर पसर गया।

"बच्चा!" इस शब्द का अनुनाद उसके कान में कहीं अटक गया था। हजार डेसीबिल के सन्नाटे ने उसे घेर लिया। उसकी कोशिकाओं में भूचाल आ गया। वह जो भूल गया था उसे याद आने लगा। जो याद रह जाता है वही तो प्रेम है। यह सोचते ही उसके सामने गुरुबारी का चेहरा घूम गया। लेकिन उसे तो नफरत थी। फिर वह कैसे याद रह गई? यह सोचकर वह व्याकुल हो गया।

पलंग के नीचे रखे काले बैग से उसने तम्बाकू की डिबिया निकाली। एक चुटकी तम्बाकू अपने निचले मसूड़े के पीछे रखा और हाथ झाड़कर फिर बिस्तर पर लेट गया। गुरुबारी वहीं थी। उसकी आँखों के सामने। उसकी बन्द आँखों के भीतर। गुरुबारी जोर-जोर से हँसने लगी। वह जोर-जोर से चीखने लगी। उसके शब्द अस्पष्ट थे पहले की तरह। फिर गुरुबारी की आँखें लाल हो गईं। उसका चेहरा तनाव से भर गया, जैसा कि उसकी मौत के समय था।

*

शादी के पहले बाबा अपने नाई दोस्त के साथ उस गुरुबारी को देखने उसके गाँव गया था। हालाँकि वह नहीं जाना चाहता था। लेकिन नाई की जिद के चलते वह

राजी हो गया। गाँव के बाहर खेतों में महिलाएँ धान रोप रही थीं। उन औरतों में से कोई एक गुरुबारी थी। उन्हें खेत की पगडंडी पर रुका देखकर एक महिला सामने आई, "क्यों रे किसे देख रहे हो?"

नाई ने छूटते ही जवाब दिया, "गुरुबारी।"

खेत में धान रोपती महिलाओं ने अपना काम रोक दिया था। सब नाई का जवाब सुनकर जोर-जोर से हँसने लगीं। बाबा झेंप-सा गया।

"ये है दूल्हा।" उस महिला ने बाबा की ओर हाथों से इशारा किया। फिर सब और जोर-जोर से हँसने लगीं। उनकी हँसी में यह व्यंग्य मौजूद था। "ये भूरवा?"

महिला ने हरे रंग की साड़ी पहनी लड़की की ओर इशारा करते हुए कहा, "वो है।" धान रोपने की लिए झुकी हुई औसत कद की साँवली-सी लड़की सीधी हो गई। उसके पैर खेत के कीचड़ में धँसे थे। उसने साड़ी को घुटने के ऊपर किया हुआ था। उसकी आँखों में कोई भाव नहीं था। गाल पर गोदना से एक महीन फूल बना हुआ था। उसने काले रंग के मोटे धागे में चाँदी के सिक्केवाला माला पहना हुआ था, जो उसके वक्ष तक आ रहा था।

शादी की तैयारी में ददा खुश था। बाबा के लिए यह रिश्ता उसने ही तय किया था। शादी में पहना जाने वाला मुकुट पास के आरंग बाजार से खरीदकर लाया गया था। वह धानवाले कमरे में कोने के टेबल पर रखा हुआ था। बीच के आँगन में मजदूर घास साफ कर रहे थे। तुलसी चौरा पर पुताई कर रही कमिहाबाई बीच-बीच में रसोई की ओर देख रही थी। एक दूसरी महिला गेहूँ साफ करने पीछे बाड़ी गई थी। ददा खपरैल पलटने वाले मजदूरों को देख रहा था।

बहुत दिनों बाद घर के खपरैलों को बदला जा रहा था। बहुत दिनों बाद पूरे घर की पुताई की जा रही थी। बहुत दिनों बाद हरिया धान वाले कमरे में रो रही थी। उसके रोने में इतनी नमी थी कि दीवार तक में नमी आ गई थी। उसे रोता देखकर ददा भी रुआँसा हो गया। उसने हरिया की पीठ पर हाथ फेरा। हरिया ने अपनी साड़ी के पल्लू से आँसू पोंछ लिया।

दरअसल बाबा ही रो रहा था। बाबा ने अपने कुर्ते की बाँह से आँसुओं को पोंछा और फिर बाहर चला गया। कमरे से बाहर। आँगन से बाहर। गाँव से बाहर। अपने आप से बाहर। सारे मजदूर अपने काम में व्यस्त थे। सारे मजदूरों का ध्यान इस ओर ही था। उन्होंने बाबा को तेज कदमों से बाहर जाते देखा। उन्होंने हरिया को सुबकते हुए बाहर आते देखा।

उन्हें अपनी ओर टकटकी लगाए देखकर हरिया ने कहा, "शादी के बाद तो पराई औरत का हो जाएगा ना।" मजदूर अपने कामों में व्यस्त थे। किसी ने भी हरिया की ओर ध्यान नहीं दिया। हरिया ने घर के बहुत से काम निपटा लिए तब

तक शाम हो गई। लेकिन शाम को बाबा नहीं लौटा। देर रात वह चुपके से आया। उसके लिए हरिया ने मुख्य दरवाजे की कुंडी खुली रखी थी।

उसको अन्दर आते गोसइनीन ने देखा। उसको अन्दर आते हरिया ने भी देखा। वह जैसे ही धान वाले कमरे के भीतर गया, उसके पीछे हरिया भी गई। वह खाट पर पसर गया। कमरे की तीखी गन्ध ने उसे नींद की ओर ढकेल दिया।

कमरे के दरवाजे पर पहुँचते ही हरिया ठिठक गई। कमरे की बू दरवाजे की दरारों से बाहर आ रही थी। तेजाब-सी तीखी गन्ध। उसने खिड़की से झाँककर देखा। कमरे के भीतर अँधेरा था। हरिया पीछे पलटी। पीछे आँगन में मजदूरों ने मंडप बना दिया था।

मंडप पर सात वृक्षों की टहनियों को इस तरह व्यवस्थित किया गया था कि नीचे धूप न आए। मंडप के बीच जो बाँस लगा हुआ था, उसके नीचे एक लकड़ी का देव स्थापित था। उसके आसपास बने मिट्टी के चौरा को चावल के रंगीन दानों से सजाया गया था। मंडप के नीचे दूल्हे का हल्दी लेपन संस्कार किया जाना था।

अगली सुबह गाँव की महिलाएँ और लड़कियाँ विवाह गीत गाने आ गईं। चाय पीने के बाद उन्होंने विवाह गीत गाना शुरू कर दिया। तब भीतर के कमरे में बाबा गहरी नींद में था। गाने का स्वर और आवृत्ति धीरे-धीरे तेज और तीखी होने लगी थी। हरिया धान वाले कमरे में गई। उसने बाबा को धीरे से उठाया। वह आँख मलते उठ बैठा। गोसइनीन अपने कमरे से गाने वाली औरतों को देख रही थी।

पीछे बाड़ी में जाकर बाबा ने स्नान किया और फिर सफेद धोती पहनकर मंडप के नीचे आया, जहाँ पर गाँव की औरतें उसके इन्तजार में बैठी थीं। बाबा की कमर पर हरिया ने पुरानी कटार धोती में फँसा दी। फिर उसे जनेऊ पहनने को दिया। बाबा मंडप के नीचे उकड़ूँ बैठ गया। पास रखे हल्दी के बर्तन से महिलाएँ बाबा को बारी-बारी से हल्दी लगाने लगीं।

आँगन के चबूतरे पर बैठा नाई यह सब चुपचाप देख रहा था। मेहमानों की चहल-पहल से घर में थोड़ी रौनक आ गई थी। रसोई से खाना पकाने की खुशबू आ रही थी। मसालों की गन्ध से आँगन भर गया था। लेकिन बाबा का नथुना हल्दी की गन्ध से भर गया था। महिलाएँ उसके सिर, हाथ और पैरों में हल्दी लगा रही थीं, मानो वे उसे पुनर्जीवित कर रही हों।

गाना गाने वाली महिलाओं की तन्मयता मसालों की गन्ध से बाधित होने लगी थी। उनके गाने की आवृत्ति गड़बड़ाने लगी थी। उनकी कर्कश आवाज से बाबा के कान में खून खदबदाने लगा था। उसकी आँखों में गुस्सा साफ-साफ दिख रहा था। वह उन पर चीखने वाला था। अपनी कमर में खुँसी कटार से वह उन महिलाओं की जीभ काटने वाला था। लेकिन वह ऐसा कर न सका।

हरिया ने उसकी पीठ सहलाई और धीरे से उसके कान में फुसफुसाई, "मैंने तेरी बोतल धान की बोरी में छिपा दी है। अभी शादी तक नहीं।" बाबा चुपचाप बैठा रहा। फिर उसके बाद कौन कौन सी रस्में हुईं उसे याद नहीं। फिर कौन क्या बोला, किसने क्या किया, किसने क्या दिया, उसे कुछ नहीं मालूम।

बाबा के निचले जबड़े में दबा तम्बाकू घुलने लगा था। उसकी कड़वाहट गले की ओर जाने वाली थी कि वह पलंग पर उठ बैठा। उसने नीचे से थूकने के लिए रखे मिट्टी के बर्तन को बाहर निकाला और उसमें थूक दिया। फिर अपने पैर से उस बर्तन को धीरे से पलंग के नीचे सरका दिया।

उसके आँख मूँदते ही स्मृतियों का धोखा आने-जाने लगा। उसने देखा लोग नाच रहे हैं। चीख रहे हैं। किसी का चेहरा उसके एकदम पास आकर चीखने लगा, "शादी के दिन तो न पीता।"

फिर उसने देखा कि दूर खेत की पगडंडी पर बारात पैदल जा रही है। दुल्हन साइकिल के कैरियर पर बैठी है। साइकिल को पकड़कर कोई चला जा रहा है। उस बारात के पीछे शादी का मुकुट पहने एक व्यक्ति चल रहा है। उसने ध्यान से देखा, वह दूल्हा तो खुद बाबा ही है।

जब बाबा की बारात जारोबारो गाँव की दहलीज पर पहुँची तो उन्हें बाहर के सरकारी स्कूल के पास ही रोक दिया गया। पीछे हरिया घर में उनके स्वागत की तैयारी कर रही थी। स्कूल के पास गाँव के लोग जमा होने लगे थे। बारात के साथ गई बाजा पार्टी थककर पास ही जमीन पर बैठ गई थी। जब हरिया वहाँ पहुँची तब बारात गाँव की पतली गलियों से होते हुए घर पहुँची।

घर के पास महिलाओं का हुजूम खड़ा था। सब नई बहू देखने के लिए खड़े थे। किसी को इस बात की परवाह नहीं थी कि उनके पैरों के नीचे से गाँव का गन्दला पानी बह रहा है। ददा दूसरे रास्ते से बैलगाड़ी में सारा सामान लादकर ले आया था। गुरुबारी के साथ आई लड़की उससे बार-बार कुछ पूछ रही थी। हरिया दरवाजे पर खड़ी हो गई। दरवाजे पर आम पत्ते का लगा तोरण सूख चुका था। घर के अन्दर से मसाले की खुशबू अभी भी आ रही थी। एक मजदूर पीछे बाड़ी में बकरे का सिर काटकर बोरी में रख चुका था। दूसरा उसके धड़ की सफाई कर रहा था।

द्वार संस्कार निपटाने के बाद दोनों को मुख्य दरवाजे से अन्दर आने दिया गया। एक छोटी सँकरी गली पार करने के बाद दोनों आँगन के मुहाने पर आ गए, जहाँ उन्हें रोक दिया गया। बाबा के पीछे पीली साड़ी में लिपटी गुरुबारी की नजरें नीचे थीं। सात जन्मों के लिए बँधी दो देह पैदल यात्रा से थक चुकी थीं। सामने जमीन पर एक परात रखा था, जिसमें महूर भरा हुआ था।

हरिया ने गुरुबारी को उस परात पर दोनों पैर रखकर खड़े हो जाने को कहा। उसकी मदद के लिए आई सहेली ने उसकी पीली साड़ी को पैर से थोड़ा ऊपर

उठा दिया। वह थोड़ी देर महूर भरे परात में खड़ी रही फिर वह कदम-दर-कदम आगे बढ़ने लगी। उसके पीछे महूर रँगे पैरों की छाप छूटने लगी। ऐसा लगता मानो लाल रंग की पत्तियाँ पीछे छूटती जा रही हो।

बाबा धानवाले कमरे में जाकर बैठ गया। कमरे में पुताई की सफेदी चमक रही थी। उसने अपना मुकुट उतार दिया। उसने कटार निकालकर टेबल पर रख दी। थोड़ी देर में गुरुबारी को साथ लेकर हरिया कमरे के भीतर आई, "ले सँभाल।" इतना कहकर वह कमरे से बाहर चली गई। पीले फूल में दबी साँवली तितली की गन्ध कमरे में भर गई।

दुल्हन ने अपना घूँघट उतार दिया। उसने झिझक उतार दिया। बाबा ने उसे अपने पास बिठा लिया। उसने दुल्हन की हथेली पर अपनी हथेली रख दी। स्पर्श की चिनगारी से दोनों झुलसने लगे। कामनाएँ देह के तमाम कोने में विचरने लगीं।

वह दुल्हन को अपनी बाँहों में दबोचने ही वाला था कि बाहर एक बच्चा चीखने लगा, "वो देखो पैरों की छाप उड़कर आसमान में जा रही है।"

लाल पत्तियों से आँगन के ऊपर का आसमान भर चुका था। हवा में लहराती धीरे-धीरे ऊपर की ओर जाती लाल पत्तियाँ। बच्चे की आवाज सुनकर सब आँगन में आ गए। ददा, हरिया, गोसइनीन सब। सब ने देखा। घर में दुल्हन के पैरों की लाल छाप गायब हो चुकी थी। बाबा ने खिड़की के बाहर झाँककर देखा। ऊपर आसमान खाली था, हमेशा की तरह।

बाबा ने दुल्हन से पूछा, "तुम चुप क्यों हो?" वह धीरे से बोली, "मुझे जोरों की सू लगी है।" बाबा के साथ गुरुबारी पीछे बाड़ी में बने स्नानगृह की ओर जाने लगी। तब तक आँगन से लोग जा चुके थे। देवघर के बगल की पतली गली से होकर दोनों जैसे ही पीछे पहुँचे दोनों ठिठक गए।

स्नानगृह से किसी के फुसफुसाने की आवाज आ रही थी, "यहाँ जाँघों के बीच।" फिर अचानक लोटा गिरने की आवाज आई। फिर स्नानगृह में लगी बोरी के पीछे से गुरुबारी के साथ आई लड़की निकली।

लड़की उन दोनों को देखकर ठिठक गई। घबरा गई। उसकी साड़ी गीली थी। उसके ब्लाउज का बटन खुला हुआ था, जिसे वह हड़बड़ी में बन्द करने की कोशिश कर रही थी। उसके पीछे ददा भी आया। वह गमछा लपेटे हुए था। वह उनके पास आकर रुका और भरोसे के साथ बोला, "बस साबुन लगा रही थी।" फिर वह आगे बढ़ गया।

थोड़ी देर बाद जब गुरुबारी और बाबा धान वाले कमरे में लौटे। कमरे में टेबल पर गुरुबारी का सन्दूक रखा हुआ था। गुरुबारी ने कमरे का दरवाजा बन्द कर दिया। खिड़की से हल्की रोशनी भीतर आ रही थी। वह अपनी साड़ी ठीक

करने लगी। फिर बिस्तर पर आकर बैठते हुए उसने बाबा से पूछा, "ये महूर से पैरों की छाप लेना परम्परा है क्या?"

बाबा उसके जामुनी होंठों को देख रहा था। वह उसकी चमकीली आँखों को देख रहा था। उसने बिना नजरें हटाए ही कहा, "वो महूर नहीं बकरे का खून था।" यह सुनकर गुरुबारी को मितली आने जैसी अनुभूति हुई। उसने किसी तरह इस पर काबू पाया। फिर दरवाजा खोलकर बाहर देखा। सच में बाहर कहीं भी उसके पैरों की लाल छाप नहीं थी।

*

कुछ दिनों बाद बाबा को इलाके में हो रहे चकबन्दी के काम के लिए जाना पड़ा। उसके जाने के बाद धान वाले कमरे के एकान्त में गुरुबारी खाट पर पड़ी थी। वह सोचते हुए ऊपर छत को ताक रही थी। बाहर खिड़की से आती धूप की रोशनी में कमरे की फर्श पर एक पुरुष की परछाईं उतर आई।

उसे देखकर गुरुबारी सहम गई। वह बिस्तर से उठ गई। उसने झट से अपनी साड़ी ठीक की। उसने देखा खिड़की से ददा झाँक रहा है, "अकेले मन नहीं लगता होगा ना?" ददा की आवाज से धूप में तैर रहे धूल के महीन कण फड़फड़ाने लगे। उनमें तेज कम्पन होने लगा। ददा की आँखों की ममता गुरुबारी की त्वचा तक आने लगी। उसकी सहानुभूति खिड़की के भीतर कूद जाना चाहती थी। वह चुपचाप खड़ा रहा।

कमरे की पुताई पर उदासी का मटमैलापन चढ़ने लगा था। मकड़ी के जाले दूर कोने में बन आए थे। एकान्त उसके दिल को खुरचने लगा था। चुप्पी उसकी देह को छीलने लगी थी। वह अंगड़ाई लेती तो उसकी चूड़ियों की खनकती आवाज सुनकर ददा आ जाता और स्नेह से उसकी पीठ सहलाते हुए कहता, "बाबा की याद आ रही है ना?" वह सहम जाती। एक गर्म सरसराहट से उसका जिस्म तपने लगता। फिर वह चाहती कि कोई उसे इसी तरह सहलाता रहे।

चकबन्दी का काम पूरा कर बाबा पूरे तीन महीने बाद गाँव लौटा। उसके कपड़े थोड़े मैले हो गए थे। उसकी आँखों की चमक कम लग रही थी। धूप ने त्वचा को झुलस दिया था। उसने अपने कन्धे पर टँगे काले रंग के बैग को उतारा, जिसमें गाँवों की जमीनों के कागजात रखे थे। उसे दूर रसोई से गुरुबारी देख रही थी।

दूर खड़ी गुरुबारी की आँखों में गुस्सा था। चीत्कार था। वह रोना चाह रही थी। चाह ही नहीं रही थी वह रो रही थी। वह झट से अपने कमरे भागी। उसका भागना बाबा ने देखा। उसका भागना ददा ने देखा। उसका भागना हरिया ने देखा। उसका भागना आकाश ने देखा, जहाँ उसके पैरों की लाल छाप उड़कर कहीं बिला गई थी।

जब बाबा धानवाले कमरे में जाकर बिस्तर पर बैठ गया, तब गुरुबारी पीतल के लोटा में पानी लेकर गई। कमरे में बाबा का पसीना, एकान्त और थकान हवा में तैर रही थी। उसने लोटा जमीन पर रख दिया। उसने अपनी झिझक को जमीन पर पटक दिया। वह बाबा से लिपट गई। उसने बाबा की देह को दबोच लिया। वह सुबकने लगी।

वह बाबा से देर तक लिपटी रही और मन भरकर रोने लगी। उसका रोना बाबा के चले जाने के लिए था। उसका रोना अकेलेपन के लिए था। उसका रोना ददा की बेवजह सहानुभूति के लिए था। उसका रोना हरिया के बुढ़ापे के लिए था। उसका रोना टेढ़े मुँहवाली जेठानी के लिए था। उसका रोना सम्भोग के लिए था। उसका रोना वियोग के लिए था। पूरे तीन महीने का रोना उसने बाबा से लिपटकर पूरा किया। कमरे में दुख के सिवाय किसी और की बू नहीं थी।

उस रात जब वह रसोई के काम निपटाकर लौटी तो देखा बाबा के नथुने फूल-सिकुड़ रहे हैं। बेसुध देह। जवाँ देह। नींद से भीगी देह। उसने धीरे से दरवाजा बन्द किया। उसने खिड़की का पर्दा गिरा दिया। उसने आले से चिमनी नीचे उतार दी। बाबा के माथे पर हल्का सा चुम्बन धरा। उसकी छाती के बालों में अँगुलियाँ धँसाई। बेसुध देह। जवाँ देह। नींद से भीगी देह, सिहर उठी।

बाबा ने धीरे से अपनी पलकें खोलीं और खाट पर उठकर बैठ गया। थकान और उत्तेजना की जुगलबन्दी में उसकी साँसें गर्म हो उठी। दोनों की देह लिपट गई। चिपट गई।

गुरुबारी उस प्रेम के आवेग में चीखना चाहती थी लेकिन बाबा ने झट से अपनी हथेली से उसका मुँह दबा दिया। उसकी आँखें लाल हो गई। उसकी सारी कोशिकाएँ चरमरा गईं। उसकी आँखों में आँसू आ गए। वह रोने लगी, तब भी बाबा अपनी हथेली से उसका मुँह बन्द किए हुए था।

*

चकबन्दी के दूसरे दौर के काम के लिए बाबा फिर शहर चला गया। उसके जाने के बाद आँगन के तुलसी चौरा के आसपास फिर से घास उग आई थी। खपरैल पर धूल जमा होने लगी थी। घर की दीवार की मिट्टी कई जगहों से उखड़ गई थी। देवघर बहुत दिनों से बन्द पड़ा था।

हरिया सूखकर अस्थियों की ढेर रह गई थी। उसकी त्वचा की काली झुर्रियों को देखकर लगता मानो समुद्र के तट पर ज्वार आकर उतर गया हो और अपनी लहरीले निशान छोड़ गया हो। उसे सुनाई देना बन्द हो गया था।

बस वह पंछियों की आवाज सुन लेती थी। वह अपने कमरे में पड़े हुए चीखती, “अरे गुरुबारी कौवे आ गए हैं उन्हें बचा हुआ चावल डाल दे।” तब गुरुबारी को लगता बुढ़िया बहरी होने का स्वाँग तो नहीं कर रही है।

ददा खेत के काम से बाहर जाता फिर दोपहर तक घर लौट आता। पहले वह गाँव की चौपाल पर गप्पें मारने भी जाता था। लेकिन बाबा की शादी के बाद से वह घर में ही रहना पसन्द करता। उसे पता था कि हरिया को सुनाई नहीं देता। गोसइनीन कुछ कर नहीं सकती। और नई बहू गुरुबारी को घर के बारे में कुछ पता नहीं है।

गोसइनीन अपने कमरे में जमीन पर पड़ी रहती, जिस पर मक्खियाँ भिनभिनाती रहतीं। वह घिसटती हुए कभी बाहर आँगन में आ जाती और लेटे हुए ही वहीं फारिग हो जाती, जिससे पूरे आँगन में उसके पेशाब की बू फैल जाती। उसे इस तरह रेंगते-घिसटते देख गुरुबारी को उस पर दया आती और वह आँख मूँदकर ईश्वर से प्रार्थना करती कि इसे उठा ले प्रभु।

गुरुबारी का शरीर भी भारी हो गया था। उसे चलने में कुछ परेशानी होने लगी थी। देर तक इधर-उधर होने पर उसे अपनी कमर पर हाथ रखकर चलना पड़ता। चाल में गुरुत्वाकर्षण केन्द्र को बनाए रखने के लिए उसे अपनी धड़ को थोड़ा पीछे झुकाना पड़ता। उसकी इस हालत को देखकर ददा ने पीछे बाड़ी में उसके लिए शौच की व्यवस्था कर दी थी, "इस हालत में कोई खेत जाता है क्या?"

जब पाँच महीने बाद गुरुबारी को बेटा हुआ तो इसकी खबर सुनकर बाबा तुरन्त गाँव लौट आया। गाँव के बाहर तालाब पर नहाती महिलाएँ उसे देखकर खिलखिलाने लगीं। जब वह गाँव के भीतर मन्दिर के पास से गुजर रहा था तो बीड़ी पीते युवक उसको देखकर हँसने लगे। उनकी फुसफुसाहट वह सुन नहीं पाया। वह चुपचाप आगे बढ़ गया। चौपाल के चबूतरे पर ताश खेलते पुरुष उसे देखकर ठहाके लगाने लगे।

जैसे ही वह घर के मुख्य दरवाजे से होकर आँगन तक पहुँचा वैसे ही अपने कमरे के दरवाजे पर जमीन पर लेटी गोसइनीन ने उसे देखकर मुँह बिचका दिया। मानो कहना चाहती हो कि "अपने बड़े भाई को नहीं जानता है क्या?" लेकिन उसने ऐसा कुछ नहीं कहा। वह चुपचाप पड़ी रही। बाबा उसे अनदेखा कर धानवाले कमरे में चला गया।

कमरे में न धान था और न ही उसकी बोरियाँ थीं। कमरे में चूने की करोड़ वॉट की सफेदी जगमगा रही थी। उसके सुख का लोथड़ा गुरुबारी की छाती से चिपटा हुआ था। कोने में टेबल पर बहुत सारी चीजें रखी थीं। कपड़ा सुखाने की रस्सी पर नवजात कपड़े सूख रहे थे। वह खाट पर झुका।

गुरुबारी उसे देखकर उठना चाहती थी, पर वह उठ न सकी। उसके कमर से लेकर छाती तक बिजली की हल्की धारा आ-जा रही थी। जाँघों में दर्द की गाँठें बन आई थीं। बाबा ने उसे इशारे से लेटे रहने को कहा। करवट बदलने से बच्चे के मुँह से कुचाग्र छूट गया। बाबा ने जब बच्चे के गाल पर चुम्बन लिया तो उसकी आँखें अपने आप बन्द हो गईं, जैसे प्रार्थना के वक्त बन्द हो जाती हैं।

कमिहाबाई रोज बच्चे की गर्म सरसों तेल से मालिश करती। गोबर कंडे की आग में अपने तेल वाले हाथ तपाकर बच्चे की नाभिनाल पर लगाती। इस तरह तीन दिनों के बाद बच्चे के नाभि से जुड़ी सूखी नाल अलग हो गई। उसे देखकर हरिया ने कहा, "जहाँ नाभिनाल गिरती है वहीं मनुष्य का मन जुड़ा रहता है।"

इन सब को खाट पर बैठा ददा देख-सुन रहा था। तब गोसइनीन दरवाजे की चौखट पर अपना सिर टिकाकर धूप सेंक रही थी। बाबा धानवाले कमरे में बैठा हुआ था। हरिया ने कमिहाबाई की गोद से बच्चे को उठा लिया और उसे ददा की गोद में सौंप दिया, जैसे वह उसकी कोई अमानत उसे सौंप रही हो। ददा ने बच्चे को अपनी छाती से चिपटा लिया और आकाश की ओर देखते हुए कहा, "इसका नाम हरिमन होगा।"

उस दिन गाँव में मुनादी करा दी गई। आँगन को गोबर से लीप दिया गया। तुलसी चौरा की पुताई की गई। आँगन में उग आई घास को साफ करा दिया गया। बाड़ी की दीवार से बाहर निकलने वाली नाली को साफ कर दिया गया, जिससे वहाँ जमा गन्दा पानी पीछे खेत की ओर बह गया। नीम पेड़ की टहनियों को छाँट दिया गया।

अगले दिन बच्चे की नाभिनाल गिरने का भोज रखा गया। ददा सुबह बैलगाड़ी लेकर आरंग बाजार चला गया ताकि भोज की सामग्री ला सके। हरिया रसोई के बड़े बर्तन निकालकर माँजने लगी। नवजात को बिस्तर पर लिटाकर गुरुबारी अपने उदर के दर्द को सहला रही थी। बाबा तब नाई को बुलाने गया हुआ था।

नाई घर के आँगन में बोरी लेकर बैठ गया। गाँव के लोग बारी-बारी से उससे दाढ़ी बनवा रहे थे। बच्चे बाल कटवा रहे थे। नाई के लिए एक सूपा में चावल, दाल, खड़ा नमक, हल्दी, लाल मिर्च, आलू और प्याज रख दिया गया था। वह बीच-बीच में कटे हुए बालों को उठाकर एक छोटी बोरी में रखता जा रहा था। वह इतना बातूनी था कि बीच-बीच में उस्तरा जमीन पर रख देता और किस्से सुनाने लग जाता।

सबसे अन्त में ददा उसकी बोरी पर पालथी मारकर बैठ गया। तब तक गाँव के लोग तालाब चले गए थे। नाई के भीतर कोई जिज्ञासा थी जो हिलोर मारने लगी। वह ददा की दाढ़ी पर पानी लगाकर अपने हाथों से सहला रहा था। नाई ने अपना हाथ अपने माथे पर फेरा। वहाँ पसीने की धार थी। वह घबराने लगा। वह डरने लगा। इस कोशिश में उसका चेहरा लाल हो गया। आँखों की पुतलियाँ पथराने लगी।

नाई ने उस्तरा हाथ में उठाया और ददा की दाढ़ी पर चलाने के लिए उचित कोण बनाने लगा। उसके हाथ काँप रहे थे। उसके भीतर जो प्रश्न था वह तेजाब बन चुका था। उसकी आँतों में ऐंठन शुरू हो गई। उसने उस्तरा फेंक दिया। वह जमीन पर पसर गया। वह पास की दीवार से टिक गया। लेकिन अन्दर के तूफान ने उसकी जीभ पर हमला कर दिया। वह चाहकर भी यह पूछने से खुद को रोक

न पाया कि "बाबा तो शहर में था तो...।" यह "तो" इतना धारदार और तीखा था कि ददा के कान लाल हो गए।

नाई से चूक हो गई। वह जिससे डर रहा था वही सवाल उसकी जीभ ने बाहर वमन कर दिया। वह घबरा गया। ददा ने नाई का गला दबोचा और उसे घसीटते हुए घर के बाहर ले गया। उस गली में उसे पटकते हुए ददा चीखा, "इधर दिखना मत माचो...।"

उसकी चीख सुनकर पास के गँदले पानी में दुबका कुत्ता घबराकर दूर भाग गया। उसकी चीख सुनकर हरिया भागते हुए बाहर आई। उसने देखा जमीन पर पड़ा नाई काँप रहा था। हरिया ने उसके सामान की थैली उसकी ओर उछाल दी।

*

कुछ दिन ऐसे ही कट गए। बच्चे की देखभाल में। गुरुबारी के आराम में। गोसइनीन के इलाज में। ददा की खाँसी में। हरिया की चुप्पी में। तब तक पीछे नीम पेड़ पर चिड़िया ने अपना नया घोंसला बना लिया था। बाबा रायपुर चला गया था, जहाँ चकबन्दी का काम अपने अन्तिम चरण में था। हालाँकि उसका मन गुरुबारी के पास छूट गया था।

गुरुबारी उसके मन को अपने पास रखती। बिस्तर पर अपने सिरहाने के नीचे छिपाकर रखती। देर रात की नींद में बाबा का मन तकिए के नीचे से निकलकर गुरुबारी के भीतर उतर जाता, तब दूरी के असम्भव में भी वे एक-दूसरे को महसूस कर लेते।

जब वह देर रात अपने बिस्तर के एकान्त में धँसी होती तो उसे दूर कहीं से खड़-खड़ की आवाज आती। उसे लगता चूहा धान की बोरियों के नीचे बिल बना रहा है। फिर वह करवट बदल लेती।

रसोई के बगल वाले कमरे में हरिया देर रात तक जागती। उसके जागने में सोच की कोई भूमिका नहीं थी। उसकी हड्डियों के चरमराने की आवाज हरिया के जेहन में गूँजते रहती। उसने भी ध्यान से सुना, कहीं दूर खड़-खड़ की आवाज हो रही है। कोई चीज बाहर निकलने के लिए छटपटा रही है। वह अपनी खाट से उठी। वह उस आवाज की ओर लपकी। आवाज देवघर से आ रही थी। उसने देवघर के बन्द दरवाजे पर अपना कान सटा दिया। सच में आवाज वहीं से आ रही थी।

बच्चे के मुँह जूठन संस्कार के लिए बाबा को सन्देश भिजवाया गया। जब वह अपने गाँव जारोबारो लौटा तब गाँव के बाहर तालाब पर कोई नहीं था। अन्दर की गली के मन्दिर पर बीड़ी पीने वाले युवक भी नहीं थे। चौपाल पर अधेड़ ताश खेल तो रहे थे, पर उनका ध्यान बाबा की ओर नहीं था। वह काला बैग अपने कन्धे पर लटकाए चल रहा था।

घर के बाहर ददा खाट पर बैठा किसी से बातें कर रहा था। उसने बाबा को देखकर एक हल्की मुस्कान दी। बाबा घर के अन्दर आँगन में आ गया। हरिया उसे देखकर उससे लिपट गई। वह रोने लगी। गोसइनीन सूखे मरे हुए गिरगिट के जैसी आँगन पर पड़ी हुई थी। उसके पेशाब के दाग से दरवाजे पर रखा पत्थर पीला पड़ गया था।

गुरुबारी उसे देखकर स्तब्ध रह गई। वह बहुत खुश हुई। सच में वह बहुत दुखी हुई। सच में उसे कुछ ना हुआ। वह तो हरिमन के पैरों की मालिश कर रही थी। हरिमन ऊपर आसमान की ओर ताकते हुए अपनी अँगुली चूस रहा था। किसी ने किसी से कुछ नहीं कहा। बाबा धानवाले कमरे में चला गया।

अन्दर पहुँचते ही वह ठिठक गया। उसने देखा, दीवार की खूँटी पर ददा का सफेद कुर्ता टँगा है। रस्सी पर उसकी धोती सूख रही है। उसका चमड़े का जूता कोने के टेबल के नीचे रखा हुआ है। उसके खुशबू वाले तेल की शीशी भी आले पर रखी हुई है।

उसके पीछे गुरुबारी भी भीतर आ गई। उसने गमछे में लपेटकर हरिमन को बिस्तर पर लिटा दिया। वह गहरी नींद में था।

गुरुबारी ने उसे कमिहाबाई के बारे में बताया। उसने नाई के बारे में बताया। उसने गाय के बछड़े के बारे में बताया। उसने हरिया के बहरेपन के बारे में बताया। उसने गोसइनीन की दवा की शीशी के बारे में बताया।

लेकिन बाबा चुप रहा। उसकी चुप्पी से गुरुबारी डर गई। उसने गुरुबारी का बाल पकड़ा और उसे हिलाते हुए बोला, "ये सब क्या?" गुरुबारी सहम गई। वह डर गई। लेकिन वह बिल्कुल भी नहीं डरी। डरने से शक भरोसे में बदल सकता था।

उसके पास बहुत सारे जवाब थे जो उसने दिए। उसके पास कोई जवाब नहीं था इसलिए फिर वह चुप हो गई। बाबा चीख पड़ा, "बकरे को चरना मत सिखा।"

इसके बाद कमरे में चुप्पी गिरने लगी। ओले की तरह ठोस। फिर न तितलियाँ दिखीं, न ददा का कुर्ता और न ही उसका जूता। दीवारों पर करोड़ वॉट की सफेदी नीच लगने लगी। बिस्तर में नींद की उपज बन्द हो गई। बच गई तो सिर्फ बंजर नजदीकी और उदास सोहबत से चटकी रातें।

"जीवन नफा-नुकसान से परे की चीज होती है।" नाई ने दार्शनिक अन्दाज में कहा। तब बाबा गिलास में शराब के साथ पानी मिला रहा था। वह देर तक नाई के घर में शराब पीता रहा। वह उस रात नाई के घर के बरामदे में सो गया। उस रात देवघर से खड़-खड़ की तेज आवाज आ रही थी, जिसे हरिया सुन रही थी। जिसे गुरुबारी सुन रही थी। जिसे ददा सुन रहा था। जिसे नाई के घर के बरामदे में नशे में धुत पड़ा बाबा सुन रहा था।

बहुत दिनों से बन्द पड़े देवघर का दरवाजा खोला गया। बाबा और कमिहाबाई अन्दर दाखिल हुए तो देखा कि सामने का छोटा गलियारा मकड़ी के जालों से अटा पड़ा था। कमरे में अँधेरा था। पहले उन मकड़ी के जालों को साफ किया गया। भीतर दीवारों के रंग उड़ गए थे। जमीन पर धूल की परत जमी हुई थी। चूहे के रेंगने की छाप उस धूल पर फैली हुई थी।

बाबा देवघर के अन्दर गया। उसने मन-ही-मन देवों प्रणाम किया। उसने पीछे की छोटी-सी खिड़की खोल दी। खिड़की खुलते ही हल्की रोशनी की धार अन्दर आने लगी। बाबा ने देखा देवों की तस्वीरों पर भी धूल जम गई है।

वह जमीन पर बैठ गया। उसने सबसे पहले चौकी को साफ किया। फिर देवों की तस्वीरों पर जमी धूल को साफ किया। अगरबत्ती के राख को पास रखी कटोरी में एकत्रित किया।

उसने ध्यान से सुना। वहीं कहीं से खड़-खड़ की हल्की आवाज आ रही थी। वह उकड़ूँ बैठ गया। उसने गौर से देखा और ध्यान लगाकर सुना, आवाज चौकी के बगल में रखी कलश के पास से आ रही है। बाबा ने कलश को हटा दिया। खड़-खड़ की आवाज थोड़ी तेज हो गई। उसने कलश के नीचे रखीं ईंटों को जैसे ही सरकाया, वह चौंक गया। खड़-खड़ की आवाज बहुत तेज हो गई।

बाबा ने देखा, ईंटों के नीचे किसी के पैर की लाल छाप दबी हुई थी, उतनी ही ताजी जितना द्वारचार के दिन वह गुरुबारी के पीछे छूटती जा रही थी। उसके फड़फड़ाने से ही खड़-खड़ की आवाज आ रही थी, मानो वह वहाँ से उड़कर भाग जाना चाहती हो।

सच में ऐसा ही था। ईंट पूरी तरह से हटने पर वह लाल छाप तितली की तरह उड़ते हुए खिड़की के रास्ते बाहर चली गई। उसने खिड़की के बाहर झाँककर देखा, आसमान पूरी तरह रिक्त था।

खड़-खड़ की तेज आवाज बन्द होते ही पीछे से हरिया भी भीतर आ गई। कलश की जगह बदल जाने पर वह चिल्लाई, "क्यों हटाया रे इसे?" बाबा कुछ समझ नहीं पाया।

हरिया ने ही बरसों पहले पैर की उस लाल छाप को देवघर में कलश के नीचे छिपा दिया था।

"हे भगवान!" यह कहकर हरिया ने अपना माथा पीट लिया।

उस दिन नीम पेड़ पर बना चिड़ियों का घोंसला अपने आप गिर गया। तुलसी की पत्तियाँ मुरझा गईं। ददा की खाँसी में हल्का खून भी बाहर आया। हरिया चुपचाप बैठ गई। उस दिन किसी ने भोजन नहीं किया। गुरुबारी को सुबह से ही हल्का बुखार था। उस रात वह सो न सकी। उसकी साँसें तेज हो गईं। उसे वमन जैसा लगने लगा।

वह बिस्तर से उठी और तेजी से पीछे बाड़ी की ओर गई। उसके पीछे बाबा भी गया। बाबा को देख वह डर गई। इस बार वह सच में डर गई। यकीन से डर गई। उसे अपने डरने पर इतना यकीन था कि वह काँपने लगी। बाबा उसके पास बैठ गया।

उल्टी का एक तेज फौवारा गुरुबारी के मुँह से फूटा। वह काँपने लगी। बाबा ने उसकी पीठ पर हाथ फेरते हुआ पूछा, "क्या हुआ?" गुरुबारी ने धीरे से कहा, "फिर से महीना रुक गया।" बाबा ने उसे वहीं जमीन पर धकेल दिया। वह किसी तरह खुद को जमीन पर गिरने से रोक सकी।

बाबा चादर लपेटकर घर से बाहर चला गया। तब खून में लोहे की कीलें दौड़ने लगी थी। उसकी आँखों का तेजाब उसकी पुतलियों को जला रहा था। नाई और बाबा ने देर तक शराब पी। जब वह नशे में टुन हो गया तो लड़खड़ाते हुए घर पहुँचा। घर पर हलचल थी। हरिया उसके इन्तजार में जाग रही थी। ददा अपने कमरे में दुबका पड़ा था। हरिमन बिस्तर पर गहरी नींद में सो रहा था।

गुरुबारी के भीतर भय था। उसके भीतर गर्भ था। गर्भ के भीतर भ्रूण था, जो किसी रात उसके भीतर उतर आया था। वह बिस्तर पर बैठे बाबा के कमरे के भीतर आने का इन्तजार कर रही थी। वह बाबा को बताना चाहती थी कि यह उस दिन ही हुआ, जब बाबा अपना मन उतारकर उसे दे रहा था। यह उस दिन हुआ, जब वह अपनी देह उतारकर उसे दे रही थी।

शराब और धोखे के नशे में बाबा चीखने लगा। दरवाजा पीटने लगा। गुरुबारी ने उसका हाथ पकड़कर उसे अपने कमरे के अन्दर खींच लिया। वह और भड़क गया। वह जोर से चीखा, "साली रंडी...।" उसकी चीख सुनकर हरिमन जाग गया। हरिया उसे अपने साथ ले गई। बाबा ने हरिया को भी गाली दी। लेकिन हरिया तो सुन नहीं सकती थी।

बाबा के शरीर के वजन को गुरुबारी सँभाल नहीं पा रही थी और बाबा अपनी पूरी ताकत से उसे दीवार की ओर धकेल रहा था। दीवार और बाबा के शरीर के बीच वह दबती जा रही थी। अचानक गुरुबारी के भीतर कोई चट्टान-सा गिरा। उसकी साँस उखड़ने लगी। फिर उसके गर्भ में तेजाबी तूफान की लहर उठी। उसके भीतर भ्रूण छटपटाने लगा। उसकी छटपटाहट से गुरुबारी की आँखों में अँधेरा छा गया। वह जमीन पर बेसुध होकर गिर पड़ी।

वह चिल्लाना चाहती थी। वह चीखना चाहती थी। लेकिन वह कुछ भी न कर सकी। उसका जिस्म ठंडे बर्फ की तरह पसर गया। खून की हलचल से उसकी देह पसीने से भर गई। जब बाबा ने आखिरी बार उसके फूले हुए पेट पर लात मारी, तब उसके अन्दर का लावा बाहर आ गया। भ्रूण की छटपटाहट थम गई। एक हिचकी के झटके से सब कुछ शान्त हो गया।

सुबह उसकी लाश को धानवाले कमरे से बाहर निकाला गया। कमरे में चारों ओर खून ही खून बिखरा हुआ था। बाबा और ददा ने लाश को आँगन के बीचोबीच चटाई पर लिटा दिया। हरिया ने देखा। धानवाले कमरे से लेकर आँगन तक खून से रँगे पैर के पंजों के लाल निशान फैले हुए हैं। वह ईश्वर की खोज में ऊपर आसमान की ओर ताकने लगी, ऊपर आसमान एकदम खाली था।

सुबह से ही लोग घर में आने लगे थे। गुरुबारी की लाश आँगन के बीच में चटाई पर रखी थी। बाबा तुलसी चौरा के पास बैठ गया था। वह जोर से रोना चाहता था। वह जोर-जोर से रोने लगा। उसे देखकर अपनी दादी की गोद में बैठा हरिमन भी रोने लगा। उसे देखकर हरिया रोने लगी। हरिया को देखकर गोसइनीन भी रोने लगी लेकिन उसके चाहने के बावजूद भी उसकी आँखों से आँसू नहीं निकले। ददा सूखी लकड़ी का इन्तजाम करने बाहर चला गया।

इसके बाद बाबा चुप रहने लगा। वह कई दिनों तक धानवाले कमरे से बाहर नहीं निकला। उस कमरे में खून की बू कई दिनों तक बसी हुई थी। बाबा को अपनी आँखों के सामने रह-रह कर गुरुबारी का मुस्कराता हुआ चेहरा दिखता। वह मुस्कराते हुए चीखने लग जाती। उसकी चीख से घबराकर बाबा काँपने लगता।

गुरुबारी का चीखता हुआ चेहरा देखकर सच में बाबा घबरा गया। उसने झट से अपनी आँखें खोली। उसके माथे पर पसीना था। वह नरक दरवाजा वाले कमरे में पड़ा था। इतनी सारी स्मृतियों से गुजरने की थकान थी।

*

ऐंठबहार की नाक से खून बहना बन्द हो चुका था। वह प्याज लगाए हुए वडयार कमरे में सो गया था।

नरक दरवाजा वाले कमरे के अँधियारे में स्मृतियों की चीख थी। उसका सन्नाटा था। बाबा बिस्तर से थक गया था। दवाओं से थक गया था। दिलासों से थक गया था। उसकी बीमार देह में छिपा मन, बार-बार उसे फूलमती के गाँव सलिहाडीह की ओर ले जा रहा था।

नरक दरवाजा वाले कमरे में बाबा चुपचाप पड़ा था। वह बिस्तर पर पड़े हुए हरिमन के स्कूल से लौटने का इन्तजार कर रहा था। तब हरिमन अपने स्कूल से घर की ओर पैदल लौट रहा था। उसकी साइकिल के पिछले पहिये की हवा किसी ने निकाल दी थी।

बाबा के पास न इच्छा है और न ही ख्वाब हैं। सिर्फ स्मृतियाँ हैं। ताजी और पुरानी। जानी-पहचानी। बेमेल और धारदार। किसी अनन्त इन्तजार में बिस्तर पर पड़ा बाबा सोचने लगा।

"यही तो नरक है प्रभु। न फरिश्ते सुनते हैं और न ही शैतान।"

कमरे में मौजूद पेशाब और दुख की बदबू से बाबा को लगता, मानो उसे तेल की खौलती कड़ाही में डाल दिया गया है। कोई शैतान उसकी पीठ पर कोड़े बरसा रहा है। कोई राक्षस उसके सिर को धारदार आरी से धीरे-धीरे काट रहा है।

तब उसे याद आया कि बरसों पहले वह बच्चों को डराने के लिए कहा करता था, "यह दरवाजा नरक की ओर ले जाता है।"

देह पीड़ा का घर

हरिमन की पिंडलियों के पुराने जख्म भीतर जाग रहे थे। वह अपने पैरों के इस्पात में उनकी कुतरने की आवाज को सुन सकता था। उसके घुटने की कटोरी की कट-कट करती आवाज सुनकर अक्सर ऐंठबहार कहा करता था, "कितना लोहा भरा है आपकी देह में," जिसे सुनकर भी हरिमन अनसुना कर देता था, क्योंकि वह जानता था कि देह में सिर्फ पीड़ा भरी हुई थी, जो देर रात उसे सोने नहीं देती थी। उन रातों को वह सिर्फ करवट बदलकर काट देता था।

लेकिन दिन। दिन स्कूल जाने और आने में ही बीत जाता था। रोज बीस किलोमीटर साइकिल चलाने के कारण उसके पैरों में दर्द के पत्थर उभर आए थे। वह उन पत्थरों और लोहे की वजन से लँगड़ाते हुए चलता था। वह अपने दाहिने पैर को ज्यादा ऊपर उठा नहीं पाता था। वह चलते हुए एक ओर झुक जाता था। वह वैसे ही झुके और लँगड़ाते हुए, अपनी साइकिल का हैंडिल पकड़े, किसी तरह नजदीक के पेड़ की छाँव तक पहुँचा।

उसने देखा कि दूर स्कूल की ओर से बहुत सारे बच्चे उसकी ओर दौड़ते चले आ रहे हैं। ऐसा लग रहा था कि धूप के कैनवास पर किसी ने पेंटिग बना दी हो। उन बच्चों के पैरों की धमक से धूल उड़ रही थी।

बच्चों के पीछे बहुत सारे बच्चे थे। हिरणों की तरह कुलाचें मारते सारे हरिमन की तरफ धीरे-धीरे आने लगे। बच्चों की धीमी आवाज धीरे-धीरे तेज होने लगी। तब हरिमन अपने माथे का पसीना पोंछ रहा था। हालाँकि उसकी साँसें तेज चल रही थीं।

जैसे ही सारे बच्चे उस पेड़ की छाँव में दाखिल हुए, उनकी चहचहाहट सुनकर टहनियों पर बैठी चिड़िया उड़कर चली गईं। सबकी चीख-पुकार आपस में घुल-मिल जा रही थी। बच्चों ने अपने मास्टर को दूर से साइकिल पर डगमगाते देख लिया था। सबने मास्टर को साइकिल से उतरकर, धीरे-धीरे पेड़ की छाँव के नीचे जाते देख लिया था। सारे बच्चे अपने मास्टर की बेबसी को देखकर, उसकी ओर लपक पड़े थे।

बच्चों की शोरगुल में, किसी ने हरिमन के कान के पास आकर जोर से कहा, "हमें पता है कि आपके साइकिल की हवा किसने निकाली है।" सारे बच्चे

एक-दूसरे को धकिया रहे थे। उन बच्चों को देखकर हरिमन चुपचाप खड़ा रहा। वह अपनी हाँफ के बन्द होने का इन्तजार कर रहा था।

तब एक दूसरा बच्चा उसके पास आया। उसने भी चीखते हुए कहा, "पुलिस वालों ने निकाली है हवा।"

तब तक दो-चार बच्चे हरिमन की साइकिल का घूम-घूम कर मुआयना करने लगे। उन्होंने साइकिल का पिछला पहिया अपने हाथों से दबाकर देखा। साइकिल के पिछले पहिये की हवा निकल चुकी थी। उनमें से एक बच्चा अपने घुटनों के बल बैठ गया। उसने साइकिल के पिछले पहिये को घुमाकर उसका ट्यूब वाल्व अपने मुँह की ऊँचाई तक लाया। फिर उससे अपना मुँह सटाकर जोर-जोर से फूँक मारने लगा। बच्चे का गाल हवा भरने से फूल जा रहा था। उसकी आँखों की पुतलियाँ दबाव बनाने के कारण बाहर आ-जा रही थी। उसके गले की नसें त्वचा पर उभर जा रही थीं।

थोड़ी देर बाद, उसने ट्यूब वाल्व को अपनी हथेली से दबा दिया और दूसरे बच्चे को मुँह लगाकर हवा भरने के लिए इशारा किया। दूसरा बच्चा भी साइकिल के पिछले पहिये के पास घुटने के बल बैठ गया। उसने भी ट्यूब वाल्व से अपना मुँह सटा दिया, वैसे ही पहले वाले बच्चे ने उससे सटाकर रखा अपना अँगूठा हटा दिया। वह बच्चा भी मुँह फुला-फुला कर साइकिल के पहिये में हवा भरने लगा।

ऐसे बारी-बारी से करीब चालीस बच्चों ने अपने मुँह से उस साइकिल के पिछले पहिये में हवा भरी। सबसे अन्तिम वाले बच्चे ने पहिये का ट्यूब वाल्व अच्छी तरह से बन्द कर दिया ताकि उससे हवा बाहर न निकल सके।

हरिमन उन बच्चों को उसकी साइकिल के पहिये में इस तरह मुँह से हवा भरते देख रहा था। वह चाहता तो था कि उन बच्चों को रोक दे। लेकिन वह अपनी हाँफ का शिकार बन गया था। उसकी पसलियों में दर्द था। वह अपने बाएँ पैर के बल खड़ा था। उसकी पीठ पेड़ के तने पर टिकी हुई थी। वह अभी भी धीरे-धीरे हाँफ रहा था। उसने देखा कि सारे बच्चों की आँखें लाल हो गई हैं। बच्चे अपने पैंट पर लगी धूल झाड़ रहे थे।

वह चीखकर उन बच्चों को रोकना चाहता था लेकिन वह कुछ बोल नहीं सका। उसके जबड़े हिलते नहीं थे। वह ठीक से बोल नहीं पाता था। सरकार भी यही चाहती थी कि वह चुप रहे।

हरिमन जब स्कूल से अपनी साइकिल लेकर निकला था तो उसे कुछ पता ही नहीं चला। वह अपनी सोच में गुम, जैसे-तैसे साइकिल का पैडल मारते उसे आधा किलोमिटर तक खींच लाया था। जब उसने पीछे पलटकर देखा तब उसे पता चला कि साइकिल के पिछले पहिये की हवा निकल चुकी है।

बच्चों की जिद और कोशिश के चलते साइकिल में इतनी हवा भर गई कि हरिमन घर तक लौट सके। उसने सारे बच्चों की ओर मुस्कराकर देखा। बच्चे उससे लिपट गए। सबका चेहरा लाल हो गया था और आँखों से पानी निकल रहा था। बच्चे हाँफ रहे थे। बच्चों ने गुरुजी की हाँफ को अपने फेफड़ों में उतार लिया था। हरिमन साइकिल पर सवार होकर धीरे-धीरे जाने लगा। बच्चे स्कूल की ओर दौड़कर भाग गए।

जब बच्चे उसकी नजरों से ओझल हो गए तो हरिमन ने साइकिल चलाने का ढोंग छोड़ दिया और उसकी सीट से नीचे उतर गया। साइकिल के पिछले पहिये की हवा कुछ दूर बाद फिर से निकल गई थी। वह पैदल ही घर लौट आया। उसने साइकिल को घर के बाहर खड़ा किया फिर लँगड़ाते हुए वडयार कमरे में गया और अपने कपड़े उतारकर बिस्तर पर पसर गया।

जब शान्ता रसोई से आई तो उसने हरिमन को बिस्तर पर हाँफते देखकर पूछा, "आज भी पैदल आए क्या जी?" वह चुप रहा। वह चुपचाप खपरैल की छत को ताकता रहा। शान्ता ने अपने हाथ में रखा नोटिस बिस्तर के कोने पर रख दिया। वह उसके पैरों के पास धीरे से बैठ गई।

पैदल चलने और साथ में साइकिल को घसीटते हुए लाने के कारण हरिमन थक गया था। उसकी देह का इस्पात गर्म हो गया था। उसकी ताप से उसका बदन पसीने से तरबतर हो गया था। उसने अपना दाहिना पैर बिस्तर से नीचे लटका दिया था। उसकी देह के भीतर बैठी पीड़ा इधर से उधर भाग रही थी। वह दर्द से चीखना चाहता था, लेकिन वह चीख न सका, क्योंकि उसके जबड़े हिलते नहीं थे।

शान्ता ने धीरे से उसका दाहिना पैर अपनी गोद में ले लिया। वह उसकी पिंडलियों को सहलाने लगी। उसकी हथेली की ठंडक से हरिमन की देह का लोहा पिघलने से बच गया।

"दर्द तो भीतर से नोचते ही रहते हैं," शान्ता उसकी पिंडली पर उभर आई नस को सहलाते हुए बोल पड़ी।

तब हरिमन की आँखें बन्द हो गई थीं। उसकी सारी पीड़ा धीरे-धीरे देह के एकदम अन्दरूनी तहखाने में जाकर छिप गई। उसने देखा कि उसके स्कूल के बच्चे दर्द से रो रहे हैं। उनके जबड़ों की मांसपेशियों में अकड़न आ गई है। कुछ बच्चे सो गए हैं। कुछ अपने पिता के डर से चुप हो गए हैं। हरिमन अपना दर्द भूलने लगा। उसकी आँखों में पानी आ गया।

हरिमन के खयालों से बेखबर शान्ता धीरे-धीरे उसकी पिंडलियों को अपनी हथेली के स्पर्श से पुनर्जीवित कर रही थी। उसकी ठोस पिंडलियों के दर्द पिघलकर उड़ जा रहे थे। शान्ता उन पिंडलियों को छूते ही रुआँसी हो जाती थी। उन पिंडलियों पर जख्म के निशान देख उसके खून में भी उबाल आ जाता।

वह जोर से चीखती, "ठीक करता है बनगिहा।" फिर घबराकर चुप हो जाती। इधर-उधर देखती। खिड़की बन्द कर देती। दरवाजा लगा देती। अपने भीतर की भी सारी खिड़कियाँ और दरवाजे बन्द कर देती।

बन्द पलकों के पीछे दुबके हरिमन ने धीरे से कहा, "चाय बना दोगी क्या?" शान्ता चाय बनाने चली गई। उसके जाने के बाद की बची हुई जगह में, कोई दूसरी स्त्री उभर आई, जिसे देखकर हरिमन मुस्कराने लगा। फिर उसने झट से अपनी मुस्कान को लपेटकर अपने भीतर रख लिया। शान्ता उस जगह को मन कहती थी।

मन के बाहर हरिमन था। वडयार कमरे में अपने बिस्तर पर औंधा पड़ा हुआ। बिस्तर के किनारे शान्ता ने जो नोटिस का कागज रख दिया था, वह हवा में फड़फड़ा रहा था। हरिमन ने उसे पैर से नीचे गिरा दिया। वह पुलिस की नोटिस को लेकर अगम्भीर हो गया था। पुलिस की औपचारिकता से वह निष्ठुर हो चुका था। वह जानता था कि उसे बार-बार चुप रहने के लिए नोटिस भेजा जाता है। उसकी चुप्पी में सब खुश थे। उसके बोलने में आग थी। सब को खाक कर देने की ताकत रखने वाली आग।

जब वह बोला करता था, तब उसके वाक्यों की लपटें अपने आसपास की चीजों को लपेट लेती थीं। धीरे-धीरे वे सुलगने लगतीं। और जब तक हरिमन बोलता रहता, तब तक धधककर राख हो जाती थीं। जब वह स्कूल में बच्चों को पढ़ाता तो स्कूल की खिड़कियों की छड़ें और दरवाजे की कुंडियाँ उसके विचार के ताप से गल जाती थीं।

वह जीवविज्ञान पढ़ाते हुए, कब राजनीति, अर्थशास्त्र, मनोविज्ञान, इतिहास, वैचारिकी, मानविकी जैसे विषयों पर बोलने लग जाता, उसे खुद ही पता नहीं चलता। लेकिन दूर बैठे शिक्षा अधिकारी को सब पता चल जाता था। इसलिए उसका लगातार स्थानान्तरण भी होता रहता था।

उसके बोलने में जादू था। जब वह पढ़ाता तो अन्य कक्षाओं के विद्यार्थी भी खिड़की के पास जमा हो जाते। जब वह बोलता तो पास के तालाब की मछलियाँ पानी के ऊपर आ जातीं। पेड़ों पर पक्षी जमा हो जाते। गाय जुगाली करना बन्द कर देती और खेतों में हल में जुते बैल ठिठक जाते।

*

बिस्तर पर औंधे मुँह पड़ा हरिमन उठ बैठा और जमीन पर पड़ी उस पुलिस नोटिस को उठाकर देखने लगा। नोटिस के ऊपर लिखा था।

'स्मरण क्रमांक बहत्तर।'

ऐसी कितनी ही नोटिस पहले भी आ चुकी थीं, जिन्हें शान्ता ने सँभालकर लकड़ी के बड़े सन्दूक में रख दिया था।

थोड़ी देर में शान्ता दो कप चाय लेकर उस वडयार कमरे में दाखिल हुई। हरिमन ने उस नोटिस को बिस्तर पर रख दिया। उसने चाय का कप ले लिया। वह शान्ता की ओर देखने लगा। शान्ता उसकी ओर देखने लगी। दोनों देर तक बातें करते बैठे रहे।

उन दोनों की बातचीत के दौरान कभी-कभी बाबा की खाँसी की आवाज नरक दरवाजा वाले कमरे से निकलकर आती। बाबा बिस्तर पर पड़ा रहता। कभी जागता। कभी सोता। वह समय और दिन के बोध से दूर होता जा रहा था। वह देर रात तीन बजे उठकर चिल्लाता, "अरे बहू नाश्ता लाना। कितनी देर हो गई है।" तब शान्ता गहरी नींद में होती।

बाबा अपनी दूसरी पत्नी फूलमती के पास जाना चाहता था। हालाँकि वह अपनी शादी के बाद कभी अपने ससुराल नहीं गया था। इन चालीस सालों में सिर्फ उसका मनीआर्डर वहाँ पहुँचता रहा था। जब भी जरूरत होती, वह टेलीग्राम भेजकर फूलमती को अपने पास बुला लेता। वह कुछ दिन उसके साथ रहती फिर किसी बहाने से वापस अपने गाँव चली जाती। उसका गाँव सलिहा पेड़ों से घिरे जंगल के अन्दर था। और बाबा को जंगल से डर लगता था। दरअसल उसे खोरबहरा से डर लगता था, जो उस गाँव का मुखिया भी था।

फूलमती की याद से वह और उदास हो जाता और मृत्यु के फरिश्ते को गालियाँ देते हुए करवट बदलकर सो जाता। पास के कमरे में बैठे बच्चे, उसकी मौलिक और मारक गालियों को सुनकर सतर्क हो जाते और उन्हें अपने जेहन के सबसे महफूज जगह में सँजोकर रख लेते ताकि भविष्य में उन्हें अपने तरकश से निकालकर बरत सकें।

शान्ता चाय का कप लेकर पीछे बनी रसोई में चली गई थी। वह मिट्टी के बने चूल्हे में आग लगाने की कोशिश कर रही थी। लोहे की एक पाइप के जरिये वह हवा मारकर लकड़ियों में छिपी आग को ललकारने लगी। उसने लकड़ी को चूल्हे में पुनर्विन्यस्त किया, फिर हवा मारी। लकड़ियों को आग की लपट ने घेर लिया।

रसोई में धुआँ भर गया। फेफड़ों में धुआँ भर गया। शान्ता जोर-जोर से खाँसने लगी। खाँसते-खाँसते शान्ता की आँख में आँसू आ गए। अपनी माँ को खाँसता देखकर पास बैठा बुतरू अपनी छोटी मुलायम हथेलियों से उसकी छाती सहलाते हुए बोला, "बनगिहा को याद कर रही हो ना माँ!"

हरिमन वडयार कमरे में चुपचाप आँखें मूँदे बिस्तर पर पड़ा था। चुपचाप पड़े हुए वह अपने स्कूल के बच्चों के बारे में सोच रहा था। यह सोचते ही उसके भीतर दुबककर बैठा लोहे का साँड़ हुँकारने लगा। वह झटके से अपने चारों पैरों पर उठ खड़ा हुआ।

उसके भीतर बेचैनी के धूल का गुबार उठा। उस धूल के गुबार के पीछे बच्चे चले जा रहे हैं। बच्चे हाँफ रहे हैं जिसकी गूँज आसमान को चीर रही है। वह उन बच्चों की खून भरी आँखों को भूल नहीं पा रहा था, जिन्होंने अपने मुँह से साइकिल के पहिए में हवा भर दी थी।

स्मृति के कोलाज ने अपना खेल करना शुरू कर दिया। उसने देखा कि वह खुद भागता जा रहा है। वह एक बच्चा है। वह बच्चा अपने ढीले हाफ पैंट को सरकने से रोकने के लिए उसे एक हाथ से पकड़े हुए है। उसके घुटने से खून बह रहा है। फिर भी वह दूर खेत की पगडंडी पर तेजी से भाग रहा है। वह भागते-भागते बच्चे से लोहे का साँड़ बन गया है। उसके खुरों की धमक से जमीन की मिट्टी दरक जा रही है।

उसके पीछे गाँव के जमींदार के लठैत दौड़ रहे हैं। चीख रहे हैं। चिल्ला रहे हैं। गुस्साया साँड़ अचानक रुक गया और उन लठैतों की ओर पलटा। लठैत डर गए। वे वहीं पर सहमकर ठिठक गए। लेकिन सच में ठिठके नहीं बल्कि जमीन पर मुँह के बल गिर गए। बच्चे को उन्होंने बाल पकड़कर उठाया और उसे ऐसे ही घसीटते ले जाने लगे, "चल तुझे दाउ साहब ही ठीक करेंगे।"

हरिमन अपने बचपन को निहार रहा था। बचपन उससे खिलवाड़ कर रहा था। उसने देखा, दाउ उसे अपनी हवेली के पीछे बने बगीचे में पपीते के पेड़ से बाँध रहा है। फिर वह बच्चे के घुटनों के जख्म को लाठी से कुरेदने लगा।

बच्चे के शरीर का पावर हाउस जाग उठा। उसकी आँखों में अचानक बिजली कौंध गई। उसके शरीर की हरेक कोशिका ने हाहाकार मचा दिया। बच्चे ने दाउ साहब के जाँघों के बीच जोर की लात मारी और अपनी पूरी ताकत लगाकर पपीते के पेड़ को उखाड़ दिया। पपीते के पेड़ को अपनी पीठ पर उठाए हुए बाल हरिमन उस बगीचे से भाग गया।

अगले दिन बाबा ने उसे शहर भेजने का फैसला किया तो हरिया रोने लगी। आँगन के पेड़ में बैठी गौरेया रोने लगी। पड़ोस के उसके साथी भी रोने लगे। करीब बावन साल बाद वह बिस्तर पर पड़े हुए इन सब बातों को सोच रहा है, या ये सब बातें उसे दबोच रही हैं, इसका उसे बिल्कुल भी पता नहीं था।

वह तो आराम से आँखें मूँदे हुए एक फिल्म देख रहा है, जिसमें गाँव की पगडंडी का लाँग शाट चल रहा है। उस पगडंडी पर एक बारह साल का बच्चा चलते हुए कैमरे की तरफ आ रहा है। उसके पार्श्व में खेतों में खड़ी धान की फसल में आग लगी हुई है। उसकी पीली नारंगी लपटों से दृश्य मनोरम हो गया है। वायलिन की कोई दुखद धुन बज तो रही थी लेकिन हरिया के सुबकने की आवाज गूँजने लगी है।

धुएँ के गुबार के बीच से गाँव के लोग दौड़ते हुए बाहर आ रहे हैं। आग की लपटों की तपिश उनके चेहरे पर दिख रही है। लोगों के चीखने-चिल्लाने की आवाज ने हरिया के सुबकने की आवाज को ओवरलैप कर दिया है।

"अरे ये लड़का दाउ साहब की फसल में आग लगा गया रे।"

बाबा हरिमन का हाथ पकड़कर उसे खींचते हुए तेजी से चल रहा है। हरिमन बीच-बीच में मुड़कर पीछे देख रहा है। लेकिन पीछे हरिया नहीं है। पीछे उसके साथी भी नहीं हैं। पीछे सिर्फ आग की लपटें हैं। धुएँ का उठता गुबार है।

धुएँ से हरिमन का फेफड़ा भर गया। वह खाँसते हुए बिस्तर से उठ बैठा। "अरे ये चूल्हे का धुआँ है थोड़ी देर में चला जाएगा।" शान्ता ने रसोई से चीखकर कहा। हालाँकि वह कहना चाहती थी कि जब तक गैस चूल्हा नहीं खरीदोगे तो ऐसे ही धुएँ में मरना पड़ेगा। लेकिन वह चुपचाप खाना बना रही थी। दूर कहीं से रेडियो पर गाना चलने की हल्की आवाज आ रही थी।

हरिमन बिस्तर से उठा और बाबा के कमरे की ओर गया, जहाँ बाबा के सिरहाने पर रामचरितमानस रखी हुई थी। बाबा के थूकने के लिए पलंग के नीचे मिट्टी का एक पात्र रखा था। उससे थोड़ी दूर दीवार के पास पीतल का लोटा था। कमरे में पेशाब की गन्ध थी। कमरे में सीलन थी। कमरे में उदासी थी। बाबा की आँखें बन्द थीं। उसे सोता देख हरिमन नरक दरवाजे वाले कमरे से बाहर आ गया।

सामने वाले कमरे से होकर ही बाहर निकलने का मुख्य दरवाजा था, जहाँ जमीन पर बैठकर बच्चे पढ़ रहे थे। पीले रंग के बल्ब में रोशनी होने का धोखा बसा था। किताबों में लिखे शब्दों को देखने के लिए बच्चों को उन की ओर झुककर पढ़ना पड़ता था।

घुमनाहा भी पूरी तन्मयता से विज्ञान की किताब पढ़ रहा था। उसकी तन्मयता से चकित हरिमन ने जब विज्ञान की किताब उसकी गोद से उठाई तो उसमें धँसी वयस्कों की पत्रिका 'आधी रात' जमीन पर गिर गई। पत्रिका के रंगीन मुखपृष्ठ पर अदा देती हसीना का बड़ा-सा चित्र था, जिसके वृहत स्तन पसर से गए थे। घुमनाहा ने झट से उस पत्रिका को उठा लिया। वह कुछ कहना चाहता था, तब ही बाबा की खाँसने की आवाज सुनकर हरिमन नरक दरवाजा वाले कमरे की ओर भागते हुए चला गया।

बाबा पलंग का सिरहाना पकड़कर बैठा हुआ था। उसकी पसलियों पर उलझा बनियान मटमैला-सा हो गया था। उसके मुँह का झाग बहते हुए छाती तक आ गया था। वह हाँफ रहा था। वह काँप रहा था। हरिमन ने गमछे से बाबा के मुँह से झरते झाग की धार को पोंछा फिर उसे पकड़कर धीरे से पलंग पर लिटा दिया। पसलियों की ढेर की तरह बाबा बिस्तर पर पसर गया और उसने फिर से अपनी आँखें मूँद लीं। वह खाँसने की मशक्कत से थक गया था।

"मुझे फूलमती के पास ले चलो," बाबा ने फुसफुसाते हुए कहा।

हरिमन पलंग पर बाबा के पैरों के पास बैठ गया और उसकी छाती सहलाने लगा।

"ठीक है।" हरिमन के जवाब की प्रतीक्षा में बाबा ने आँखें खोल दी थीं। हरिमन उस कमरे की दीवार पर टँगे कैलेंडर को देखने लगा। कैलेंडर में मनोरम दृश्य था। दूर पहाड़ी थी, जिसकी तराई में एक गाँव चित्रित था। धान के खेतों के बीच से एक पगडंडी जा रही थी जिस पर कुछ लोग पैदल चले जा रहे थे। ऐसी ही पहाड़ी के पास फूलमती का गाँव भालूटेकरी था।

फूलमती के गाँव के पास महानदी बहती थी। बहती है। और फूलमती घर में न रहती थी। न रहती है। वह खोरबहरा के घर में रहने लगी थी। खोरबहरा उसके खेतों की देखभाल करता था। उसका परिवार फूलमती की देखभाल करता था।

*

हरिमन ने गौर से कैलेंडर के दृश्य को देखा। उस पहाड़ी के पीछे राजमार्ग था। उस राजमार्ग से उतरकर आगे तीन किलोमीटर जाने पर सलिहाडीह गाँव था, जहाँ कभी हरिमन का स्थानान्तरण किया गया था। उस गाँव में जो सरकारी स्कूल था, वह कच्चे मकान पर खोला गया था। उसे स्कूल साबित करने के लिए एक छोटा-सा बोर्ड खपरैल वाली छत के ऊपर लगा दिया गया था। स्कूल के सामने मैदान था। मैदान में पीपल का एक पुराना पेड़ था। पेड़ की छाती पर किसी धारदार हथियार से कोई सन्देश उकेरा गया था।

स्कूल के शुरुआती दिन होने के कारण ज्यादा बच्चों ने वहाँ प्रवेश नहीं लिया था। स्कूल में बच्चों की संख्या बढ़ाने की मंशा से उसने आसपास के कई गाँवों का दौरा किया। गाँववासियों से बातचीत की। उन्हें अपने बच्चे स्कूल भेजने के लिए प्रोत्साहित किया। वहीं दूसरे शिक्षक पास के कस्बे चारआमा में किराये से रहते थे। वे साइकिल से आते और जाते थे। देर शाम रुकने से वे डरते थे। जबकि हरिमन ने स्कूल के एक कमरे में ही रहने का फैसला किया था।

जिस कोने वाले कमरे को हरिमन ने चुना था, उस कमरे में एक छोटी खिड़की थी। पीछे जंगल और सलिहा पेड़ों की कतार थी और उसके पीछे घनघोर जंगल। कमरे की छत काफी नीचे थी। गाँव में बिजली नहीं थी। चिमनी के उजाले में उसे खाना पकाना पड़ता था। इसी उजाले से उसे अँधेरे की छाती को चीरना था। वह देर रात तक चिमनी के उजाले में पढ़ता रहता था।

धीरे-धीरे उसका गाँव वालों और बच्चों से मेलजोल हो गया। वह बच्चों को पढ़ाने के अलावा दीगर बातें भी बताता था। उसे मैदान के पीपल पेड़ के नीचे बैठना अच्छा लगता था। बच्चों को उसकी बातें सुनना अच्छा लगता था। लेकिन कुछ को ये सब अच्छा नहीं लगता था और जंगल में कब कौन किसका शिकार बन जाए कौन जानता है?

बिस्तर पर बाबा ने करवट बदली तो हरिमन की सोच की धार टूट गई। वह अभी भी बाबा के पैर दबा रहा था। उसने ध्यान से उस कैलेंडर को देखा।

कैलेंडर में कोई पुलिस वाला उसे अपनी मोटरसाइकिल पर बिठाकर चारआमा थाने ले जा रहा है। चारआमा थाना राजमार्ग पर ही है जो कस्बे के थोड़ा बाहर बना हुआ है।

थाने में उसे बाहर बिठाया गया। उसने जब जानना चाहा कि उसे वहाँ क्यों लाया गया है तो उस सिपाही ने कहा, "जो भी नया आदमी सलिहा जंगल में आता है, उसे थाने में अपना नाम-पता, विवरण देना होता है। लेकिन सात महीने हो गए तुम पंजीयन कराने थाने नहीं आए थे, इसलिए थानेदार साब ने तुमको बुलाने के लिए मुझे भेजा था। अब जब थानेदार साब आएँगे तब बाकी की जानकारी वहीं देंगे।" यह कहकर सिपाही थाने के अन्दर चला गया।

हरिमन थाने के बाहर बैठा रहा फिर वह पास रखे दैनिक अखबार के पन्ने पलटने लगा। अखबार में मुख्य समाचार की हेडिंग थी, 'सलिहा जंगल में बागियों का आतंक'। उसने अखबार वापस टेबल पर रख दिया और बाहर राजमार्ग पर आने-जाने वाले वाहनों को देखने लगा। बाहर सड़क पर ट्रैक्टर में सागौन के लम्बे-लम्बे तने लादकर ले जाए जा रहे थे। कुछ मजदूर पैदल जा रहे थे। थाना परिसर में वाहनों का कबाड़ रखा हुआ था। थाने के ठीक पीछे सिपाहियों के रहने का क्वाटर था।

हरिमन बैठे-बैठे थक गया था। बेंच पर बैठे हुए उसकी आँखें बन्द हो जा रही थीं। उसने अपनी बन्द होती आँखों से देखा, सामने किसी मोटरसाइकिल की हेडलाइट से तेज रोशनी आ रही है। थानेदार ने उस मोटरसाइकिल को परिसर की दीवार किनारे खड़ा किया और लड़खड़ाते कदमों से हरिमन के पास आकर पूछा, "तू ही है वो मास्टर?"

हरिमन कुछ समझ नहीं पाया। थानेदार ने उसे अन्दर आने का इशारा किया। हरिमन उसके पीछे चला गया। सिपाही ने उससे एक सादा कागज पर हस्ताक्षर करने को कहा। हरिमन के इनकार करते ही लाठी का तेज प्रहार उसकी पिंडली पर चटक गया। दर्द से वह सिहर उठा।

"साले एरिया कमांडर है तू।" थानेदार गरज उठा। उसके गरजने से हवा में शराब की गन्ध फैल गई।

"चल साइन कर।" सिपाही ने जबरिया हरिमन को कलम थमा दिया। हरिमन के हस्ताक्षर लेने के बाद उसे थाने के बाहर धक्के मार निकाल दिया गया।

देर रात अपनी पिंडलियों की दर्द के साथ हरिमन पैदल गाँव के स्कूल लौट गया। दर्द ने रात भर उसे सोने न दिया। हरिमन को दर्द में कराहते देखकर बच्चों ने अपने परिजनों को बताया।

हरिमन के कराहने की आवाज जंगल से गुजरते तमाम पशुओं ने भी सुनी। पूरी रात पंछी चहचहाते हुए आकाश में उड़ते रहे थे। पूरे जंगल में उसके कराहने

की आवाज गूँज रही थी। सच में सबने बारूदी सुरंग फटने की गूँज सुनी। लेकिन किसी ने किसी से कुछ नहीं कहा। दीवार पर टँगे सन 1975 के बहुत पुराने कैलेंडर को हरिमन स्तब्ध-सा देख रहा था।

"ये बारूद की गन्ध कहाँ से आ रही है?" शान्ता चीखते हुए नरक दरवाजा वाले कमरे में आ गई, जहाँ हरिमन बाबा के पैर के पास बैठा हुआ था। बाबा गहरी नींद में चला गया था। शान्ता ने हरिमन के कन्धे पर हाथ धरा और उसके चेहरे को अपने दूसरे हाथ से सहलाने लगी। फिर दोनों चुपचाप उस कमरे से बाहर आ गए।

वडयार कमरे के पलंग पर दोनों बैठ गए। हरिमन ने शान्ता की आँखों में झाँककर देखा। भीतर मधुलिका अपने कमरे में किताब पढ़ रही है। हरिमन मधुलिका के पास बैठा उसे निहार रहा है। यह दास बाबू का स्टडी रूम है, जहाँ दीवारों से सटाकर बुक शेल्फ रखी हुई हैं। उन बुक शेल्फ में हजारों किताबें हैं।

वह उन किताबों को देख रहा था। किताबें हरिमन को देख रही थीं। मधुलिका अपनी साड़ी के पल्लू को देख रही थी, जो थोड़ा सरक-सी गई थी। वह हरिमन की ओर देखकर मुस्कराई। शान्ता के पलक झपकाते ही हरिमन अपनी सोच से बाहर आ गया।

शान्ता ने कमरे की खिड़की से बाहर देखा। चौक के बीचोबीच लगे बिजली के खम्भे के नीचे कुछ लोग खड़े हैं। बाहर अँधेरे में खम्भे की रोशनी, आइसक्रीम की तरह गिर रही है। वह अन्दर रसोई में चली गई, जहाँ बच्चे खाने की थाली लेकर उसका इन्तजार कर रहे थे। उसके जाने के बाद हरिमन मुख्य दरवाजे से घर के बाहर आ गया। बाहर जो आम का पेड़ था, उसकी फुनगियों में चाँद अटक गया था। कुछ गायें सार्वजनिक नल के पास बैठी हुई थीं।

चौक के उस तरफ मिट्टी के बर्तन बेचने वाले हमीद की दुकान की पीली बत्ती जल रही थी। बगल वाले घर का दरवाजा बन्द था। सामने रेलवे स्टेशन जाने वाली सड़क के किनारे कतार से लगे नीलगिरी के पेड़ भुतही परछाईं की तरह लग रहे थे। उस सड़क पर आगे एक झोलाछाप डॉक्टर का क्लिनिक था जो पिछले कई दिनों से बन्द पड़ा था।

ऐसे ही एक क्लिनिक में हरिमन अपनी पिंडलियों पर उभर आए जख्मों का इलाज करवाने चारआमा गया था। उसे गाँव वालों ने बैलगाड़ी में छिपाकर उस क्लिनिक तक पहुँचाया था। जब वह लौटकर अपने स्कूल के कमरे में आया, तब तक रात हो चुकी थी।

उसे अपने दाहिने पैर में कुछ भारीपन का एहसास हो रहा था। वह चिमनी के उजाले में बैठा सिगरेट पी रहा था। खिड़की के बाहर घुप्प अँधेरा था। अँधेरे में सूखी पत्तियों के चरमराने की हल्की आवाज आ रही थी। फिर दरवाजे पर किसी ने दस्तक दी।

हरिमन दरवाजा खोलकर बाहर आ गया। करीब तीस चालीस बन्दूकधारी सामने खड़े थे। सब ने अपने चेहरे को गमछे से ढका हुआ था। उनमें से किसी एक ने कहा, "जोहार।" फिर वह पीछे हट गया।

पीछे एक दुबला-पतला युवक खड़ा था। उसने रौबदार आवाज में कहा, "घबराने की जरूरत नहीं। हम हैं।" उसने अपने कन्धे पर लटकी बन्दूक को जमीन पर रख दिया और पास ही मिट्टी के चबूतरे पर बैठ गया। उसके साथी भी थोड़ा फैल गए ताकि बीच में खाली जगह बन सके। उस खाली जगह पर एक पोटली रखी गई।

चबूतरे पर बैठे उनके कमांडर ने इशारा किया तो एक बन्दूकधारी ने पोटली खोली और किसी व्यक्ति का कटा हुआ सिर बाहर निकाला। उसने उसे बालों से पकड़ा हुआ था, जिससे कत्थई द्रव टपकने लगा। किसी ने उस कटे हुए सिर पर टॉर्च की रोशनी मारी। वह चारआमा के थानेदार जैसा दिख रहा था। फिर उसने टॉर्च की रोशनी हटा ली।

कमांडर की आवाज उसके गमछे से छनकर आ रही थी। वह अपने साथियों से कह रहा था, "जिसके लिए गाँव के बच्चे रोने लगें, जिसकी पीड़ा से बारूद में आग लग जाए, जिसके कराहने की गूँज जंगल में कोहराम मचा दे, समझ लो वह कितना शक्तिशाली है।"

फिर वह युवक हरिमन के पास आकर फुसफुसाया, "हमारा सन्देश पूरे जंगल में फैल रहा है। हमने उस पीपल के पेड़ पर भी अपना सन्देश चाकू से उकेर दिया है—"एल पूबलिको एस रेई।"

सामने मटकी चौक में भी अँधेरा था। हमीद अपनी दुकान का शटर बन्द कर पीछे अपने मकान में दुबक गया था। घर के आँगन से लगकर पांडे का घर था। वहाँ अभी पूजा होने की महक और चहक थी। इधर जो सड़क गौशाला की ओर जाती थी, उधर पीछे कुछ कुत्ते सड़क के बीचोबीच बैठे हुए थे।

देर रात जब सारे बच्चे सो गए, तब हरिमन बिस्तर पर पड़ा जाग रहा था। उसकी पिंडलियों की पीड़ा धीरे-धीरे हिलोर मारने लगी। तब तक पीछे के आँगन से बर्तन माँजकर शान्ता अन्दर आ गई। उसके हाथ में कटोरी थी, जिसमें सरसों का गर्म तेल था। वह हरिमन के पैर के पास बैठ गई। उसने धीरे से हरिमन का पैर अपनी गोद में लिया और सरसों तेल से उसकी पिंडलियों की मालिश करने लगी।

शान्ता उसकी मालिश करते हुए सोचने लगी, "कितनी लोहे की राड लगी हैं इसके शरीर में। उन्हीं लोहे की वजह से हरिमन की देह में दर्द बना रहता है। घुन की तरह दिन-रात कुतरता रहता है।" वह उसके दाहिने पैर के भीतर लगे लोहे की राड को टटोलने की कोशिश करने लगी, जिससे हरिमन के शरीर में दर्द की लहर दौड़ गई। शान्ता ने अपना हाथ तुरन्त हटा लिया।

वह फिर से सोचने लगी, "कैसा है यह आदमी? इतना सब होते हुए और सहते हुए भी कुछ नहीं बोलता। सब चुपचाप सह जाता है। सरकार ने दुनिया से कुछ कहने को मना किया है लेकिन हमसे तो मना नहीं किया है ना? ये क्या बार-बार रिमाइंडर देती रहती है सरकार? जब इन्होंने कह दिया कि नहीं कुछ बोलेंगे तो नहीं बोलेंगे। मुझे नहीं मालूम क्या? मैं सब जानती-समझती हूँ।"

तभी बुतरू ने चादर के बाहर सिर निकालकर कहा, "ऐ माँ ये रात में क्यों बड़बड़ा रही है?" वह घबरा गई। वह खुद से घबरा गई। उसे पता ही नहीं चला कि जिन बातों को वह सोच रही है ना जाने कब उसे बोलने लग गई।

*

पिंडलियों की पीड़ा का मालिक हरिमन अपनी गहरी नींद में मधुलिका के पास बैठा है। मधुलिका के हल्के घुँघराले बाल खुले हुए हैं। उन जुल्फों की खुशबू से हरिमन में एक सनसनाहट हो रही है। मधुलिका की आँखों की चमक का घमासान देह को चीर रहा है। उसके माथे पर लगी लाल रंग की बड़ी-सी बिन्दी को उगता सूरज कहकर अश्लील करने का कोई मतलब नहीं है।

उसने हल्के पीले रंग की साड़ी पहनी हुई है। उस पर हरे रंग के धागे से कढ़ाई की गई है। कढ़ाई में पेड़, पत्ती, लताएँ और फूल खिले हुए हैं। एक चिड़िया उसके पल्लू पर उड़ रही है, जिसके पंख सहलाने के लिए हरिमन ने हाथ बढ़ाया तो मधुलिका ने झट से रोक दिया। उसने अपने हाथों से हरिमन के हाथ को ठीक अपनी छाती पर दबोच लिया।

हरिमन मधुलिका की ओर देखने लगा। मधुलिका उसकी आँखों में देखने लगी। हथेलियों के उलझने को लेकर दोनों बेखबर थे। लेकिन एकदम सचेत होकर अँगुलियों को दबोच रहे थे। मधुलिका और पास आ गई। हरिमन उससे भी ज्यादा पास आ गया और दोनों पास-पास आते गए।

दास बाबू के आने की आहट से दोनों सनसनी के समन्दर से बाहर आ गए, जिसमें वे डूब-डूब जा रहे थे। सचमुच दोनों डूब मर जाना चाहते थे।

"तुम्हारी बीएससी फाइनल की परीक्षा कब है?" दास बाबू के इस बेतुके वाक्य का तीखापन कमरे में भर गया। हरिमन बॉटनी की किताब लेकर उसके घर से बाहर आ गया।

एकदम बाहर। उसके सपने से बाहर। वहाँ, जहाँ शान्ता अभी उसके बगल में बेसुध पड़ी है। गहरी नींद में उसका मुँह खुल गया है। तेज साँस लेने के चलते उसकी छाती ऊपर-नीचे हो रही है। छाती में सिर्फ पसलियाँ हैं। पसलियों में सिर्फ दर्द है। पसलियों के पीछे मृत स्वप्न और लालसाएँ हैं, जो हाल ही में एक एक्सरे रिपोर्ट में साफ-साफ नजर आई थीं।

डॉक्टर ने चेताया था कि अभी तो ठीक है लेकिन आगे से धुएँ से बचाना जरूरी है नहीं तो फेफड़े को ज्यादा नुकसान हो सकता है। उस एक्सरे रिपोर्ट को शान्ता ने लकड़ी वाले सन्दूक में रख दिया और कहा कि "अभी कोई चिन्ता की बात नहीं है! डॉक्टरों का तो काम ही है बीमारी ढूँढ़कर निकालना। देखो मैं एकदम स्वस्थ हूँ और अभी तो खाँसी भी नहीं आती।"

खाँसने के स्वाँग से सच में खाँसी का सिलसिला शुरू हो गया। उसके मुँह से कफ बाहर आ गया। वह पसीने से तरबतर हो गई। अपने मुँह पर साड़ी का पल्लू खोंसकर वह पीछे आँगन में चली गई और खुली हवा में जोर-जोर से साँस लेने लगी।

शादी से पहले ही शान्ता को उसकी माँ टेटमेरिही ने रसोई के काम में झोंक दिया था। यह कहते हुए कि आखिर में चूल्हा ही तो फूँकना है। लेकिन उसने ऐसा नहीं कहा। उसने सीधे-सीधे कहा, "गाय जब बड़ी होती है तो रास्ते के साँड़ पीछे पड़ जाते हैं।"

शान्ता घर के कामों में अपने को उलझाए रखती और जब वह थोड़ा भी फुरसत पाती तो मृतकों को याद कर रोने लग जाती। फिर इससे उबरने के लिए घर के गैरजरूरी कामों में खुद को उलझा लेती।

रविवार की इस सुबह हरिमन बिस्तर पर पड़ा हुआ था। बच्चे पीछे आँगन में खेल रहे थे। पांडे की पत्नी जोर-जोर से भजन गा रही थी। शान्ता की आँखों के सामने बनगिहा का चेहरा घूमने लगा। उसने देखा कि बनगिहा के इशारे पर चींटियों ने अपना रास्ता बदल लिया। वह स्मृति के इस खेल से झट से बाहर आ गई क्योंकि उसे आज बहुत से काम करने हैं।

शान्ता ने रसोई में रखे बर्तनों से धूल झाड़ा, फिर उन्हें आलमारी में करीने से रखा। फिर उसने मसालों के डिब्बों को साफ किया। फिर किराना सामान रखे जाने वाली आलमारी को साफ किया। फिर वह बगल के छोटे से कोने में बनाए गए देवघर की ओर गई।

वहाँ उसने देवों से माफी माँगी, फिर उनकी तस्वीरों को साफ कर वापस उनकी जगह पर रखा। वडयार कमरे में रखी लोहे की आलमारी से सारे कपड़ों को बाहर निकाला। फिर उन्हें पीछे आँगन में खाट पर फैला दिया ताकि कपड़ों की नमी धूप में उड़ जाए।

फिर दीवार पर बनाए गए आले में रखे पुराने रेडियो को साफ किया। उसके नीचे रखे प्लास्टर ऑफ पेरिस से बनी छोटी-छोटी मूर्तियों को बारी-बारी से उठाया और बड़ी नजाकत से उन्हें साफ किया। हर मूर्ति को साफ करने के बाद वह उन्हें ध्यान से देखती, फिर वापस उसकी जगह पर रख देती।

इस तरह उसने करीब ग्यारह मूर्तियों को साफ कर वापस उस आले में रख दिया। लेकिन वह चौंक गई। बारहवीं मूर्ति नहीं थी। उसने बार-बार अपने आसपास देखा। उसने रेडियो के पीछे देखा। लेकिन बारहवीं मूर्ति उसे नहीं मिली।

वह घबरा गई। वह डर गई। हरिमन को पता चलेगा तो वह कितना नाराज होगा। वह कितना उदास होगा क्योंकि इन मूर्तियों को हरिमन खजुराहो से खरीद कर लाया था। मूर्तियों में रतिरत विभिन्न मुद्राएँ थीं। इन यौन आसनों का गजब ही उन्माद था, जिसमें वे दोनों बह जाया करते थे।

पहले इसी जगह पर बनिगहा के प्रिय पशुओं और पक्षियों की छोटी-छोटी मूर्तियाँ रखी रहती थीं। लेकिन उसके घर से जाने के बाद हरिमन ने उन मूर्तियों को वहाँ से हटाकर लकड़ी के बड़े सन्दूक में रख दिया था। यह कहते हुए कि इन्हें देखता हूँ तो उसकी बहुत याद आती है। हरिमन के इस तर्क से सभी सहमत थे। बाबा ने तो दीवार पर टँगे कार्ल के श्वेत-श्याम फोटो को उतारकर फेंक दिया था। बाबा को उसकी लम्बी दाढ़ी से बहुत चिढ़ थी।

उस लकड़ी के बड़े से सन्दूक में बहुत सारी चीजें जमा थीं। लेकिन उसे खोलने की इजाजत किसी को नहीं थी। घुमनाहा तो कई बार जिद कर चुका था लेकिन शान्ता मना कर देती थी। वह डरती कहीं घुमनाहा सन्दूक में रखी पुरानी चीजों को कबाड़ में न बेच आए।

पिछले सप्ताह ही उसने हरिमन की साइकिल के कैरियर को यह कहकर निकलवा दिया था कि इसकी क्या जरूरत है अब? पिताजी तो माँ को कैरियर पर बिठाकर कहीं घुमाने ले जाते नहीं। फिर धीरे से उसने उस कैरियर को साठ पैसे में बेच दिया था।

घुमनाहा को लगता कि सारी नसीहतें ही दुनिया में आगे बढ़ने से रोकती हैं। इन रोड़ों को लाँघकर और कुचलकर ही कामयाब हुआ जा सकता है। फिर वह एक कुटिल मुस्कान की आड़ से हरिमन को देखते हुए कहता, "ये देखो बिस्तर पर पड़े घायल आदर्श को, जो अपनी पिंडलियों के दर्द से कभी बाहर ही नहीं आ पाता। पुलिस को देखते ही जिसका जबड़ा जाम हो जाता है।"

हालाँकि वह जानता था कि ये जो आदमी अभी सो रहा है उसके भीतर एक लोहे का साँड़ है। जब वह लोहे का साँड़ जागा करता था तो लोग उसके नथुने की फुफकार से दूर भाग जाते थे। उसकी आँखों की लपट से लोग झुलस जाते थे।

सलिहा जंगल में राजमार्ग पर जो बारूदी सुरंग विस्फोट हुआ था उसके लिए भी सरकार हरिमन गुरुजी को जिम्मेदार मानती थी। हालाँकि इस बात के कोई सबूत नहीं मिले।

हरिमन की नजर से बचाने के लिए शान्ता ने उस आले पर एक परदा लगा दिया। वह धीरे-धीरे चीजों को परदे के पीछे ढकेलना सीख गई थी। उसने हरिमन को नहीं बताया कि घुमनाहा ने उसकी साइकिल के कैरियर को बेच दिया।

उसने यह भी नहीं बताया कि ऐंठबहार उसकी सिगरेट चुराकर बाथरूम में पीता है। ऐसी ही बहुत सी बातें उसने छिपा लीं। जब हरिमन ने परदा लगाने की

वजह पूछी तो शान्ता ने कहा कि "इन मूर्तियों को देखकर बुतरू पूछता है कि ये लोग क्या कर रहे हैं इसलिए।"

*

जब बाबा की तबीयत ठीक हो गई तो वह नरक दरवाजे वाले कमरे से बाहर निकलकर इधर-उधर टहलने लगा। हालाँकि उसके पैरों में थोड़ा कम्पन था। फिर भी वह फूलमती के गाँव जाने के लिए बेकरार था।

ऐसी बेकरारी तो उसे किसबिनों के पास जाने की भी कभी नहीं रही, जबकि रायपुर से आरंग के रास्ते में वह किसबिनों की बस्तियों में उनका गाना सुनने जाता रहा था।

बाबा बाहर बने चबूतरे पर बैठ जाता। धूप में अपनी पीठ सेंकता। राहगीरों से बातें करता। लेकिन वह आज ठेमना नाई के इन्तजार में बैठा था। उसने सुबह आने को कहा था। न जाने क्यों वह नहीं आया। उसे दाढ़ी से बहुत चिढ़ थी।

उसकी खुद की दाढ़ी काफी बढ़ आई थी। सफेद दाढ़ी के पीछे उसकी सूखी ठुड्डी छिप गई थी जिसमें उसने तम्बाकू दबा रखी थी। सार्वजनिक नल पर हमीद की छोटी बहन कपड़े धो रही थी। सामने स्टेशन की ओर जाने वाली सड़क सूनी थी।

अगले दिन हरिमन ठेमना नाई को अपनी साइकिल पर बिठाकर ले आया। ठेमना की सफेद धोती का रंग मटमैला हो गया था। कुर्ते का रंग भी उड़ गया था। उसने सिर पर टोपी पहन रखी थी जिससे उसे अपने स्वतंत्रता सेनानी होने का भान होता था, हालाँकि सरकार ऐसे किसी भी दावे को खारिज करती थी।

ठेमना ने अपनी थैली जमीन पर रख दी और बाबा को बोरी पर बैठने का इशारा किया। वह सार्वजनिक नल से अपने पीतल की कटोरी में पानी ले आया और उसमें ब्रश डुबाया। फिर एक छोटे से डिब्बे में धँसे साबुन की बट्टी में ब्रश को रगड़ने लगा। ब्रश में साबुन का झाग उभरने लगा।

देर तक धूप में बैठे रहने से बाबा के मुँह से भी झाग निकलने लगा। वह चक्कर खाकर वहीं पर लुढ़क गया। उसके मुँह के आसपास मक्खियाँ भिनभिनाने लगी। यह देखकर ऐंठबहार चिल्लाया, "बाबा मर गया।" उसकी चीख सुनकर हरिमन बाहर आया। उसने देखा बाबा जमीन पर बेहोश पड़ा है।

घनघोर बेहोशी में बाबा का मन आकाशमार्ग पर विचरने लगा। वह झट से कभी किसबिनों के मुहल्ले पहुँच जाता तो कभी अपने बचपन में लौट जाता। ठीक अभी उसका मन फूलमती के गाँव के ऊपर आकर ठहर गया।

हेलीकाप्टर की तरह आकाश में स्थिर वह नीचे देख रहा था। नीचे उस गाँव में सुबह की हल्की धूप उतर रही थी। जंगल की ओर जाती गायों के खुरों से धूल

उठ रही थी। उन्हें कोई हाँकने वाला नहीं था। गायें खुद अपने घरों से निकलतीं। जंगल में चरतीं और अँधियार होने से पहले अपने घरों में बने बाड़े में लौट जातीं।

लेकिन ऐसा कोई बाड़ा फूलमती के लिए नहीं था, जहाँ वह लौट सके। फूलमती कहीं नहीं लौटती। न बाबा के सपनों में, न गाँव के अपने कच्चे मकान में। उसे खोरबहरा के पक्के मकान में रहना अच्छा लगता था। उसे खोरबहरा के पास रहना अच्छा लगता था।

बाबा का मन अभी भी आकाश में उसी जगह पर स्थिर था। वह गिद्ध की तरह नीचे देख रहा था। नीचे खोरबहरा के मकान के पीछे के आँगन में एक खाट पर फूलमती उसके साथ लेटी हुई है। दोनों की देह आपस में गुत्थमगुत्था हो रही है।

किसी ने जोर से पानी का छींटा मारा तो बाबा का मन झटके में उसके शरीर में लौट आया। उसने देखा वह जमीन पर लेटा हुआ है। हरिमन उसके पास उकड़ूँ बैठा हुआ है। उसने कटोरी को जमीन पर रख दिया और बाबा से कहा, "थोड़ा आराम कर लो।" बाबा धीरे से उठा और उसने ठेमना को दाढ़ी बनाने का इशारा किया।

कुछ दिनों बाद वह फूलभती के गाँव जाने के लिए सुबह जल्दी उठ गया। हरिमन उस दिन थोड़ी देर से उठा। जब वह ब्रश पर टूथपेस्ट लगा रहा था। तब उसके पास ऐंठबहार भी खड़ा था। उसने कुछ अजीब-सी बदबू महसूस की, जिससे उसे उबकाई आने ही वाली थी कि वह नाक को अपनी हथेली से दबाकर थोड़ा पीछे हो गया। तब हरिमन पीछे आँगन की दीवार पर टँगे आईने में अपना चेहरा देखते हुए सोच रहा था।

उसकी सोच की तरंगें आसपास फैल गई थीं। वह अपने चेहरे पर झुर्रियों की दस्तक के बारे में सोच रहा था। दरअसल वह अपने मुँह से आने वाली बू के बारे में सोच रहा था। यदि बाबा को इस बू के बारे में पता चल गया तो वह कितना दुखी होगा। उस बू की पहचान घुमनाहा को थी और इसे गोपनीय रखने के लिए वह हरिमन से दो रुपये ले चुका था।

आँगन की दूसरी ओर पांडे का मकान था, जिसकी रसोई का दरवाजा इस साझा आँगन में खुलता था। आँगन से एक दरवाजा बाहर की ओर खुलता था जिससे निकलकर पांडे की पत्नी अभी बाहर सार्वजनिक नल में पानी भरने गई है। नल के आसपास औरतों की भीड़ है। सब पानी लेने के लिए आपस में झिकझिक कर रही हैं।

जब पांडे की पत्नी आँगन में दाखिल हुई तो उसे भी उबकाई आने वाली थी लेकिन वह लगभग दौड़ते हुए अन्दर भागी। उसने गगरा जमीन पर पटकते हुए चीखा, "ये शराब की बू कहाँ से आ रही है?"

जब बाबा रेलवे स्टेशन जाने के लिए तैयार होकर नरक दरवाजा वाले कमरे से बाहर निकला तो उसके हाथ में काला बैग था। वह कुर्सी पर बैठ गया।

तब हरिमन तैयार हो रहा था। बच्चे बाबा के पास आ गए थे। बच्चों को देखकर बाबा ने अपने काले बैग के अन्दर हाथ डाला। लेकिन वह भौचक रह गया। बैग के भीतर से नोट का बंडल गायब था। उसने किसी तरह अपने चेहरे के भाव को छिपाया और मुस्कराने लगा।

बाबा की मायूसी देखकर ऐंठबहार समझ गया। वह बताना चाह रहा था कि कल रात उसने घुमनाहा को बाबा का काला बैग सूँघते हुए देखा है लेकिन वह हरिमन के गुस्से से डर गया और चुपचाप बाहर रिक्शेवाले को देखने लगा।

तब तक हरिमन ने रिक्शे पर अपना बैग रख दिया। शान्ता भी रसोई से बाहर आ गई। उसने बाबा के पैर छुए। फिर ऐंठबहार ने बाबा के गोद से काला बैग लेकर रिक्शा में रख दिया। दोनों रिक्शा पर सवार हो गए। तब हरिमन की नजर घुमनाहा को खोज रही थीं। लेकिन वह आसपास कहीं नहीं था।

घुमनाहा पीछे अनाथालय रोड पर बब्बू दुकान के पास खड़ा था। उस दुकान में पढ़ने के लिए किराये में पुस्तकें एवं पत्रिकाएँ मिलती थीं। वह दूर से एक पत्रिका पर नजर जमाए खड़ा था।

'आधी रात।'

पत्रिका के मुखपृष्ठ पर चित्रित महिला के बाल खुले थे, जिसमें पीछे से आ रही सूरज की किरणें उलझी हुई थीं। उसने अपने निचले होंठ को हल्का सा भींचा हुआ था। उसके ब्लाउज का बटन खुला हुआ था। घुमनाहा ने उसकी आँखों में देखा। वह उसे अपने पास बुला रही थी।

पैसेंजर ट्रेन की छह घंटे की यात्रा के बाद दोनों रायपुर पहुँचे। वहाँ से हरिमन और बाबा एक बस में सवार हो गए। बाबा बस की खिड़की वाली सीट पर बैठ गया। बैग सीट के नीचे रख दिया।

हरिमन बगल वाली सीट पर बैठ गया। बस की खिड़की से सिर टिकाकर बाबा बाहर देखने लगा। बस तेजी से धमतरी रोड पर भागी जा रही थी। पीछे रायपुर शहर छूट गया।

हरिमन बगल की सीट में चुपचाप आँखें बन्द किए बैठा था। बस के झटकों से उसका शरीर हिल जाता। हालाँकि वह घुमनाहा को याद कर हिल गया। उसने देखा घुमनाहा बब्बू दुकान के पास खड़ा अपनी पैंट की जेब में कुछ टटोल रहा है।

फिर एक रुपये के तीन नोट निकाल उसने दुकानदार को दिया और पत्रिका को अपनी कमीज के भीतर छिपा लिया। वह आँगन के दरवाजे से घर में दाखिल हुआ और नरक दरवाजा वाले कमरे में बाबा के बिस्तर के नीचे उस पत्रिका को छिपा दिया।

बस में पीछे एक खाली सीट देखकर हरिमन वहाँ जाकर बैठ गया। बाहर से धान की हल्की खुशबू आने लगी। ऐसी ही खुशबू उसे हरिया की देह से आती थी।

वह हरिया को याद करने लगा। लेकिन वह याद नहीं कर पाया। वह उसका चेहरा भूल गया था। वह अब चीजों को भूलने लगा था।

जब बस कोचवाही घाट की पहाड़ी की चढ़ाई करने लगी तो सलिहा पेड़ों की पत्तियों की हरहराने की गन्ध हरिमन के भीतर तक तैर गई। उसका नथुना फड़कने लगा। उसके भीतर कोई हलचल-सी हुई। कोचवाही घाट समाप्त होने के बाद मुंजालगोंदी गाँव आया। कंडक्टर ने वहाँ बस रुकवा दी और हरिमन को उतरने का इशारा किया।

दोनों बस से नीचे उतर गए। घने जंगल के बीच से गुजरते इस राजमार्ग पर उन्हें छोड़कर बस आगे चारआमा कस्बे की ओर बढ़ गई।

*

सुनसान सड़क पर दो आदमी थके खड़े थे। इस सड़क से उतरकर पगडंडी से होते हुए उन्हें करीब तीन किलोमीटर पैदल जाना था। उसी पगडंडी के पीछे दूर पहाड़ियों की शृंखला दिख रही थी।

वे दोनों मुख्य सड़क से उतरकर पगडंडी से गाँव की ओर जाने लगे। पगडंडी के दोनों ओर के खेतों में धान लहलहा रही थी। जब वे गाँव पहुँचे तो उन्होंने देखा कि फूलमती के मकान पर ताला लगा है। पड़ोसी ने अपने बच्चे को भेजकर फूलमती को बुलवाया।

बाबा पीछे वाले कमरे में खाट पर सो रहा था। वह उस यात्रा से थक गया। वह अपनी बीमारी से थक गया। वह जीवन से थक गया था। मृत्यु के फरिश्ते से उसकी मुलाकात होती रहती और वह ऊपर छत की ओर देखकर अक्सर गन्दी-गन्दी गालियाँ बकता रहता। रात की चुप्पी में सिर्फ झींगुरों का शोर था। दूर से कुत्तों के भौंकने की आवाज आ रही थी।

हरिमन ने ध्यान दिया कि कुत्तों के भौंकने की आवाज धीरे-धीरे नजदीक आती जा रही है। इस शोर में कभी-कभी पक्षियों के समूह के फड़फड़ाकर उड़ने की आवाज भी गूँज जाती। जमीन पर पड़े सूखे पत्तों पर लोगों के चलने की आवाज भी आने लगी।

वह थोड़ा सहम गया। उसे लगा, पुलिस उसे पूछताछ के लिए पकड़ने आ रही है। वह और दुबक गया। बाबा पीछे अभी भी सो रहा था। फूलमती रसोई में बैठी खाना पका रही थी।

कुत्तों के भौंकने की आवाज एकदम घर के दरवाजे तक आ गई। दरवाजे पर दस्तक होने पर उसने सामने की लकड़ी का दरवाजा खोल दिया।

उसने देखा, गमछे से अपना चेहरा छिपाए कुछ लोग खड़े हैं। एक पतले-दुबले युवक ने उसे बाहर आने का इशारा किया। उसके कन्धे पर बन्दूक थी।

हरिमन उसके पीछे-पीछे चलने लगा। गाँव के बाहर स्कूल मैदान पर वे लोग जमा हो गए।

हरिमन को थोड़ा अलग ले जाकर उस युवक ने पूछा, "कैसी है बाबा की तबीयत?" यह सुनकर हरिमन चौंक गया। हरिमन को स्तब्ध देखकर युवक ने जोर से ताली बजाई। सारे झींगुर चुप हो गए। कुत्तों के भौंकने की आवाज भी बन्द हो गई। एकदम शान्ति। चारों ओर शान्ति। उसने वही सवाल दोहराया।

हरिमन को परेशान देखकर युवक ने चेहरे से गमछा उतार दिया। वहाँ मौजूद उजाले और अपनी आँखों की शक्ति पर जोर देकर हरिमन ने उसे पहचानना चाहा। युवक के चेहरे पर हल्की दाढ़ी थी। वह किसी दाढ़ी वाले युवक को नहीं जानता था।

वह अपने भूलने की आदत से खुद पर झल्ला गया। युवक हरिमन की बेचैनी देखकर मुस्कराने लगा। उसके मुस्कराहट की रोशनी में हरिमन ने ध्यान से देखा और वह उससे पूछ ही लिया, "थानेदार का कटा सिर लाने वाला कमांडर है ना तू?"

युवक ने अपनी मुस्कान को लपेट लिया। उसने अपने चेहरे को गमछे से छिपा लिया और अपनी टोली की तरफ लौटने से पहले हरिमन के कान में धीरे से फुसफुसाया, "बनगिहा।"

युवक ने फिर से उसी तरह ताली बजाई। झींगुरों का शोर एक बार फिर से शुरू हो गया। दूर गाँव की गलियों में दुबके हुए कुत्ते फिर से भौंकने लगे। उसकी टोली उठ खड़ी हुई। सबने अपनी अपनी बन्दूकें कन्धों पर टाँग ली और वे अँधेरे में गुम हो गए।

हरिमन उस मैदान में अकेला खड़ा रह गया। वह डर गया। उसके भीतर का साँड़ डर गया। वह तेज कदमों से घर की ओर लौट गया।

वह रात भर सो नहीं पाया। सुबह के इन्तजार में वह करवटें बदलता रहा। उसकी सारी सिगरेटें खत्म हो चुकी थीं। उजाले के इन्तजार ने उसकी आँखों में अँधेरा ठूँस दिया था। वह बनगिहा का चेहरा और उसकी दहकती आँखों को भूल नहीं पा रहा था। वह उस पल को याद रखने के लिए ही बार-बार याद कर रहा था ताकि जब वह घर वापस पहुँचे तो शान्ता को इस बारे में बता सके।

*

अगली सुबह वह वापस जाने के लिए मुंजालगोंदी से बस पर सवार हुआ। बस जैसे ही कोचवाही घाट में पहुँची तो हरिमन ने देखा कि सामने पुलिस ने घेराबन्दी की है। सड़क पर वाहनों की कतार लग गई है। पुलिस वाले हर वाहन की जाँच कर रहे हैं। सवारों से पूछताछ कर रहे हैं। कतार में उनकी बस सबसे अन्तिम पर रुक गई।

यह देखकर हरिमन घबरा गया। उसने कंडक्टर से अनुरोध किया कि उसे बस से उतरने दे, उसे जोरों की पेशाब लग रही है। बस कंडक्टर ने दरवाजा खोल दिया।

थोड़ी देर में पुलिस वालों ने बस को घेर लिया और दो पुलिस वाले बस में चढ़कर लोगों से पूछताछ करने लगे।

उन्होंने सवारियों के सामानों की औपचारिक तलाशी ली। फिर बस से उतरकर उन्होंने ड्राइवर को बस आगे बढ़ाने को कहा, तब तक पीछे पाँच-छह और वाहनों की कतार लग चुकी थी। पुलिस वाले उनकी जाँच करने आगे बढ़ गए।

धमतरी की ओर करीब चालीस किलोमीटर चलने के बाद बस एक गाँव के पास रुकी। तब बस के ऊपर रखी बोरियों में छिपा हरिमन धीरे से नीचे उतरा। वह अपने दाहिने पैर को बहुत सँभालकर बस की सीढ़ियों पर धर रहा था।

देर तक बस की छत पर बोरियों में छिपे रहने के कारण उसके अन्दर का इस्पात अकड़ गया था। जब वह नीचे उतरकर सिगरेट जलाने के लिए झुका तो दर्द से कराह उठा। उसे लगा सच में देह सिर्फ पीड़ा का घर है और कुछ नहीं। उसने जोर का कश लगाया फिर धुआँ उगल दिया।

पसलियों के पीछे

बाबा और हरिमन को रेलवे स्टेशन जाने के लिए विदा कर, जब शान्ता वापस घर के अन्दर लौटी तो एक अजीब-सी दुर्गन्ध से उसका सिर चकराने लगा। उसने अपनी साड़ी के पल्लू से नाक को बाँध लिया और नरक दरवाजा वाले कमरे में झाँककर देखा। सचमुच वह कमरा नरक समान ही था। पलंग पर रखा गद्दा पेशाब के गीले दाग से लिजलिजा-सा दिख रहा था।

शायद हड़बड़ी में बाबा बिस्तर पर फारिग हो गया था। नीचे रखे मिट्टी के पात्र की राख में कफ सना पड़ा हुआ था जो लावा के ठंडे होने के सदृश्य दिख रहा था। तेल की चिकनाई से तकिया काला पड़ चुका था। दीवार पर मकड़ी के जाले बन गए थे। कमरा अपने खालीपन से भरा लग रहा था।

उससे रहा न गया। शान्ता ने पलंग के अलावा कमरे में रखे सभी सामानों को कूड़े में फेंक दिया। कमरे की फिनाइल से सफाई की। दीवारों पर लगे जालों को साफ किया। सड़क की ओर खुलने वाली खिड़की खोल दी। सड़क के उस पार छोटा-सा बगीचा था। बगीचे से फूलों की खुशबू ओढ़े हल्की बयार कमरे के भीतर आने लगी।

अब वह बिना किसी झिझक और बन्दिश के अपने घर में रह सकती है। उसने अपना घूँघट हटा दिया। उसने अपने बालों को खोल दिया। उसने खुद को थोड़ा खोल दिया। "रसोई औरत की जिन्दगी तबाह कर देती है" उसने ऐसा कुछ भी नहीं सोचा। वह सोचने के ऐश्वर्य से बेदखल हो चुकी थी। उसकी पसलियों के पीछे दर्द की धार थी, जो रह-रह कर बाहर आती रहती थी, तब शान्ता का चेहरा खाँसते-खाँसते लाल हो जाता।

धूल और धुएँ से जूझने वाली शान्ता हाँफने लगी थी। वह नरक दरवाजा वाले कमरे से बाहर आ गई। वह सामने के दरवाजे से भी बाहर आ गई। इतना बाहर वह बहुत दिनों बाद आई थी। बाहर चौक पर लोग आ-जा रहे थे। हमीद भाई की दुकान खुल गई थी।

थाना रोड पर स्थित जरीवाले बंगाली की दुकान की खिड़की से नई साड़ियों की आलमारी की झलक दिख रही थी। उसकी पुरानी मरी हुई लालसा जाग सी

गई। उसे जरी से बनी बेलबूटे वाली गुलाबी रंग की साड़ी पहनने की इच्छा थी। इच्छा उसकी पसलियों के पीछे कसमसाकर रह गई।

सार्वजनिक नल की टोंटी से पानी की मरती हुई बूँदें गिर रही थीं, उन बूँदों को अपनी चोंच में लपक लेने के लिए एक गौरया जद्दोजहद कर रही थी। वह चिड़िया की इस ललक और लपक को देखकर खड़ी रह गई।

उसने देखा, दूर जूता दुकान वाले पंजाबी के घर के पास पड़े कूड़े में घुमनाहा सूअर की तरह घुसा पड़ा है। वह बेहद हड़बड़ी में कूड़े के भीतर हाथ घुसेड़कर देख रहा है। नीचे की कीचड़ और गन्दगी से उसका हाथ बजबजा गया है। शान्ता ने उसे जोर की आवाज दी। लेकिन वह शान्ता की आवाज सुन नहीं पाया।

जोर से चिल्लाने की वजह से शान्ता की पसलियों का दर्द उभर आया। वह घर के अन्दर लौट आई। जहाँ ऐंठबहार और बुतरू हरिमन की साइकिल को पुराने कपड़े से पोंछ रहे थे। नरक दरवाजा वाले कमरे का सन्नाटा पूरे घर में पसर गया था। देवघर में जल रही अगरबत्ती की खुशबू ही बस रौनक जगा रही थी।

शान्ता ने खिड़की से झाँककर बाहर देखा। बाहर सार्वजनिक नल की टोंटी खोलकर घुमनाहा अपने कीचड़ सने हाथ धो रहा है।

दोपहर का खाने का वक्त अभी नहीं हुआ था। वह बिस्तर पर बैठ गई। उसके बैठते ही पुरानी खाट और उसकी पसलियाँ दोनों चरमरा गईं। फिर वह बिस्तर पर पसर गई। उसने ऊपर देखा। छत से गिरने वाले धूल से बचने के लिए जो बोरियाँ लगाई गई थीं, उनमें लगातार लटके रहने के कारण दरार आने लगी है। वहाँ उसने जो गुलाबी रंग की साड़ी लगाई थी, उसे फूलमती जिद कर अपने साथ गाँव ले गई थी।

उस गुलाबी साड़ी में उकेरे गए फूल-पत्तियों से ऊपर उनका छत भव्य दिखता था। रात की हल्की पीली रोशनी में ऐसा लगता कि उसके फूल अब गिरे कि तब। जब पहली बार हरिमन ने उसे देखा तो वह देखता ही रह गया था। उसके मुँह से स्वत: ही निकल गया, "अरे यह तो राजा वडयार के मैसूर पैलेस के कमरे जैसा दिख रहा है।"

वह अपनी सोच के ऐसे मुहाने पर पहुँच गई, जहाँ वह लौटना नहीं चाहती थी। उस जगह की खुशी और सरसराहट को वह अभी भी महसूस कर रही थी। बहुत दिनों पहले। बहुत इच्छाओं के पहले।

हरिमन उस वडयार कमरे में बिस्तर पर बैठा सिगरेट पी रहा है। उसके धुएँ के धागे ऊपर उड़ते जा रहे हैं। शान्ता ने उसके हाथ से सिगरेट छीनकर कहा, "इतना शौक है मरने का जी।"

सच में उसका जी मचलने लगा था। वह जीना चाहती थी। उसने सिगरेट को अपने पैर से कुचलकर बुझा दिया। हरिमन ने कमरे का बल्ब बुझा दिया। दोनों ने अपनी देहों को जला लिया। आग और फिर राख। दोनों थक गए। फिर दोनों हट

गए। शान्ता के कान पर अपने होंठ रखकर हरिमन धीरे से फुसफुसाया, "मजा आया ना मधु?"

शान्ता चौंक गई। उसने सच में मधु ही कहा था। वह चीखकर कहना चाहती थी, "कौन है ये मधु?" लेकिन वह कुछ कह ना पाई। वह कुछ कहना भी नहीं चाहती थी। उसे चुप ही रहना आता था। उसे चुप रहना ही सिखाया गया था।

उसकी यह चीख पसलियों के पीछे दब गई जो अभी भी टीसती है। थकान और प्रेम के धोखे से चूर आदमी उसके बगल में बेसुध पड़ा नाक बजाकर सो रहा है।

शान्ता ने अपनी छाती पर रखा हरिमन का हाथ हटाया। फिर धीरे से बिस्तर से उतर गई। वह खाट के नीचे अपने हाथ से कुछ टटोलने लगी। थोड़ी देर पहले उसने जिस सिगरेट को अपने पैरों से कुचल दिया था, वह उसकी पकड़ में आया। वह उसे लेकर पीछे रसोई में गई और उसकी ठूँठ को जलाने लगी। जब सिगरेट का धुआँ उसके नाक और मुँह के आन्तरिक संगम ओइसोफेगस में जाकर अटक गया, तो वह जोर-जोर से खाँसने लगी।

वह डर गई। उसने अपनी आँखें खोलीं। वह बिस्तर पर थी। शान्ता ने देखा सामने रखी लोहे की आलमारी में घुमनाहा परेशान-सा कुछ खोज रहा था। वह आलमारी में करीने से रखे कपड़ों को उलट-पलटकर देख रहा था। उसे देखकर शान्ता ने धीरे से कहा, "तू वो पत्रिका खोज रहा है ना?"

घुमनाहा झट से रुक गया। उसकी पड़ताल थम गई। वह शान्ता की ओर पलटकर देखने लगा। "उधर रख दी है मैंने।" यह कहते हुए शान्ता ने उसके स्कूल के किताबों की ओर इशारा किया। घुमनाहा 'आधी रात' पत्रिका अपनी कमीज में छिपाकर बाहर निकल गया।

शान्ता ने फिर से आँखें मूँद लीं। आँखें मूँद लेने से भीतर की यात्रा स्वत: ही आरम्भ हो जाती है, जिसका नियंत्रण वश में नहीं होता। लेकिन बनगिहा के वश में बहुत कुछ था। वह अपने इशारे पर जीव-जन्तुओं को नियंत्रित कर लेता था। वह अँगुलियों से इशारा करता और ढेर सारी तितलियाँ शान्ता के शरीर पर आकर बैठ जातीं, तब ऐसा लगता मानो वह रंगबिरंगी साड़ी पहनी हो।

शान्ता तुरन्त उन्हें हटाने को कहती। बनगिहा के कहने पर आकाश में इतनी सारी चिड़ियाँ आ जातीं कि लगता भरी दुपहरी में ही अँधेरा हो गया है। गिलहरियाँ उसे देखकर आम पेड़ से नीचे उतर आतीं और देर तक उसके आसपास मँडराती रहतीं।

शान्ता अपनी स्मृति की नदी में घुटने तक डूब चुकी थी। अनुभूतियों की सरसराहट से उसका जिस्म काँप रहा था। अपनी माँ को नींद में काँपता देख ऐंठबहार ने उसे चादर ओढ़ा दिया। फिर वह भी घुमनाहा के पीछे चला गया।

पास के क्लब मैदान की दीवार पर बैठकर घुमनाहा अपने पैर हिला रहा था। उसके आसपास मुहल्ले के कई और बच्चे भी थे। उसने सब से दस दस पैसे लिए

और फिर वह मैदान के कोने में बने पुराने मकान के पीछे चला गया। बच्चे भी उसके पीछे चले गए।

घुमनाहा मकान की दीवार की आड़ लेकर जमीन पर बैठ गया। सारे बच्चों ने अपने जादूगर को घेर लिया। बच्चे उत्सुकता में उसे घेरकर बैठ गए। उसने अपनी कमीज के भीतर से एक चमचमाती किताब निकाली, जिसके मुखपृष्ठ पर अंग्रेजी जैसी लिपि में कुछ लिखा था।

उसने पहला पन्ना खोला। अन्दर कई तस्वीरें एलबम की तरह चित्रित थीं। उन चित्रों में गुलाबी लड़कियों की छाती के फूल देखकर बच्चों की तितली उड़ने लगी थी।

ऐंठबहार ने ध्यान से देखा, तस्वीरों में खजुराहो की मूर्तियों जैसी कई मुद्राएँ थीं। बच्चों के अन्दर की चिनगारी में चटकने की-सी आवाज आई। सब उकड़ूँ बैठ गए। घुमनाहा जादूगर की तरह थोड़ी-थोड़ी देर में पृष्ठ बदलते जाता और बच्चे एकटक उन चमत्कृत करने देने वाली तस्वीरों को देखकर स्तब्ध हो जाते। उनकी स्तब्धता को तोड़ते हुए घुमनाहा ने कहा, "अगली बार से चवन्नी लगेगी।"

ऐसी कितनी चवन्नी घुमनाहा ने रसोई के मसालों के डिब्बे से निकाल ली थीं। कई बार नोट भी हाथ आ जाते। "नोट की खुशबू ही अलग होती है।" घुमनाहा ने ऐंठबहार को एक रुपये के नोटों का बंडल दिखाते हुए कहा। वह उस बंडल को अपनी नाक के पास ले जाकर सूँघने लगा। फिर अचानक झट से उसने उसे अपनी जेब में रख लिया और बात बदलते हुए कहा, "दो रुपये में तो मैं असली वाला फूल दिखा दूँ। देखेगा?" फिर वह तेजी से क्लब मैदान के बाहर चला गया।

*

दोपहर की छोटी नींद की जकड़ में दुबकी शान्ता को देखकर बुतरू घबरा गया। सफेद चादर ओढ़े वह लाश लग रही थी। उसने शान्ता के चेहरे से उस चादर को हटाया। फिर उसकी साँसों की गति को भाँपने के लिए, उसकी छाती की पसलियों पर अपना कान लगाकर सुनने की कोशिश की। उसे पसलियों के पीछे शान्ता के सुबकने की आवाज आई। बुतरू ने जोर से अपना कान शान्ता की पसलियों से सटा दिया।

शान्ता सच में सुबक रही थी। हरिमन की गोद में उसका सिर था। वह उसकी पीठ सहलाते हुए कह रहा था, "कोई बात नहीं। मैं दूसरी साड़ी ला दूँगा। तुम इस छत से निकालकर दे दो। सौतेली ही सही पर है तो मेरी माँ।" कमरे में खिड़की से रोशनी की धार आ रही थी, जैसे अँधेरे मंच पर कोई स्पॉटलाइट गिर रही हो।

फूलमती जब भी आती तो कोई न कोई हंगामा जरूर मचाती। उसने जिद कर वडयार कमरे में लगी गुलाबी साड़ी को उतरवा लिया। उस साड़ी के उतरने के बाद से वडयार कमरा, तबेले के जैसे दिखने लगा। यह देखकर ही शान्ता रुआँसी

हो गई थी। बुतरू की आँखों में आँसू आ गए। उसने अपनी माँ की छाती से कान हटा लिया। शान्ता जोर-जोर से नाक बजाकर सो रही थी।

उस गुलाबी साड़ी के आँचल में लाल धागों से कढ़ाई की गई ढेर सी लतिकाएँ थीं, जो आपस में उलझी हुई थीं। कई मोटी लताओं से सैकड़ों पतली लहरदार लताएँ निकली थीं। सब में छोटी-छोटी पत्तियों का गुच्छा, उनकी फुनगियों पर उकेरा गया था। बाकी साड़ी में छोटे-छोटे फूल उकेरे गए थे। साड़ी की किनारी पर कसीदा किया गया था। उस साड़ी में फूलमती को देखकर खोरबहरा की पत्नी ने मुँह बिचका दिया, "हूँ। पुरानी तो है किसी की पहनी हुई।"

घर के बाहर सार्वजनिक नल पर महिलाएँ पानी भरने इकट्ठा हो गई थीं। उनकी बातचीत धीरे-धीरे अश्लील होने लगी। पहले पानी भरने की रस्साकशी में वे एक-दूसरे को गालियाँ देने लगीं। इन सब आवाजों से बेखबर शान्ता बिस्तर पर सो रही थी। वह बहुत दिनों बाद इतनी तल्लीनता और बेफिक्री के साथ सो रही थी। ऐंठबहार हिन्दी की कॉमिक्स में एक कहानी पढ़ रहा था, जिसके बारे में बताते हुए शान्ता अक्सर चहक जाती थी।

कैसे जब इस कॉमिक्स में शेर खरगोश का शिकार करने के लिए उसके पीछे दौड़ता है, वैसे ही बनगिहा खरगोश को कॉमिक्स से बाहर निकालकर अपनी गोद में बिठा लेता है। चित्र में हैरान-परेशान शेर चारों ओर देखता और फिर निराश होकर, जब दूर जंगल में अपनी गुफा की ओर चला जाता तो बनगिहा खरगोश को वापस कॉमिक्स के अन्दर भेज देता।

शान्ता की इस स्मृति के साये में ऐंठबहार ने ध्यान से पढ़ना शुरू किया। पृष्ठों में चित्रित कहानी में वह डूबता गया। वह उस कहानी में एकदम खो-सा गया। उसने देखा खरगोश इस पृष्ठ से उस पृष्ठ पर कूद-फाँद रहा है। जब वह कॉमिक्स के आखिरी पृष्ठ पर पहुँचा, तो देखा वह पृष्ठ खून से रंगा हुआ है। कागज के खून से उसकी हथेली भीग गई। पुराने कत्थई खून अपनी हथेली पर देखकर वह घबरा गया। वह तेजी से आँगन की ओर भागा। उसने आँगन में रखी बाल्टी से अपने खून रँगे हाथ धो लिए।

ऐसी ही खून भरी थाली देखकर शान्ता भी बेहोश हो गई थी, तब हरिमन उसके पीछे-पीछे चल रहा था। उसने दुबली काया को गिरते देख, उसे अपने हाथों से थाम लिया और गोद में उठाकर घर के अन्दर प्रवेश किया। बाबा ने गाँव की औरतों को उस खून भरी थाली को हटाने का इशारा किया। उसकी गुलाबी साड़ी के नीचे किनारी पर खून का धब्बा लग गया था।

उसकी बेहोशी में उसका घूँघट हट गया था। माथे पर सिन्दूर फैल गया था। करीने से बाँधे गए जुल्फ खुल गए थे। बिन्दी भी थकी हुई-सी लग रही थी। हरिमन ने उसके पैरों को बिस्तर पर सीधा किया।

पीछे की बाड़ी में बकरे के धड़ और कटे सिर को एक बोरी में रखकर बाबा ने बाहर भिजवा दिया। अन्दर कमरे में धड़कनों की गूँज हल्की मद्धिम थी। हरिमन बेहोश देह की ओर झुका। उसे शान्ता की बाँहों ने दबोच लिया। उसने धीरे से अपनी आँखें खोली और फुसफुसाई, "गाय के पीछे चलने वाले साँड़।" हरिमन भौचक रह गया।

हरिमन ने खुद को शान्ता की बाँहों की जकड़ से छुड़ाया और उसकी देह से दूर हुआ। उसने देखा शान्ता तो अभी भी अचेत है। फूलमती लोटा में पानी लेकर अन्दर आ गई। उसने शान्ता के चेहरे पर पानी की बूँदें छिटकीं। फिर उसकी हथेलियों को सहलाया। थोड़ी देर में शान्ता अपनी बेहोशी से बाहर आ गई। वह फूलमती को देखकर हड़बड़ा गई। वह बिस्तर पर उठ बैठी। उसने अपना घूँघट ठीक किया, तब तक हरिमन कमरे से बाहर चला गया।

उसके पीछे फूलमती भी कमरे से बाहर चली गई। उसने लोटा जमीन पर रख दिया और पास बने चबूतरे पर बैठ गई। वह अपनी हथेलियों को देखकर चौंक गई। उसकी हथेलियों में मेहँदी से बनी फूल-पत्तियों की महीन आकृतियाँ उतर आई थीं।

वह लौटकर उस कमरे में गई। उसने शान्ता की हथेली देखी जो एकदम खाली थी। उसकी त्वचा में मेहँदी लगे होने का कोई निशान मौजूद नहीं था। फूलमती ने उसकी हथेली को अपनी आँखों के नजदीक लाकर देखा। उन हथेलियों में सिवाय एक अजीब-सी गन्ध के कुछ भी नहीं था। उसने हथेलियों को अपने नाक के पास ले जाकर सूँघा, जिनसे मेहँदी की खुशबू आ रही थी।

स्त्री देह की गन्ध से हरिमन का नथुना कौंध रहा था। शादी की परम्पराओं को निभाने के बाद दोनों सालमोंगरा कस्बा पहुँचे। घर मटकी चौक पर स्थित एक कच्चा-पक्का मकान था। कच्चे हिस्से को हरिमन ने किराये पर लिया था। पक्के हिस्से में पांडे किराये पर रहता था।

घर का मुआयना करने के बाद शान्ता ने उसे साफ किया। घर में इधर-उधर रखे सामानों को व्यवस्थित किया। पलंग की दिशा बदल दी। खिड़की पर लगे मकड़ी के जालों को साफ किया। उस पर एक परदा लगाया ताकि बाहर सार्वजनिक नल पर पानी भरने आई औरतें अन्दर न झाँक सकें।

देर रात, जब दोनों पलंग पर पसरे हुए सोच रहे थे। लेकिन दोनों कुछ भी नहीं सोच रहे थे। दोनों प्रतीक्षा कर रहे थे कि किसकी हथेली पहल करती है। हरिमन इस खेल में हार गया। इस हार की जीत में देहों का आवेग तेज होने लगा। कोई समन्दर अन्दर हिलोर मारने लगा। दोनों एक-दूसरे से लिपट गए। होंठों को इक गीली-सी बर्फ झुलसाने लगी। उन झुलसे हुए होंठों से हरिमन ने उसके कानों में धीरे से कहा, "तुम्हारी देह से केरोसिन की बू आ रही है।"

शान्ता ने कोई जवाब नहीं दिया। उसके पास कोई जवाब नहीं था। उसके पास बहुत सारे सवाल थे। वह चुपचाप पसरी हुई देह के भीतर देह के उतरने को महसूस कर रही थी। जब देह का जादू ठहर गया तो हरिमन चुपचाप उठा और सामने वाले कमरे में सिगरेट पीने चला गया। तब तक बिस्तर पर पड़ी शान्ता पुरुष देह की गन्ध से सराबोर हो चुकी थी।

उसे ऐसा महसूस हुआ कि कोई उसे झकझोर रहा है। उसकी स्मृतियों के सारे सूखे पत्ते अन्दर झर चुके थे। वह उनसे बचकर बाहर निकल रही थी। फिर भी उनके चरमराने की आवाज भीतर गूँजने लगी। जब दोपहर की हल्की नींद से शान्ता बाहर आई तो उसने देखा कि बाहर अँधियारा होने को है। खिड़की के बाहर की दुनिया में औरतें सार्वजनिक नल से पानी भरकर जा चुकी हैं। उसने बिस्तर पर करवट बदल ली।

उसकी आँखों में नींद की फिसलन अभी भी बची हुई थी। वह उससे जूझ रही थी। जैसे वह गोपी टॉकीज के अँधेरे में अपनी सीट तक पहुँचने के लिए जूझ रही थी। वह हरिमन के साथ एक फिल्म देखने आई थी। फिल्म शुरू हो चुकी थी। कहानी बची हुई थी। अँधेरे में वह सीट पर बैठ गई। उसके बगल में हरिमन। और हरिमन के बगल में मधुलिका। वह पहले से ही आ गई थी।

फिल्म के कथानक और संवाद के गम्भीर उतार-चढ़ाव से शान्ता घबरा गई। उसका दम घुटने लगा। अँधेरे में आँखों की पुतलियों के सामंजस्य हो जाने के बाद, उसने देखा, हरिमन पूरी तन्मयता से फिल्म देख रहा है। फिल्म के संवाद शान्ता को सुनाई नहीं दे रहे हैं। शान्ता को कुछ दिखाई नहीं दे रहा है। वह सीट पर और धँस गई। उसके मन के अँधेरे में सोचने का उजाला फैलने लगा। उसने सोचा कि "ये यहाँ क्या कर रही है?"

फिल्म के मध्यान्तर में जब टॉकीज की छत से नीचे हल्की पीली रोशनी गिरने लगी तो शान्ता ने देखा, मधुलिका हरिमन का हाथ पकड़कर कुछ कह रही है। टॉकीज में लोगों की बातचीत का शोर था। टॉकीज के चारों ओर की दीवारों पर लगे स्पीकर से संगीत की हल्की ध्वनि आ रही थी। शान्ता को कुछ सुनाई नहीं दे रहा था, क्योंकि वो दोनों आपस में फुसफुसा रहे थे। आसपास के लोग बातों में मशगूल थे। गेटकीपर दरवाजे के पास खड़ा होकर टॉर्च की रोशनी जाँच रहा था।

मधुलिका अचानक अपनी सीट से उठी और तेजी से दरवाजे की ओर जाने लगी। फिर ठिठककर चिल्लाई, "आई एम प्रेग्नेंट बास्टर्ड।" शान्ता चौंक गई। वह समय के किस हिस्से में खड़ी है। उसे कुछ समझ ही नहीं आया।

वह झट से उठ खड़ी हुई। वह वडयार कमरे से बाहर निकली और फिर मुख्य दरवाजे से सामने आ गई। उसने चारों तरफ देखा। चौक पर कुछ रिक्शेवाले खड़े थे। छोटू पान दुकान पर कोई आदमी पान मसाला खरीद रहा था। गौशाला

रोड पर गायों का हुजूम टहल रहा था। मन्दिर की ओर जाने वाली सड़क पर बच्चे खेल रहे थे।

मधुलिका कहीं नहीं थी। लेकिन उसकी चीख शान्ता की छाती पर पत्थरों की तरह गिर रही थी। उन दोनों की फुसफुसाहट, अब शान्ता को साफ-साफ सुनाई दे रही थी। उसकी गूँज पसलियों को भीतर से तोड़ देने की हद तक दबा रही थी।

देर तक बिस्तर पर पड़े रहने के कारण शान्ता की कमर अकड़ गई थी। उसने पीछे के आँगन जाकर अपना चेहरा धोया। उसके चेहरे पर उदासी के जाले पड़ रहे थे। उसने आईने में अपना चेहरा गौर से देखा। वह करीब चालीस साल बाद अपना चेहरा गौर से देख रही थी। उसकी आँख के बाजू में जो काला दाग था, वह ना जाने कब उसके कान के पास उतर आया था। वह आईने से अपना चेहरा निकालकर रसोई में आ गई।

रसोई के चूल्हे में आग की तपिश तो थी, लेकिन आग नहीं थी। वह पेड़ों की टहनियों में आराम कर रही थी। शान्ता ने खपरैल की छत के नीचे फँसाकर रखी कुछ टहनियाँ निकालीं। टहनियों को चूल्हे में लगाकर पास रखे बोतल से केरोसिन की पतली धार गिराई। फिर माचिस की जलती तीली को दूर से ही आग में फेंक दिया। टहनियों में दुबककर बैठी आग फड़फड़ाकर बाहर आ गई। धुएँ से अपने फेफड़ों को बचाने के लिए शान्ता ने साड़ी के पल्लू से अपनी नाक ढक ली। सच में उसे भी अपनी साड़ी से केरोसिन की बू आ रही थी।

वह चाय का कप लेकर वडयार वाले कमरे में आ गई। चाय पीते हुए उसकी नजरें किताबों की खुली आलमारी पर गईं, जिस पर दास बाबू की दी गई किताबें, एक-दूसरे की पीठ पर लदी हुई थीं। वह जब भी उन किताबों को निकालने के लिए आगे बढ़ती, उसकी अँगुलियाँ काँपने लगतीं। उसकी साँसों की गति तेज हो जाती। वह रुक जाती। उसे घबराता हुआ देखकर दूर से हरिमन कहता, “बहुत आग है इन किताबों में और तुममें केरोसिन।” फिर वह मुस्कराने लगता।

इन किताबों के कारण दास बाबू के घर पर पुलिस का छापा पड़ा था। उसे तीन महीने तक पुलिस ने यह कहकर जेल में रखा कि “इन किताबों में बारूद है, जिसका इस्तेमाल सलिहा जंगल में बारूदी सुरंग बनाने में किया जाता है।”

सबूत के लिए सारी किताबों को जब्त भी किया गया था, लेकिन बाद में इस वैज्ञानिक तथ्य के चलते वह छूट पाया कि हर किताब ज्वलनशील है, बस आग लगाने की जरूरत है। उसके बाद उसकी सारी जब्त किताबें पुलिस ने उसे वापस कर दीं। उनमें से कुछ किताबें हरिमन ले आया था।

पीछे आँगन में पांडे के घर में शाम को होने वाली आरती की आवाज आने लगी। अगरबत्ती की खुशबू अन्दर तक आ रही थी। पांडे की पत्नी ने तुलसी चौरा में दीया रख दिया था। उसका पति जोर-जोर से आरती गा रहा था। आरती में उसके

बेटे करिया और बेटी जोजबोलही की आवाज भी शामिल थी। शंख की तेज आवाज से आरती समाप्ति की सूचना ज्ञापित की गई।

शान्ता ने रेडियो पर विविध भारती लगा दिया। फिर परदा हटाकर खजुराहो से लाई गई प्लास्टर ऑफ पेरिस से बनी मूर्तियों को थमकर वह देखने लगी। उसने धीरे से एक मूर्ति को अपने हाथों में उठा लिया। मूर्ति में एक महिला और पुरुष की आकृति उकेरी गई थी, वो दोनों श्वान मुद्रा आजमा रहे थे। बहुत दिनों पहले इस मूर्ति की मुद्रा को देखकर हरिमन ने आजमाने की जिद की थी, तब शान्ता लजा गई थी।

हरिमन ने तब उसे भरोसे में लेकर वह मुद्रा बनाने की कोशिश थी, लेकिन वे असफल होकर हाँफने लगे थे। शान्ता कमर पकड़कर बैठ गई थी। जमीन पर घुटने रखकर हिलने की वजह से हरिमन के सूखे जख्म से खून रिसने लगा था। जख्म के इस दर्द ने उसे पुरानी याद में लौटा दिया।

जब वह भेलवाडीपा गाँव के स्कूल से अपने घर लौट रहा था, तब पुलिस ने उसे बीच रास्ते में उठा लिया था। पुलिस चाहती थी कि वह सलिहा जंगल में एसडीएम की गाड़ी जलाने में मदद करने के आरोप को स्वीकार कर ले। लेकिन हरिमन नहीं माना।

उसकी चुप्पी और अस्वीकार से पुलिस अधिकारी खीझ उठा था। उसे इतना मारा गया कि वह अचेत हो गया था। जब उसे बीस मिनट तक होश नहीं आया तो पुलिस ने उसे मरा हुआ समझकर जंगल के रास्ते पर फेंक दिया था।

जब जंगल में लोमड़ी, नीलगाय, हाथी, भालू और हिरणों को पता चला कि बनगिहा का पिता सड़क किनारे पड़ा हुआ है, तो उन्होंने मिलकर रात भर उसकी रखवाली की। अगली सुबह जब पास के गाँव वालों ने उसे जख्मी हालत में देखा, तो उसे दवाखाना ले गए और फिर वह सप्ताह भर बाद अपने घर लौट सका। किसी ने किसी से कुछ नहीं कहा। सब चुप रहे।

शान्ता भी चुप थी। उसकी नजर अगली मूर्ति पर गई। उसने नजाकत से उस मूर्ति को उठाया। क्योंकि उस मूर्ति में हल्की दरार आ गई थी, जिसे सेलोटेप से चिपकाकर टिकाऊ बनाने की कोशिश की गई थी। जहाँ पर बार-बार अँगुलियों का स्पर्श हुआ था, वहाँ का रंग उड़ गया था और पीछे से प्लास्टर ऑफ पेरिस की सफेदी झाँक रही थी, जिससे मूर्ति और उसकी मुद्रा की मादकता अश्लील लग रही थी।

खजुराहो की मूर्ति को देखकर शान्ता को वह रात याद आ गई, जब ठंड से ठिठुरते हुए हरिमन देर रात घर आया था। उसे देखकर वह घबरा गई थी। हरिमन उससे चिपट गया था। फिर मूर्ति को देखकर दोनों मुस्कराने लगे थे। हरिमन और शान्ता एक-दूसरे की बाँहों में थे। शान्ता धीरे से उसकी गोद में बैठ गई थी। जब वह देर तक उसकी गोद में बैठी रही, तब हरिमन के कूल्हे का दर्द उभर आया था।

लेकिन वह चुप रहा। इस मूर्ति में मगन युग्म की तरह चुप। अपनी चुप्पी में वह सोचने लगा, उस दिन के बारे में, जब वह लेनधरा स्कूल की ओर जा रहा था। यह उसका सैंतीसवाँ स्थानान्तरण था। रास्ता जंगल के किनारे से गुजरता था, जो आगे जाकर मुख्य मार्ग से मिल जाता था। रास्ते के दोनों तरफ दूर-दूर तक तेंदू के पेड़ थे।

इस रास्ते से ही हरिमन को पुलिस ने उठा लिया था। उसके हाथ-पैर बाँधने के बाद थानेदार लाठियों से पीटते हुए चीख रहा था, "बता साले...जंगल में आग किसने लगाई। उस हरामी बंगाली को तो मैं देख लूँगा।"

हरिमन चुप रहा। थानेदार ने एक टेलीग्राम कागज उसे दिखाते हुए बोला, "देख इसमें लिखा है कम ज्वाइन द मार्च। ये तेरे लिए आया था। हमने पोस्टमैन से जब्त किया है।" इतना कहते ही वह थानेदार हाँफने लगा।

शान्ता ने उस मूर्ति को आले पर वापस रख दिया। फिर उसकी नजर तीसरी मूर्ति पर जाकर टिक गई। इस मूर्ति में दो स्त्री-पुरुष अंक छह और नौ की तरह आपस में चिपके हुए थे। मूर्ति के ठीक किनारे पर एक पीपल का पेड़ उकेरा गया था, जिसकी डाली पर बहुत सारे लंगूर बैठे हुए थे। नीचे एक चबूतरा जैसा बनाया गया था, उस पर बैठे हुए दोनों स्त्री-पुरुष, काममुद्रा में लीन तपस्वी जैसे लग रहे थे।

उस मूर्ति को देखकर शान्ता को हरिमन के पीठ के जख्म की याद आ गई, जिसके चलते उन्होंने इस मुद्रा को आजमाना स्थगित कर दिया था, क्योंकि उसी दिन पुलिस उसे किसी के अपहरण के मामले में पूछताछ करने के बहाने उठाकर ले गई थी।

*

हरिमन को अच्छी तरह से याद था कि वह किसी तरह साइकिल से घर लौटा था, अपनी पीठ पर जख्मों को लादे हुए। उस दिन पुलिस उसे डूमरपाली स्कूल से घर लौटते हुए पकड़कर पास के थाने ले गई थी।

चूँकि सरकार का फरमान था कि उसे चुप रहना है, इसलिए वह चुप रहता था। चूँकि पुलिस को सलिहा जंगल की वारदातों का पता लगाना था, इसलिए वह हरिमन से बुलवाना चाहती थी।

हरिमन ने अपनी चुप्पी को चुना। वह हमेशा चुप ही रहता था। बोलने की कीमत वह चुका रहा था। वह जानता था कि पुलिस यह अत्याचार सलिहा जंगल की अपनी असफलता के चलते उस पर करती है। वह बनगिहा का कुछ नहीं कर सकती, इसलिए सारी खीझ उस पर निकालती है।

उसने कितनी लाठियाँ अपनी पीठ पर खाईं, उसे याद नहीं है। जब उसे होश आया तो उसने देखा कि एक पुलिसवाला उसके पास स्टूल लगाकर बैठा हुआ है और अपनी हथेली में तम्बाकू रगड़ रहा है। उसने सिपाही से पीने का पानी माँगा तो सिपाही ने उसे लात मारकर धकेल दिया।

"काहे का पानी बे।"

तब दूर बैठा पुलिस अधिकारी फोन पर किसी से बतिया रहा था, "नहीं सर कुछ नहीं बोल रहा है।"

*

प्रेम में उपजने वाले दर्द को याद कर शान्ता सहम गई। उसने झट से खजुराहो की तीसरी मूर्ति उसकी जगह पर रख दी और उस आले का परदा गिरा दिया, जिसके पीछे खजुराहो की मूर्तियाँ रखी थीं। उसने अपने दुख पर भी परदा गिरा दिया। उसने अपनी स्मृति पर भी परदा गिरा दिया। वह अपनी पसलियों के पीछे फिर से एक बार दुबक गई।

बहुत सालों बाद हरिमन और शान्ता खजुराहो की एक बची मूर्ति की मुद्रा को आजमाना चाहते थे, तब उन्होंने पाया कि वह बारहवीं मूर्ति वहाँ से गायब है। हरिमन को अच्छी तरह से उस मूर्ति की मुद्रा याद थी, जिसमें पुरुष खड़ा था और स्त्री का सिर उसकी जाँघों के बीच धँसा हुआ था। आनन्द में लीन पुरुष का सिर ऊपर आकाश की ओर ताकता हुआ उकेरा गया था।

लेकिन खजुराहो की वह बारहवीं मूर्ति उस आले से गायब थी, जो फिर कभी नहीं मिली। इसलिए उन्होंने फिर कभी प्रेम नहीं किया। प्रेम की जगह को स्नेह ने भर दिया था। इसी स्नेह के चलते वह हरिमन की देह में फैली पीड़ा को तलाशती और उसे वहाँ से दफा करने की कोशिश करती। इसी स्नेह के चलते हरिमन देर रात अपनी चुप्पी को उतारकर अपने सिरहाने पर धर देता था।

जब वह अपनी चुप्पी उतार देता तो उसका चेहरा खिल जाता। उसके जबड़े से चरमराने की आवाज आती। शब्दों को बरतने और उच्चारित करने में उसे थोड़ी परेशानी होती और जब वह एक बार अपनी रवानी पकड़ लेता तो एक गुस्सैल साँड़ की तरह लगता था। उसके नथुने फूल जाते। उसकी आँखों की बारीक नसों में उफान आ जाता। उसके हाथ हवा में इधर से उधर हिलने लगते।

एक बार जब हरिमन अपनी चुप्पी को उतार रहा था तो उसने देखा कि उस कमरे के दूसरे पलंग पर लेटा बुतरू चादर के नीचे से झाँक रहा है। उसे झाँकता देखकर हरिमन ने कहा, "सो जा बुतरू अब कोई मूर्ति नहीं बची है।" फिर वह खिलखिलाकर हँसने लगा। उसके खिलखिलाने की आवाज इतनी तेज थी कि बाहर 'जागते रहो' चिल्लाने वाला नेपाली अपनी साइकिल पटककर भाग निकला। उसे लगा सड़क उस पार के उस बगीचे में कटहल पेड़ पर रहने वाला जिन्न बाहर आ गया है।

बुतरू ने भी डरकर चादर के भीतर कछुए की तरह अपना सिर कर लिया। चादर के भीतर की एक महफूज और अपनी दुनिया थी। बुतरू बिना किसी डर के अपने ख्वाबों में उड़ता फिरता रहता। बुतरू की बन्द आँखों के भीतर बहुत सारे

ख्वाब उड़ रहे थे। बिखर रहे थे। उसने देखा वह गर्भ की गुलाबी गर्मी में अपने हाथ-पैर समेटकर किसी दैवीय तरलता में पड़ा है। एक आवाज बहुत तेज आ रही है। धक-धक। धक-धक।

उसकी पलकें किसी अनन्त आराम में बन्द हैं। वह किसी मांसल लतिका से जुड़ा है। खून, अस्थि, मज्जा, मांस और अँधेरे से बने इस कमल फूल में वह बन्द है। वह एक बीज है। वह एक वृक्ष है। लेकिन वह तो भ्रूण है, एकदम नाजुक और खून से भरा भ्रूण।

उसने गर्भ से किसी अधेड़ की अम्लीय आवाज सुनी। उस चीख को सुन भ्रूण सहम गया। भ्रूण दुबक गया। जैसे-जैसे आवाज तेज होती जा रही है, वैसे-वैसे वह भ्रूण गर्भ में इधर से उधर भागने की असफल कोशिश करता है, क्योंकि वह गर्भ की कैद में है। वह नाल से जकड़ा हुआ है।

भीतर बहुत हलचल है। साँसों की आवाज भ्रूण के कान के परदे को लाल कर रही है। भ्रूण अन्दर हाथ-पैर हिला रहा है। वह किसी अनन्त समुद्र में तैर रहा है जिसका कोई किनारा ही नहीं है। बाहर कोई साँवली महिला किसी अधेड़ आदमी के सामने गिड़गिड़ा रही है। कमरे में चिमनी जल रही है। कमरे में आवेश की गर्मी है। कमरे में गुत्थमगुत्था है। कमरे के बाहर सब चुप है। सब इसके खत्म होने के इन्तजार में है।

अचानक धड़कनों की कान फाड़ देने वाली आवाज, ठंडी हाँफ में बदल जाती है। गर्भ के चारों ओर की नसों में चिनगारी गिरती जाती है और बर्फ के फाहों में बदलती जाती है। भ्रूण पर अचानक कोई तूफान-सा आ गिरता है। अचानक वह किसी चट्टान के नीचे दब जाता है। खून की फिसलन भरी सुरंग से भ्रूण हाँफता-काँपता बाहर आ जाता है।

वह देखता है कि बाबा की आँखें लाल हैं। वह डर से काँपने लगा है। नीचे जमीन पर गुरुबारी पड़ी है। उसकी आँखें एकटक ऊपर देख रही हैं। उसकी नाक से निकला कत्थई खून चेहरे पर जम चुका है। चिमनी की लौ फड़फड़ा रही है।

बुतरू डरकर उठ जाता है। वह चादर से अपना सिर बाहर निकाल लेता है। बगल के पलंग पर हरिमन और शान्ता बेसुध पड़े सो रहे हैं। इस कमरे में न चीख है और न खून का लावा है। सिर्फ नींद है, एकदम गहरी, मृत्यु के माफिक।

हालाँकि यह झूठ है। कमरे में कोई नींद नहीं है। सब अपनी नींद के भीतर जाग रहे हैं। अपनी नींद में शान्ता बारिश से गीली हो चुकी लकड़ी को आँगन में धूप में फैलाकर अभी तुरन्त रसोई के अन्दर आई है। उसने देखा कि किराना सामान रखने के आले में चीजें अस्त-व्यस्त हैं। वह मसालों के डिब्बों को कतार से रख रही है। फिर वह रुक गई। उसने चावल रखने के कनस्तर को खोलकर देखा। उसमें छिपाकर रखे बीस-बीस के बारह नोट गायब हैं।

अपनी नींद के परदे के पीछे हरिमन दास बाबू की दी हुई किताबों को आलमारी में रख रहा है। घुमनाहा उसकी मदद कर रहा है। उसने एक किताब के मुखपृष्ठ पर किसी दाढ़ी वाले युवक की तस्वीर देखकर जिज्ञासावश हरिमन से सवाल किया है, "यह कौन है?"

हरिमन बिना उसकी ओर देखे किताबों पर जमी धूल को कपड़े से साफ करता है। धूल के महीन कण उसके फेफड़े में जाते ही वह जोर छींकता है, "चे...।"

घुमनाहा अपनी नींद में आलमारी में रखी उन किताबों में से कुछ किताबें निकाल रहा है। उसने उन किताबों को नरक दरवाजा वाले कमरे के पीछे बने भुतहा कमरे में ले जाकर छिपा दिया। मोटी किताबों का वजन ज्यादा होता है, इसलिए कबाड़ीवाला उनकी ठीक कीमत भी देता है। उसे जोजबोलही को तीन रुपये देने है। दो रुपये फूल के लिए और एक रुपये प्यार के लिए।

नींद ने ऐंठबहार को चारों ओर से जकड़ लिया है। चारों ओर अँधेरा है। ऊपर अन्तरिक्ष से तेज रोशनी की धार गिर रही है। उस रोशनी की धार में ऐंठबहार शान्ता की छाती की एक्सरे फिल्म को देख रहा है। उसकी पसलियों की सफेदी फिल्म में उजागर हो रही है। उसकी खामोशी उजागर हो रही है। उसकी बेबसी उजागर हो रही है।

पसलियों के पीछे फेफड़ा, पिंजरे में बन्द फड़फड़ाता-सा दिख रहा है। वह पसलियों को तोड़कर उड़ जाने की फिराक में हाँफ रहा है। रोशनी की तेज चमक से ऐंठबहार की आँखों से आँसू बहने लगे। वह अपनी माँ के फेफड़ों में दिख रहे काले धब्बों को देखकर रोने लगा। वह नींद के पिंजरे से बाहर आ गया। किताबों के पीछे छिपाकर रखा सिगरेट का पैकेट निकालकर, वह सामने वाले कमरे से बाहर सड़क पर आ गया।

नींद और ख्वाबों के पार्श्व में लगातार विविध भारती के गाने की आवाज आ रही थी। सोच के भीतर की सोच के भीतर के ख्वाब से। जब शान्ता बाहर आई तो उसने देखा कमरे में धुआँ भर गया है। उसकी खाँसी गले तक आकर उफान मारने वाली है। उसकी आँखों की पुतलियाँ नाचने वाली हैं। असमंजस और घबराहट में शान्ता के हाथ से एक मूर्ति छिटककर नीचे गिर जाती है। जमीन पर खून, चीख, दर्द, नींद, ख्वाब, घबराहट, प्रेम और चुप्पी चकनाचूर होकर बिखर जाते हैं।

वह प्लास्टर ऑफ पेरिस के टुकड़ों को लाँघकर तेजी से पीछे रसोई जाती है। वह देखती है कि चूल्हे में गर्म करने के लिए रखे बर्तन से धुआँ उठ रहा है। बर्तन की तल पर दूध जलकर काला हो गया है। उसने चूल्हे से जलती लकड़ियों को बाहर निकाला और दूध के बर्तन पर पानी डाला।

आँगन की ओर खुलने वाला रसोई का दरवाजा उसने खोल दिया। जलती लकड़ी को आँगन में निकाल दिया। पेड़ की डंगाल पर पानी के छींटे मारे। आग

डंगाल के भीतर लौट गई। डंगाल पर उसने मरी हुई आग के निशान को देखा, काला और भुरभुरा-सा।

गले में अटकी उसकी खाँसी उछलकर बाहर आई। शान्ता ठिठककर खड़ी हो गई। आँगन की हवा साफ थी। उसे खाँसता देखकर पांडे की पत्नी ने अपनी रसोई का दरवाजा बन्द कर लिया। कफ जो उसके गले में अटक हुआ था, वह जमीन पर गिरकर सूख चुका था। उसने साड़ी से अपने माथे का पसीना पोंछा।

बहुत दिनों बाद उसे ऐसी लम्बी खाँसी आई, जो बाद में हिचकी में बदल गई। वह एकटक शाम के समय होते नारंगी आसमान को देखने लगी। आसमान में दूर, बहुत दूर लौटते हुए पंछियों के काले धब्बे जा रहे थे। वह रसोई में आई। अन्दर का धुआँ निकल चुका था। उसने देखा चूल्हे के पास कड़ाही ढकी हुई है। कुकर वैसे ही बन्द पड़ा है। दोपहर का खाना किसी ने नहीं खाया था। यह जानकर वह उदास हो गई। उसकी नींद के चलते बच्चे आज भूखे रह गए।

लेकिन बच्चे भूखे नहीं थे। बाजार से लौटते समय घुमनाहा और ऐंठबहार ने श्याम टॉकीज के पास होटल में समोसा खाया और चाय पी। फिर बुतरू और अपनी माँ के लिए चार समोसे बँधवा लिये। घुमनाहा ने एक रिक्शेवाले को आवाज दी। फिर दोनों भाई सदर बाजार होते हुए घर लौट आए। बाहर धुएँ की हल्की बू थी। ऐंठबहार रिक्शे से उतरकर तेजी से अन्दर भागा।

अन्दर शान्ता रसोई में चूल्हे के पास बैठी थी। उसका सिर झुका हुआ था। वह चुप थी। ऐंठबहार ने बाजार से खरीदकर लाए गए सामानों की थैली जमीन पर रख दी और शान्ता की पीठ सहलाते हुए पूछा, "क्या हुआ माँ?" वह चुप रही। पीछे समोसे का पैकेट पकड़े बुतरू दाखिल हुआ। उसके पीछे घुमनाहा और रिक्शावाला एक भारी सामान उठाकर तेजी से अन्दर आए।

"हट जाओ हट जाओ।" कहते हुए वे दोनों रसोई में पहुँचे। फिर दोनों ने चूल्हे के बगल में उस बड़े से डिब्बे को रख दिया। डिब्बे पर एक गृहिणी की तस्वीर थी, जो नीचे केरोसिन से जलने वाले चूल्हे की ओर इशारा करते हुए खड़ी थी। उस तस्वीर के नीचे लिखा था।

'सरोज चूल्हा।'

'लकड़ी के धुएँ से आजादी।'

"अब धुएँ से फेफड़ा खराब करने की जरूरत नहीं है माँ।" घुमनाहा अपनी कमर सीधे करते हुए बोला। तब तक रिक्शेवाला जा चुका था।

डिब्बे से उस चूल्हे को निकाल लिया गया। उसकी केरोसिन की टंकी को दीवार पर कील के सहारे टाँग दिया गया। उस कैप्सूल जैसी छोटी-सी टंकी के नीचे से एक पाइप निकलकर चूल्हे की नली से जुड़ी हुई थी। उस नली से चूल्हे के दोनों बर्नर जुड़े हुए थे। हवा के दाब से केरोसिन नीचे बर्नर तक आती। घुमनाहा

ने चूल्हे के बर्नर पर माचिस की तीली दिखाई। वह घर्र-घर्र की धीमी आवाज से जलने लगा। बुतरू खुशी से ताली बजाने लगा। शान्ता चुपचाप देख रही थी।

वह खुश थी या नहीं किसी को नहीं मालूम। उसे खुद नहीं मालूम। वह देर तक यही सोचती रही कि घुमनाहा के पास इतने पैसे कहाँ से आए। इस सोच-विचार ने शान्ता को सोने नहीं दिया। वह घुमनाहा की आदतों से वाकिफ थी। वह उसकी आदतों से डरती थी। दरअसल वह पुलिस से डरती थी।

उसने देर रात घुमनाहा को झकझोरकर उठाया। तब वह गहरी नींद में था। वह घबराकर उठ बैठा। शान्ता ने पूछा, "तू इतना पैसा कहाँ से लाया? बता।" घुमनाहा ने अजीब-सा मुँह बनाया। उसने सिर टेढ़ा किया और आँख मींचते हुए बोला, "बाबा के बैग से निकाला था।" फिर वह झटके में बिस्तर पर लेट गया। उसकी इस अदा में खीझ थी।

रात के ढाई बजे के आसपास शान्ता अपने बिस्तर पर बैठी हिसाब लगाने लगी। एक रुपये के नोट के बंडल के हजार रुपये हुए और चावल के कनस्तर के बीस-बीस के बारह नोट मिलाकर हुए कुल बारह सौ चालीस।

"बाप रे इतना महँगा चूल्हा!" उसका यह विस्मय झींगुरों की आवाज में गुम हो गया। नींद की आहट से बेखबर वह अपनी पसलियों के पीछे फिर से दुबक गई।

पसलियों के पीछे से शान्ता ने देखा सलिहा जंगल में पुलिस और सुरक्षा बल की तैनाती बढ़ाई जा रही है। जंगल में काफी हलचल है। गाँव वाले घबराए हुए हैं। बागियों का दस्ता सड़कों और पगडंडियों पर सुरंग बना रहा है। उसने देखा कन्धे पर बन्दूक लटकाए एक दाढ़ी वाला युवक तेजी से भाग रहा है। उसके पीछे उसकी टोली भी भाग रही है।

जंगल के सन्नाटे को गोलियों की आवाज चीर रही है। अँधियारे में जंगली जानवर भी इधर-उधर भाग रहे हैं। सैकड़ों खरगोश अपनी बिलों से निकलकर नाले की तरफ भाग रहे हैं। नाले में खून बह रहा है। हवा में बारूद की गन्ध फैली हुई है। फिर जोर का एक धमाका हुआ।

वह हड़बड़ाकर नींद से उठ गई। उसने बिस्तर पर पसरे हुए सुना। कहीं लगातार गोलियाँ चल रही हैं। उसने और ध्यान से सुना दूर की दीवार घड़ी की टिक-टिक की आवाज उस सन्नाटे में उसे धाँय-धाँय की तरह सुनाई दे रही थी।

एल पूबलिको एस रेई

सलिहा

जंगल रात के अँधियारे में लिपटा हुआ था। तेंदू के सूखे पत्तों से जमीन ढकी हुई थी। पेड़ों की फुनगियों पर नई कोंपलें आने को थीं। सारे पेड़ों की पसलियाँ आसमान की ओर ताकती-सी खड़ी थीं। उन ठोस और स्थिर पेड़ों की डंगालों से बचते बचाते हुए बनगिहा तेजी से भाग रहा था। उसके पीछे उसके साथी भी भाग रहे थे। उनके पैरों की धमक से सूखे पत्तों की आवाज गूँज रही थी।

वे लोग भागते हुए करीब तीन किलोमीटर जंगल के भीतर तक आ गए थे। बनगिहा और उसके साथी तेजी से पास की एक पहाड़ी पर चढ़ गए। पहाड़ी से दूर-दूर तक देखने की असफल कोशिश में बनगिहा ने देखा कि दूर जुगनुओं की झिलमिल हो रही है। सलिहा के पेड़ों पर बैठे पक्षियों की नींद टूट चुकी है और वे चहचहाने लगी हैं। बहुत दूर राजमार्ग पर किसी धमाके की आवाज आने से पहले रोशनी की चमक कभी-कभी दिख जा रही है।

बनगिहा एक बड़ी सी चट्टान की आड़ लेकर जमीन पर पसर गया। उसकी कुहनी से खून रिस रहा था। भागते समय जब जोर का धमाका हुआ तो वह अपने आप नीचे दुबक गया। इस उपक्रम में उसकी कुहनी एक पेड़ की डंगाल से टकरा गई। शायद उससे ही चोट लग गई होगी, यह सोचते हुए बनगिहा ने कन्धे पर लटकी अपनी बन्दूक जमीन पर रख दी। उसके साथी भी आसपास पसर गए।

वह अभी भी हाँफ रहा था। दूर राजमार्ग की ओर से धाँय-धाँय की हल्की आवाज आ रही थी, जैसे सुनसान रात में दीवार घड़ी की टिक-टिक की आवाज सुनाई पड़ती है। उसने अपनी कमीज की बाँह को फाड़ दिया और उस कपड़े से अपनी चोट पर पट्टी बाँधने लगा ताकि खून का रिसाव रुक सके। कुहनी पर गाँठ बाँधते ही उसकी आँखों के सामने मधुलिका का मुस्कराता चेहरा सामने आ गया। मधुलिका उसे जख्म पर पट्टी लगाना सिखा रही है। लेकिन वह गाँठ नहीं लगा पा रहा है।

"इतनी ढीली गाँठ बाँधोगे तो यह खुल जाएगी।" यह कहते हुए मधुलिका ने गाँठ को कस दिया। उसके कसते ही कुत्ते का पिल्ला जोर से किंकियाने लगा।

पिल्ले को दर्द से किंकियाता देखकर बनगिहा ने उसकी पैर की पट्टी खोल दी। दवा की तीखी बू फैल गई। उसने पिल्ले को अपनी गोद में उठा लिया। "कितना दर्द हो रहा होगा ना।" यह कहते हुए बनगिहा पिल्ले को सहलाने लगा। उसे देखकर मधुलिका मुस्कराने लगी।

बनगिहा ने अपनी कुहनी की पट्टी की गाँठ को जोर से बाँध दिया। उसके माथे पर पसीने की बूँदे उभर आईं। वह चट्टान पर अपनी पीठ टिकाकर बैठ गया। उसकी पिंडलियों की मांसपेशियाँ दर्द से उबल रही थीं। उसका कन्धा सुन्न पड़ गया था। उसने अपनी ठुड्डी पर हाथ फेरा। उसकी दाढ़ी बढ़ गई थी। वह बढ़ी हुई दाढ़ी में अधेड़ दिखने लगा था। उसने अपने माथे पर काले रंग का गमछा बाँधा हुआ था। उसके होंठ प्यास से सूख चुके थे।

लेकिन वह प्यासा नहीं था। वह हताश था। वह उद्विग्न था। वह सोचने लगा, 'आखिर किसने पुलिस को मुखबिरी की होगी।' थकान उसे अपनी चपेट में ले रही थी। उसकी आँखें मुँदने-सी हो रही थीं। वह जागने-सा हो रहा था। उसने देखा वह दास बाबू के पीछे-पीछे किसी अनजान रास्ते पर चल रहा है। रास्ते के दोनों ओर घना जंगल है। पेड़ों की टहनियाँ और डंगालें रास्ते को सुरंगनुमा बना रही हैं। मिट्टी पर कदमों के निशान साफ-साफ दिख रहे हैं। उसे लगा मानो वह किसी दूसरे लोक में जा रहा है। सच में वह दूसरे लोक में जा रहा था।

दोनों करीब बाईस किलोमीटर चलकर सलिहा जंगल के बीच एक पहाड़ी तक पहुँचे, जहाँ पहले से ही कुछ लोग मौजूद थे। पास में एक टेंट लगा हुआ था। टेंट के पास बन्दूकों का ढेर लगा हुआ था। हवा में बारूद की गन्ध मौजूद थी। लेकिन सब वहाँ बेफ्रिक थे। कोई नीचे के गाँव से खाने की रसद लेकर आ रहा था। दूर कुछ लोग अस्थायी चूल्हा बना रहे थे।

पहाड़ी के किनारे पर खड़े होकर दास बाबू नीचे सलिहा जंगल की ओर देखने लगा। उसने अपना एक पैर बड़े से पत्थर पर रख दिया था। उसका एक हाथ कमर पर रखा हुआ था। दूसरे हाथ में जलती हुई सिगरेट थी। वह बनगिहा की ओर बिना देखे हुए कहने लगा, "वो देखो हमारी लहराती हुई नदी।" फिर उसने जोर का कश लगाया, तो उसके चेहरे के आसपास धुएँ की लकीरें हवा में फड़फड़ाने लगीं। बनगिहा दास बाबू के जामुनी पड़ गए होंठों को देखने लगा, जो कुछ कहने की तड़प में लपलपा रहे थे। लेकिन वह चुप रहा। उसकी चुप्पी में जंगल भी शामिल हो गया।

बनगिहा भी पहाड़ी के उस किनारे के पास आ गया। उसने देखा, दूर चारआमा कस्बे के पास से नदी सर्पिलाकार में घूमती हुई बह रही थी। नदी की छाती पर पड़ती धूप की किरणों की चमक दिख रही थी। नदी के आगे लौह अयस्क का खजाना दबा पड़ा था। उस लोहे की आग अन्दर-अन्दर ही खदबदा रही थी। नदी

भी डर में रो रही थी। जंगल के पेड़ उदास से थे। सरकार लोहा कम्पनियों से बातचीत कर रही थी।

उस रात दास बाबू और बनगिहा ने देर तक बातचीत की। रणनीति और अभियान के बारे में बात की। लेकिन वह नींद की बोझ से दुबक जा रहा था। उसकी पलकें लुढ़क जा रही थी। वह नींद और जागने के बीच कहीं पर अटका हुआ था।

उसने देखा, मधुलिका अपने घर की खिड़की पर खड़ी चुपचाप बाहर की ओर देख रही है। बाहर कुछ भी नहीं है। कोई भी नहीं है। अभी हरिमन स्कूल से घर लौट गया होगा। शान्ता खाना पका रही होगी। घुमनाहा और ऐंठबहार पढ़ रहे होंगे।

बनगिहा चारपाई पर पसर गया। हालाँकि दास बाबू की आवाज आ रही थी। लेकिन वह उसे सुन नहीं पा रहा था। उसने अपनी झपकती हुई आँखों से देखा कि वह एक छोटा-सा बच्चा है। वह किसी आँगन में भाग रहा है। मधुलिका उसके पीछे-पीछे भाग रही है। लेकिन अचानक वह रुक गई। उसकी साँस तेज-तेज चलने लगी। बालक बनगिहा तेजी से आगे भाग रहा है। सामने कुत्तों का झुंड खड़ा है, जो बच्चे की तरफ लपकने लगा। मधुलिका चीखने लगी।

बालक ने कुत्तों को हाथ का इशारा कर रुकने का आदेश दिया। सारे कुत्ते वहीं पर ठिठक गए। फिर उसने कुत्तों को वापस जाने का इशारा किया। सारे कुत्ते भौंकते हुए वापस चले गए। यह देखकर मधुलिका स्तब्ध-सी खड़ी रह गई।

कुत्तों के भौंकने का अनुनाद जंगल की शान्ति में तैर जाता है। चट्टान की पीठ पर पसरा बनगिहा हड़बड़ाकर अपनी आधी नींद के झोंके से बाहर आ जाता है। उसे लगा कि पुलिस की टीम, खोजी कुत्तों के साथ उनका पीछा करते हुए यहाँ तक आ गई है। वह सतर्क हो जाता है। उसने अँधेरे में इधर-उधर देखा। कहीं कोई हलचल नहीं है। भौंकने की आवाज भी उसका भ्रम मात्र है। भ्रम और सचाई से जूझता बनगिहा फिर से निढाल हो गया।

चट्टान की कठोर छाती से टिककर उसने अपने पैर जमीन पर फैला लिए। उसने अपने जूतों का लेस खोल दिया। पैंट का हुक भी खोल दिया। उसे अजीब-सी बेचैनी लगने लगी। उसे वमन होने सा एहसास हुआ। उसने अपना सिर एक ओर झुका दिया। तब झींगुरों का शोर हो रहा था। पेड़ों की डंगालों पर चिड़ियाँ अपनी जगह बदलते हुए चहक रही थीं। उसकी आँखों के भीतर स्मृति की धार आने लगी थी।

उसने देखा कि वह किसी जाने-पहचाने से पुराने घर में बैठा हिन्दी की कॉमिक्स पढ़ रहा है। कॉमिक्स खरगोश और जंगल की कहानी पर आधारित है। कहानी पढ़ने के लिए बनगिहा ने जैसे ही पहला पृष्ठ खोला, उसने देखा कि उस पृष्ठ पर एक सुन्दर खरगोश का चित्र अंकित है।

खरगोश की हल्की लाल आँखों की चमक से पृष्ठ चमकने लगा था। उसने जैसे ही उस खरगोश की सफेद रोवें वाली पीठ पर हाथ फेरना चाहा, वैसे ही वह खरगोश कॉमिक्स में चित्रित घास के मैदान में इधर से उधर भागने लगा। फिर वह एक कोने में चुपचाप खड़ा हो गया।

बनगिहा के कॉमिक्स के अन्दर हाथ बढ़ाते ही वह खरगोश कूदकर बाहर आ गया। वह बनगिहा की गोद में दुबककर बैठ गया। कॉमिक्स से खरगोश गायब हो गया। कॉमिक्स के सारे पृष्ठों पर चित्रित खरगोश की जगह रिक्त रह गई।

बनगिहा ने ध्यान से देखा कि कॉमिक्स के पृष्ठ संख्या तेईस पर एक शेर उस खरगोश का पीछा करते हुए आ गया था। वह कॉमिक्स में खरगोश के चित्रों की जगह को रिक्त देखकर हैरान और परेशान हो गया। शेर कॉमिक्स के पीछे के पृष्ठों की ओर चला गया।

कॉमिक्स के अन्तिम पृष्ठों की ओर शेर के जाते ही बनगिहा ने खरगोश से पूछा, "ये शेर तुम्हें क्यों मारना चाहता है?" उसकी गोद में दुबके खरगोश ने पहले इधर-उधर देखा। फिर उसने धीरे से कहा, "कल मैंने जंगल सभा में कह दिया था कि राजा ही शत्रु है।" इतना कहकर खरगोश वापस उसकी गोद में दुबक गया।

बनगिहा कॉमिक्स के पृष्ठ पलटते हुए अन्तिम पृष्ठ पर पहुँचा तो उसने देखा, एक गुफा के बाहर जंगल के सारे जानवर खड़े हैं। उनकी आवाज के शेर से जंगल गूँज रहा है। पेड़ पर बन्दर इधर से उधर उछल रहे हैं। हिरणें भी चौकस इधर-उधर अपनी गर्दन घुमा रही हैं।

आकाश में चील, कौवे और बाज उड़ते हुए आवाज कर रहे हैं। गुफा के पास खड़े भालू, चीता, लकड़बग्घे और लोमड़ी अपने पंजों में लगे खून साफ कर रहे हैं। बनगिहा ने देखा, गुफा के भीतर से खून की धार बहकर बाहर आ रही है। सुदूर पेड़ पर बैठे कबूतर आपस में फुसफुसा रहे थे, "शत्रु साला।"

बनगिहा ने अपनी गोद में दुबके खरगोश की पीठ सहलाई। खरगोश ने अपना कान इधर-उधर घुमाकर कुछ मुआयना किया। फिर वह उठ खड़ा हुआ। बनगिहा ने धीरे से उसे कॉमिक्स में वापस उतार दिया। खरगोश कॉमिक्स के पृष्ठों में फुदकता हुआ अन्तिम पृष्ठ की ओर चला गया। उसकी रिक्त जगहों पर फिर से खरगोश के चित्र उभर आए।

अन्तिम पृष्ठ पर पहुँचकर खरगोश ने देखा कि गुफा से मरे हुए शेर की खून की धार बाहर आ रही है। कॉमिक्स से खून रिसता देखकर शान्ता घबरा गई। उसने झट से बनगिहा के हाथों से कॉमिक्स लेकर उसे लकड़ी के सन्दूक में रख दिया। बनगिहा आँगन में हाथ धोने चला गया।

बनगिहा को लगा कि वह ही उस कॉमिक्स का खरगोश है, जिसके सफेद रोवें पर जंगल की मिट्टी लगी हुई है, जिसके पंजे पर शेर का खून लगा हुआ है।

वह जंगल में इधर से उधर भाग रहा है। जंगल एक कहानी की तरह है, जिसके हर पृष्ठ पर खरगोश और शेर की भागाभागी है।

जंगल में खून है। बारूद है। आग है। और लौह अयस्क भी। वह एक दुबका हुआ खरगोश है और चारों तरफ खोजी कुत्ते उसकी गन्ध का पीछा करते हुए उसे ढूँढ़ रहे हैं।

वह जंगल की पृष्ठ संख्या तेईस पर किसी पहाड़ी के ऊपर चट्टान सहारे टिके हुए भोर होने का इन्तजार कर रहा है। थकान ने उसके पैरों को पत्थर की तरह ठोस और भारी बना दिया है। कुहनी का जख्म अभी भी बुखार की तरह टीस रहा है। उसका मुँह सूख रहा है।

उसने अपनी पीठ पर लदे बैग में हाथ डालकर पानी का बोतल निकाला और उसे पास ही रख दिया। उसकी भूख मर चुकी थी। उसकी प्यास मर चुकी थी। उसकी आस मर चुकी थी। बस भरोसा ही था।

बनगिहा ने देखा, उसके सारे साथी भी चट्टान के आसपास ही पसर गए हैं। कुछ इधर-उधर टहलकर चौकसी कर रहे हैं। राजमार्ग की ओर से धमाके की आवाज आनी बन्द हो गई है। उसे हरिमन के पढ़ाने की आवाज आने लगी।

उसने देखा, हरिमन सलिहाडीह गाँव के स्कूल में बच्चों को पढ़ा रहा है।

"जंगल और जमीन पर हमारा हक है।"

बच्चे भी जोर-जोर से उसके वाक्य को दोहरा रहे हैं। उनकी आवाज से जंगल के पेड़ों के पुराने पत्ते झरकर जमीन पर गिर रहे हैं। हिरणों का एक झुंड नदी में उतरने से पहले ठिठक गया है। चमगादड़ों ने दिन में ही उड़ान भरना शुरू कर दिया है।

*

हरिमन जब इस गाँव में आया था तो वह स्कूल उजाड़ और वीरान-सा था। गाँव के बच्चे खेतों पर काम करने जाते या फिर अपने घर में तेंदूपत्ता से बीड़ी बनाने का काम करते। लेकिन स्कूल नहीं जाते थे। पहले दो सप्ताह तो हरिमन चुपचाप स्कूल में बैठा रहा। फिर उसने गाँववालों से बात की। गाँववालों ने इसकी सूचना बागियों तक पहुँचा दी। इस सूचना पर उन्होंने अपने एक साथी को सलिहाडीह गाँव भेज दिया।

उस साथी की मदद से हरिमन ने आसपास के गाँवों का भ्रमण किया और बहुत से बच्चों को स्कूल आने के लिए राजी कर लिया। बच्चों के आने से स्कूल का माहौल बदल गया। बच्चों साथ ही चारआमा से दूसरे शिक्षक भी स्कूल आने को बाध्य हुए।

एक दिन हरिमन स्कूल के मैदान के पीपल पेड़ के नीचे बैठकर पढ़ाने लगा। उसे देखकर गाँववाले घबरा गए। गाँव का मुखिया भागते हुए उसके पास आया

और उसके कान में फुसफुसाया, "मास्टर साब यहाँ से उठ जाओ। यहाँ बागियों का मुखिया ही बैठ सकता है।" मुखिया की आवाज में कँपकँपी थी। उसने मास्टर की बाँह पकड़ ली और उसे उठाने की कोशिश करने लगा। बच्चे भी स्तब्ध उन्हें देख रहे थे।

मुखिया ने हरिमन को पीपल पेड़ की छाती पर बागियों द्वारा उकेरे गए सन्देश की ओर इशारा किया। हरिमन ने ध्यान से देखा और मन-ही-मन उस वाक्य को बुदबुदाया, "एल पूबलिको एस रेई।" हरिमन ने अंग्रेजी लिपि के उस वाक्य को पढ़ तो लिया लेकिन वह उसका अर्थ समझ नहीं पाया। वह पीपल पेड़ की छाँव से बाहर निकलकर स्कूल की ओर चला गया। उसके पीछे सारे बच्चे भी चले गए।

बनगिहा ने अपनी आँखों पर जोर देकर देखा। अभी भी रात का अँधियारा चारों ओर था। उसके साथी जाग रहे थे। उसकी पलकें मुँद-सी गईं। उसने देखा, हरिमन मास्टर को चारआमा का थानेदार घसीटते हुए थाने के अँधेरे कमरे में ले जा रहा है। उस कमरे में कोई खिड़की नहीं है। कमरे की जमीन सीलन भरी हुई है। दीवार पर पान की थूक के धब्बे हैं। ऊपर एक पीली रोशनी वाला बल्ब जल रहा है।

थानेदार ने हरिमन को उस कमरे में धकेल दिया, जिससे हरिमन जमीन पर गिर गया। कमरे में अजीब-सी दुर्गन्ध थी। हरिमन को उबकाई आने लगी। उसने अपनी हथेलियों से नाक बन्द करनी चाही। तब थानेदार ने लाठी से उसे कोंच दिया। हरिमन घबरा गया। उसे कुछ समझ नहीं आया कि क्यों उसे पहले देर तक थाने में बैठाया गया और फिर अब इस कमरे में धकेल दिया गया।

लाठी के जोर के प्रहार से हरिमन की आँखों में अँधेरा छा गया। थानेदार चीखने लगा, "क्यों बे ये जंगल तेरे बाप का है?" उसकी चीख कमरे के पीछे बने गलियारे से होते हुए बाहर गई। थाने के सामने बाहर राजमार्ग था। राजमार्ग के उस पार सलिहा जंगल था। उस जंगल तक थानेदार की चीख चली गई। तब चारआमा कस्बा नींद में था। नींद में स्वप्न था। स्वप्न में धोखा था।

हरिमन धोखे का शिकार हुआ था। उसके साथी शिक्षकों ने चारआमा पुलिस तक यह बात पहुँचा दी थी कि यह बागियों से मिला हुआ है, इसलिए वह स्कूल के मैदान के पीपल पेड़ के नीचे बिना भय के बैठ गया था। हरिमन को पहले भी उन शिक्षकों पर भरोसा नहीं था। वे बिना श्रम के ही वेतन लेना चाहते थे। वे आराम से चारआमा में रहना चाहते थे।

जब देर तक हरिमन अचेत रहा तो थानेदार ने अपने सिपाहियों को कहकर उसे राजमार्ग के उस पार फिंकवा दिया। देर रात जब उसे होश आया तो वह किसी तरह सलिहाडीह गाँव पहुँचा। उसे दर्द में कराहता देखकर रात भर झींगुरों ने चुप्पी साध ली थी।

*

उस जघन्य चुप्पी में देर रात बनगिहा और उसके साथियों ने धीरे-धीरे राजमार्ग की ओर बढ़ना शुरू कर दिया था। थानेदार की चीख जंगल की पत्तियों पर धूल की तरह पड़ी हुई थी। हरिमन की कराह का अनुनाद थाने की दीवार पर कम्पित हो रहा था। सबने अपने चेहरे को गमछे से लपेटकर ढक लिया था। बनगिहा ने हमेशा की तरह अपने माथे पर काले रंग गमछा बाँधा हुआ था।

जब वे राजमार्ग के पास पहुँचे, तब रात के दो बज गए थे। थाने के मुख्यद्वार पर बिजली का खम्भा था, जिस पर एक बल्ब जल रहा था। अन्दर कुछ सिपाही कुर्सी पर बैठे ऊँघ रहे थे। सड़क किनारे बैठे कुत्तों को देखकर बनगिहा ने इशारा कर दिया। वे चुपचाप थाने के पीछे चले गए। उन कुत्तों के पीछे बनगिहा ने छह साथियों को भेज दिया। जब वे वापस लौटे तो उनके हाथ में एक पोटली थी, जिससे खून टपक रहा था। वे उस पोटली को लेकर तेजी से जंगल की ओर बढ़ गए।

इस घटना के बाद बनगिहा को सलिहाडीह और आसपास के इलाकों का कमांडर बना दिया गया। उस दिन बनगिहा अपने साथियों के साथ एक झरने के पास रुका हुआ था। वह सागौन पेड़ के नीचे लेटकर ऊपर आसमान ताक रहा था। पत्तियों के पीछे सूरज की रोशनी रुक सी गई थी। वह मधुलिका को याद करने लगा। तभी उसे किसी हिरण की चीख सुनाई दी।

बनगिहा हड़बड़ाकर उठ बैठा। उसने अपने साथियों से पूछा, "तुमने किसी हिरण के रोने की आवाज सुनी क्या?" उन्होंने असहमति में अपना सिर हिला दिया। लेकिन वह आश्वस्त था। उसके पास भरोसा था। बनगिहा ने अपने कन्धे पर बन्दूक टाँगी और तेजी से राजमार्ग की ओर चला गया। उसके पीछे उसकी साथी भी चले गए।

जब वे राजमार्ग के पास पहुँचे तो उन्होंने देखा कि दो आदमी एक मरे हुए हिरण को जीप पर लाद रहे हैं। वे पेड़ों की आड़ में हमला करने की मुद्रा बनाकर छिप गए। बन्दूक का निशाना जीप की ओर कर दिया। दूर सड़क किनारे की मिट्टी पर हिरण को घसीटकर लाए जाने के निशान देखकर बनगिहा ने फायर कर दिया। गोली की आवाज से सुनसान राजमार्ग गूँज उठा। दोनों आदमी तेजी से जीप के अन्दर कूद गए।

बनगिहा ने पाँच और गोलियाँ दागीं। जीप से खून की धार निकलकर सड़क पर बहने लगी। थोड़ी देर बाद बनगिहा और उसके साथी राजमार्ग पर आ गए। दूर-दूर तक कोई वाहन नहीं दिख रहा था। सबने उस जीप को घेर लिया।

एक आदमी के शरीर में हल्की हलचल देखकर साथियों ने चार गोलियाँ और दाग दीं। बनगिहा जीप का मुआयना करते हुए उसके सामने पहुँच गया। उसने देखा जीप के सामने एक छोटा-सा प्लेट लगा हुआ था जिस पर लिखा था।

'वनरक्षक अधिकारी।'

थोड़ी देर बाद वे राजमार्ग छोड़कर सलिहा जंगल की ओर चले गए, जहाँ झरने के पास उन्हें ठहरना था। जब वे जंगल में बहुत दूर पहुँच गए तो उन्होंने जीप के टायर के धमाके की आवाज सुनी। सबने पलटकर देखा। जलती हुई जीप का धुआँ आकाश की ओर जा रहा था।

उस दिन भेलवाडीपा गाँव के स्कूल से घर लौटते समय पुलिस ने हरिमन को उठा लिया था। उसकी साइकिल पास के खेत में फेंक दी। उसे जबरन उठाकर जीप की पिछली सीट पर फेंक दिया, जिससे उसका घुटना छिल गया। पुलिस उसे किसी अनजान जगह पर ले गई। उससे तीन दिनों तक पूछताछ चलती रही। लेकिन हरिमन ने जीप में आग लगाने से साफ इनकार कर दिया।

सलिहा जंगल में सुबह की नमी गिरने लगी थी। बनगिहा की कुहनी का दर्द ठंडी हवाओं की छुअन से उभरने लगा था। बहुत दूर किसी जानवर के चीखने की आवाज आ रही थी।

बनगिहा अपनी स्मृति में फिर से भागने लगा था। उसके पीछे साथी भी भाग रहे थे। जब उनकी टोली दूर एक पहाड़ी पर पहुँची तब बनगिहा ने देखा पीछे जंगल आग से घिरा हुआ है। उसकी लपटें आकाश छूने को लपलपा रही हैं। धुएँ के धागे ऊपर जा रहे हैं।

साल, सागौन, शीशम, सलिहा, बीजा, आम, पीपल, बरगद, नीम, जामुन, बबूल और न जाने कितने वृक्ष उस आग में जल गए। बनगिहा सोचने लगा, जीव-जन्तु भी तो जंगल की आग में झुलस कर मर गए होंगे। वह सोचने लगा, लेकिन अभी तो आग लगने का मौसम नहीं है। अभी तो गर्मी का मौसम भी नहीं है कि अपने आप आग लग जाए। वह चौंक गया।

उसे सोचता हुए देखकर साथी ने बताया कि जंगल में आग किसने लगाई है। बनगिहा उसकी बात सुनकर चीख पड़ा। उसकी चीख सुनकर जंगल में लकड़ियाँ बीनने गए आदिवासी ठिठक गए। साथी ने बताया कि "वन विभाग के लोग ही जंगल में आग लगा देते हैं ताकि अवैध पेड़ कटाई के सबूत मिटाए जा सकें। यदि आग नहीं लगाई जाएगी तो कोई भी उनकी बची हुई ठूँठ देखकर बता देगा कि यहाँ अवैध कटाई हुई है।"

बनगिहा के गुस्से की सूचना मिलते ही जंगल के अधिकारी और कर्मचारी चारआमा कार्यालय छोड़कर भाग गए। जिस आरा मशीन में पेड़ के तनों को बेचा गया था, उसके मालिक ने रातोरात सारे पेड़ के तनों को जंगल में वापस फिंकवा दिया।

*

उस दिन जब हरिमन छुईखदान गाँव के स्कूल से साइकिल से अपने घर लौट रहा था तब बीच रास्ते में उसे पुलिस ने दबोच लिया था। सिपाहियों ने उसे पास की

झाड़ियों में ले जाकर एक पेड़ से बाँध दिया था। उन झाड़ियों के पीछे खड़े उनके अधिकारी ने हरिमन का बाल खींचते हुए पूछा, "जंगल में आग किसने लगाई बता?" लेकिन हरिमन चुप रहा क्योंकि उसका जबड़ा हिलता नहीं था। अधिकारी उसकी चुप्पी से खीझ गया। वह अपने जूते से हरिमन के पैर के पंजे को मसलने लगा। हरिमन तब भी चुप ही रहा।

जब वह लँगड़ाते हुए घर पहुँचा तो उसे देखकर शान्ता घबरा गई। उसने हरिमन को वडयार कमरे में लिटा दिया। उसने हरिमन का पैर धीरे से बिस्तर पर रख दिया। उसके पैर के पंजे से खून बह रहा था। शान्ता उसके पैर से बहते खून को अपनी साड़ी के पल्लू से पोंछने लगी। उसने सुबकते हुए कहा, "साले हरामी के पिल्ले बनगिहा का गुस्सा कब तक इन पर निकालते रहेंगे।"

शान्ता ने हरिमन के पंजे पर मरहम लगा दिया। थका हुआ हरिमन नींद में ढह गया। अपनी नींद में हरिमन ने देखा कि शान्ता आलमारी के ऊपर रखीं किताबों को देख रही है। वह एक किताब को उठाना चाह रही थी, जिसके मुखपृष्ठ पर कोई दाढ़ी वाला युवक अपने कन्धे पर बन्दूक लटकाए मुस्करा रहा था।

उसने किताब उठाने की कोशिश की, लेकिन शान्ता के हाथ काँप गए। दूर बैठा घुमनाहा उस किताब को देखकर सोचने लगा, "कबाड़ में बेचने पर तीन रुपये तो मिल ही जाएगा।" हरिमन ने अपनी नींद में देखा कि उस किताब पर धूल की एक परत जम गई है।

सच में बहुत धूल थी उस दिन आसमान में। कोचवाही घाट की पहाड़ियों के पीछे से धूल का बवंडर उठ रहा था। लौह अयस्क खोजने वाली मशीनों की आवाज से जंगल के जीव-जन्तुओं में अफरातफरी मच गई थी। हिरण इधर से उधर भाग रहे थे। नीलगायें पहाड़ी पर चढ़ गई थीं। जंगली सूअर जमीन के नीचे दुबक गए।

गाँववाले मशीनें देखने राजमार्ग पर इकट्ठा हो गए थे। उन मशीनों की सुरक्षा के लिए सामने और उनके पीछे पुलिस की गाड़ियाँ चल रही थीं। उन पुलिस वालों के कन्धों पर बन्दूकें थीं। वे अपने ही देश के भीतर किसी भी आक्रामक हमले के लिए तैयार किए गए थे। वे देश के लिए जान देने को भी तैयार थे, जबकि 'देश' उन्हें जंगल की ओर जाते देखकर भौचक खड़ा था।

मशीनों की घुसपैठ दिनोदिन जंगल की ओर बढ़ने लगी थी। चारआमा के पास पुलिस छावनी तैनात कर दी गई थी। छावनी में बन्दूकधारी सिपाहियों की हलचल थी। सलिहा जंगल के भीतर पेड़ों की कटाई तेज हो गई थी। पगडंडियों को चौड़ा कर सड़क बनाई जा रही थी। हाथियों का समूह नई सड़क देखकर अक्सर भटकने लगा था। गाँववाले हाथियों के हमले से परेशान होने लगे थे। जंगल मशीनों से परेशान होने लगा था।

बनगिहा और उसके साथी सलिहा जंगल के भीतरी इलाके में चले गए, ताकि मुखबिरों और खुफिया विभाग से बचा जा सके। जंगल के भीतर लोहा कम्पनी के लोगों की आवाजाही भी धीरे-धीरे बढ़ने लगी थी। जब वे एक छोटी नदी के पास पहुँचे, तब हल्की बूँदाबाँदी शुरू हो गई थी। वे लोग पास की पहाड़ी के ऊपर टेंट लगाकर रुक गए।

"ऊपर से दुश्मन पर दूर तक नजर रखी जा सकती है।" यह बात उसे दास बाबू ने बताई थी जो कई महीनों से गायब थे।

बारिश की बूँदों की महक पाकर मधुलिका अपने कमरे की खिड़की पर आ गई थी। वह सुबह से उदासी में लिपटी थी। दीवार पर टँगी तस्वीर को वह देर तक देखती रही थी। तस्वीर में दास बाबू के साथ बनगिहा खड़ा है। दास बाबू का हाथ बनगिहा के कन्धे पर रखा है। उसके साँवले चेहरे पर एकदम महीन-सी मुस्कान है।

बारिश की फुहार गिरते ही शान्ता झट से आँगन में सूख रहे कपड़े उतार लाई। हरिमन किसी तरह कच्ची सड़क से अपने स्कूल पहुँचा। बच्चे स्कूल गए हुए थे। भीतर दीवार पर जो नया कैलेंडर लगाया गया था वह हवा में फड़फड़ा रहा था। कैलेंडर के सबसे ऊपर लाल रंग के बड़े अक्षरों में वर्ष 1975 लिखा हुआ था।

*

उस कैलेंडर में एक गाँव का दृश्य था। दृश्य में पहाड़ियों की श्रृंखला थी। पहाड़ी की ढलान पर गाँव चित्रित था। गाँव से एक पगडंडी निकली हुई थी। पगडंडी के चारों ओर धान की फसल लहलहा रही थी। उस दृश्य में नदी भी थी, लेकिन वह दिख नहीं रही थी। पगडंडी पर चलते हुए कुछ गाँववाले थे।

कैलेंडर के मुखपृष्ठ के पीछे बारह महीनों के बारह अलग पृष्ठ थे। हर पृष्ठ पर अलग-अलग महीनों की तिथियों का विवरण था। जिस पृष्ठ पर मार्च महीने का विवरण था, उस पृष्ठ पर शान्ता ने पेन से लिख दिया था।

'13 तारीख को दूधवाला नहीं आया।'

उस 13 मार्च, 1975 की दोपहर अचानक तेज बारिश होने लगी थी। रह-रह कर बिजली की चमक कौंध जा रही थी। बारिश का पानी धीरे-धीरे बागियों के टेंट के भीतर आने लगा था। बनगिहा ने खाट पर अपना पैर समेट लिया था। बाकी साथी अन्य टेंटों में थे। कुछ साथी थोड़ी देर पहले राजमार्ग की ओर मुआयना करने निकल गए थे ताकि वे पुलिसवालों के बारे में ज्यादा जानकारी जुटा सकें और मुखबिरों की खबर की पुष्टि कर सकें।

बारिश के थमने और बादलों के छँट जाने के बाद सूरज की लाल किरणों से आसमान दहक रहा था। बनगिहा टेंट से बाहर आ गया। उसके बूट जमीन की गीली मिट्टी में धँस जा रहे थे। तब ही दूर से किसी धमाके की आवाज आई। वह सतर्क

हो गया। वह तेजी से अपने टेंट की ओर भागा। उसने झट से अपनी बन्दूक उठा ली। तब तक तीन-चार और धमाके की आवाज आई। फिर सन्नाटा छा गया। उसे लगा कि सड़क बनाने के लिए कम्पनी के लोग चट्टानों में धमाका कर रहे होंगे।

कुछ देर बाद उसने देखा कि सामने से कुछ लोग किसी आदमी को अपने कन्धे पर लादे हुए ला रहे हैं। बारिश से बने कीचड़ और उस आदमी की भार की वजह से उनके कदम लड़खड़ा जा रहे हैं। वे किसी तरह पहाड़ी की चढ़ाई कर ऊपर तक आए और उस आदमी को धीरे से जमीन पर उतार दिया।

उसके शरीर में किसी भी तरह की कोई हरकत नहीं हो रही थी। उसका पूरा बदन खून से भीगा हुआ था। बनगिहा को लगा कि उनका कोई साथी धमाके में घायल हो गया है। वह उसके पास बैठ गया। वह उसे ध्यान से देखने लगा।

जो बागी उसे अपने कन्धों पर उठाकर लाए थे, वे जोर-जोर से हाँफ रहे थे। उनके कपड़े भी खून से भीग गए थे। बनगिहा ने ध्यान से देखा। उस मृत देह पर गोलियों के दर्जनों निशान थे। उसे काफी नजदीक से गोली मारी गई थी। चेहरे पर मारी गई गोलियों से उसके चिथड़े उड़ गए थे। पैरों पर बाटा का जूता देखकर वह चौंक गया।

बनगिहा जमीन पर पालथी मारकर बैठ गया। उसकी धड़कन में हड़कम्प होने लगी। उसने मृत शरीर का दाहिना हाथ उठाया और उस पर लगे खून को अपनी कमीज की बाँह से पोंछकर देखा। उस हाथ पर गोदना से कुछ लिखा हुआ था। एकदम महीन और एकदम धारदार वाक्य।

'एल पूबलिको एस रेई।'

वह दास बाबू का हाथ अपने माथे से लगाकर रोने लगा।

उसका रोना इतना ध्वनिहीन था कि किसी को भी उसके दुख का पता नहीं चला, हालाँकि जंगल के सारे पशु-पक्षियों तक उसकी संवेदना की मौन तरंगें पहुँच गई थीं। जंगल चुप्पी में डूब गया था। उस चुप्पी को मधुलिका के सुबकने की आवाज तोड़ रही थी। बनगिहा किसी तरह खड़ा हुआ। सारे बागी अपने जोनल कमांडर को सम्मान देने के लिए हवा में फायरिंग करने लगे, जिसकी आवाज दूर चारआमा छावनी तक जाने लगी।

अगले दिन जंगल कर्फ्यू के पर्चे गाँवों, सड़कों और पगडंडियों पर फेंक दिए गए। चारआम छावनी के ठीक सामने पेड़ पर पोस्टर चिपका दिया गया, जिस पर लिखा था—

'14 से 20 मार्च 1975 तक जंगल बन्द।'

कुछ पर्चे कौवों और चीलों को दिए गए जिसे उन्होंने आसमान से चारआमा कस्बे में गिरा दिया। बनगिहा के अनुरोध पर सलिहा जंगल के सारे कबरबिज्जू

राजमार्ग के पास एकत्रित हो गए और उन्होंने राजमार्ग के नीचे रातोरात सुरंग खोद दी।

चूहों की मदद से जिलेटीन और बारूद को उन सुरंगों में संयोजित किया गया। बड़े चूहों को तार को सुरंग के अन्दर पहुँचाने की जिम्मेदारी दी गई। फिर उसका एक सिरा दूर जंगल तक खींच दिया गया, जिससे धमाका करने का बटन जोड़ दिया गया।

सागौन के ऊँचे दरख्तों पर बाज को निगरानी की जिम्मेदारी दी गई, जो दूर से ही राजमार्ग पर पुलिस की गाड़ी आता देखकर ऊपर आकाश में गोल-गोल उड़ने लगता। कौवों का समूह तेज आवाज में काँव-काँव करने लग जाता। उनकी आवाज सुनकर नीचे तैनात बागी सतर्क हो जाते। इस तरह बिना किसी जोखिम के गोरिल्ला हमला हो जाता।

जोनल कमांडर के मारे जाने पर पुलिस अपने अभियान में तेजी ले आई और वे जंगल के अन्दर के इलाकों में बढ़ने लगे। उनकी गाड़ियों के पीछे लोहा कम्पनी की मशीनें और लाव-लश्कर चलते थे। जीव-जन्तुओं के बेहतरीन सामंजस्य और बागियों ने मिलकर उनकी गाड़ियों को धमाकों में उड़ाना शुरू कर दिया। राजमार्ग पर बारूद, खून और लोहे के लालच के चिथड़े पड़े थे। सरकार ने अभियान और तेज करने का ऐलान कर दिया था।

*

इसलिए ही वर्ष 1975 के उस कैलेंडर को हरिमन ने याद के रूप में रख लिया था। उस कैलेंडर पर कई बातें पेन से उकेरी गई थीं। मसलन् बाबा ने 26 अप्रैल को रायपुर में घुमनाहा के नाम से जमीन खरीदी। बुतरू ने 11 सितम्बर को घुटनों के बल चलना शुरू किया। स्टील की आलमारी का पैसा नवम्बर महीने तक चुका देना है। ऐंठबहार के स्कूल फीस की आखिरी किस्त दिसम्बर में देनी है।

उस कैलेंडर को बहुत सालों बाद नरक दरवाजा वाले कमरे में देखते हुए हरिमन अपनी स्मृति में डूब गया था। उसे कैलेंडर की पहाड़ियों के पीछे राजमार्ग पर धमाकों की आवाज सुनाई दे रही थी। उसे जंगल में भागते बनगिहा और उसके साथियों के चीखने की आवाज सुनाई दे रही थी। वे पुलिस की गोलियों से बचते हुए तेजी से जंगल के अन्दर की ओर भाग रहे थे।

उनकी चीख कैलेंडर से बाहर आ रही थी। तब बाबा जोर से खाँसना चाह रहा था, लेकिन उसका कफ उसके गले में अटक गया था। तब शान्ता रसोई में चूल्हा जला रही थी। तब गौशाला रोड पर बैठे आवारा कुत्ते अचानक जोर-जोर से भौंकने लगे थे।

इसके दो दिन के बाद हरिमन और बाबा सालमोंगरा कस्बे से रायपुर के लिए निकले थे, जहाँ से वे बस में सवार होकर फूलमती के गाँव भालूटेकरी पहुँचे थे।

उस रात बनगिहा अपनी टीम के साथ बाबा की तबीयत पता करने पहुँचा था। तब उसे देखकर हरिमन भौचक रह गया था। बनगिहा को दाढ़ी में देखकर वह उसे पहचान नहीं पाया था।

हरिमन उसका चेहरा देखकर स्तब्ध रह गया था। उसे दास बाबू की दी हुई किताब के मुखपृष्ठ पर चित्रित उस दाढ़ी वाले युवक के चेहरे की याद आ गई। उसके चेहरे पर एकदम ऐसी ही दाढ़ी और माथे पर ऐसे ही काले कपड़े की पट्टी बँधी हुई। थोड़ी अन्दर की ओर धँसी हुई आँखें। स्वप्न के भार से दबी हुई सी। जामुनी रंग के पतले होंठ। सच में बनगिहा भी उसी की तरह दिख रहा था।

बनगिहा ने ध्यान से देखा कि हरिमन उसे देखकर हतप्रभ है। उसने हरिमन के कान में फुसफुसाकर कहा, "अभी यहाँ खतरा है। सँभलकर रहना।" फिर उसने अपने एक साथी को कुछ समझाया। उसके बाद रात के अँधेरे में बनगिहा और उसके साथी गायब हो गए। तब झींगुरों की आवाज आने लगी थी और कुत्ते भौंकने लगे थे।

अगली सुबह हरिमन वापस सालमोंगरा कस्बा जाने के लिए मुंजालगोंदी से बस पर सवार हुआ। जब उनकी बस कोचवाही घाट की चढ़ाई कर रही थी तो उसने देखा कि सामने सड़क पर पुलिस ने घेराबन्दी की हुई है। वह घबरा गया। उसने बस कंडक्टर से कहा कि उसे पेशाब करनी है। फिर वह बस से नीचे उतर गया।

वह जैसे ही नीचे उतरा, उसे बस की आखिरी सीट पर बैठे एक व्यक्ति ने इशारे से पास बुलाया और बस के ऊपर चढ़ जाने को कहा। हरिमन ने अपने दिमाग पर जोर दिया। उसने पहचान लिया। वह व्यक्ति बनगिहा के साथ रात में आया था। हरिमन चुपचाप बस के ऊपर रखी बोरियों में जाकर छिप गया।

अनिद्रा और थकान के घालमेल में बनगिहा को ऐसा एहसास हुआ कि दूर से कुत्तों के भौंकने की आवाज आ रही है। वह एक झटके में अपनी थकान और झपकी के जंजाल से बाहर आया।

उसने अपने जूतों के लेस को ठीक से बाँधा। अपनी बन्दूक में गोलियाँ लोड कीं। पीठ पर अपना छोटा-सा बैग लटकाया। फिर हल्की आवाज की सीटी बजाई। उसके सारे साथी गहरी नींद में थे। उसने साथियों को आवाज लगाई। लेकिन उनमें कोई हलचल नहीं हुई।

कुत्तों के भौंकने की आवाज धीरे-धीरे पास आती मालूम हो रही थी। बनगिहा ने हवा में एक गोली दागी। उसके सारे साथी घबराकर खड़े हो गए। उसकी गोली की आवाज जंगल के सन्नाटे में गूँज गई फिर ऐसा लगा कि वह किसी सतह से टकराकर वापस लौट रही है। अचानक गोलियों की लगातार आवाज आने लगी। उसके साथी पास की झाड़ियों की ओर भागने लगे। बनगिहा भी भागने लगा, लेकिन वह भाग नहीं पाया।

वह धम्म से वहीं पर गिर गया, जैसे कोई डंगाल टूटकर गिर जाती है। उसके शरीर पर लगातार पाँच गोलियाँ लगीं। उसकी आँखों की नींद बुझी हुई राख में बदल गई। उसने जोर लगाकर देखना चाहा, लेकिन कुछ देख नहीं पाया। लगातार गोलियों की आवाज आती रही। फिर सब शान्त हो गया। उसकी साँस गले पर आकर अटक जा रही थी। उसे लगा कोई उसे घसीट रहा है। उसने अपनी बुझती हुई आँखों से देखा। उसके पैरों को अपने जबड़े में फँसाकर दो जंगली सूअर तेजी से भाग रहे हैं। उसका सिर जमीन से रगड़ खा रहा है।

जब उसके गले में अटकी आखिरी साँस बाहर निकलने को थी तो बनगिहा ने देखा कि आसमान में सुबह की हल्की नारंगी रोशनी आ रही है। गिलहरी, हिरण, खरगोश, लोमड़ी, नीलगाय, वनभैंसा, बारहसिंगा, हाथी उसे घेरे खड़े हैं। आकाश में धीरे-धीरे पक्षियों का झुंड इकट्ठा होता जा रहा है। कौवों की आवाज से दूसरे पक्षी भी आने लगे हैं।

पेड़ों के ऊपर बन्दर और लंगूर उछलकूद कर रहे हैं। उसके साथियों की मृत देह आसपास बिखरी पड़ी है। उसकी देह का खून गाढ़ा होता जा रहा है। वह जोर से चीखना चाहता था, लेकिन वह चीख न सका। उसकी आखिरी साँस बाहर निकलते ही उसकी पलकें मुँद गईं।

सारी लाशों को ट्रैक्टर पर लादकर पुलिस चारआमा छावनी ले आई। उन लाशों को जमीन पर कतारबद्ध रख दिया गया। एक सिपाही लाशों पर डाले गए कफन पर संख्या लिखने लगा। कुल तेरह मृत देहों के पास खड़े होकर कुछ पुलिस अधिकारी तस्वीरें खिंचवा रहे थे। खून की गन्ध के चलते मक्खियाँ भिनभिना रही थीं। बारूद और मिट्टी से सनी क्षत-विक्षत लाशों को पहचान पाना मुश्किल हो रहा था।

हरिमन रायपुर स्टेशन पर बैठा अपनी ट्रेन का इन्तजार कर रहा था। स्टेशन पर कुछ लोग और थे। उसने ध्यान से देखा, एक आदमी दूर से उस पर लगातार नजर रखे हुए है। वह उसकी नजर से बचने के लिए पास की चाय दुकान को ओर चला गया जहाँ कुछ लोग खड़े होकर चाय पी रहे थे। हरिमन उनकी आड़ में खड़ा हो गया।

चाय दुकान में रखा रेडियो बज रहा था। रेडियो में किसी महिला की आवाज आ रही थी।

"थोड़ी ही देर में समाचार प्रसारित किया जाएगा।"

फिर रेडियो में गाना बजने लगा। चाय का कुल्हड़ लेकर वह धीरे से पास की किताब दुकान की ओर चला गया। उसने देखा कि किताब दुकान में पीछे एक किताब रखी हुई है। 'द मोटरसाइकिल डायरीज'। उसके ठीक बंगल एक दूसरी किताब रखी हुई थी, 'द रिवोल्यूशनरी थॉट्स'।

हरिमन ने दोनों किताबें खरीद लीं। वह उन किताबों को लेकर प्लेटफार्म नम्बर दो पर और आगे चला गया, जहाँ एक बरगद पेड़ के नीचे कुछ लोग चबूतरे पर

बैठे हुए थे। वह भी उनके पास जाकर बैठ गया। वह 'द रिवोल्यूशनरी थॉट्स' किताब को उलट-पुलट कर देखने लगा।

किताब में ग्यारह अध्याय थे, जिसमें विभिन्न देशों के आन्दोलन और उनके विचारों के बारे में बताया गया था। किताब स्पेनिश से अंग्रेजी में अनूदित थी। किताब में भूमिका और अनुवादक की टिप्पणी थी। वह अनुवादक की टिप्पणी पढ़ने लगा, जिसका शीर्षक देखकर वह चौंक गया।

'एल पूबलिको एस रेई!'

उस शीर्षक का अंग्रेजी अनुवाद उसके साथ ही कोष्ठक में लिखा गया था।

'द पब्लिक इज किंग।'

तब ही ट्रेन आने के संकेत के लिए उसे जोर से घंटी बजने की आवाज सुनाई दी। उसने देखा कि सामने प्लेटफार्म नम्बर एक पर स्टेशन मास्टर के कमरे के बाहर एक रेलवे कर्मचारी जोर-जोर से घंटी बजा रहा है, जिसके शोर में रेडियो में प्रसारित हो रहे मुख्य समाचार की आवाज की दब गई, जिसमें उद्घोषक अपनी भारी आवाज में बोल रहा था।

'सलिहा जंगल की मुठभेड़ में बागियों का सफाया।'

उस शोरगुल में हरिमन का ध्यान दूर से पटरी पर दौड़ते आ रहे रेल इंजन की ओर गया। उसने देखा कि इंजन तेजी से प्लेटफार्म नम्बर दो पर धड़धड़ाता आ रहा है। वह अपना बैग लेकर खड़ा हो गया।

पैसे की बू

रेडियो पर संगीत का कार्यक्रम विविध भारती चल रहा था। वहीदा रहमान के लिए लता मंगेशकर प्यार का इजहार कर रही थी। संगीत का माधुर्य पूरे आँगन में फैला हुआ था। तब शान्ता रसोई में केरोसिन चूल्हा जलाने की कोशिश कर रही थी। उसके बगल में बुतरू बैठा हुआ था। ऐंठबहार सामने कमरे में बैठा रजनीश की किताब सम्भोग से समाधि तक पढ़ रहा था। साधना पाकेट बुक्स के गरीब पन्नों में रजनीश की महँगी बातों से ऐंठबहार चकित हो रहा था।

घुमनाहा आँगन के आम पेड़ पर चढ़ गया था। वह उसकी एक बड़ी सी डंगाल से चिपककर लेट गया था, ताकि उसे कोई देख न सके। उसने नीचे देखा।

नीचे बने खुले स्नानागार में जोजबोलही नल के नीचे बाल्टी रखकर इधर-उधर देखने लगी। वह टहनी की आड़ में छिप गया। बोरी से बनी दीवार के उस पार झाँकने के लिए जोजबोलही पंजे के बल उचकने लगी। उसने देखा। आसपास कोई नहीं था। वह आश्वस्त हो गई। रेडियो पर बजने वाले गाने की आवाज आ रही थी।

जोजबोलही ने धीरे से नल शुरू कर दिया। उसने धीरे से अपने बालों को खोल दिया। वह बालों को लहराते हुए कोई गाना गुनगुना रही थी। फिर अपने बालों को अँगुलियों से सुलझाने लगी। पास में रखे शैम्पू की बोतल से उसने कुछ बूँद अपनी हथेली पर गिराकर, उसमें पानी मिलाया और उसे अपने बालों पर लगा लिया। उसके काले बालों में सफेद झाग चमकने लगा। वह उकड़ूँ बैठ गई। फिर अपने बालों में धीरे-धीरे पानी डालने लगी। ऊपर डंगाल पर चिपका घुमनाहा उसके स्नान उत्सव को चुपचाप देख रहा था।

आम पेड़ की डंगाल में छिपी चींटियों को किसी मानव देह की गर्मी महसूस हुई। उन चींटियों में हलचल शुरू हो गई। वे डंगाल में बनी पत्तियों के गोले से बाहर आने लगीं। उनकी लाल रेखा धीरे-धीरे नीचे उस ओर आने लगी जहाँ घुमनाहा चिपककर लेटा हुआ था।

पेड़ से थोड़ी दूर बने स्नानागार की जमीन पर पत्थर के टुकड़ों को रखकर अस्थायी फर्श तैयार किया गया था। सामने दो बल्ली लगा दी गई थीं, जिन्हें पुरानी बोरी से घेरकर दीवार-सा कुछ बना दिया गया था। पीछे की चारदीवारी पर एक

कील ठोंक दी गई थी, जिस पर जोजबोलही का कपड़ा टँगा हुआ था। पेड़ की डंगाल से चिपके घुमनाहा ने नीचे देखा। वह अपना स्कर्ट उतारकर नीचे रख रही थी।

पास में रखे साबुन की डिब्बी से लाइफबॉय साबुन निकालकर जोजबोलही अपनी पीठ पर मलने लगी। उसकी साँवली पीठ पर साबुन की सफेद झाग नीचे बहने लगी। उसकी देह की थकान और मैल उतरने लगी। उसके साँवलेपन की चमक धूप में निखरने लगी। उसके कमर के पास की चर्बी पर बँधा काला धागा लटककर झूल गया था जिसे वह ठीक करने लगी।

घुमनाहा उसकी देह की अलौकिक मांसलता को देख रहा था। उसकी आँखें देखने की तृप्ति से मुँद जा रही थीं। वह डंगाल पर उसी तरह चिपका हुआ था। उसने सजगता से उसे जोर से पकड़ रखा था। उसने पेड़ के नीचे देखा। शान्ता एक खाट पर घर के पुराने रजाई और कम्बल रख रही थी। खाट पर धूप की किरणें पड़ रही थी।

जोजबोलही की खुली और गीली पीठ देखकर वह भौचक-सा रह गया। घुमनाहा की त्वचा में सनसनी पसरने लगी। उसे लगा कि कोई उसके टखनों को सहला रहा है। वह सिहरन उसकी पिंडलियों तक आने लगी। घुमनाहा को लगा कि साँवली देह देखकर, उसके भीतर कोई तूफान आने वाला है। उसने डंगाल पर चिपकी हुई अपनी पिंडलियों की ओर देखा। वहाँ ढेर सारी लाल चींटियाँ कतार में बढ़ रही थीं।

अपनी पिंडलियों पर इतनी सारी चींटियों की हलचल को देखकर वह घबरा गया। इस घबराहट में पेड़ की डंगाल पर उसकी पकड़ ढीली हो गई। चींटियों ने उसकी मुलायम त्वचा को कुतरना शुरू कर दिया। उसकी जलन से वह अपने पैर झटकने लगा, जिससे उसका सन्तुलन गड़बड़ा गया। आम के पेड़ की डंगाल से उसका हाथ छूट गया। वह सीधे नीचे रखी खाट पर गिर गया। खाट पर सूख रहे रजाई और कम्बल के बीच जाकर वह धँस गया।

वह किसी तरह उस खाट से उठा। उसने आसपास नजर दौड़ाकर देखा कि किसी ने उसे पेड़ से गिरते हुए देख तो नहीं लिया। आसपास कोई नहीं था। खाट पर उसके गिरने की आवाज सुनकर अपनी रसोई में खाना पका रही पांडे की पत्नी दौड़कर बाहर आ गई।

उसके गिरने की आवाज सुनकर जोजबोलही भी घबरा गई। उसने झट से अपने नंगे बदन पर टावेल डाला और तेजी से घर के भीतर भाग गई। उसके गिरने की आवाज से बेखबर शान्ता मसाले के डिब्बे में पैसे छिपा रही थी।

उसके गिरने की आवाज सुनकर पांडे भी रेडियो बन्द कर बाहर आँगन की ओर भागते हुए आया। रेडियो पर तब मुख्य समाचार चल रहा था। समाचार वाचक की भारी आवाज बाहर तक आ रही थी।

"सलिहा जंगल में...।" लेकिन तब तक पांडे रेडियो बन्द कर चुका था।

उन सब को देखकर खाट पर बैठा घुमनाहा मुस्कराने लगा, जैसे कुछ हुआ ही न हो। उसे मुस्कराता देखकर पांडे भी मुस्करा दिया, "कुछ जोर से गिरा क्या?"

घुमनाहा ने सिर हिलाकर ना कह दिया। फिर वह ऊपर देखने लगा। ऊपर चींटियों का झुंड वापस पत्तियों से बने अपने घरौंदे की ओर लौट रहा था।

वह चुपचाप खाट से उठा और घर के भीतर आ गया। उसे लँगड़ाता देखकर शान्ता ने पूछा, "क्या हुआ रे?" लेकिन वह बिना कुछ बोले ही आगे बढ़ गया और नरक दरवाजा वाले कमरे में आकर बिस्तर पर लेट गया। बिस्तर पर लेटते ही उसकी पीठ और कमर में दर्द शुरू हो गया। उसने देखा उसकी कुहनी छिल गई थी। उसके घुटने से खून रिस रहा था। उसने बिस्तर पर लेटे हुए सोचा। "सच में देह पीड़ा का घर है।"

उसके घुटने से रिसते खून को देखकर बुतरू घबरा गया। वह आलमारी में रखी डेटाल की शीशी ले आया। घुमनाहा ने तकिए के फटे हुए कोने से थोड़ी सी रुई निकाली और उसे डेटाल से भिगोकर अपने घुटने के जख्म पर रख लिया।

उसने देखा कि बाबा के कमरे में कोई गन्ध नहीं बची थी। आले पर उसका पुराना रामचरितमानस रखा हुआ था। दीवार के ऊपर मकड़ी के जाले बन गए थे। पलंग के नीचे थोड़ी सीलन थी। लोहे की आलमारी का दरवाजा थोड़ा खुला हुआ सा था। उसे अपने घुटने पर डेटाल और जख्म की मिलीजुली जलन महसूस हो रही थी। वह बिस्तर पर लेट गया।

वह लेटे हुए जोजबोलही के बारे में सोचने लगा। अपनी सोच में उसने देखा कि पीछे के भुतहा कमरे के बाहर ढेर सारे पेड़ के तने रखे हुए हैं। उसके और दीवार के बीच करीब दो फीट का फासला है। उस फासले के बीच में जोजबोलही बैठी हुई है। वह उसके बगल में पालथी मारकर बैठा हुआ है। दोनों चुप हैं।

घुमनाहा ने धीरे से जोजबोलही का हाथ पकड़ लिया। वह उसकी हथेली को सहलाने लगा। दोनों की देह में केंचुए के चलने सी सिहरन दौड़ गई। दोनों की साँसों की आवाज उनके भीतर गूँजने लगी। दोनों एक-दूसरे की आँखों में देखने लगे। घुमनाहा ने अपनी कमीज के भीतर हाथ डाला। उसने धीरे से एक पत्रिका बाहर निकाल ली, जिसके मुखपृष्ठ पर लिखा हुआ था—

'आधी रात।'

मुखपृष्ठ पर एक महिला की तस्वीर थी। उसके खुले बाल हवा में लहरा रहे थे। उसने अपने कान में एक बड़ा सा फूल खोंसा हुआ था। उसके होंठ कुछ कहना चाह रहे थे। उसके पीछे खड़े युवक ने अपने दोनों हाथ, उसकी काँख के नीचे से डाल कर, महिला की खुली छाती को अपनी हथेलियों से ढक लिया था।

उस तस्वीर को देखकर जोजबोलही ने अपनी आँखों को हथेलियों से ढक लिया और सिर्फ इतना ही कहा, "छी-छी।"

अचानक किसी के आने की आहट पर, दोनों पेड़ के तने के पीछे दुबककर छिप गए। दोनों देर तक उसी तरह दुबके रहे, जब तक शान्ता के पैरों के पायल की आवाज आनी बन्द नहीं हो गई। शान्ता के चले जाने के बाद जोजबोलही भागते हुए अपने घर चली गई। घुमनाहा उस पत्रिका के मुखपृष्ठ को देखते हुए देर तक वहीं बैठा रहा।

कुछ देर बाद वह आँगन के दरवाजे से बाहर निकल गया। बाहर मटकी चौक में नए खुले टपरी वाले होटल में बैठकर वह चाय पीने लगा। होटल की मालकिन अधेड़ उम्र की महिला थी, जिसे ना जाने क्यों सब लोग बुआ कहते थे। बुआ का चेहरा झुर्रियों से भरा था। वह साड़ी को घुटने तक उठाकर पहनती थी। उसके सिर के सारे बाल सफेद थे। आसपास रिक्शावाले सवारी के इन्तजार में अपने-अपने रिक्शे पर बैठे हुए किसी अश्लील मजाक पर जोर-जोर से हँस रहे थे।

तब ही मुहल्ले की एक सिक्ख महिला आई और घुमनाहा के कन्धे पर हाथ फिराते हुए बोली, "चल ना बेटा मेरा पैसा भरा पर्स घर में कहीं गुम गया है खोज देना।" घुमनाहा उसके साथ चला गया।

सिक्ख का घर बहुत बड़ा था। सिक्ख की जूते की बड़ी दुकान थी। उसकी दो पत्नियाँ और एक रखैल एकसाथ धार्मिक सौहार्द्र के साथ रहती थीं। घर के दरवाजे के पास एक पामेरियन कुत्ता जंजीर से बँधा हुआ था, जो घुमनाहा को देखकर अपनी तेज और कर्कश आवाज में भौंकने लगा।

उस मरगिल्ले से पामेरियन और सिक्ख की पहली अधेड़ पत्नी को नजरअन्दाज करते हुए घुमनाहा उस सिक्ख महिला के पीछे-पीछे भीतर उसके कमरे तक गया। घुमनाहा ने अपनी नाक की संवेदनशील ग्रन्थियों और तंत्रिका तन्तुओं को सजग कर दिया। लगभग कुत्ते की तरह अपनी नाक-भौं सिकोड़ते हुए वह उस कमरे में इधर-उधर जाने लगा।

उसने दीवार से सटी आलमारी के पीछे जाकर तेज साँस ली। फिर वह बगल के कमरे में गया। अन्दर रखैल अपने कपड़े समेट रही थी। वह घुमनाहा को देखकर भड़क गई। वह उसे पंजाबी में गाली देने लगी।

वह देर तक उस कमरे में इधर से उधर हवा को सूँघते रहा, फिर वह रखैल के बिस्तर के पास आकर रुक गया। इस तरह सूँघने से उसका चेहरा बिगड़ गया था।

वह अपनी इस अवस्था में आसपास की दुनिया से बेखबर हो जाता था। उसने देखा रखैल कपड़े लेकर आलमारी में रख रही है। वह उस आलमारी की ओर चला गया। उसे आसपास से उसकी पसन्दीदा बू आने लगी। वह बेचैन हो गया। पैसे की बू से वह पगला जाता था। वह जमीन पर कुत्ते की तरह लोट गया।

घुमनाहा ने आँख बन्द कर आलमारी के नीचे अपना हाथ घुसेड़ दिया। उसके हाथ एक छोटी-सी थैली आई। वह उस थैली को लेकर बैठ गया। वह थैली से एक-एक सामान निकालकर बाहर फेंकने लगा। जब उसने थैली के भीतर से एक छोटा पर्स निकालकर बाहर जमीन पर फेंका, तो सिक्ख महिला चहक उठी, "चोट्टी साली!"

वह अपना पर्स लेकर बाहर आ गई। उसने खुशी में घुमनाहा को गले लगा लिया। सिक्ख महिला के गले लगाते ही घुमनाहा अपनी पारलौकिक अवस्था से बाहर आ गया।

उसने देखा कि बाहर की दुनिया में एक सिक्ख महिला दस-दस के नोट गिन रही है। उसने अपनी गिनती जारी रखते हुए घुमनाहा से पूछा, "तुम पर्स की बू से उसे खोज पाए ना?" घुमनाहा अपने माथे का पसीना पोंछते हुए कहा, "नहीं मैं सिर्फ पैसे की बू पहचान पाता हूँ।"

घुमनाहा पसीने से तरबतर हो गया। उसने आँखें खोलीं तो देखा वह बाबा के बिस्तर पर पड़ा हुआ है। चींटियों के काटने की जलन कम हो गई है। उसके नथुने में दस के नोट और सिक्ख महिला की गन्ध कौंध रही है।

वह नरक दरवाजा वाले कमरे से धीरे से उठा और दीवार पर बने आले में रखे रामचरितमानस पर जमी धूल को साफ किया और उसे वापस वहीं रख दिया। उसने लोहे की आलमारी का दरवाजा खोलकर देखा। अन्दर कई डायरियाँ रखी हुई थीं। उसने आलमारी का दरवाजा ठीक से बन्द कर दिया।

उसे बाबा की याद आने लगी। "कितने दिन हो गए बाबा को गए हुए।" उसे अपनी करतूत पर पछतावा होने लगा कि उसे जाते समय बाबा के काले बैग से नोट का बंडल नहीं चुराना चाहिए था। वह अपनी नाक की सूँघने की प्रतिभा का शिकार था। पैसे की बू से वह पगला जाता था।

घुमनाहा बाबा के कमरे से बाहर निकल आया, जहाँ सामने वाले कमरे में ऐंठबहार फिल्मी पत्रिका में अमिताभ बच्चन का हेयरस्टाइल देखकर अपने सिर के बालों को उसी तरह बना रहा था। उसे देखकर घुमनाहा ने कहा, "चलना है क्या गोपी टॉकीज?"

अपने गीले बालों पर कंघी फिराते हुए ऐंठबहार ने जवाब दिया, "लेकिन पैसे!" घुमनाहा लँगड़ाते हुए उसके पास आया और विनोद खन्ना की तरह उसके कन्धे पर हाथ रखकर कहा, "हो जाएगा बस थोड़ी मेहनत करनी पड़ेगी।"

दोनों घर के बाहर आ गए। घुमनाहा पैसा जुगाड़ने की जुगत लगा रहा था। तब ही उसने देखा सामने से एक शवयात्रा आ रही है। वह उसे देखकर मुस्कराने लगा। उसे देखकर ऐंठबहार सकपका गया। दूर से घंटा और शंख बजाने की आवाज आ रही थी। घुमनाहा ने आँख मारी और उसने ऐंठबहार के कान में धीरे से कहा, "इसके पीछे श्मशान तक चलते हैं।"

तब तक अपने कन्धों पर शव को लादे लोगों का हुजूम और पास आने लगा। लोग तेज कदमों से उसके पीछे चलते जा रहे थे। एक अधेड़ जोर-जोर से 'राम नाम सत्य है' चिल्ला रहा था। दूसरे लोग अनमने मन से उसे दोहरा रहे थे।

एक युवक छोटी-सी थैली में हाथ डालकर शव के ऊपर सिक्के फेंक रहा था। कुछ सिक्के शव से टकराकर नीचे जमीन पर गिर जा रहे थे। उन सिक्कों को रौंदते हुए शवयात्रा आगे केलो नदी के किनारे बने श्मशान की ओर निकल गई। उनके पीछे एक दूरी बनाकर घुमनाहा और ऐंठबहार भी लपक लिए।

*

केलो नदी की धार पतली हो गई थी। उसकी डूब में समाए रहने वाली चट्टानें उभरकर बाहर आ गई थीं। एक चट्टान पर दोनों बैठ गए और नदी के दूसरी ओर बने श्मशान की तरफ देखने लगे।

ऐंठबहार ने देखा कि नदी के उस पार लोग चिता बना रहे हैं। तब घुमनाहा नदी में उतरकर उन सिक्कों को पानी में धो रहा था। वह घुटनों तक नदी में डूबा हुआ था। फिर वह अपनी कमीज से उन सिक्कों को पोंछने लगा।

लोग लाश उठाकर चिता पर रख चुके थे और दाह संस्कार की तैयारी कर रहे थे। सिक्कों को गिनकर घुमनाहा ने मुस्कराते हुए कहा, "चार रुपये साठ पैसे हो गए हैं। इतने में आराम से गोपी टॉकीज में फिल्म देखी जा सकती है।"

ऐंठबहार उसे देखकर सोचने लगा, "कितना भोला कमीना है।"

शहर की सबसे व्यस्त सड़क पर इतवारी बाजार के सामने गोपी टॉकीज थी। टॉकीज के बगल में समोसे की दुकान और अन्दर पीछे साइकिल स्टैंड। समोसा दुकान के ठीक सामने टिकट खिड़की थी, जिससे एक रुपये बीस पैसे के दो लोअर के टिकट लेकर घुमनाहा आया।

दोनों टॉकीज के अन्दर सीट पर आराम से पसर गए। परदे पर त्वचा को गोरा बनाने का विज्ञापन चल रहा था। विज्ञापन की नायिका अपने गालों को सहला रही थी। मुस्करा रही थी। ऐंठबहार ने सीट पर अपनी पीठ टिका दी।

टॉकीज के अँधियारे में घुमनाहा ने अपनी जेब में बचे दो रुपये बीस पैसे को टटोला, फिर आश्वस्त होकर नायिका की अदा पर मुस्कराने लगा। मानो वह नायिका घुमनाहा के मुस्कराने के इन्तजार में ही टॉकीज के परदे पर रुकी हो। टॉकीज में हल्ला शुरू हो गया। लोगों ने चिल्लाना शुरू कर दिया।

"अबे रील अटक गई क्या?"

घर्र-घर्र की आवाज से टॉकीज गूँजने लगी। अचानक परदे पर अँधेरा छा गया। अँधेरे में ऐंठबहार सिकुड़ गया।

फिल्म के रोमांच और सम्मोहन में ऐंठबहार जीनत अमान की खूबसूरती को

देखता ही रह गया। उसे देखकर उसे जोजबोलही की याद आने लगी। वह अपनी मायावी दुनिया में उतर गया।

जोजबोलही भुतहा कमरे के पास खड़ी है। उस जगह का एकान्त उसे खीच रहा है। उसके सस्ते पाउडर की खुशबू उसे खींचने लगती है। जोजबोलही की देह उसे खींचने लगती है।

वह खुद को अपने धोखे की दुनिया का अमिताभ महसूस करता है। वह जोजबोलही का हाथ पकड़ना चाहता है लेकिन वह उसका हाथ झटककर कहती है, "बीच में माँग निकालने से तू क्या अमिताभ हो जाएगा चूजे।" ऐंठबहार को जोजबोलही के 'चूजे' शब्द चूज करने पर बहुत गुस्सा आता है।

वह गुस्से में भुतहा कमरे के बरामदे से होता हुआ पीछे आँगन में आ जाता है। आँगन में घुमनाहा को मुस्कराता देखकर वह ठिठक जाता है। उसके पीछे से जोजबोलही भी आती है और सीधे अपने मकान में घुस जाती है।

उन तीनों को आम पेड़ पर बैठा गिरगिट ध्यान से देख रहा था। उसकी गर्दन ऊपर-नीचे हो रही थी। वह आम पेड़ के तने के रंग से लाल रंग में अपनी चमड़ी को धीरे-धीरे बदल रहा था।

ऐंठबहार की नजर गिरगिट पर थी। घुमनाहा की ऐंठबहार पर। घुमनाहा ने उसके पास आकर धीरे से कहा, "क्यों बात बनी नहीं क्या?" ऐंठबहार ने अपने कन्धे पर रखे घुमनाहा के हाथ को झटके से हटा दिया और सीधे घर से बाहर निकल गया।

जोजबोलही की उलाहना और बेरुखी उसे परेशान किए हुए थी। जब वह घर लौटा तो सीधे नरक दरवाजा वाले कमरे में गया और अपनी डायरी निकालकर कविता लिखने लगा।

कविता के नीचे उसने अपना नाम और दिनांक लिखा। फिर डायरी रामचरितमानस के नीचे दबाकर बाहर आ गया। बाहर आँगन में पड़े पत्थर का एक टुकड़ा उठागा। वहाँ न गिरगिट था और न ही घुमनाहा। बस पांडे के मकान से जोजबोलही के हँसने की हल्की आवाज आ रही थी। ऐंठबहार ने जोर से जमीन पर अपना पैर पटका।

उसकी इस हरकत पर गोपी टॉकीज के अँधियारे में उसकी बगल की सीट पर बैठे आदमी ने चीखते हुए कहा, "अबे फिल्म देखकर इतना जोर क्यों मार रहा है चुपचाप देख ना।"

ऐंठबहार घबरा गया। उसने अपनी आँखों को हथेलियों से रगड़ा। टॉकीज की ठंडी हवा ने उसे नींद में कब ढकेल दिया था, उसे पता ही नहीं चला।

जब वे फिल्म देखकर घर लौटे तो देखा कि सामने वाले कमरे में हरिमन का बैग रखा है। उसके धूल सने जूते भी पास में रखे हुए हैं। कमरे में धूल, बारूद और पसीने की गन्ध है।

अन्दर वडयार कमरे में हरिमन बिस्तर पर पड़ा हुआ है और शान्ता उसके पैर दबा रही है। बच्चों को देखकर शान्ता चहकते हुए कहती, "देखो बच्चे आ गए।" बच्चों को देखकर हरिमन बिस्तर से उठता है और उन दोनों को अपनी बाँहों में भर लेता है। उसकी आँखें गीली हो जाती हैं। उसके आलिंगन की पकड़ और मजबूत हो जाती है। दोनों बच्चे उस मोहपाश में कसमसाने लगते हैं।

शान्ता उन दोनों बच्चों को हरिमन की जकड़ से छुड़ाकर दूर कर देती है। बच्चे भी घबराकर पास वाले बिस्तर पर बैठ जाते हैं। हरिमन अपनी चुप्पी उतारकर अपने सिरहाने पर रख देता है। वह बुदबुदाने लगता है, "वो आया था कन्धे पर बन्दूक लटकाए।"

"कौन आया था?" यह सवाल वडयार कमरे की ऊपरी छत से टकराकर चूरचूर हो जाता है। हरिमन एकटक ऊपर की ओर देखता है, जहाँ छत थी। छत की गुलाबी साड़ी निकल चुकी थी। छत पर लगी मिट्‌टी की परत उखड़ रही थी, जिसके बीच से पुरानी बाँस बल्लियाँ झाँक रही थीं। बच्चे अपने पिता को इस तरह बुदबुदाता हुआ देखकर चकित थे।

हरिमन बुदबुदाने लगा, "कितना बड़ा हो गया है वो। उसकी घनी दाढ़ी देखकर लगता ही नहीं कि वो हमारा बन्नू है। लम्बा, ऊँचा और गेहुँआ रंग। माथे पर बँधा काला गमछा। सिगरेट के धुएँ से सनी उसकी दमदार आवाज।" फिर वह चुप हो गया मानो किसी अज्ञात पुस्तक के पन्ने पलटकर कोई विवरण तलाश रहा हो।

"जब वो चलता तो उसके पैरों की धमक सलिहा जंगल में गूँजने लगती। उसकी उपस्थिति की खुशबू से जंगल के सारे जानवर सजग हो जाते और उसके लिए जाने का रास्ता छोड़ देते। वह जहाँ भी जाता उसके पीछे आकाश में गौरेया, कबूतर और तोते उड़ते चलते जिससे लोगों को उसके आने की सूचना मिल जाती। वह जिस जगह रुक जाता, आसपास के गाँवों से राशन-पानी आ जाता।"

हरिमन अपनी दाढ़ी खुजाते हुए थोड़ी देर रुक गया। उसने देखा कि उसके पैरों के पास शान्ता बैठी चुपचाप उसकी बुदबुदाहट को डिकोड करने की कोशिश कर रही है, जबकि उसकी अस्पष्ट आवाज बच्चों को साफ सुनाई दे रही थी। उसे बुदबुदाता देखकर घुमनाहा ऐंठबहार के कान में फुसफुसाया, "इसका तो जबड़ा हिलता नहीं था ना?" ऐंठबहार ने अपना कन्धा उचका दिया।

शान्ता ने पूछा, "आप किसके बारे में बात कर रहे हैं?" तब हरिमन ने चीखकर कहा, "एरिया कमांडर के बारे में।" फिर वह शान्त हो गया और उसने अपने सिरहाने पर रखी चुप्पी को फिर से धारण कर लिया।

उसकी चीख सुनकर मकान के बाहर सार्वजनिक नल पर पानी भरने आई मुस्लिम औरतें ठिठक गईं। नल से निकलने वाली पानी की धार अचानक से मोटी

और तेज हो गई। सब अपनी अपनी मटकी और बाल्टी में पानी भरकर जल्दी से अपने घरों को लौट गईं।

थोड़ी देर बाद शान्ता हरिमन के लिए चाय बनाकर ले आई। वह बिस्तर पर उसी तरह खामोश और भौचक पड़ा था। रायपुर स्टेशन में सुनी रेडियो के समाचार की वह पंक्ति उसके कानों में गूँज रही थी। प्लेटफार्म पर खड़े लोगों की आवाज, ट्रेन के आने की घोषणा करती महिला की आवाज, ठेलों पर फल, चाय और समोसे बेचते लोगों की आवाज और धड़धड़ाते हुए आते इंजन की आवाज के बीच भी उसे समाचार उद्घोषक की आवाज साफ-साफ सुनाई दे गई थी।

"सलिहा जंगल में मुठभेड़, बागियों का सफाया।"

शान्ता की ठंडी हथेली के स्पर्श से हरिमन अपने विचार से बाहर आ गया। वह धीरे से उठा और चाय का कप लेते हुए पूछा, "अरे चाय बना लाईं लेकिन धुआँ नहीं हुआ?" शान्ता ने हरिमन का हाथ पकड़ा और उसे अपने साथ पीछे रसोई में ले गई। उसने मिट्टी के चूल्हे के पास रखे केरोसिन से जलने वाले चूल्हे की ओर इशारा करते हुए कहा, "वो देखो हमारा नया चूल्हा।"

हरिमन ने चाय की चुस्की लेते हुए कहा, "वो तो ठीक है लेकिन आया कहाँ से?" हरिमन के इस सवाल पर शान्ता मुस्कराने लगी फिर थोड़ा हिम्मत जुटाते हुए बोली, "वो घुमनाहा लेकर आया है।"

इतना सुनते ही हरिमन गुस्से में आगबबूला हो गया। उसने चाय का कप जमीन पर पटक दिया और पीछे वडयार कमरे की ओर लपकते हुए चीखा, "वो साला चोरी के पैसे से लाया होगा लोफर कहीं का।" तब तक दोनों बच्चे घर से बाहर जा चुके थे।

दोनों भाई घर से सीधे क्लब मैदान की ओर चले गए। जहाँ वे अक्सर अपने दोस्तों के साथ मिलकर खेला करते थे। अंग्रेजों के समय में स्थापित इस क्लब मैदान के एक ओर बँगलानुमा मकान था, जिसमें क्लब का कार्यालय था। बीच में स्नूकर का बड़ा सा टेबल रखा हुआ था।

पीछे के कमरे में बहुत सारी कुर्सियाँ रखी थीं, जिन पर बैठकर शहर के व्यापारी ताश खेला करते थे। उसके पीछे बैडमिंटन कोर्ट था। उसके पीछे एक छोटा कमरा था, जिसमें क्लब का गार्ड अपने परिवार के साथ रहता था। पश्चिम की ओर दो बड़े मैदान थे। एक पर टेनिस कोर्ट बना हुआ था, जबकि सामने वाले सबसे बड़े मैदान में क्रिकेट खेला जाता था।

क्लब मैदान के बगल में जज का बँगला था। उसके ठीक पीछे कलेक्टर बँगला था। क्लब मैदान के सामने एक मन्दिर था। मन्दिर के सामने दलदली ढलान थी, जो गणेश तालाब की ओर जाती थी। उसी ढलान से होकर गरीब लोग सुबह फारिग होने जाते थे। गणेश तालाब के उस पार जो सड़क थी, वह गौशाला रोड कहलाती थी। गौशाला रोड के किनारे कुछ ठेलेवाले और दुकानें थीं।

मन्दिर के बगल में एक छोटा-सा मैदान था, जिससे होकर लोग पीछे गणेश तालाब जाते थे। गणेश तालाब से लगकर सेठजी का बगीचा था। बगीचे का मुख्य दरवाजा हरिमन के मकान की ओर खुलता था। बच्चे उस बगीचे में जाने से डरते थे। उस बगीचे के जामुन और कटहल के पेड़ों पर जिन्न रहते थे।

उन जिन्नों के डर से ही ऐंठबहार क्लब मैदान में नीम पेड़ के नीचे 'आधी रात' पत्रिका की तस्वीरों को गौर से देख रहा था। पत्रिका के मुखपृष्ठ पर एक महिला मोटरसाइकिल पर अकड़कर बैठी हुई थी। वह अपने दोनों हाथ घुटनों पर रखकर, थोड़ा सामने झुक सी गई थी। उसकी अधखुली तस्वीर से उष्मा निकल रही थी। उस तस्वीर को देख रहे ऐंठबहार के माथे पर पसीना आ गया था।

उसने माथे का पसीना पोंछते हुए पत्रिका बन्द कर अपनी कमीज के भीतर खोंस लिया और चुपचाप घर वापस लौट आया। उसके पीछे-पीछे घुमनाहा भी लौट आया।

उस शाम जब घुमनाहा और ऐंठबहार सामने वाले कमरे में पढ़ाई कर रहे थे, तब हरिमन नरक दरवाजा वाले कमरे में बाबा की छोड़ी हुई चीजों को जायजा ले रहा था। उसने देखा बाबा का रामचरितमानस आले पर रखा हुआ है। उसके पलंग के नीचे से मिट्टी का बर्तन हटा दिया गया है। कमरे को खालीपन ने घेर लिया था।

सामने वाले कमरे में बच्चे पढ़ाई कर रहे थे। घुमनाहा अपने स्कूल बैग से एक अंग्रेजी पत्रिका निकालकर कमरे की आलमारी के पीछे छिपाने की कोशिश कर रहा था। लेकिन पीछे की दीवार से अचानक छिपकली निकलने से वह घबरा गया और उसके हाथ से वह पत्रिका जमीन पर गिर गई। पत्रिका का नाम बड़े अक्षरों में लिखा था, 'डेबोनीयर'।

उस अंग्रेजी पत्रिका के मुखपृष्ठ पर एक महिला की बड़ी सी तस्वीर थी। उसने लाल रंग की एक झीनी सी चुनरी अपने बदन पर डाल रखी थी। उसकी देह की चमक से ऐंठबहार की नजर चुंधिया-सी गई। उसने अपनी आँखों पर जोर दिया। उसने ध्यान से देखा। झीनी चुनरी के पीछे दो मांसल फूल खिले हुए थे।

डर और हड़बड़ी में घुमनाहा ने तेजी से उस पत्रिका को उठा लिया और वापस अपने बैग में रखने लगा, तभी नरक दरवाजा से निकलते हुए हरिमन ने उससे पूछा, "क्या छिपा रहा है?" घुमनाहा स्तब्ध रह गया। उसने झट से अपना हाथ बैग से बाहर निकाल लिया, जिसमें हिन्दी भाषा की किताब बालभारती थी।

हरिमन उससे कुछ और सवाल करने वाला था, तभी पीछे रसोई से शान्ता के जोर-जोर से खाँसने की आवाज आने लगी। वह तेजी से रसोई की ओर भागा। हरिमन के अन्दर जाते ही घुमनाहा ने वह पत्रिका स्कूल बैग से निकाल ली और उसे वडयार कमरे में अपने बिस्तर के नीचे छिपा दिया।

उस महिला की देहयष्टि ऐंठबहार के भौचक मन में उतर गई थी। उसका मुँह खुला का खुला रह गया था। उसकी तेज नजरों ने झटके में उस महिला की

तस्वीर में लाल रंग की झीनी चुनरी के भीतर झाँक लिया था, जिसमें दो मांसल फूल खिले हुए थे। उसके मन में सच्चे फूल देखने की इच्छा हुई। वह अपनी इच्छा में जोजबोलही को याद करने लगा।

उसकी कल्पना उसे भीतर से ऐंठकर हलाक करने लगी। वह अपनी ही इच्छा में मारा जाने लगा। इतनी आत्मघाती इच्छाओं से भरा ऐंठबहार का मन कविता में ही सुकून पाता था। उसके भीतर बहुत सी कविताएँ थीं। उसके भीतर बहुत सी कामनाएँ थीं। उसके भीतर एकदम खालीपन था, जिसमें जोजबोलही उसे दो रुपये लेकर बुला रही थी। उसने झट से पत्रिका और अपनी इच्छा को बन्द कर दिया।

शान्ता की पीठ सहलाते हुए हरिमन ने कहा, "अब तो केरोसिन का चूल्हा है फिर भी खाँसी।" वह चुप रही। उसने अपनी साड़ी के पल्लू से आँखों को पोंछा और जवाब दिया, "नहीं जी कभी-कभी अपने आप भीतर कुछ खदबदा जाता है और खाँसी फूट पड़ती है। ना जाने कब इससे छुटकारा मिलेगा। खैर छोड़ो ये बताओ बनगिहा अब बहुत बड़ा हो गया है ना!" शान्ता के इस तरह विषय बदलने की प्रतिभा से हरिमन परिचित था। लेकिन बनगिहा की बात निकलते ही वह फुदक उठा।

"हाँ-हाँ। बहुत बड़ा हो गया है। पूरे इलाके में उसकी इज्जत है। सब उसे बहुत प्यार करते हैं। आया था वह मुझसे मिलने। बाबा का हालचाल जानने। जबकि वहाँ अब पुलिस की हलचल बढ़ गई है फिर भी। कहता है जंगल और जमीन हमारी है, किसी लोहा कम्पनी की नहीं हैं।" हरिमन की फुसफुसाती आवाज को सुनने के लिए शान्ता को बहुत एकाग्र होना पड़ा।

हरिमन किसी दूर की ओर अपनी आँखें टिकाकर कहने लगा। मानो वह घर बैठे सलिहा जंगल की घटनाओं को देख पा रहा हो। "लेकिन।" इतना कहकर वह रुक गया। उसकी आँखों से आँसू बहने लगे। वह सुबकने लगा। उसकी आवाज गड्डमड्ड हो गई। उसके वाक्य विन्यास में शब्द इधर से उधर हो गए। वह फुसफुसाते सुबकते हुए थम गया।

शान्ता ने उसे अपनी बाँहों में भर लिया और उसके कान में धीरे से कहा, "मुझे पता है वो शहीद हो गया है। आपके बैग में जो अखबार था उसे मैंने पढ़ लिया है।" हरिमन की रुलाई हिचकी में बदल गई।

*

उनकी इस बातचीत से बेखबर ऐंठबहार सामने कमरे में चटाई पर लेटा जोजबोलही को इठलाते हुए देख रहा था। उसकी पलकों के भीतर की दुनिया में उसे वह पीछे भुतहा कमरे में बुला रही थी। वह देर तक उसे देखता रहा। जोजबोलही के होने और न होने के असमंजस में ऐंठबहार की धड़कनें तेज चल रही थीं। वह धीरे-धीरे उसके करीब गया।

जोजबोलही उसे देखकर मुँह बिचकाने लगी, "दो रुपये लाया है?" उसकी पतली धारदार आवाज से ऐंठबहार ठिठक गया। अपनी पैंट की जेब में हाथ डालकर वह रुपये खोजने का ढोंग करने लगा। फिर धीरे से उसने असहमति में अपना सिर हिला दिया। "बाद में ला दूँगा," ऐंठबहार ने सहमते हुए कहा। जोजबोलही उसे धकियाते हुए कमरे से बाहर चली गई, "जब होगा तब आना। बड़ा आया फूल देखने।"

भुतहा कमरे में खड़ा ग्यारह वर्ष का एक किशोर अपनी कमीज का कॉलर चूसते खड़ा था। वह चुपचाप जाती हुई जोजबोलही के ठुमकते हुए नितम्ब को देखने लगा। उसने अपनी पैंट की जेब को बाहर निकालकर उलटा कर दिया। जेब से थोड़ी धूल और थोड़ी उदासी झर गई।

कमरे में ऊपर छप्पर के खिसक और टूट गए खपरैल से सूरज की रोशनी की धार स्पॉट लाइट की तरह नीचे गिर रही थी। उस रोशनी में ऐंठबहार के चेहरे की हताशा साफ दिख रही थी। वह चुपचाप उस कमरे से बाहर आ गया।

उसने देखा भीतर वडयार कमरे में हरिमन एक पुराने से एलबम में पुरानी तस्वीरों को ध्यान से देख रहा है। वह उन तस्वीरों को देखने में इतना मगन था कि उसके पास से ऐंठबहार गुजर गया, उसे पता ही नहीं चला। ऐंठबहार पीछे रसोई में गया, जहाँ घुमनाहा कुत्ते की तरह चेहरे की भावभंगिमा बनाते हुए दीवार पर बनी आलमारी में रखे डिब्बों को सूँघ रहा था। उसे देखकर शान्ता ने ऐंठबहार को चुप रहने का इशारा किया।

घुमनाहा ने सभी डिब्बों को ध्यान से सूँघा, फिर वह हटकर पुराने मिट्टी के चूल्हे के पास गया, जहाँ पर नमक, लाल मिर्च पाउडर, धनिया, गरम मसाला और हल्दी के छोटे-छोटे स्टील के डिब्बे रखे हुए थे। उसने अपनी किसी अदृश्य एंटिना को जागृत करने जैसा मुँह बनाया फिर हल्दी के डिब्बे को उठाकर सूँघने लगा। हल्दी के डिब्बे को खोलकर वह उसे टटोलने लगा।

जब उसकी पीली हथेली बाहर आई तो उसमें बीस रुपये के तीन नोट दबे हुए थे। उसे देखकर शान्ता के चेहरे पर चमक आ गई, "कब से ढूँढ़ रही थी। याद ही नहीं था कि मैंने इसे हल्दी के डिब्बे में छिपाकर रख दिया था।" शान्ता उन नोटों से हल्दी झाड़ने लगी। घुमनाहा हाथ धोने बाहर आँगन की ओर चला गया।

उसके पीछे ऐंठबहार भी चला गया। फिर दोनों पीछे के दरवाजे से बाहर मटकी चौक होते हुए क्लब मैदान चले गए। क्लब मैदान के मुख्य दरवाजे के पास मामू की चाय की दुकान के पास ग्राहक खड़े हुए चाय का इन्तजार कर रहे थे। सड़क पर इक्का-दुक्का लोग थे। दोपहर और शाम के बीच की इस घड़ी में सूरज की तिरछी किरणों से क्लब मैदान की दीवारों से लगकर जितने भी अशोक के पेड़ थे, उनकी छाया जमीन पर लम्बी और टेढ़ी रखी हुई थी।

दोनों दूर एक कोने में जाकर बैठ गए। थोड़ी देर की चुप्पी के बाद घुमनाहा ने पूछा, "तू बनगिहा को जानता है ना?" ऐंठबहार दो रुपये की जुगाड़ के बारे में सोच रहा था। वह उसकी बात सुनकर भी सुन नहीं पाया। उसके खयाल में मुँह बिचकाती जोजबोलही को चेहरा बार-बार घूम जा रहा था।

वह इस खयाल से बाहर आने के लिए 'आधी रात' पत्रिका की तमाम महिलाओं की तस्वीरों की जबरन कल्पना करता रहा, लेकिन उसका यह प्रयास बेकार रह गया।

"तू सुन रहा है ना?" घुमनाहा ने जोर से उसका कन्धा पकड़कर हिला दिया।

ऐंठबहार अपनी सोच की गहरी नदी से एक झटके में बाहर आ गया। वह अपने मस्तिष्क पर जोर देकर कल्पना और हकीकत के फर्क को पहचानने की कोशिश करने लगा। सहमति में उसका सिर अपने आप हिल गया, "हूँ।"

इस "हूँ" शब्द के सहारे घुमनाहा ने अपनी बात को आगे बढ़ाना चाहा लेकिन उससे पहले ही ऐंठबहार बोल पड़ा, "वो खरगोश वाला ना। जिसके बारे पिताजी बात करते थकते ही नहीं। आज भी वो पुराने एलबम में उसकी तस्वीरों को देखकर ना मालूम क्या बड़बड़ा रहे थे। मैंने उनसे पूछा भी कि आप किससे बात कर रहे हैं लेकिन वो अपनी बातचीत में मगन थे।"

"पिताजी जब भी अपनी चुप्पी उतारकर रख देते है तो ना जाने क्यों उनके शब्दों, वाक्यों और विचारों से अल्कोहल जैसी बू आती है। शायद वर्षों से जेहन के भीतर दबे रहने के कारण शब्दों में अम्लीय काई जम जाती होगी। इतने सालों की चुप्पी के चलते उनके अकड़े हुए जबड़े से आवाज भी साफ नहीं निकल पाती है। वह चीखना चाहते हैं, लेकिन फुसफुसाकर रह जाते हैं।" ऐंठबहार की बातों से घुमनाहा हैरत में पड़ गया।

वह ऐंठबहार के वाक्य विन्यास, शब्दों के चयन और उनकी अदायगी को शान्त भाव से देखने लगा। ऐंठबहार के इस लम्बे जवाब से घुमनाहा को अपनी बात कहने के लिए इन्तजार करना पड़ा।

घुमनाहा अपने चेहरे के रोम छिद्रों से निकलती दाढ़ी के मुलायम रेशों को सहलाते हुए बोला, "हाँ सही कहा तुमने। तुमने पिताजी की चुप्पी को कभी हाथों में लेकर देखा है?" घुमनाहा के इस सवाल पर ऐंठबहार स्तब्ध रह गया।

"मैंने देखा।" यह कहते हुए घुमनाहा की आँखें स्वत: मूँद गईं। मानो वह क़िसी दैवीय अनुभूति के राज उजागर कर रहा हो। उसके अधखुले होंठों के दरम्यान से आवाज आने लगी।

"सख्त लेकिन छूने पर किसी पक्षी के पंख जैसी मुलायम। खामोश लेकिन चीखती हुई। सूखे जख्म की तरह खून की काली परत जैसी। मवाद के जीवाश्म जैसी। स्पर्श से पिघल जाने को आतुर। किसी स्नेह की तड़प में लपलपाती-सी।

एक बार मैंने जैसे ही उनकी चुप्पी को छुआ था तो वह लपलपाकर मुझे अपनी गिरफ्त में लेने को कूद पड़ी थी। मैंने डरकर उसे तुरन्त ही पिताजी के सिरहाने के पास वापस धर दिया था।" यह कहकर घुमनाहा ने अपनी आँखें खोल दीं।

ऐंठबहार ने कहा, "हाँ पिताजी जब चुप्पी उतार देते हैं, तब एक अलग ही रूप में आ जाते हैं। तब उनके पास ढेरों बातें, अनुभव और स्मृतियाँ आ जाती हैं। फिर वे इतने ईमानदार और स्पष्ट हो जाते हैं कि किसी भी बात को किसी भी आवरण में छिपाकर प्रस्तुत नहीं करते। एकदम नंगा सच सामने धर देते हैं।"

"लेकिन अभी जब से सलिहा जंगल से लौटे हैं सिर्फ बनगिहा की बातें करते हैं। उसकी कद-काठी, दाढ़ी, चलने की अदा, उसकी बन्दूकधारियों की टोली। जंगल के बारे में। वहाँ के पशु-पक्षियों और जानवरों के बारे में। कभी-कभी मधुलिका के बारे में। लेकिन बाबा और फूलमती के बारे में वह चुप रह जाते हैं।"

घुमनाहा उसकी बातों को सुनते हुए मुस्कराने लगा। यह देखकर ऐंठबहार खीझ गया, "मैं कितनी गम्भीर बातें कर रहा हूँ और तुम मुस्करा रहे हो।"

घुमनाहा ने आकाश की ओर देखते हुए कहा, "ना जाने क्यों तुम ये सब बातें बोल रहे हो लेकिन मुझे तुम्हारे मुँह से एक ही वाक्य निकलता सुनाई दे रहा है। दो रुपये चाहिए। दो रुपये चाहिए। दो रुपये चाहिए।"

"उधर देख छोटे। सामने मन्दिर से कीर्तन की आवाज आ रही है ना। जा वहाँ कोशिश कर देख ले शायद तुझे दो रुपये मिल जाए।"

"लेकिन कैसे।"

"ईश्वर के चरणों में।"

ऐंठबहार ने कीर्तन की ओर ध्यान रमाया। कोई औरत जोर-जोर से गा रही थी।

"बोल मेरे रसना हरि-हरि बोल।"

दूसरे लोग भी उस भजन को जोर-जोर से दुहरा रहे थे। उनकी आवाज के साथ ढोलक और मंजीरे की भी आवाज आ रही थी। कुछ लोग ताली बजाकर अपनी सहभागिता कर रहे थे।

ऐंठबहार को दो रुपये की जरूरत थी। दरअसल उसे स्नेह की जरूरत थी। दरअसल उसे देह की जरूरत थी फूलों से भरी। वह चुपचाप उठकर सामने मन्दिर की ओर गया। मन्दिर के बाहर कुछ भिखारी बैठे गप मार रहे थे। उनके सामने बोरी रखी थी, जिस पर कुछ सिक्के रखे हुए थे, जिसे देखकर एकबारगी तो उसके अन्दर यह इच्छा जगी कि उस बोरी में रखे सारे सिक्के उठाकर भाग जाए। लेकिन वह चाहकर भी ऐसा कर ना सका।

वह चुपचाप आगे बढ़ गया। मन्दिर के अन्दर से अगरबत्ती की खुशबू बाहर रही थी। ऐंठबहार मन्दिर की सीढ़ियाँ चढ़कर उसके अन्दर गया। उसने श्रद्धा में आँखें बन्द कर लीं। तब मन्दिर का पुजारी पीछे के हैंडपम्प पर कपड़े धो रहा था।

उसने ध्यान से देखा भगवान की मूर्ति के चरणों में बहुत सारे फूल पड़े हुए थे। एक ताँबे के लोटे में पानी रखा हुआ था, जिस पर तुलसी की पत्तियाँ तैर रही थीं। उसके बगल में एक कटोरी रखी हुई थी, जिसमें बतौर प्रसाद इलायची दाना उपस्थित था। संगमरमर के चबूतरे पर कुछ सिक्के इधर-उधर पड़े हुए थे, जिसे भक्तों ने भगवान को अर्पित किया था।

भगवान की मूर्ति देखकर ऐंठबहार भक्तिभाव में डूब गया। उसने संगमरमर के चबूतरे पर सिर टिका दिया और प्रणाम करने के लिए अपने दोनों हाथों को दूर तक फैला दिया। फिर उन्हें आपस में चबूतरे के ऊपर मिला दिया। इस कार्यवाही में उसके हाथ में जितने भी सिक्के आए उन्हें लेकर वह उठ गया। अपनी मुट्ठी भींचे हुए वह मन्दिर से बाहर आने लगा।

वह जैसे ही मन्दिर के मुख्य दरवाजे से बाहर निकलने वाला था, वैसे ही पीछे से उसकी कमीज का कॉलर पकड़कर उसे किसी ने खींच लिया। वह घबरा गया। उसने पलटकर देखा। मन्दिर का पंडित कॉलर पकड़कर उसे घूर रहा है।

"वापस कर सारे सिक्के।" पंडित ने गुर्राते हुए कहा। ऐंठबहार ने डरकर अपने हाथ के सारे सिक्के उसे वापस कर दिए। उसका बदन पसीने से लथपथ हो गया था। पंडित ने उसका कॉलर छोड़ दिया।

वह तेजी से भागकर क्लब मैदान आ गया, जहाँ घुमनाहा उसकी प्रतीक्षा में बैठा हुआ था। "क्या हुआ?" घुमनाहा के सवाल पर ऐंठबहार ने कोई जवाब नहीं दिया। अपने मुँह में दबाकर रखे एक रुपये के दो सिक्के उसने अपनी हथेली पर उगल दिए। उसकी आँखों की चमक से पूरा क्लब मैदान कौंध गया।

ऐंठबहार ने थूक से चिपचिपे हो गए दोनों सिक्कों को अपनी कमीज से पोंछ लिया और जेब में रख लिया। फिर दोनों घर की तरफ जाने लगे। घुमनाहा के कन्धे पर हाथ रखते हुए ऐंठबहार ने कहा, "सच में ईश्वर बहुत दयावान होता है।"

दोनों की मुस्कराहट हवा में फैल गई। वे क्लब मैदान के मुख्य दरवाजे से निकलकर मटकी चौक की ओर चले गए। तब मन्दिर में आरती चल रही थी। शंख और घंटी बजने की आवाज बाहर तक आ रही थी।

*

आरती करने के बाद फूलमती ने भगवान की तस्वीर को प्रणाम किया। पास में रखे ताँबे के लोटे से थोड़ा जल ग्रहण किया और हथेली में बच गए जल को अपने सिर के ऊपर फिराकर पीछे की ओर फेंक दिया। शाम का अँधियारा अभी होने को ही था।

बाबा अपने कमरे में चटाई पर लेटा हुआ था। उसकी तबीयत खराब होती जा रही थी। खाँसने पर उसके मुँह से कभी-कभी रक्त के कुछ थक्के भी बाहर आ जाते थे। वह उन्हें अपने पास रखे गमछे से पोंछ लिया करता था।

उसकी आँखें अधखुली-सी रहती थीं। उसे चीजें धुँधली दिखती थीं। शायद उसकी स्मृति भी धुँधली होने लगी थी। फूलमती को पास आता देखकर वह जोर से चीख उठा, "अरे भाग रे साली किसबिन!" बाबा की ऐसी हालत देखकर फूलमती कमरे दरवाजे पर ही ठिठक गई और चुपचाप उसे देखने लगी। बाबा की पसलियाँ उभर आई थीं। उसकी कमर के पास की अस्थियों के उभार के चलते पेट गहरी कड़ाही जैसा दिखने लगा था।

पहले फूलमती उसे पीछे के आँगन में फारिग कराने ले जाती थी, लेकिन पिछले बीस दिनों से वह चटाई से उठ ही नहीं पा रहा था। चावल का पसिया या फिर दाल का पानी कटोरी में लेकर फूलमती किसी तरह उसे पिलाती थी। उसे बच्चों की तरह अपने गोद में लेकर उसका मुँह साफ करती थी। चटाई के एक ओर लिटाकर उसे प्लास्टिक की बोतल में पेशाब करवाती थी।

कमरे में पेशाब की बदबू को दूर करने के लिए अगरबत्ती जलाकर रखती थी। छोटे से कमरे के छोटे से रोशनदान को दिन में खोल देती थी ताकि स्वच्छ हवा कमरे में आ सके। जब वह उसे छोड़कर कमरे से बाहर जाने लगती तब बाबा चीखने लगता। वह उसे गन्दी-गन्दी गालियाँ देने लगता। तब फूलमती रोशनदान और दरवाजा बन्द कर चली जाती।

खोरबहरा ने अपने घर के पीछे की बाड़ी में एक कमरा बनवा दिया था, जिसमें फूलमती जब तक चाहे रहती, फिर अपने घर लौट जाती थी। लेकिन बाबा के कारण उसका अपने घर में लौटने का मन नहीं करता था और वह अपने मन का कहा मान लेती थी। मन उसे अपने इशारे पर नचाने लगा था।

जब पहली बार वह शाम को अपने घर नहीं लौटी, उस रात बाबा के कमरे से जोर-जोर से चीखने की आवाजें आती रहीं। कमरे की छत पर रात भर उल्लू बैठकर चिल्लाता रहा था। पड़ोसी सुनकर भी अनजान बने रहते थे। वे भी जानते थे कि यदि एरिया कमांडर अभी होता तो जरूर आता और फूलमती के साथ खोरबहरा को भी पेड़ पर उल्टा लटकाकर डंडे से मारता।

बनगिहा के शहीद हो जाने के बाद से फूलमती भी निरंकुश हो चली थी। बाबा की चीख सुनकर उस दिन सलिहा जंगल में भारी बारिश हुई जिसके चलते लोहा कम्पनी के काम में लगी मशीनें बन्द हो गई थीं। बाबा जोर से चीखा, "ले जा ना रे यमराज।" और उसके बाद की गालियाँ उसकी फुसफुसाहट में दुबककर मर गईं।

*

ऐसी ही मरी हुई फुसफुसाहट में ऐंठबहार ने धीरे से जोजबोलही से कहा, "आज दो रुपये लाया हूँ।" तब जोजबोलही अपने बालों पर खुशबू वाला तेल लगाकर अपनी चोटी बना रही थी। वह बीच-बीच में आईने में अपने चेहरे को निहार रही थी। एक

खास कोण बनाकर आईने में निहारने पर उसे ऐंठबहार का असमंजस भरा चेहरा भी दिख जा रहा था, जो बार-बार अपनी हाफ पैंट की जेब में हाथ डालकर सिक्कों को टटोल रहा था। उसने सिक्कों को जोर से अपनी अँगुलियों में दबोच लिया।

"तू चल मैं देखती हूँ।" यह कहकर जोजबोलही अपने घर के भीतर चली गई। ऐंठबहार बच्चों-सी खुशी लिए ठुमकते हुए भुतहा कमरे की तरफ चला गया। भुतहा कमरे में दरवाजे पर सिर्फ चौखट थी। उस कमरे में ढेरों पुरानी चीजें और कबाड़ रखा हुआ था। उस कमरे में एक पुरानी स्टील की आलमारी रखी हुई थी जिस पर जंग लग रही थी। उसके पीछे दीवार की ओर करीब तीन फीट की जगह थी।

इस मुफीद जगह पर वह बहुत पहले जोजबोलही और घुमनाहा को देख चुका था। जब ऐंठबहार चुपके से भुतहा कमरे की चौखट पर पहुँचा तो उसने देखा कि घुमनाहा जोजबोलही की छाती को सहला रहा था। जोजबोलही की आँखें बन्द हो गई थीं। उसके चेहरे पर दैवीय चमक आ गई थी। उसके साँवले फूलों के बीच का काला मकरन्द तन गया था।

ऐंठबहार को चौखट के पास खड़ा देखकर जोजबोलही ने तेजी से अपना फ्रॉक नीचे कर दिया था। उस नीचे गिरते फ्रॉक में घुमनाहा का सिर अटक गया था जिसे वह बड़ी मुश्किल से बाहर निकाल पाया था। तब जोजबोलही नाराज होकर चली गई थी, "दिस इज चीटिंग।"

लेकिन ऐंठबहार उस बुरे अनुभव को याद नहीं करना चाहता था। वह जोजबोलही के बारे में सोचने लगा। वह मांसल फूल के बारे में सोचने लगा। वह कविता के बारे में सोचने लगा। वह स्पर्श के ऐश्वर्य के बारे में सोचने लगा। वह प्रेम में मर जाने के बारे में सोचने लगा। वह साँवले मकरन्द के बारे में सोचने लगा।

जोजबोलही के बारे में सोचते हुए वह अपने खयाल में खो गया। उसने देखा कि वह भुतहा कमरे के अन्दर आ रही है। कमरे में जोजबोलही के बालों में लगे तेल की खुशबू भर गई है। उसे देखते ही जोजबोलही ने कहा, "जल्दी करो।"

ऐंठबहार उसकी उपस्थिति से भरभराकर ढह जाता था। वह ढह गया। जोजबोलही और प्रेम के बारे में उसके सारे खयालात हवा में गायब हो गए।

"मतलब?" ऐंठबहार ने घबराते हुए पूछा। जोजबोलही थोड़ी देर तक उसे ध्यान से देखती रही मानो वह काटा जाने वाला मेमना हो, जिसे पता हो कि उसे अभी इसी वक्त जिबह होना है और जो अपने जिबह होने को भी उत्सव समझ रहा हो। सच में उस कमरे में देह का उत्सव होने को था।

जोजबोलही ने झट से ऐंठबहार का हाथ पकड़ लिया जो अभी भी उसकी हाफ पैंट की जेब में घुसा हुआ था। उसने थोड़ी ताकत लगाकर उसका हाथ बाहर निकाला। उसकी मदद ऐंठबहार ने भी की। उसने आसानी से अपना हाथ हाफ पैंट की जेब से बाहर निकाल दिया, जिसमें एक रुपये दो सिक्के दबे हुए थे।

"जल्दी कर ना चूजे।" जोजबोलही ने उसके गाल उमेठते हुए कहा और उसकी हथेली का सिक्का निकालकर रख लिया। भुतहा कमरे के हल्के उजियारे में वह देह के अँधियारे में भटकना चाहता था। वह देर तक जोजबोलही को निहार कर देखना चाहता था। वह आराम से उसे छूना चाहता था। वह अपनी चाहतों से कुचला जा रहा था।

जोजबोलही ने झट से अपना फ्रॉक गले तक ऊपर कर दिया और धीरे से कहा, "ले देख।" और सेकेंड भर में फ्रॉक नीचे कर वह तेजी से भुतहा कमरे से बाहर चली गई। ऐंठबहार ठगा-सा खड़ा रह गया।

उसने किसी तरह अपनी हताशा को रोका। अपने चेहरे पर आने को आतुर उदासी को उसने बहुत कोशिश कर रोका। लेकिन आँखों ने दगा दे दी। वह अपनी कमीज की बाँह से आँसू पोंछते हुए भुतहा कमरे से बाहर आ गया।

बाहर शाम के अँधियारे ने आँगन को दबोच लिया था। वह बाबा के कमरे में बिस्तर पर बैठ गया। उसने अपनी डायरी निकाली और कविता लिखने बैठ गया। उसने कविता लिखने की कोशिश बहुत की लेकिन कविता ने बाहर आने से इनकार कर दिया। वह डायरी बन्द कर बिस्तर पर पसर गया।

उसे अचानक जोजबोलही के हँसने की हल्की आवाज आने लगी। वह ध्यान लगाकर आवाज सुनने की कोशिश करने लगा। हँसने के साथ ही बातें करने की भी आवाज उसे सुनाई देने लगी। वह बिस्तर से उठ बैठा। वह आवाज का पीछा करते हुए भुतहा कमरे तक पहुँच गया। कमरे में अँधेरा था। कमरे में जोजबोलही के बालों में लगे तेल की खुशबू फैली हुई है। ऊपर टूटे हुए खपरैल से थोड़ी चाँद की रोशनी आ रही है।

ऐंठबहार भुतहा कमरे की चौखट से टिककर चुपचाप खड़ा हो गया। उसने देखा कि जोजबोलही आलमारी से टिककर खड़ी है। उसके दोनों पैर फैले हुए हैं और घुमनाहा उसकी जाँघों के बीच कुछ खोजने जैसी हरकत कर रहा है। चाँद की दूधिया रोशनी में चीजें गड्डमड्ड दिख रही थीं। कमरे में एक अजीब-सी बू फैली हुई थी, जिसे ऐंठबहार पहचान नहीं पा रहा था। हालाँकि उसे वह गन्ध जानी-पहचानी सी लग रही थी।

घुमनाहा की छुअन से जोजबोलही की देह में एक लहर दौड़ जा रही थी। वह अपनी हँसी रोकना चाह रही थी लेकिन वह रोक नहीं पा रही थी। उसने अपना स्कर्ट थोड़ा ऊपर उठा दिया था। ऐंठबहार ने दूधिया रोशनी में देखा।

घुमनाहा उसकी जाँघों के बीच कुत्ते की तरह सूँघने की कोशिश कर रहा था। जोजबोलही उसके सिर के बाल पकड़कर उसे दूर करने की कोशिश कर रही थी। ऐंठबहार से यह देखा न गया वह चुपचाप वापस आ गया।

ऐंठबहार नरक दरवाजा वाले कमरे में आकर बैठ गया। तब हरिमन अपनी किताबों को आलमारी में ठीक से लगा रहा था। शान्ता खाना बनाने में जुटी हुई थी।

उधर गाँव में फूलमती बाबा को कमरे में बन्द कर खोरबहरा के घर चली गई थी। इधर पीछे शौचालय तरफ की सँकरी गली से होकर घुमनाहा ऐंठबहार के पास आ गया था। उसने ऐंठबहार के कन्धे पर हाथ रखकर कहा, "ये ले तेरे दो रुपये।"

घुमनाहा की आवाज सुनकर ऐंठबहार पीछे पलटा। घुमनाहा के सिर के बाल अस्त-व्यस्त थे। उसके बदन से जोजबोलही के तेल की खुशबू आ रही थी। ऐंठबहार गुस्से से काँपने लगा। उसे लगा कि सारा खेल घुमनाहा का रचा हुआ है। वह उसकी ओर लपकने ही वाला था, लेकिन वह लपक नहीं सका। घुमनाहा ने हाथ का इशारा कर उसे चुप रहने को कहा।

लेकिन ऐंठबहार चीख पड़ा, "तुम उसकी जाँघों के बीच क्या कर रहे थे?"

घुमनाहा ने शान्त और गम्भीर से भाव से जवाब दिया, "मुझे वहाँ से पैसे की बू आ रही थी। उसे ही खोज रहा था। ये ले।" यह कहकर घुमनाहा ने दो सिक्के उसकी ओर उछाल दिए।

ऐंठबहार ने उन सिक्कों को जमीन पर गिरने दिया। कमरे में एक जानी-पहचानी गन्ध फिर से फैल गई, जिसे पहचानने की कोशिश में ऐंठबहार के नथुने फड़फड़ाने लगे। उसकी इस कोशिश को देखकर घुमनाहा ने कहा, "सच में ये पैसे की ही बू है।"

कवि और खाली डायरी

ऐंठबहार ने अपनी अस्थियों को अपनी देह के भीतर समेट लिया। देह एक खाई की तरह गहरी और ठंडी-सी। उसके तल में इच्छाओं की बासी महक बजबजा रही थी। रात की अँधेरी चादर पर झींगुरों की आवाजें महीन छिद्र बना रही थीं। बिस्तर पर नींद के इतने सारे धब्बे थे, जिसके दाग मन पर पड़ रहे थे। मन हमेशा की तरह निश्छल और चिपचिपा। मछली की तरह हाथों से छूट जाता था।

आँखें मूँदने की कोशिश में उसे लगा कि कोई कविता उसके भीतर छलछला रही है। कोई देह उसे जगा रही है। वह सोते हुए जाग रहा था। उसके जागने में सो जाने का जोखिम था। कोई उसके कान में आकर किसी अनजान भाषा में फुसफुसा जाता। क्या वह जोजबोलही थी? क्या वह महराजिन थी? उसे खुद पता नहीं।

उसके नथुने में वही गन्ध बसी हुई थी। उसे लगा उसका सारा वजूद उस गन्ध से सराबोर है। पूरे कमरे में वही गन्ध पसरी हुई थी। उसने अपनी हाफ पैंट की जेब से उन सिक्कों को बाहर निकाला तो वह गन्ध और तेज हो गई। उसने सिक्कों को अपनी नाक के पास लाकर सूँघा और झट से पहचान लिया। वह बुदबुदाने लगा, "साला झूठा। पैसे की नहीं जाँघों की बू है ये।" ऐंठबहार ने उन सिक्कों को बिस्तर के नीचे छिपाकर रख दिया और बिस्तर पर फिर पसर गया।

उसे रात में जब भी नींद नहीं आती, तब वह चुपचाप नरक दरवाजे वाले कमरे में आ जाता था। कभी कोई किताब पढ़ता या फिर अपनी डायरी खोलकर कविता लिखने लग जाता था। उसने अपनी डायरी निकाली और कविता लिखने बैठ गया।

ऐंठबहार ने हमेशा की तरह कविता के नीचे अपना नाम और दिनांक लिखा और डायरी को रामचरितमानस के नीचे धर दिया। फिर वह चुपचाप बैठ गया।

देर रात वडयार कमरे से हरिमन के जोर से खर्राटे की आवाज आ रही थी। बाहर मटकी चौक पर कोई रिक्शावाला किसी सवारी के इन्तजार में बैठा बीड़ी फूँक रहा था। उसकी बीड़ी के धुएँ के रेशे अन्दर कमरे तक आ रहे थे। उसकी तलब जाग उठी।

ऐंठबहार ने बिस्तर के सिरहाने पर छिपाकर रखे सिगरेट के पैकेट को हाथ से टटोला। वह सिगरेट का पैकेट लेकर पीछे आँगन में जाना चाहता था, लेकिन

शौचालय तरफ की गली से होते हुए आँगन जाने के बीच भुतहा कमरा पड़ता था, इसलिए वह पीछे आँगन जाने की बजाय सामने के दरवाजे से बाहर आ गया। तब तक रिक्शावाला स्टेशन की ओर चला गया था, जहाँ देर रात की शालीमार एक्सप्रेस आने वाली थी।

वह जब भीतर लौटा, तब तक कमरे से जाँघों की बू जा चुकी थी। उसे भी नींद ने घेरना शुरू कर दिया था। उसके सपने उसे अपनी ओर खींच रहे थे। उसकी आँखें भारी हो रही थीं। उसकी पसलियों के भीतर धुएँ की कड़ुवाहट सीझ रही थी।

वह पसर गया। उसने देखा कि बाबा उसके पैरों के पास आकर बैठ गया है। बाबा की खुली छाती में उसकी पसलियाँ उभरी हुई दिख रही थीं। बाबा की दाढ़ी बढ़ी हुई थी। उसका चेहरा देखकर ऐसा लग रहा था, जैसे वह कई दिनों से भूखा हो।

ऐंठबहार डर गया। उसने डरकर अपनी आँखें मूँद लीं और वैसे ही उसने अपने ऊपर चादर तान ली। थोड़ी देर बाद उसने चादर के किनारे से झाँककर देखा। वहाँ कोई नहीं था। दीवार के आले की ओर उसने देखा। वहाँ भी रामचरितमानस अपनी जगह पर रखा हुआ था। उसकी डायरी भी उसके नीचे थी। बस तम्बाकू का डिब्बा गायब हो गया था, जो अभी थोड़ी देर पहले वहीं रखा हुआ था।

वह झटके से बिस्तर से उठा और भीतर वडयार कमरे में जाकर घुमनाहा के बिस्तर पर उसके बगल में लेट गया।

डरकर उसने अपनी आँखें बन्द ही रखीं। बन्द आँखों के अन्दर उसने देखा कि बाबा उसका माथा सहला रहा है। उसके बालों पर अपनी अँगुलियाँ फिरा रहा है। ऐंठबहार उसकी गोद में बैठा हुआ है और जोर-जोर से अपनी पहली कविता पढ़ रहा है।

बन्दर इक झगड़ालू आया
भालू आया भालू आया...

ऐंठबहार की कविता की आवाज सुनकर भीतर जूता पालिश करता हुआ हरिमन मुस्करा रहा है। लकड़ी के चूल्हे से जूझती शान्ता अपनी खाँसी से परेशान होकर आँगन चली गई है। घुमनाहा मुँह बिचकाकर आईना देख रहा है। बाबा कवि की पीठ सहला रहा है। उसकी आवाज से आँगन के पेड़ पर कुछ गौरैया आकर बैठ गई हैं।

अचानक भालुओं का एक समूह गौशाला रोड की ओर आता दिखता है। पास के उरदना के जंगल से आते इन भालुओं को देखकर बकरियाँ मिमियाते हुए हमीद के घर के अन्दर भाग गईं। सिक्ख घर के पीछे अड्डा जमाए कुत्ते भी इधर-उधर भागने लगे। उनके भौंकने की आवाज से गली की घरों की महिलाएँ बाहर झाँकने लगीं।

यह देखकर बनगिहा बाहर आ गया और उसने उन भालुओं को जंगल वापस जाने का इशारा किया। सारे भालू जंगल की ओर लौट गए। यह सब देखकर कवि डर गया। उसने कविता पढ़नी बन्द कर दी।

कवि जब कविता पढ़ रहा था, तब उसके लम्बे दाँत बाहर आ-जा रहे थे। सामने के दोनों दाँत उसके निचले होंठ पर टिक जाते और फिर अन्दर जीभ की हलचल से एक-दूसरे से दूर होकर कविता की ध्वनि को बाहर जाने का रास्ता देते से लगते। उन दाँतों को देखकर घुमनाहा कवि को 'खेबड़ा' कहकर चिढ़ाता था।

जब पहली बार घुमनाहा ने उसे खेबड़ा कहा था, तो वह नाराज हो गया था। वह शान्ता के पास जाकर रोने लगा, "माँ तुमने मुझे ठीक से नहीं बनाया है।"

शान्ता उसे समझाते हुए बोली, "ऐसी बात नहीं है बेटा। बनाता तो ईश्वर है और ईश्वर की बनाई चीज का बुरा नहीं मानते।"

"तो फिर मेरे दाँत ऐसे क्यों हैं?" बाल कवि ने झल्लाते हुए कहा। तब शान्ता चावल चुन रही थी। चूल्हे की आँच पर दाल का बर्तन चढ़ा हुआ था। खपरैल पर धुएँ की कालिख लगी हुई थी। उस कालिख के महीन रेशे खपरैल से नीचे की ओर लटक रहे थे। घर की दीवारों की मिट्टी कई जगह से उखड़ गई थी।

शान्ता ने चावल का सूपा जमीन पर रख दिया और ऐंठबहार को अपनी गोद में बिठा लिया। उसे शान्ता की देह से केरोसिन की बू आने लगी, लेकिन वह चुपचाप उसकी गोद में बैठा रहा। बाल कवि के बालों को सहलाते हुए उसने कहा, "जब तू पैदा हुआ था, तब मेरे वक्ष में दूध नहीं बनता था। तुम्हें बोतल का दूध पिलाया गया है, इसलिए सामने के दाँत बाहर आ गए हैं।"

ऐंठबहार उसकी बातों को ध्यान से सुन रहा था, लेकिन वह एक शब्द को लेकर असमंजस में था। उसने अपनी माँ शान्ता से पूछा, "वक्ष यानी वहीं ना जिसे खजुराहो की मूर्ति में घुमनाहा सहलाता रहता है।" शान्ता उसकी बात को अनसुना करते हुए चूल्हे की लकड़ी की ओर मुँह कर फूँकने लगी। जलती हुई लकड़ी पर राख की सफेदी फैली हुई थी, जो उसके फूँक से हवा में उड़ गई और लकड़ी के भीतर की आग धधक उठी।

वह शान्ता की गोद से उतरा और अपने अनींदे सोच से बाहर आ गया। कमरे में अँधियारा था। पास के पलंग पर हरिमन और शान्ता के बीच में बुतरू सो रहा था। लोहे की आलमारी के ऊपर किताबें रखीं थी। उनमें रजनीश की ढेर सारी किताबें थीं।

उसने बगल की खिड़की से बाहर देखने की कोशिश की। बाहर अँधेरा था। बाहर सार्वजनिक नल की टोंटी से पानी टपक रहा था। नल की टोंटी के नीचे बने गड्ढे में पानी इकट्ठा हो गया था। उस पानी में कुछ कुत्ते धँसे पड़े थे। ऐंठबहार ने अन्दाजा लगाया कि अभी भी सुबह होने में वक्त है। उसने अपनी आँखें मूँद लीं।

वह अपनी अधूरी सोच में ठीक उसी जगह वापस पहुँच गया, जहाँ से वह शान्ता की गोद से नीचे उतरा था। वह दौड़कर बाबा के पास चला गया। बाबा सामने वाले कमरे में चटाई पर बैठा रामचरितमानस पढ़ रहा था। ऐंठबहार बाबा की पीठ से टिककर खड़ा हो गया। बाबा ने उसकी हथेली सहलाते हुए पूछा, "क्या हुआ बेटा?"

ऐंठबहार बाबा की गोद में बैठ गया और उसने सवाल किया, "बाबा मुझे ईश्वर ने ऐसा क्यों बनाया?" बाबा रामचरितमानस की चौपाई का मन में मनन कर रहा था। उसके लटके हुए गालों पर झुर्रियाँ आ गई थीं। बाबा ने नीचे के होंठ के पीछे तम्बाकू दबा रखी थी, जिसकी महक उसके मुँह खोलने पर आ रही थी। उसने मुँह खोल दिया। वह जोर से हँसने लगा।

बाबा ने हँसते हुए कहा, "अरे ईश्वर का धन्यवाद कर जो उसने तुम्हें बचा लिया। वरना जब तुम पैदा हुए थे, तो दाई ने तुम्हें मरा हुआ समझकर आँगन के कूड़े में फेंक दिया था।"

बाबा ने अपनी गोद से ऐंठबहार को नीचे उतार दिया और रामचरितमानस पढ़ना बन्द कर दिया। फिर उसने आगे कहा, "जब कूड़े से किसी बच्चे की रोने की आवाज आई, तब हरिमन दौड़कर गया। उसने देखा कि एक नवजात को लाल चींटियों के समूह ने घेर लिया है। हरिमन ने तुम्हें उस कूड़े से उठाया और केरोसिन तेल में नहला दिया, ताकि सारी चींटियाँ गुलाबी देह से अलग हो सकें। यह देखकर दाई बिना पैसे लिए वहाँ से भाग गई। उस दिन बनगिहा उन चींटियों पर बहुत नाराज हुआ था।"

ऐंठबहार अपने जीवन के इन पौराणिक रहस्यों को जानकर हतप्रभ रह गया।

कि चींटियों के काटने से वह जिन्दा हो गया।

कि बोतल का दूध पीने से सामने के दाँत बाहर आ जाते हैं।

उसे समझ नहीं आ रहा था कि वह चींटियों को धन्यवाद प्रेषित करे या फिर उन स्तनों को दुत्कार लगाए जिनमें जरूरत के वक्त उसके लिए दूध ही नहीं बन पाया। उसके मन में कोई कविता नहीं उपज रही थी।

वह बेसुध अपने बिस्तर पर लेटा हुआ था। उसने आँखें खोलकर खिड़की से बाहर देखा। बाहर हल्का उजियारा हो रहा था। सामने रोड पर कुछ लोग तेज कदमों से स्टेशन की ओर जा रहे थे। उनके कन्धों पर बैग लटका हुआ था। हमीद अपने दुकान के सामने झाड़ू लगा रहा था। उसकी पत्नी बकरियों को पत्तियाँ खिला रही थीं। जरीवाले बंगाली का पिता उकड़ूँ बैठकर दातून कर रहा था। दूर के पीपल पेड़ पर चिड़िया चहचहा रही थी।

उसके मन के भीतर इच्छा चहचहा रही थी, क्योंकि आज शाम उसे जोजबोलही से मिलने जाना था। जोजबोलही का खयाल आते ही ऐंठबहार का चेहरा खिल

उठा। वह बिस्तर से उठकर बाहर सामने आ गया। तब तक शान्ता भी उठकर पीछे आँगन में बर्तन माँजने चली गई थी। हरिमन गहरी नींद में था।

उसने देखा कि जोजबोलही क्लब मैदान की ओर जा रही है। उसके हाथ में एक छोटी-सी थैली है। वह भी उसके पीछे लपक लिया। जोजबोलही सड़क किनारे लगे फूलों की झाड़ियों से फूल चुनकर थैली में रखने लगी। फिर वह आगे बढ़ी, जहाँ फर्नीचर दुकान वाले मारवाड़ी के बंगले की दीवार से लगकर कई प्रकार के फूलों की झाड़ियाँ थीं। वह पंजे के बल ऊपर होकर उन फूलों को चुनने लगी। तब तक ऐंठबहार उसके पास पहुँच गया और उसने धीरे से कहा, "याद है ना?" वह उसकी ओर देखकर मुस्करा दी।

वह दिन भर इस रोमांच में था कि आज वह अपने प्रेम का इजहार जोजबोलही से करेगा। वह भी पंजे के बल ऊपर होकर उसके गालों पर अपना चुम्बन देगा। वह उसे अपनी बाँहों में भर लेगा। वह उसे अपनी कविता भी देगा।

उसने जोजबोलही के लिए एक कविता लिखी। उसकी शिद्दत ने उस कविता की पंक्तियों में चमक ला दी। डायरी के पन्ने पर वह कविता चमचमाने लगी। मानो ढेरों जुगनूओं को उस पन्ने पर पंक्तिबद्ध कर रख दिया गया हो। उस चमक से ऐंठबहार की आँखें चुंधिया गईं। उसने झट से डायरी बन्द कर दी।

शाम होने के पहले वह तैयार होने लगा। उसने अपने बालों को गीला किया और आईने के सामने खड़े होकर बालों के बीच कंघी से माँग निकालने लगा। अपने साँवले गालों पर ढेर सारा पाउडर लगाया। आलमारी से नई कमीज निकाली लेकिन हाफ पैंट वही पुराना वाला पहने रहा। जोजबोलही ने उसे पीछे भुतहा कमरे में बुलाया था।

उसे भुतहा कमरे में जाने से बहुत डर लगता था। उस कमरे में बहुत पहले कोई औरत मर गई थी, जिसकी आत्मा उस कमरे में रहती है, ऐसी अफवाह मुहल्ले में थी। एक बार हगीद की सारी बकरियाँ ना जाने कैसे उस कमरे की छत पर पहुँच गई थीं। कभी-कभी उस कमरे से किसी बुढ़िया के रोने की आवाज भी आती थी। ऐसी आवाज खुद ऐंठबहार सुन चुका था, लेकिन आज उसे जोजबोलही से मिलने जाना था।

ऐंठबहार ने डायरी में लिखी कविता का पन्ना फाड़कर अपनी हाफ पैंट की जेब में रख लिया और चुपचाप शौचालय वाले सँकरे रास्ते से भुतहा कमरे की ओर जाने लगा। जब वह भुतहा कमरे के पास पहुँचा, तो उसे पाउडर की खुशबू आने लगी। वह जैसे-जैसे कमरे के पास पहुँचने लगा, उसे वैसे-वैसे जोजबोलही के जिस्म की खुशबू भी आने लगी। वह चौखट के पास पहुँचा कि जोजबोलही ने उसे भुतहा कमरे के अन्दर खींच लिया।

जोजबोलही ने धीरे से पूछा, "लाया है ना दो रुपये?"

ऐंठबहार उसे देखकर स्तब्ध रह गया। वह फूलदार फ्रॉक पहने हुए थी। उसकी आँखों को काजल ने घेरा हुआ था। होंठों को वह अपने दाँत से चबा रही थी। पाउडर की खुशबू तेज हो गई थी। ऐंठबहार अपने पंजे के बल ऊपर होने की कोशिश करना चाहता था, लेकिन जोजबोलही ने उसका हाथ पकड़कर झटका और दोबारा से पूछा, "लाया है ना?"

ऐंठबहार ने अपनी हाफ पैंट की जेब से डायरी का वह पन्ना निकालकर उसकी ओर बढ़ा दिया। उस पन्ने पर पसरे शब्दों के जुगनू चमचमाने लगे। कागज के भीतर से प्रकाश की हल्की चमक उस भुतहा कमरे के अँधियारे में धुएँ की तरह उठने लगी। जोजबोलही कागज को लेकर उलटने-पलटने लगी और ढेर सारे जुगनुओं को देखकर वह घबरा गई। उसने वह कागज जमीन पर फेंक दिया।

सारे जुगनू कागज से निकलकर ऊपर खपरैल की ओर जाने लगे। उनके उड़ने की मंथर गति से कमरे में तारों की झिलमिल-सी हो गई। खपरैल के टूटे हुए हिस्से से निकल सारे जुगनू आकाश की ओर चले गए। कमरे में सिर्फ जोजबोलही और ऐंठबहार रह गए।

तब ऐंठबहार उन जाते हुए जुगनुओं को निहार रहा था। उसका सिर खपरैल की ओर ऊपर उठा हुआ था। जमीन पर एक कोरा कागज पड़ा हुआ था। उसे अपने पैर के पंजे से कुचलते हुए जोजबोलही ने कहा, "रोकड़ा चाहिए। कविता नहीं।"

फिर वह ऐंठबहार को दीवार की ओर धकियाती हुए कमरे से बाहर चली गई। भुतहा कमरे में रोने की एक मरी हुई-सी आवाज आने लगी, जिसे सिर्फ ऐंठबहार ही सुन पा रहा था।

अपनी कमीज की बाँह से आँसू पोंछते हुए वह भुतहा कमरे से बाहर आ गया और सीधे बुआ की चाय की टपरी के पास पहुँच गया, जहाँ मुहल्ले के लोग आपस में गोल घेरा बनाकर खड़े थे। वे आपस में फुसफुसा रहे थे।

जब ऐंठबहार उनके पास पहुँचा तब उसने सुना कि वे लोग दस रुपये कम पड़ने को लेकर चिन्तित थे। उन्होंने देर रात वीडियो देखने का कार्यक्रम बनाया था और वीडियो वाला सौ रुपये माँग रहा था।

उसे देखकर ओरिया ऐंठबहार के पास आया और उसने धीरे से पूछा, "वीडियो देखेगा?" ऐंठबहार ने हाफ पैंट की दोनों खाली जेब बाहर निकालकर उसे दिखाई। ओरिया ने फिर भी उम्मीद से पूछा, "एक बार कोशिश कर के देख।"

'कोशिश' शब्द से उसे बुतरू के गुल्लक का खयाल आया। उसने सहमति में सिर हिलाते हुए जवाब दिया, "ठीक है। लेकिन एक्शन वाली फिल्म है ना।" ओरिया उसकी पीठ थपथपाते हुए बोला, "उससे भी जबरदस्त।"

*

ओरिया की बाजार में सब्जी की दुकान थी। उसके पुरखे कई साल पहले पड़ोसी राज्य ओड़िशा से आकर यहाँ बस गए थे। थाने के पीछे उनका एक कमरे का मकान था, जिसमें वे अपना गुजर-बसर करते थे। कमरे के बाहर जो चबूतरा था, उस पर उसकी बूढ़ी माँ खाना पकाती थी। उसकी चार बहनें थी। तीन की शादी हो चुकी थी। चौथी अपनी माँ के काम में हाथ बँटाती थी। उसे देखकर मुहल्ले के अधेड़ और बूढ़े कसमसाकर रह जाते थे।

ओरिया ने अपने लिए एक अलग कमरा किराये पर लिया था। उस कमरे में देर शाम से मुहल्ले के लड़कों का जमावड़ा लगना शुरू हो गया। वे आपस में फुसफुसा रहे थे। ओरिया खाट पर बैठा बीड़ी फूँक रहा था। तब ऐंठबहार वहाँ पहुँचा। उसने अपनी जेब से पाँच रुपये निकालकर ओरिया की ओर बढ़ा दिए। ओरिया हवा में उड़ते हुए धुएँ के छल्ले को अपनी अँगुलियों से नोचते हुए कहा, "जुगाड़ तो हो गया है। फिर भी तू ले आया है तो दे दे।" ओरिया के इशारे पर पास खड़े लड़के ने ऐंठबहार से रुपया लेकर अपनी जेब में रख लिया।

कुछ देर बाद रिक्शा में वीडियो और वीसीआर लादकर लड़के ले आए। सबने मिलकर धीरे से वीडियो उतारा और उसे कमरे के भीतर ले गए। अँधियारे में हो रही हलचल को पड़ोस की महिलाएँ उत्सुकता से देख रही थीं।

"ऐश है लौंडो का।" उनकी मुस्कान का भाव था। फिर वे अपने कामों में लग गईं। ऐंठबहार शान्ता को बता कर आया था कि वह ओरिया के कमरे रामायण देखने जा रहा है।

घर में शान्ता बुतरू को समझा रही थी, कि जब तू बड़ा हो जाएगा, तब तू भी चले जाना। शान्ता के इस परामर्श पर बुतरू झल्ला गया। वह टेबल पर रखे फैन के साथ खड़ा होकर कहने लगा, "देख माँ ये टेबल पर रखा पंखा भी मुझसे बड़ा है।" तब शान्ता चुपचाप उसे देख रही थी। सच में बुतरू तीन फीट दो इंच का ही रह गया था। डॉक्टरों का कहना था कि यह जेनेटिक डिसआर्डर है।

बुतरू की लम्बाई बढ़ाने के लिए तमाम तरह की ऐलोपैथिक और आयुर्वेदिक दवाएँ इस्तेमाल की जा चुकी थीं। नरक दरवाजा के पीछे शौचालय की तरफ जाने वाली सँकरी गली में लोहे की रिंग छप्पर से बाँधकर लटका दी गई थी, ताकि वह उससे लटककर कसरत कर सके और उसकी लम्बाई बढ़ सके। लेकिन कोई भी कोशिश काम नहीं आई।

फिर भी बुतरू अपनी लम्बाई बढ़ाने की कोशिश करता रहता था, इसलिए ही ऐंठबहार उसे 'कोशिश' कहकर बुलाता था। उसके गुल्लक से ऐंठबहार ने पाँच रुपये निकाल लिए ताकि वह वीडियो देखने में अपनी हिस्सेदारी चुका सके।

ऐंठबहार उस अँधेरे कमरे में पालथी मारकर बैठने की कोशिश कर रहा था। कमरे की छत का प्लास्टर झड़ने लगा था। दीवारों पर कई सालों से पुताई नहीं की गई थी। पुराने कपड़ों की नमी वाली बदबू से कमरा भर गया सा लग रहा था। ओरिया सामने की ओर टेबल पर वीडियो और वीसीआर सेट करने के बाद उसमें रामायण का कैसेट लगा रहा था। वीडियो पर फिल्म के शुरू होते ही शंख बजने की पार्श्वध्वनि आने लगी।

वीडियो के उजाले में सबके चेहरे का भाव चमक रहा था। ओरिया बाहर गया था। जब वह लौटा, तब उससे शराब की गन्ध आ रही थी। बाहर कुत्तों के भौंकने की आवाज रह-रहकर आ रही थी। सड़कें और गलियाँ सुनसान हो गई थीं। सब रामायण देखते हुए ऊबने लगे थे। सब आपस में बात कर रहे थे। किसी का ध्यान वीडियो की ओर नहीं था। सब अगले कैसेट के इन्तजार में थे, जो ओरिया की कमीज के भीतर खुंसा हुआ था।

ओरिया ने अचानक वीसीआर पर स्टाप का बटन दबाया फिर कमरे का बल्ब जला दिया। ऐंठबहार ने देखा कमरे में एक आला भी था, जिसमें कई किताबें रखी हुई थीं। कुछ डायरी भी थीं। तब तक ओरिया ने कमीज से कैसेट निकालकर अगला वीडियो शुरू कर दिया। कमरे में एकदम सन्नाटा छा गया।

वीडियो की आवाज बहुत ही धीमी थी, जिसमें कोई अंग्रेजी गाना चल रहा था। स्क्रीन पर ऊपर से नीचे तेजी से कुछ नाम जा रहे थे। आउट ऑफ फोकस सीन में कुछ महिलाएँ एक पुरुष को कमरे के अन्दर खींचकर ले जा रही थीं। लेकिन सब कुछ धुँधला-सा था।

बच्चों की देह में उत्सुकता की सनसनी फैलनी शुरू हो गई थी। ऐंठबहार दीवार पर अपनी पीठ टिकाकर बैठा हुआ था। वीडियो के स्क्रीन पर तीनों महिलाएँ आउट ऑफ फोकस से फोकस में आ गईं। वे उस इकलौते बलिष्ठ पुरुष को बहकाने लगीं।

इस दृश्य को देखकर उसे श्याम टॉकीज का खयाल आ गया, जहाँ वह अंग्रेजी फिल्म 'द ब्लू लेगून' देखने गया था। रविवार की सुबह नौ बजे अक्सर उस टॉकीज में अंग्रेजी फिल्म दिखाई जाती थी। उस टॉकीज की हालत जर्जर हो रही थी। फिर भी अंग्रेजी फिल्मों के प्रदर्शन से मालिक मुनाफा कमाने की कोशिश कर रहा था।

टॉकीज की इमारत के सामने बड़ा सा मैदान था, जिसमें एक तरफ साइकिल स्टैंड था। उससे थोड़ी दूर चहारदीवारी से लगकर कई छोटी दुकानें थीं। ऐसे ही एक पान दुकान में वह पान लेने के लिए खड़ा था। दुकान के आसपास भीड़ थी। फिल्म का प्रदर्शन शुरू होने में वक्त था। लोग फिल्म का टिकट लेने के लिए टिकट काउंटर के सामने पंक्ति में खड़े थे।

पान दुकान से चमन बहार और किमाम की मिली-जुली खुशबू आ रही थी। दुकानदार खुद अपने मुँह में पान ठूँसे हुए चुपचाप लोगों के लिए पान बना रहा था।

ऐंठबहार ने जोर कहा, "एक चमन, चटनी और एक सौ बीस जाफरानी के दो पान देना।" दुकानदार ने उसकी ओर देखा फिर वह पान बनाने लग गया।

वह जैसे ही पान लेकर पलटा कि उसके स्कूल का मास्टर उसके कान उमेठते हुए बोला, "क्यों रे अंग्रेजी फिल्म देखता है। तेरे बाप को बताना पड़ेगा।" ऐंठबहार का कान लाल हो गया था, फिर भी वह मुस्कराने लगा।

"मुस्कराता है।" यह कहकर मास्टर उसके कान जोर से उमेठने लगा। ऐंठबहार ने चीखते हुए कहा, "वो रहा मेरा बाप। मेरे लिए भी टिकट खरीद रहा है।" हरिमन को टिकट खिड़की के सामने लाइन में खड़ा देखकर मास्टर झेंप गया। ऐंठबहार दौड़ते हुए टिकट खिड़की ओर भाग गया।

वह अपने इस खयाल में डूब-उतरा रहा था कि उसे लगा सच में कोई उसके कान उमेठ रहा है। उसकी आँखें झट से खुल गईं। उसने देखा ओरिया उसके कान को हल्के से पकड़े हुए है। उसका चेहरा ऐंठबहार के चेहरे के एकदम पास है। वह कुछ बड़बड़ा रहा है।

ऐंठबहार उसकी बड़बड़ाहट सुनने की कोशिश करता है, "सब चले गए जा तू भी घर जा।" ऐंठबहार देखता है कि सामने टेबल पर रखा वीडियो बन्द पड़ा है। कमरे का बल्ब जल रहा है। सब बच्चे फिल्म देखकर जा चुके हैं। वह भी उठता है और उस कमरे से बाहर निकल जाता है।

बाहर गली सुनसान है। रात के ढाई बजे किनारे पर गायों का झुंड बैठा हुआ है। वह गली से निकलकर मुख्य सड़क पर आ जाता है। थोड़ी दूर जाने पर ओरिया का एक कमरे का मकान आ जाता है, जिसके बाहर चबूतरे पर बिस्तर बिछाकर उसकी माँ सो रही है। उसके बगल में लेटी ओरिया की चौथी बहन बिछिया ने तुरन्त ही करवट बदली है।

ऐंठबहार जैसे ही उनके पास से गुजरता है, वैसे ही उसे देखकर बिछिया उठ बैठती है और धीरे से पूछती है, "कैसी थी नीले रंग की फिलम?" वह बिना कुछ बोले तेजी से आगे बढ़ जाता है। वह लगभग दौड़ने लगता है।

दौड़ते हुए उसे याद आता है कि वह शाम की घटना को भूल चुका है। उसे जोजबोलेही याद आने लगती है। उसे जोजबोलही का गुस्से से भरा चेहरा याद आने लगता है। उसे जुगनुओं की जगमगाहट याद आने लगती है। उसे अपनी कविता के शब्दों का मरते हुए उड़ जाना याद आने लगता है। वह जितना इन बातों को भूलना चाहता है, वह उतनी ही शिद्दत से उसके मन में घुमड़ने लगती है।

वह और तेज दौड़ने लग जाता है। उसके पीछे गली के कुत्ते भी दौड़ पड़ते हैं। वह उन कुत्तों से बचने के लिए हमीद के घर के सामने बने चबूतरे पर खड़ा हो जाता है। कुत्ते उसके आसपास भटककर वापस थाना रोड की ओर चले जाते हैं।

वह अपने घर के दरवाजे पर पहुँचकर जाफरी वाला दरवाजा खटखटाता है। सामने कमरे में खाट पर लेटा घुमनाहा आँखें मूँदे हुए उठता है और अनमने ढंग से दरवाजा खोलकर वापस खाट पर पसर जाता है। उसकी जम्हाई से तीखे अम्ल की बू आती है। दरवाजा बन्द कर ऐंठबहार उसके बगल में लेट जाता है। उसे अपनी कुहनी से कोंचते हुए पूछता है, "तुमने फिर पी है।" घुमनाहा कोई जवाब नहीं देता। वह अपनी गहरी नींद में उतर जाता है।

*

नींद उससे दूर थी। बहुत दूर। और वह अपनी सोच में जाग रहा था। इस जागते हुए से ख्वाब में उसने देखा कि वह बाबा का हाथ पकड़कर रायपुर की गलियों में घूम रहा है। बाबा उसे पुरानी बस्ती की टूरी हटरी की सँकरी गलियों में घुमा रहा है। वहाँ पत्थरों से बने ऊँचे चबूतरों पर दुकानें सजी हुई हैं।

हटरी में कुछ दुकानें साग-भाजी की थी। कुछ में सस्ते कपड़े की दुकानें थी। उनके आगे मनिहारी की दुकानें थी। सबसे अन्तिम छोर पर खिलौने की दुकान थी।

ऐंठबहार उस दुकान के सामने ठिठककर रुक गया। उसकी जिद के चलते बाबा ने उसके लिए खिलौने वाला खरगोश खरीद दिया। जब वे लिली चौक होते हुए पुरानी बस्ती लौट रहे थे, तब ऐंठबहार ने देखा कि एक जीप आकर उनके सामने रुकती है। उससे एक दाढ़ीवाला युवक उतरता है। उस युवक ने अपने माथे पर काले रंग का गमछा बांधा हुआ है। उसके लम्बे बाल पीछे की ओर हवा में लहरा रहे हैं।

उस युवक के पास आते ही बाबा कहता है, "बहुत दिनों बाद दिखे बनगिहा।" उनको आपस में बातें करता देख ऐंठबहार अपने खिलौने वाले खरगोश से खेलने लग जाता है।

पुरानी जीप की स्टियरिंग पकड़े हुए ड्राइवर बैठा ही था। जीप चालू हालत में खड़ी काँप रही थी। साइलेंसर से काला धुआँ निकल रहा था। जीप का हुड कई जगहों से फट चुका था। जीप के पीछे कई और व्यक्ति बैठे थे। सब शान्त थे। सब उनकी ओर ही देख रहे थे।

जीप पर सवार होने से पहले बनगिहा ने बाबा के कान में धीरे से कहा, "गरम मसाला लेने आए थे।" जीप कालीबाड़ी चौक होते हुए धमतरी रोड की ओर चली गई।

बाबा और ऐंठबहार पैदल लाखेनगर की ओर चले गए, जहाँ एक बहुत बड़े मैदान के बीच में कई पुराने तम्बू लगे हुए हैं। उनके आसपास बच्चे खेल रहे हैं। कुछ औरतें इधर-उधर हो रही हैं। मैदान के दूसरी ओर प्रवासी सिन्धियों का मकान है, जिनकी छतों पर ढेर सारे कपड़े सूख रहे हैं। वे धीरे-धीरे मैदान की ओर बढ़ते हैं। तम्बू की ओर उनके कदम बढ़ते जाते हैं। धीरे-धीरे हारमोनियम की हल्की आवाज आती है—

“त र र र र र...रा...रा,
र र र र र र...रा...रा,
त र...र र रा।

यह ध्वनि बार-बार बजने की कोशिश करती सी जान पड़ती है।

बाबा उस हारमोनियम की ध्वनि की ओर बढ़ने लगता है। वह ऐंठबहार का हाथ पकड़े हुए है। ऐंठबहार एक हाथ से अपना ढीला हाफ पैंट पकड़े हुए है और दूसरे हाथ में खरगोश। खरगोश की आँखों में लगा लाल रंग का मोती इधर से उधर हिल रहा है।

बाबा के चमड़े के जूते पर धूल की एक परत जमी हुई है। वह सफेद रंग की धोती और कुर्ता पहने हुए है। बाबा के दूसरे हाथ में चूड़ी का नया पैकेट है, जिसे वह जोर से दबोचे हुए है। दोनों एक-दूसरे की ओर देखते हैं। फिर बाबा ऐंठबहार का हाथ छोड़ देता है।

ऐंठबहार को मैदान में अकेला छोड़कर बाबा आगे बढ़ जाता है। वह जैसे ही तम्बू के पास पहुँचता है, उस हारमोनियम की आवाज बन्द हो जाती है और कोई महिला गाने का रियाज करना शुरू करती है। उसकी आवाज में थकान है। उसकी तान में धीमापन है। उसकी आवाज सुनकर ही अन्दाजा लग जाता है कि गाने की इस कोशिश में उसकी गले की नसें उभर गई होंगी।

उस आवाज में पान की खुशबू लिपटकर बाहर आ रही थी। तम्बू के पास पान की पीकें बजबजा रही थीं। महिला बार-बार उस गाने की पंक्ति को दोहरा रही थी। मानो वह अपने गाना गाने की तमीज को सुधार रही हो। मानो वह किसी के इन्तजार में मरी जा रही हो।

ऐ दे मुनगा के डारा...
चिरैया बाँटे चारा...
जरूर आबे ना...

ऐंठबहार को लगा कि वह कोई फिल्म देख रहा है। वह पीछे अकेला खड़ा रह गया है। उसने बाबा को उस तम्बू की ओर जाते देखा। उसे लगा कि कहानी का नायक अपनी बिसर गई प्रेमिका से मिलने जा रहा है और पार्श्व में गीत बज रहा है—

ऐ दे मुनगा के डारा, चिरैया बाँटे चारा, जरूर आबे ना।

और जिसे 'जरूर आने का' सम्बोधन है वह पहुँच गया है। तम्बू का परदा हटाकर बाबा अन्दर चला गया।

उसके अन्दर जाते ही गाने का रियाज बन्द हो गया। हारमोनियम पर किसी हाथ के गिरने पर जोर की बेढब आवाज आई। ऐंठबहार अनुमान लगाने लगा कि

वह औरत बाबा को देखकर रोने लगी होगी। बाबा ने उसे अपनी बाँहों में भर लिया होगा। दोनों एक-दूसरे से लिपट गए होंगे। ऐंठबहार ऐसा सोच ही रहा था कि तब तक कुछ बच्चे उसके पास आ गए।

उनके चेहरे से लग रहा था कि वे कई दिनों से नहाए नहीं है। उनके कपड़े मैले-कुचैले थे। उनकी आँखों में जिज्ञासा थी कि इतने साफ-सुथरे कपड़े पहने यहाँ किसबिन के मुहल्ले में अकेला खड़ा यह नन्हा सा बालक कौन है। वे कभी ऐंठबहार को देखते, कभी उसके हाथ के खरगोश को। बच्चों ने देखा कि ऐंठबहार के हाथ में दबा खरगोश छटपटा रहा है।

वे अचानक वहाँ से दौड़कर दूर भाग गए। ऐंठबहार ने देखा कि बाबा तम्बू से बाहर निकलकर उसकी तरफ आ रहा है। तम्बू के पास एक अधेड़ महिला खड़ी उनकी ओर देख रही है। वह अपने मुँह में भरे हुए पान को धीरे-धीरे चुभला रही थी। वह एकटक उनकी ओर ही देखे जा रही है। दूर से वह महिला चिरैया की तरह दिख रही थी। दुबली-पतली।

हल्के धूसर रंग की साड़ी के आँचल को उसने अपनी कमर में खोंस लिया था। मंगलसूत्र की तरह दिखती एक माला उसके गले में लटकी हुई थी। ऐंठबहार ने ध्यान से देखा कि उस महिला के हाथ में चूड़ी का वही पैकेट था, जिसे बाबा ने टूरी हटरी की मनिहारी दुकान से खरीदा था।

बाबा ने ऐंठबहार का हाथ पकड़ा और दोनों पुरानी बस्ती की ओर बढ़ चले। ऐंठबहार ने पलटकर पीछे देखा। वह महिला उन्हें ही देखती खड़ी थी। वे लौट रहे हैं। चिरैया से दूर, जो अब ओझल हो गई थी।

*

बिस्तर पर घुमनाहा के करवट बदलने की कोशिश में खाट से चरमराने की आवाज आती है। अपनी आधी नींद और आधे खयाल से ऐंठबहार बाहर लौट आता है, जहाँ सच में चिड़िया के चहचहाने की आवाजें आ रही थीं। उसके बगल में घुमनाहा बेसुध सो रहा था। साँसों की धुकधुकी से उसकी पसली ऊपर-नीचे हो रही थी। दोनों के वजन के कारण खाट अन्दर की ओर धँस गई थी। इस कारण ऐंठबहार की कमर अकड़ गई थी। वह धीरे से खाट से उतरा और पीछे नरक दरवाजा वाले कमरे में जाकर बिस्तर पर पसरकर सो गया।

उसकी पीठ पर रात की ढेर सारी करवटें उभर आई थीं। वह बिस्तर पर छाती के बल लेट गया था। उसकी पीठ से करवटों की रेखाएँ धीरे-धीरे बिस्तर पर उतरने लगी थीं। नींद उसे जागने नहीं दे रही थी और सपने उसे सोने नहीं दे रहे थे।

उधर वडयार वाले कमरे में हरिमन बिना सपनों के बेसुध बिस्तर पर लेटा हुआ है। ऐंठबहार हरिमन के बारे में सोचने लगता है। वह देखता है कि हरिमन घर के

बाहर खड़ा है। उसके सामने कत्थई रंग की पुरानी लूना मोपेड खड़ी है। उसकी पेट्रोल टंकी पर खरोंच की कई लकीरें हैं, जिन्हें पेंट कर छिपाने की नाकाम कोशिश की गई है। पिछली सीट का फोम भी उखड़ गया है।

किसी किराना दुकान वाले से हरिमन ने किस्तों की सुविधा पर यह पुरानी लूना खरीदी है। उस लूना के हेडलाइट पर सिन्दूर का टीका लगाने के बाद शान्ता दीये की आरती कर रही है। बुतरू पास में खड़ा है। घुमनाहा पुरानी साइकिल को चादर से ढक चुका है। हरिमन पास में खड़ी लूना को ध्यान से देख रहा है। वह इस सौदे के लिए तैयार नहीं था, लेकिन शान्ता की जिद के चलते उसे पुरानी लूना खरीदनी पड़ी।

शान्ता हरिमन के पैरों के दर्द और उसके हाँफते फेफड़ों को लेकर परेशान थी। बढ़ती उम्र के कारण भी अब हरिमन साइकिल नहीं चला पाता था। जब वह खिड़की से बाहर देखती और हरिमन के स्कूल से लौटने का इन्तजार करती, तब वह हरिमन को डगमगाते हुए साइकिल चलाता देखकर दुखी हो जाती। उसकी आँखों में नमी आ जाती। उसके ठीक पीछे खड़े होकर घुमनाहा भी खिड़की के बाहर अपने पिता को साइकिल पर डगमगाते हुए देखता।

हरिमन को इस तरह स्टेशन रोड से घर की ओर आता देखकर शान्ता घबरा गई थी। उसे लगा या तो हरिमन किसी से टकरा जाएगा या फिर खुद ही साइकिल सहित जमीन पर गिर जाएगा। जब वह खिड़की से बाहर झाँकते हुए उसे देख रही थी, तब घुमनाहा उसकी पीठ के पीछे से हरिमन को साइकिल पर डगमगाते देख रहा था। शान्ता ने धीरे से कहा था, "कितने कमजोर हो गए हैं। साइकिल भी नहीं सँभाल पा रहे हैं।" घुमनाहा ने मुँह बिचकाते हुए जवाब दिया, "कमजोर नहीं व्यसनी हो गए हैं।"

शान्ता के पूजा करने के बाद हरिमन ने खड़ी लूना को पैडल मारकर स्टार्ट किया। भट-भट-भट की लम्बी आवाज के साथ लूना के साइलेंसर से सफेद धुआँ निकलने लगा। हरिमन लूना पर सवार हुआ। पीछे की सीट पर उसने ऐंठबहार को बैठने का इशारा किया। दोनों कोतरा गाँव की ओर निकल गए।

आगे रेलवे फाटक पार करने के बाद सड़क सँकरी हो गई। हवा से दोनों के बाल पीछे की ओर उड़ने लगी। दोनों को उड़ने का एहसास हुआ।

"सचमुच बहुत आराम है इसे चलाने में।"

हरिमन मन-ही-मन सोचते हुए एक्सीलेटर को घुमाने लगा। फिर थोड़ी दूर आगे जाने के बाद उसने वापस घर की ओर लूना का हैंडिल मोड़ दिया।

जब वे वापस अपने घर पहुँचे, तब बुतरू घर के सामने वाले दरवाजे पर उनका इन्तजार करते हुए खड़ा था। शान्ता रसोई में केरोसिन चूल्हे की टंकी में केरोसिन डाल रही थी। घुमनाहा अपने दोस्तों के पास चला गया था। उसके दोस्त मैट्रिक परीक्षा की कॉपी बनवाने रतलाम जाने की योजना बना रहे थे।

फिर ऐंठबहार का खयाल उसे दूसरी ओर ले जाने लगा। वह अभी भी छाती के बल नरक दरवाजा वाले कमरे में लेटा है। वह अपनी अधपकी नींद में फूलमती के गाँव पहुँच गया है, जहाँ बाबा खाट पर लेटा हुआ है। उसकी खाट के नीचे मिट्‌टी का एक बर्तन रखा हुआ है जिसकी राख पर सूखा हुआ कफ पड़ा है। उस पर मक्खियाँ भिनभिना रही हैं। फूलमती उसे दाल का पानी पिलाकर अभी खोरबहरा के घर गई है।

खोरबहार ने कुछ आदमी चारआमा भेजा है ताकि वहाँ से डॉक्टर गाँव आकर बाबा की तबीयत देख सकें। उसका इलाज कर सकें। बाबा अकेला उस कमरे में पड़ा है। फूलमती कमरे का दरवाजा बन्द कर गई है ताकि पिछली बार की तरह बिल्ली बाबा की छाती पर जाकर न बैठ जाए। सामने की दीवार पर रोशनदान था, उसे खोल दिया गया है। वहाँ से थोड़ी हवा और थोड़ी रोशनी भीतर आ रही है।

उस रोशनदान से अचानक एक गुलाबी रंग का भ्रूण उड़ते हुए धीरे से अन्दर आता है और रोशनदान के पास हवा में उड़ते हुए स्थिर हो जाता है। उस भ्रूण से हल्के नीले रंग की रोशनी निकल रही है। कमरे की दीवार पर उसकी चमक पड़ रही है।

वह भ्रूण बाबा की ओर तेजी से झपटने की कोशिश करता है। बाबा चीख पड़ता है, "भाग रे भाग यहाँ से।" उसकी चीख सुनकर बाहर चबूतरे पर बैठा कुत्ता घबराकर भाग जाता है।

बाबा के चीखने की आवाज सुनकर ऐंठबहार घबराकर नींद से उठ जाता है। वह अपनी साँस और बेतरतीब खयालों के थमने के इन्तजार में पलंग पर चुपचाप बैठ जाता है। बाबा के कमरे की दीवार पर जो सन 1975 का पुराना कैलेंडर था, जिसके कई जगह से फटने के बाद निकालकर लकड़ी के सन्दूक में शान्ता ने रख दिया था।

उस जगह पर ऐंठबहार ने 'बोनी एम' का बड़ा सा पोस्टर लगा दिया था। उसके बगल में विश्व का नक्शा टँगा हुआ था। उसके नीचे लकड़ी का एक पुराना रैक रखा हुआ था। उस पर रजनीश की किताबें, रादुगा प्रकाशन की किताबें और कई पत्रिकाएँ रखी हुई थीं। उनके ठीक पीछे ऐंठबहार विल्स नेवी कट छिपाकर रखता था।

दीवार के आले पर रखा रामचरितमानस वहाँ से हटाकर शान्ता ने लकड़ी के सन्दूक में रख दिया था। उसकी जगह पर एक मूर्ति रख दी गई थी, जो पहले खजुराहो की मूर्तियों के साथ रखी गई थी। मूर्ति में एक युवती उकेरी गई थी जिसके पीछे युवक खड़ा बाँसुरी बजा रहा था।

ऐंठबहार पलंग से उठा और बिस्तर के गद्‌दे के नीचे दबाकर रखे सिक्कों को उसने बाहर निकाला। उनसे हल्की बू आ रही थी। उस बू से उसे जोजबोलही की याद आ गई। वह प्रेम के अस्वीकार से बिल्कुल भी हताश नहीं था।

उसने अपनी डायरी निकाली और उदासी और प्रेम के अस्वीकार पर दो लम्बी कविताएँ लिखीं। डायरी के पन्नों में सारे शब्द पसर गए। उनकी चमक से डायरी

भर गई। उसे अपनी कविताओं की सामर्थ्य पर पूरा भरोसा था। उसे अपने प्रेम पर पूरा भरोसा था।

वह जानता था कि जिस दिन भी जोजबोलही उसकी डायरी की कविताओं को पढ़ लेगी, वह उसे अपनी बाँहों में भर लेगी। वह उससे अफसोस जताएगी। वह उसे बेतहाशा चूमने लगेगी। वह उससे लिपटकर रोने लगेगी।

उसने कविता के प्रकाश और भरोसे से भरी उस डायरी को लकड़ी के रैक में रख दिया और विल्स नेवी कट लेकर बाहर आ गया। ऐंठबहार टपरीनुमा होटल के अन्दर पत्थर से बने चबूतरे पर जाकर बैठ गया। होटल वाले ने उसकी ओर माचिस उछाल दिया। सिगरेट सुलगाने के बाद वह धीरे-धीरे धुआँ बाहर निकालने लगा। उसके अन्दर जो हताशा थी, वह धुएँ में लिपटकर बाहर आने लगी। उसे राहत महसूस होने लगी।

वह कश लगाते हुए देखता है कि जोजबोलही हमेशा की तरह फूल चुनकर लौट रही है। हरिमन अपने स्कूल की ओर कत्थई रंग की लूना पर सवार होकर जा रहा है। गौशाला की गायें जंगल की ओर जा रही हैं। क्लब मैदान में बच्चे हमेशा की तरह खेल रहे हैं। मन्दिर में लाउडस्पीकर पर अनूप जलोटा का भजन चल रहा है।

रिक्शेवाले पुराने कपड़े से अपने रिक्शों को झाड़-पोंछ रहे हैं। हमीद की बकरियाँ सड़क किनारे बैठी पीपल की पत्तियाँ चबा रही हैं। हमेशा की तरह सार्वजनिक नल पर औरतें पानी भरने के लिए लड़ रही हैं। हमेशा की तरह वह अकेला चुपचाप टपरीनुमा होटल में बैठा समय को इस तरह बीतते देख रहा है।

*

इसी तरह की सामान्य दैनन्दिन की पुनरावृत्ति के कई दिनों बाद ओरिया उसके पास आता है। ऐंठबहार को लगता है कि कई दिनों से उसी जगह पर पालथी मारे बैठा हुआ है। उसके इस लगने को ओरिया तोड़ देता है।

वह उसे झिंझोड़ देता है, “कब से आवाज दे रहा हूँ। सुनता क्यों नहीं?” ऐंठबहार हड़बड़ा जाता है। उसे कुछ समझ नहीं आता। वह खुद से मन-ही-मन सवाल करता है, “क्या सच में मैं कई दिनों इसी स्थान पर ऐसे ही बैठा हूँ?” लेकिन उसका मन उसे कोई जवाब नहीं देता।

क्योंकि उसका मन महराजिन के पास बैठा हुआ है। ओरिया जोर से चीखता है, “जरूरी खबर है तेरे लिए।” उसकी चीख से ऐंठबहार अपने खयाल से बाहर आ जाता है। वह देखता है कि सामने ओरिया खड़ा है, जो उसका कन्धा पकड़कर उसे हिला रहा है। टपरीनुमा होटल का मालिक बदल गया है। वह सफेद बाल वाली बुआ चली गई है। उसकी जगह एक दाँत निपोरता हुआ आदमी बैठा है।

वह आदमी ऐंठबहार की ओर देखते हुए कहता है, "कितने महीनों से इसी जगह पर बैठे हो। कहाँ खो गए थे महराज।" फिर वह दाँत चिंयारते हुए जोर-जोर से हँसने लगता है। उसकी हँसी पर ऐंठबहार को बहुत गुस्सा आता है। तब तक ओरिया उसे होटल से निकालकर बाहर ले जाता है और धीरे से उसके कान में कहता है, "जोजबोलही शहर छोड़कर जाने वाली है।"

"जोजबोलही" शब्द सुनते ही ऐंठबहार इस सच्ची मायावी दुनिया में लौट आता है। दुनिया में लौटते ही वह देखता है कि उसकी मूँछें निकल आई हैं। दाढ़ी भी बेतरतीब-सी बढ़ गई है। उसकी कमीज मटमैली हो गई है। चबूतरे के पत्थर पर लगातार बैठे रहने के कारण उसका नितम्ब सुन्न पड़ गया है। उसके पैरों में अकड़ आ गई है। उसका पूरा जिस्म दर्द से भर उठा है। उसकी सारी अस्थियाँ ठंडी नमक-सी कड़कड़ा रही हैं।

"कब जाने वाली है?" ऐंठबहार के होंठ थोड़ा सा ही खुल सके।

जब वह अपने घर पहुँचा, तो शान्ता उस पर बरस पड़ी, "कहाँ था इतने दिनों से?" ऐंठबहार कहना चाहता था, "नहीं मालूम।" लेकिन वह चुप ही रहा क्योंकि सच में उसे भी नहीं पता था कि वह कहाँ था इतने दिन। घुमनाहा ने उससे चुहल करते हुए पूछा, "क्यों बे झंडू कवि बता ना कहाँ था?"

उसकी बात से ऐंठबहार के ठंडे नमक में गरम लावा उतर गया फिर भी वह चुप रहा। घुमनाहा उसके कान के पास आकर फुसफुसाया, "गाँजा पीने से ऐसा ही होता है।" फिर वह खिखियाकर हँस दिया। ऐंठबहार पीछे आँगन में चला गया।

कई दिनों बाद वह आँगन में लगे आईने में अपना चेहरा देख रहा था। उसकी आँखें फूल गई-सी लग रही थी। उसके माथे की रेखाएँ गहरी हो गई थीं। अपनी बढ़ी हुई दाढ़ी पर शेविंग क्रीम लगाते हुए वह सोच रहा था। जब उसने अन्तिम बार ब्लेड अपनी मूँछ पर चलाई, तब आईने में उसका जाना-पहचाना चेहरा उभर आया। अपने साफ-सुथरे चेहरे को देखकर ऐंठबहार मुस्कराने लगा। उसे शेविंग करते हुए अपने घर के दरवाजे की सुराख से जोजबोलही देख रही थी।

जोजबोलही ने कागज के एक टुकड़े को गोल बनाकर ऐंठबहार की तरफ उछाल दिया। कागज का गोला उसके पैर के पास आकर गिरा। उसने इधर-उधर देखा और उस कागज को उठाकर अपनी जेब में रख लिया। ऐंठबहार ने देखा कि जोजबोलही उसे इशारा कर रही है कि इस कागज को पढ़ लेना। फिर वह अचानक से दरवाजे की ओट में छिप जाती है।

घुमनाहा पीछे से पूछता है, "किसी से मिलने जा रहे हो कवि महोदय?" ऐंठबहार सिर हिलाते हुए कहता है, "हाँ महराजिन से।"

उसे अपने भरोसे पर पूरा भरोसा था। यह बात सच होती दिख रही थी। उसे अपने शब्दों की महिमा पर बड़ा अभिमान था। उसे अपने वाक्य विन्यासों के

तिलिस्म पर पूरी आस्था थी। वह नरक दरवाजा वाले कमरे में बैठे हुए सोच रहा था। उसके सोचने की ठंडक उसके मन को ठंडा कर रही थी।

उसने चुपचाप जोजबोलही का दिया हुआ कागज अपनी पैंट की जेब से बाहर निकाला। कागज किसी अखबार का टुकड़ा था। उस टुकड़े में इन्दिरा गांधी की हत्या का समाचार मुद्रित था।

वह उस कागज को उलटने-पुलटने लगा। अखबार के किनारे की मार्जिन पर जोजबोलही ने पेन से लिखा था, "आज देर रात दो बजे आँगन में मिलने आना।"

उसने झट से कागज को अपनी हथेली में मसलकर फिर से गोल कर दिया और उसे अपनी पैंट की जेब में वापस रख लिया। वह जिज्ञासा और घबराहट में समझ नहीं पा रहा था कि क्या करे।

कमरे में पीछे से अगरबत्ती के धुएँ की खुशबू आने लगी। आँगन के तुलसी चौरा के पास खड़े होकर जोजबोलही जोर-जोर कोई भजन गा रही थी। जिसकी तान, ध्वनि की आवृत्ति और असर से ऐसा लग रहा था मानो वह गा रही हो—

ऐ दे मुनगा के डारा...।

सच में प्रेम से बिंधे शब्दों में बहुत ताकत होती है। यह सोचते हुए वह फिर से बाबा को याद करने लगा जो किसबिन से मिलने के बाद उस उम्र में चहकने लगा था। उस दिन बाबा ने ऐंठबहार को पाँच रुपये भी दिए थे। रिक्शे की सवारी कर वे पुरानी बस्ती के घर वापस लौटे थे। उसके बगल में बैठा बाबा पूरे रास्ते भर यही गुनगुनाता रहा था—

हूँ हूँ हूँ हूँ हूँ...जरूर आबे ना...।

आँगन में घुटनों तक चाँदनी उतर आई थी। आम पेड़ पर बौर आने शुरू हो गए थे, जिसकी ख़ुशबू फैली हुई थी। हल्की नमी वाली हवा चल रही थी, जिसमें आम की पत्तियाँ हौले-हौले डोल रही थीं। नीचे जो बोरियों से घेरकर बनाया गया स्नानगृह था, उसके पास तुलसी चौरे पर रखा दीया बुझ गया था। चौरा के पास बहुत सारी घास उग आई थी। ऐंठबहार ने दीवार घड़ी पर नजर दौड़ाई। रात के एक बजकर पचपन मिनट हो रहे थे।

वह जोजबोलही के इस रहम पर भावुक हो रहा था। वह अपने प्रेम में डूब रहा था। उसे उसकी कविताएँ डूबने से बचा ले जा रही थीं। उसके भीतर चमकदार शब्दों की उड़ान शुरू हो गई। उसके जेहन में जुगनुओं की फड़फड़ाहट शुरू हो गई। उसने अपनी कमीज के भीतर अपनी कविताओं की डायरी खोंसी और धीरे कदमों से शौचालय तरफ की सँकरी गली से होता हुआ आँगन पहुँच गया। वह जोजबोलही के इन्तजार में आसमान की ओर ताकने लगा।

थोड़ी देर में जोजबोलही अपने मकान से दबे कदमों से बाहर आई। उसके चेहरे पर खुशी की चमक थी। उसके चेहरे पर धोखे का अँधेरा था। उसने वही पुराना फ्रॉक पहना हुआ था, जिसमें महीन फूल पत्तियाँ बनी हुई थीं। उसे देखकर ऐंठबहार पथरा-सा गया था। उसका मन यह स्वीकार ही नहीं पा रहा था कि देर रात के इस एकान्त में जोजबोलही खुद उससे मिलने की इच्छुक है। उसे अपनी कविता की एक पंक्ति याद आ गई—

प्रेम धोखे की लिबास में आता है।
जो करता है वह मर जाता है।

डर और धोखे की सुरसुरी उसकी रीढ़ के भीतर नीचे से ऊपर तक फैल गई। आकाश के सारे तारे दो प्रेमियों के मिलन को देखने के लिए आतुर थे। हाफ पैंट पहने एक नवजात प्रेमी पथराया हुआ-सा खड़ा था, जिसे जोजबोलही के स्पर्श ने जगा दिया। जोजबोलही ने नजाकत से उसका हाथ पकड़ा और उसे बोरी से घिरे अपने स्नानगृह के भीतर ले गई। ऐंठबहार की धड़कन तेज हो गई थी। उसकी त्वचा का ताप बढ़ गया था।

उसे ओरिया के कमरे में देखी गई उस नीली फिल्म की याद आ गई, जिसमें तीन महिलाएँ एक पुरुष का हाथ पकड़कर उसे खींचती हुई कमरे के अन्दर ले जाती हैं। फिर बारी-बारी से वे उस पुरुष के जिस्म को सहलाती हैं। उसे बहकाती हैं। उसके कपड़े उतारती हैं। उससे लिपट जाती हैं।

जोजबोलही ने उसे अपने गले से लगा लिया। फिर अपने हाथों से उसके सिर के बालों को सहलाने लगी। ऐंठबहार का ठंडा नमक गर्म होने लगा। जोजबोलही ने धीरे से उससे कहा, "तुम्हें फूल देखना है ना। ये देखो।"

वह अपनी फ्रॉक ऊपर उठा देती है। इतने आसान प्रेम और आवेग के लिए ऐंठबहार तैयार नहीं था। उसे इस सचाई पर भरोसा नहीं हो रहा था। अपने भ्रम को दूर करने के लिए वह धीरे से उन फूलों को सहलाने लगा। उसकी आँखों में आँसू आ गए। वह उन फूलों को स्पर्श कर रोने लगा।

कुछ सेकेंडों के बाद जोजबोलही ने उसे अपने से दूर कर दिया और धीरे से कहा, "ठीक है छोटू।" फिर उसने झटके में अपना फ्रॉक नीचे कर दिया। ऐंठबहार की आँखों में आ गए आँसुओं को जोजबोलही ने अपने मुलायम हाथों से पोंछ दिया। फिर उसकी कमीज की ओर इशारा करते हुए पूछा, "ये क्या छिपाया है रे वहाँ?"

ऐंठबहार ने अपनी कमीज के भीतर छिपाकर रखी कविता की डायरी निकाली और उसे जोजबोलही की ओर बढ़ा दिया। जोजबोलही उस डायरी के पन्ने पलटने लगी।

उसने देखा कि डायरी के सारे पन्नों में अँधेरा पसरा हुआ है। न जुगनू की चमक और न किसी शब्द की फुसफसाहट। ऐंठबहार सकपका गया।

डायरी के खाली पन्ने देखकर जोजबोलही मुस्कराने लगी। वह ऐंठबहार की पीठ सहलाते हुए बोली, "कैसा उपहार लाया रे। एकदम खाली।" ऐंठबहार झेंप गया। उसे समझ ही नहीं आया कि उसकी डायरी में लिखी सारी कविताएँ कहाँ गायब हो गईं।

वह जमीन पर नजरें गड़ाए चुप खड़ा रहा। उसके पास कोई जवाब नहीं था। जोजबोलही के पास बहुत सारे जवाब थे। लेकिन उसने कोई जवाब नहीं दिया। वह जैसे ही स्नानगृह से बाहर निकलना चाह रही थी, वैसे ही ऐंठबहार ने उसका हाथ पकड़ लिया।

"तुम शहर छोड़कर जा रही हो?"

ऐंठबहार के इस सवाल पर उसने सहमति में सिर हिला दिया। फिर अपना हाथ छुड़ाकर जाने लगी। जोजबोलही थोड़ा आगे बढ़कर रुक गई और उसने पीछे पलटकर कहा, "अपना हिसाब बराबर। ठीक है।"

जोजबोलही स्नानगृह से निकलकर तेजी से अपने मकान के अन्दर चली गई जिसका दरवाजा उसने धीरे से बन्द कर दिया। आसमान में तारे टँगे हुए थे। उनकी गवाही में एक मिलन ठीक अभी सम्पन्न हुआ था।

जोजबोलही के दरवाजा बन्द करने के थोड़ी देर बाद ऐंठबहार भी उस स्नानगृह से बाहर आ गया। चुप्पी उसकी पीठ पर सवार थी।

चाँदनी में डूबे आँगन में आकर वह खड़ा हो गया। आम पेड़ की पत्तियों के पीछे दुबका चाँद अपनी कनखियों से आँगन की ओर देख रहा था, जहाँ खड़ा एक किशोर खाली डायरी को उलट-पुलट कर देख रहा था, जिसमें न किसी जुगनू की टिमटिमाहट थी और न ही शब्दों का उच्छ्वास। एकदम शान्त। एकदम खाली।

जरूर आबे ना...

ऐंठबहार की खाली डायरी नरक दरवाजा वाले कमरे के बिस्तर पर पड़ी थी। उसकी आँखें मुँदी हुई थीं। वह चाहकर भी अपनी आँखें नहीं खोल पा रहा था। दरअसल वह चाह ही नहीं रहा था। वह डर रहा था कि आँखें खुलते ही कहीं जोजबोलही का वह ममतामयी चेहरा उसकी सोच से गायब न हो जाए।

वह डर रहा था कि सपने के जैसे जो पल उसने अभी बिताए हैं, वे इस सच की मायावी दुनिया में बिसर न जाएँ। वह बिस्तर पर लेटे हुए ही अपनी हथेलियों को सूँघने लगा। हथेलियों में छाती के फूल की महक बनी हुई थी। वह देर तक अपनी हथेलियों को यूँ ही सूँघता रहा।

अन्दर वडयार कमरे में हरिमन गहरी नींद में था। उसके मुँह से महुए की बदबू आ रही थी, इसलिए शान्ता उसकी ओर पीठ कर सोई हुई थी। उस बदबू से बुतरू को नींद नहीं आ रही थी। वह बिस्तर पर करवटों से जूझ रहा था। उन करवटों की चुभन से उसकी आँखें चरमराने-सी लगीं।

बुतरू नींद के एकदम मुहाने पर खड़ा है। उसने देखा कि एकदम अँधियारा कमरा है। उस अँधियारे कमरे के भीतर वह चोरी से झाँक रहा है। कमरे के भीतर हलचल है। एक इनसानी आकृति इधर-उधर हो रही है, जैसे अँधेरे में कोई अपने हिस्से का उजाला खोज रहा हो।

सच में बिस्तर पर हल्की रोशनी होने लगी। रोशनी की बूँदें ऊपर की ओर उड़ती जा रही हैं, जैसे टिमटिमाती चिनगारी हो। कमरे में उन टिमटिमाती बूँदों की चमक बढ़ने लगी। उनकी चमक में नाना प्रकार के शब्द उभरने लगे।

शब्दों की चमक बढ़ने के साथ ही अँधियारे में घुमनाहा का चेहरा धीरे-धीरे उभरने लगा। उस धुँधलके और रोशनी के गड्डमड्ड में घुमनाहा अपनी गोद में रखी डायरी के पन्ने धीरे-धीरे पलट रहा है। वह जैसे-जैसे नए पन्ने पलटता है, वैसे-वैसे उससे ढेर से चमकीले शब्द उड़कर बाहर निकलने लगते हैं, जैसे वे कोई जुगनू हों।

हजारों जुगनू एक खास दायरे में उड़ने लगते हैं, जैसे बिस्तर पर कोई अनदेखी सीमा बनी हो। कमरे की इस मायावी रोशनी में शब्दों और चमक का यह घालमेल

देख बुतरू की आँखें चौंधिया जाती हैं। घुमनाहा लगातार उस डायरी के पन्ने पलटता जाता है।

लगातार डायरी के पन्नों से जुगनू निकलकर उड़ने लगते हैं। फिर धीरे-धीरे जुगनू निकलने बन्द हो जाते हैं। घुमनाहा डायरी का आखिरी पन्ना हिलाता है, फिर उसे बन्द कर देता है। वह खाली डायरी बिस्तर पर रख देता है। कमरे में मौजूद जुगनुओं की चमक से साठ वॉट का उजियारा हो जाता है।

उस साठ वॉट के उजियारे में बुतरू ने देखा कि बाबा के खाली पलंग पर मच्छरदानी लगी हुई है, जिसके चलते सारे जुगनू उसके बाहर नहीं निकल पा रहे हैं। उनकी फड़फड़ाहट उस मच्छरदानी के भीतर ही सिमट गई है। घुमनाहा अपनी जेब से एक प्लास्टिक की थैली निकालता है और उसका मुँह खोल देता है। धीरे-धीरे चमचमाते जुगनू उस थैली के अन्दर जाने लगते हैं।

थोड़ी ही देर में कमरे में फिर से अँधियारा छाने लगता है। घुमनाहा सारे जुगनुओं को उस थैली में बन्द कर रख लेता है। वह जैसे ही मच्छरदानी से बाहर निकलने वाला होता है, वैसे ही बुतरू वहाँ से भागकर वडयार कमरे में भीतर आ जाता है, जहाँ उसे भागकर आता देखकर शान्ता पूछती है, "क्या हुआ रे?" वह बिना कुछ बोले उसके बगल में जाकर लेट जाता है।

*

फूलमती के गाँव भालूटेकरी में बाबा खाट पर चुपचाप लेटा है। नींद अभी उसके पास थोड़ी देर बैठकर सपनों की ओर लौट गई है। उसका मुँह दवा के कसैलेपन से भरा हुआ है। कमरा अकेलेपन से भरा हुआ है। बुढ़ापे की छेनी हर दिन, हर रात, हर पल उसे खुरच रही है। उसकी अस्थियों पर त्वचा की एक परत बस बची हुई है। वह खाँसते हुए बेहोश हो जाता है। कफ उसकी छाती के भीतर पत्थर बनती जा रही है। हर साँस उसे पिपरमिंट की तरह ठंडी लगने लगी है।

जब वह आँखें बन्द करता है, तब उसे अतीत घेरना शुरू कर देता है। किसी फिल्म की तरह सैकड़ों घटनाएँ उसकी आँखों के सामने से गुजर जाती हैं। लेकिन एक दृश्य वह हर दिन देखता है, जो उसका पीछा नहीं छोड़ता कि गुरुबारी जारोबारो गाँव के धान वाले कमरे में जमीन पर पड़ी हाथ जोड़कर गिड़गिड़ा रही है। उसका शरीर पसीने से तरबतर है। उसके होंठ के पास खून बह रहा है। उसकी आँखें लाल हो गई हैं। बाबा घबराकर आँखें खोल देता। जिसे वह भूल गया था, जिसे वह भूले रहना चाहता था, वही खयाल उसे अपनी चपेट में ले ही लेता था।

बाबा ने खुली आँखों से देखा कि वह अपने पैतृक गाँव जारोबारो से मुख्य सड़क की ओर पैदल जा रहा है। उसने एक हाथ से अपनी सफेद धोती पकड़ी है। दूसरे हाथ में काले रंग का छाता है। उसके चमड़े के काले जूते चमक रहे हैं।

खेत की पगडंडी पर लोगों के पैदल चलने से घास की मरी हुई सूखी दूब के नीचे की मिट्टी दिख रही है।

उस पगडंडी पर चलते हुए उसका मन पीछे गाँव की ओर जा रहा है। गाँव के बाहर तालाब के आगे एक खुली जगह पर जब वह पहुँचता है, तो देखता है कि वहाँ किसबिनों के कई सारे पुराने तम्बू लगे हुए हैं। पास में दो-तीन पुरानी जीप खड़ी हुई हैं। उसकी छाँव में बैठकर कुछ बूढ़ी औरतें आपस में बातें कर रही हैं। बच्चे पेड़ पर चढ़ और उतर रहे हैं। कुछ मर्द एक पेड़ की छाँव में बैठकर बीड़ी पी रहे थे।

खुले और खाली मैदान से अचानक हारमोनियम बजने की आवाज आने लगती है। बेमन से बढ़ते बाबा के कदम रुक जाते हैं। धूप की तेज धार उसकी छतरी से टकराकर रह जा रही थी। उसका मन उस तम्बू की ओर कूदने लगा। हालाँकि वह चुपचाप खड़ा रहा। फिर किसी युवती के गाने की आवाज ने गुलाबजल-सी ठंडक उसके कानों में उतार दी। तब तक बाबा का मन उस तम्बू के अन्दर पहुँच चुका था हालाँकि उसकी देह अभी भी छतरी की छाँव में स्तब्ध खड़ी थी।

गाने की आवाज में ऐसा खिंचाव था कि बाबा चाहकर भी मुख्य सड़क की ओर अपने कदम आगे नहीं बढ़ा पा रहा था। वह ठिठककर खड़ा रह गया। उस आवाज की पुकार से बाबा के हृदय की सारी कोशिकाएँ फड़फड़ाने लगी थीं। उस युवती की आवाज की तड़प बाबा के भीतर टीस जगाने लगी। उसे अपनी पीड़ा और अकेलेपन के जख्म पर ठंडक-सी महसूस होने लगी। युवती की आवाज तेज होने लगी—

ऐ दे मुनगा के डारा...
चिरैया बाँटे चारा...
जरूर आबे ना...

चिरैया की ओर बाबा के कदम बढ़ गए। वह उस तम्बू के पास जैसे ही पहुँचा कि उस युवती ने गाना बन्द कर दिया और तम्बू का परदा हटाकर बाहर झाँककर कहा, "आइये ना राजा बाबू।" युवती के पान से लाल होंठों से निकले इस वाक्य में जर्दा की भीनी खुशबू मिली हुई थी। ऐसे नशीले निमंत्रण पर बाबा के पैर स्वत: ही चमड़े के जूते से बाहर आ गए। "आइए आइए।" कहते हुए वह युवती उसके सामने झुक-सी गई। उसके झुके हुए जिस्म का उभार तम्बू में महक उठा।

बाबा ने ध्यान से देखा कि तम्बू के भीतर जमीन पर एक बिस्तर बिछा हुआ था, जिस पर एक हारमोनियम खुला हुआ रखा था। पास ही कुछ घरेलू सामान जमीन पर बिखरे पड़े थे। उन सामानों से पुरानेपन की बू आ रही थी। एक कोने में रस्सी पर कुछ साड़ी और लहँगे सूख रहे थे। दूसरी ओर किसी का मटमैला कुर्ता पड़ा हुआ था।

युवती लगातार बाबा पर नजर जमाए हुए थी। बाबा चालाक पशु की तरह आसपास को भाँप रहा था। उसने बाबा का हाथ पकड़कर उसे अपने साथ बिस्तर पर बिठा लिया।

युवती ने माथे पर बड़ी सी बिन्दी लगाई हुई थी। आँखों को बेतरतीबी से घेरा हुआ काजल और उसके कोनों पर एकदम महीन गोदना। सिन्दूर उसके बालों में उलझा हुआ रखा था। उस बिखरे हुए सिन्दूर को देखकर बाबा कुछ व्याकुल-सा दिखा।

यह भाँपते ही किसबिन ने कहा, "मेरा पति तो मेरा है ही। दूसरों का पति भी मेरा।" फिर वह हँसने लगी। उसकी हँसी से बाबा झेंप-सा गया।

वह किसबिन अपने हाथ पर गोदना से लिखे 'करेजा' शब्द को सहलाने लगी। मानो वह बाबा को बता देना चाहती हो कि उसका नाम करेजा है। लेकिन बाबा उसकी अँगुलियों में लगी गुलाबी रंग की नेलपॉलिश को देख रहा था। एकदम वैसी ही नेलपॉलिश जैसी गुरुबारी लगाया करती थी।

वह हिचक गया और अपनी सोच को ठोकर मारकर उस तम्बू में लौट आया, जहाँ पान चबाते हुए किसबिन उसे देख रही थी। उसके देखने में एक भरोसा था कि राजा बाबू गाना सुनकर ही जाएँगे। उसने हारमोनियम पर अपनी अँगुलियों को फेरना शुरू कर दिया—

त र र रा र रा रा...

वह तरन्नुम में गाने की कोशिश में गुनगुनाने लगी। हारमोनियम पर थिरकते हाथों को बाबा ने झपट लिया। उसने किसबिन की हथेली को अपनी छाती से लगा लिया।

"बस। सच में करेजा चिरा जाता है।"

बाबा की आवाज थोड़ी दबी हुई थी। उसकी घबराहट को दूर करने के लिए किसबिन उसके एकदम पास आ गई। उसने हारमोनियम बजाना रोक दिया। फिर वह और करीब आ गई। दोनों देर तक करीब-करीब होते गए।

अपना पसीना पोंछने के लिए बाबा ने कुर्ते की जेब से रूमाल निकाला, जिसके साथ ही बीस के दो नोट बाहर गिर गए। करेजा उसे उठाकर बाबा को लौटाने लगी। बाबा ने उसकी हथेली को अपनी हथेली से दबोचकर कहा, "रख ले करेजा।" वह उसके तम्बू से बाहर आ गया।

वह झट से अपने उस खयाल से बाहर आ गया, लेकिन वह दूसरे खयाल में डूब गया। वह देखता है कि गुरुबारी की तेरहवीं हो चुकी है। पुलिस केस से बचने के लिए गाँव के कोतवाल को तीन बोरी धान बतौर रिश्वत दिया गया है, जिसे लेकर वह अभी ही अपनी बैलगाड़ी से रवाना हुआ है।

आँगन में एक पंडित बैठा हुआ है। उसके आसपास हरिया और ददा बैठे हैं। कुछ अन्य लोग खड़े हैं। पंडित ने बाबा की ओर देखकर कुछ मंत्रोच्चार करना

शुरू किया, फिर उसने अपनी आँखें बन्द कर ली। आँखें खोलते ही उसने कहा, "प्रायश्चित्त तो करना ही होगा।" अपनी साड़ी के पल्लू से अपने माथे का पसीना पोंछते हुए हरिया चुपचाप पंडित की ओर देख रही थी।

"कैसा प्रायश्चित्त?"

ददा की आवाज में कफ की गर्राहट भी सुनाई दी। पंडित ने बताया कि अकाल मृत्यु और पितर दोष के कारण ऐसा करना होगा। "अन्यथा।" उसने अन्यथा शब्द पर इतना जोर दिया कि हरिया घबरा गई। उसने बिना सुने ही भाँप लिया कुछ अनिष्ट की सूचना पंडित दे रहा है। हरिया ने जोर से कहा, "ठीक है।"

पंडित के अनुसार दोष दूर करने के लिए बाबा को एक सौ आठ बार रामचरितमानस का पाठ करना है, इसलिए वह घर में तैयारी कर रहा है। आज वह पहली बार रामचरितमानस का पाठ करने वाला है। आरंग के बाजार से खरीदकर उसके लिए एक नई धोती और रामचरितमानस लाई गई है।

बाबा ने स्नान करने के बाद एक लोटा जल तुलसी पर अर्पित किया। फिर तुलसी पौधे को अगरबत्ती दिखाई। उसने प्रणाम की मुद्रा में आँखें बन्द कर पुरखों को याद किया। उसकी मूँदी हुई आँखों में गुरुबारी का चीखता चेहरा सामने आ गया। उसने घबराकर आँखें खोल दीं।

सामने रोशनदान से हल्की रोशनी भीतर आ रही थी। वह खाट पर पड़ा हुआ था। उसके चेहरे के आसपास मक्खियाँ भिनभिना रही थीं। बाबा के मुँह से कफ बाहर निकल रहा था। वह अपनी हथेली से उसे पोंछना चाहता है, लेकिन उसके हाथ उठ नहीं पा रहे हैं। उसे लगा कि कोई उसके हाथ उठाने में मदद कर रहा है। वह गौर से देखता है, उसे सब धुँधला दिखता है।

वह पूरी शिद्दत से देखने की कोशिश करता है। उसे साफ-साफ एक चेहरा दिखाई देने लगता है। वही किसबिन करेजा उसके खाट पर आकर बैठ गई है। वह उसे देख रही है। मुस्करा रही है। करेजा की आँखों में नमी है।

उसे देखते ही बाबा अचानक उठने की कोशिश करता है, लेकिन वह उठ नहीं पाता। वह समय के किस कालखंड में है, उसे इसका पता ही नहीं चलता। वह किसबिन को देखकर खुश हो जाता है। वह किसबिन को देखकर घबरा जाता है। यदि फूलमती को पता चल गया तो। वह घबराकर उससे पूछता है, "तुमने बच्चा गिरा तो दिया ना?"

किसबिन उसका माथा सहलाने लगती है, जैसे किसी घबराए हुए बच्चे को दिलासा दिलाने की कोशिश कर रही हो। वह अपने मुँह का पान चबाना रोक देती है और हँसते हुए कहती है, "कब का।"

वह चुपचाप उसे देखते बैठी रहती है। वह बाबा की खुली छाती पर अपने हाथ फिराने लगती है। उसके हल्के स्पर्श से देह के भीतर का बूढ़ा मन शान्त हो जाता

है। वह दोपहर की नींद में उतर जाता है। उसे हारमोनियम की वही धुन सुनाई देने लगती है। वही पुरानी पिपरमिंट वाली आवाज—

पानी देवत हे छिंटारा...
न ओधा ना छिपारा...
जरूर आबे ना...

फूलमती के गाँव का वह उदासी भरा कमरा बाबा के खर्राटे की आवाज से भर जाता है। नींद की नमी से बाबा की देह भीगने लगती है। दूर कहीं खयालों और ख्वाबों की सूखी पत्तियाँ चरमराने लगती हैं :

सूखी पत्तियों पर ऐंठबहार के कदम पड़ने से उसकी चरमराहट बगीचे में गूँज जा रही थी। दुपहर की सुनहरी धूप पेड़ों की फुनगियों पर बैठी हुई थी। छाँव की एक ठंडी परत ने बगीचे को घेर लिया था, जिसे शादी-ब्याह की पार्टियों के लिए किराये पर दिया जाता था। लेकिन वह किसी शादी-ब्याह में नहीं आया था। वह महराजिन से मिलने जा रहा था। महराजिन जो मुहल्ले में प्रशिक्षिका के रूप में ख्यात थी।

उसकी ख्याति सुनकर मुहल्ले की औरतें मुँह बिचकाते हुए कहतीं, "छिनाल साली। मुहल्ले के लड़कों को बिगाड़ देगी।"

जबकि मुहल्ले के लड़के महराजिन की प्रतिभा और कौशल के कायल थे। करीब पैंतालीस वर्ष की वह अधेड़ विधवा न जाने कब और कहाँ से कस्बे में आई थी। किसी को नहीं मालूम। वह शादी-ब्याह में खाना पकाने का काम करती थी।

*

वह किसी भी देह को धराशायी करना जानती थी। वह देह के जादू को जागृत करना जानती थी। वह नौसिखियों को ठीक करना जानती थी। लेकिन वह प्रेम के बारे में कुछ भी ठोस नहीं बता पाती थी।

वह इतनी ज्यादा देह थी कि वह सिर्फ देह थी। बेहद बेढब और थोड़ी थुलथुली-सी। एक नजर में कोई शायद ही उस पर नजर टिकाए, लेकिन यदि आँखों से आँखें मिल जाएँ तो वह हिरण को दबोच ही लेती थी। सारी कुलाचें वह अपनी जाँघों में दबाकर कुचल देती थी, लेकिन मासूमियत और भोलेपन के साथ।

वैसी ही मासूमियत और भोलेपन से ऐंठबहार ने ओरिया के पीछे चलते हुए पूछा, "कुछ गड़बड़ तो नहीं होगा ना?"

तब तक वे बगीचे के आगे बने बड़े से मैदान में आ गए थे, जहाँ किसी शादी के लिए टेंट लगाया जा रहा था। उसके मजदूर अपने काम में मशगूल थे। रंगबिरंगे टेंट और फूलदार कनात को देखकर लग रहा था कि बहुत पुराने पड़ चुके हैं। पेड़ों पर झालर लाइट लगाई जा रही थी।

"नहीं।" ओरिया ने बस इतना ही जवाब दिया।

आगे बढ़ने पर मसाला भूनने की खुशबू आने लगी। सामने एक बड़ा सा मकान था, जिसके सामने बरामदा था। उस बरामदे में कुछ लोग भोजन बनाने की तैयारी में लगे थे। मकान के बगल में कई कारें खड़ी थीं। वे बरामदा पार कर मकान के पीछे पहुँच गए।

पीछे एक खुली जगह थी। वहाँ कई बड़े चूल्हे जल रहे थे। शायद शाम की तैयारी चल रही थी। कई महिलाएँ जमीन पर बैठी सब्जियों को पानी की बाल्टी में डुबोकर साफ कर रही थीं। कुछ एक तख्त पर बैठी आलू, प्याज, टमाटर आदि काट रही थीं।

उनसे थोड़ी दूर एक कुर्सी पर बैठी महराजिन उनकी ओर ही देख रही थी। उन्हें देखकर महराजिन अपनी कुर्सी से उठ जाती है। उसके पास आते ही मोंगरा फूल की खुशबू आने लगती है। पास बैठी महिलाएँ ओरिया और ऐंठबहार को देखकर मन्द-मन्द मुस्कराती हैं, "आ गए ट्रेनिंग लेने।" लेकिन ऐंठबहार की नजर महराजिन पर टिकी रहती है। वह उसकी पीठ को देखता है।

उसके भीतर पीठ पर एक कविता लिखने की इच्छा जागृत होती है। उसके भीतर बहुत सारी कविताएँ लिखने की इच्छा रहती है। वह सिर्फ कविता ही लिखना चाहता है।

दोनों उस मोंगरा फूल की खुशबू का पीछा करते हुए चलने लगे। पीछे के अनेक कमरों को पार कर महराजिन एक कमरे के सामने रुक गई। उस दरवाजे पर घुन लगी हुई थी।

कमरे के भीतर एक लकड़ी का बड़ा सा तख्त था, जिसके ऊपर एक पुराना सा फोम का गद्दा रखा हुआ था। वह उस पर बैठकर पीछे के आले से एक छोटी-सी काँच की शीशी निकालकर अपनी कुहनी पर लाल रंग की दवा लगाने लगी। कमरे में टिंचर आयोडीन की तीखी गन्ध फैल गई।

"इसे लाया है?"

वह बिना उनकी ओर देखे बोली। तब ओरिया कमरे का मुआयना कर रहा था। बगल की खिड़की पर काले रंग का परदा लगा हुआ था। रोशनदान को कार्डबोर्ड से बन्द कर दिया गया था। कमरे में एक टेबल रखा था, जिस पर एक पुराना लोहे का सन्दूक रखा हुआ था। उसके पास ही एक हैंडबैग और दो स्टील के गिलास रखे हुए थे।

"हाँ।" इतना कहकर ओरिया चुप हो गया।

प्यास इधर थी नौसिखिये में। उसकी धमनियों में जिज्ञासा और घबराहट का कॉकटेल दौड़ रहा था। वह इच्छुक भी था। वह अनिच्छुक भी था। उसकी हथेलियों में पसीना छूटने लगा। उसने इतनी उम्रदराज औरत को इस तरह पहले कभी नहीं

देखा था। बेपरवाह और मलंग। उसकी साड़ी के पल्लू के गिर जाने पर भी उसे कोई हड़बड़ाहट नहीं थी कि वह उसे उठाकर वापस अपने कन्धे पर रख ले। उसकी पसलियों के भीतर की मंथर हलचल से उसकी छाती भी ऊपर-नीचे हो रही थी।

"ठीक है देखते हैं।"

महराजिन ने रुई का फाहा तख्त के नीचे फेंकते हुए कहा। उस तख्त के नीचे एक छोटी लोहे की बाल्टी रखी हुई थी जिसके पास ऐलोपैथी गोलियों का खाली पैकेट पड़ा हुआ था। सूख गए मोंगरा फूल की माला भी पड़ी हुई थी, जिस पर एक काली बड़ी चींटी इधर से उधर हो रही थी। उस बड़ी सी चींटी को देखकर ऐंठबहार के भीतर सुरसुरी छूट गई।

ओरिया उसे कमरे में छोड़कर बाहर चला गया। कमरे में मोंगरा फूल की खुशबू को टिंचर आयोडीन की गन्ध ने दबोचना शुरू कर दिया था। ऐंठबहार एक बेहतर विद्यार्थी की तरह अपनी जगह पर स्थितप्रज्ञ की तरह खड़ा था।

हालाँकि उसकी नजरें महराजिन पर टिकी हुई थीं, जो अपना ब्लाउज ठीक कर रही थी। उसे देखकर ऐंठबहार को जोजबोलही की याद आ गई। ना जाने कितने दिनों बाद वह जोजबोलही के बारे में सोचने लगा। उसे अपनी हथेलियों पर उसके फूल की मांसल अनुभूति होने लगी। वह अपनी सोच में मुस्कराने लगा।

उसे इस तरह मुस्कराता देखकर महराजिन ने कहा, "क्यों इतना मुस्करा रहा है। छाती के फूल नहीं देखे हैं क्या?"

वह अपनी सोच से बाहर आ गया। तब तक महराजिन अपना ब्लाउज उतारकर बिस्तर पर रख चुकी थी। उसकी पीठ ऐंठबहार की ओर थी, जिस पर जख्म के निशान दिख रहे थे। जख्म देखकर ऐंठबहार को हरिमन की पीठ याद आ गई। उस पर भी लाठियों की मार के ढेर सारे निशान थे।

वह अपने जख्मों को लेकर थोड़ा बेरहम था। वह जख्मों के बारे में किसी से कुछ नहीं कहता था। शायद कोई भी अपने जख्मों के बारे में कुछ भी नहीं कहना चाहता है। यह सोचकर ऐंठबहार चुप रहा। कमरे में चुप्पी थी। लेकिन उसे दो देहों की मौजूदगी तोड़ रही थी। एक निश्चिन्त और आश्वस्त। दूसरा व्यग्र और घबराया हुआ सा।

"आ ना इधर।"

महराजिन ने उसे अपने पास बुलाने का इशारा किया। वह उसके पास बिस्तर पर जाकर बैठ गया। महराजिन ने अपने गिरे हुए साड़ी के पल्लू को अपने कन्धे ऊपर रख लिया। साड़ी उसकी देह पर रख सी गई, जिसके नीचे के उभार उस साड़ी से बाहर आने को बेताब से लग रहे थे। कमरे का दरवाजा खुला ही रह गया था।

"हाँ तो बता क्या जानना चाहता है?"

"ये दरवाजा बन्द कर दूँ।"

"कोई फर्क नहीं पड़ता।"

"लेकिन मुझे...।"

"तो जाकर कर दे।"

धड़ाम...

दरवाजा बन्द। देह खुली। मन उड़नछू। वह अपनी देह की टहनियों पर इधर से उधर फुदकने लगा। महराजिन की छुअन ऐंठबहार के भीतर तबाही मचाने लगी। लेकिन वह भी बीएससी सेकेंड ईयर के विद्यार्थी की तरह अडिग रहा।

"तू जितना सीधा बन रहा है उतना है नहीं।"

"मैं।"

"हाँ।"

"कमीज तो उतार।"

महराजिन उसकी कमीज के बटन खोलने लगी। वह उसे रोकते हुए भी नहीं रोकने लगा।

"तूने बताया नहीं।"

"क्या?"

"यही कि तू मुझसे जानना क्या चाहता है।"

ऐंठबहार ने अपनी कमीज बिस्तर पर एक किनारे रखकर कहा।

"प्रेम।"

"ये क्या है?"

यह कहकर महराजिन जोर-जोर से हँसने लगी और इसी क्रम में उसे धकेलकर बिस्तर पर लिटा दिया। ऐंठबहार स्तब्ध-सा यह सब होते देखता रहा। उसे लगा कि वह प्रयोगशाला में चीरफाड़ करने के लिए दिया जाने वाला मरा हुआ मेढक है। उसकी त्वचा संरक्षित किए जाने वाले रसायनों के चलते चिपचिपी और लिजलिजी हो गई। उसकी बदबू उसके नथुने में कौंधने लगी।

ऐंठबहार को लगा कि कोई उसकी पसलियों पर चाकू चलाने से पहले उस कमजोर जगह की तलाश कर रहा है, जहाँ से आसानी से चाकू की नोक घुसेड़ी जा सके। उसने देखा कि महराजिन की हथेली उसकी पसलियों पर इधर से उधर पसरने लगी है। वह गौर से उसकी ओर देख रही है। महराजिन की हथेली उसकी पसलियों पर रुक गई।

"कितना कमजोर है चूजे की तरह।"

महराजिन के चूजा शब्द बोलने पर ऐंठबहार को गुस्सा आ गया। उसका जी कर रहा था कि वह लोहे का सन्दूक उसके सिर पर मार दे। उसकी कुहनी के जख्म को रगड़कर उभार दे। उसे लग रहा था कि वह जोर से चीखकर कहे कि साली तू क्या जानेगी प्रेम। लेकिन वह चुप रहा। वह चुपचाप बिस्तर से उठा और

अपनी कमीज पहनते हुए बाहर जाने लगा। वह जैसे ही चौखट से बाहर निकला, उसने सुना।

"तू घुमनाहा का भाई है ना?"

महराजिन जोर-जोर से हँसने लगी। उसकी हँसी ऐंठबहार का पीछा करते हुए बगीचे के मुख्यद्वार तक आ गई। वह दौड़ने लगा। वह भागने लगा। वह हाँफने लगा। उसने देखा कि वह बिस्तर पर पड़ा है। उसकी छाती पर घुमनाहा का पैर रखा हुआ है।

उसने झट से अपनी छाती से घुमनाहा का पैर हटाया। उसे मालूम था कि जब नींद में हृदय पर दबाव बनता है, तब उसमें रक्त की गति थमने लगती है, तब मस्तिष्क में बुरे सपने आते हैं और आदमी घबराकर उठ जाता है, ताकि हृदय पर दबाव हट सके। घुमनाहा के पैर का दबाव अपनी छाती पर महसूस होने पर ऐंठबहार करवट बदलकर सो जाता है।

*

घुमनाहा अपनी नींद में रामनिवास टॉकीज के पीछे की सड़क से घर लौट रहा है। रेल लाइन से सटकर महुआ की दुकान है। दुकान के बगल से एक बड़ी नाली गुजरती है, जिससे भारी दुर्गन्ध आ रही है। लेकिन इससे किसी को कोई फर्क नहीं पड़ रहा है।

कुछ लोग दुकान से महुआ की बोतल खरीद रहे हैं। कुछ लोग दूर जमीन पर पालथी मारकर बैठे हुए है। उनके बीच में बोतल और काँच की गिलासें रखी हुई हैं। पश्चिम में उतर रहे सूर्य की नारंगी रोशनी अभी भी इमारतों की दीवारों पर रुकी हुई है।

दूर कोने में एक मिट्टी का चबूतरा दिखता है, जिसके सामने कई लोग जमीन पर बैठे हुए हैं। उसने ध्यान से देखा। चबूतरे पर पालथी मारकर हरिमन बैठा हुआ है। उसका शरीर इधर से उधर डोल रहा है। उसकी कमीज के कुछ बटन खुले हुए हैं। उसके हाथ में प्लास्टिक की एक गिलास है। लोग उसकी बातों को ध्यान से सुन रहे हैं।

"ये तंत्र लोक का है ही नहीं। पहले एक राजा होता था। अभी ना जाने कितने राजा। चपरासी राजा। क्लर्क राजा। साहब राजा। पुलिस राजा। सिपाही राजा। थानेदार राजा। अधिकारी राजा। नेता राजा। चमचा राजा। दलाल राजा। सब राजा...।"

थोड़ी देर रुककर हरिमन गिलास को अपने मुँह से लगा लेता है। फिर झटके से उस गिलास को जमीन पर पटक देता है। मानो वह किसी एक राजा का सिर पकड़कर जमीन पर पटक रहा हो। वह चबूतरे पर उस राजा के सिर को बार-बार पटकता है। उस राजा के सिर से खून का फौवारा निकलने लगता है। सामने बैठे लोग उस चबूतरे से थोड़ा दूर हो जाते हैं ताकि उनके कपड़ों पर खून का दाग न लगे।

हरिमन सामने की ओर देखता है। सामने अवाम है। महुआ के नशे में चूर। वायदों के नशे में चूर। थकान के नशे में चूर। ये चूर-चूर अवाम अभी, पास की जूट मिल से काम कर लौटी है, जो मिल अपनी बैलेंसशीट में हमेशा नुकसान में रहती है और मालिक कोलकाता में रहता है। मालिक नफे में रहता है।

सामने बैठे मोटर मैकेनिक, राज मिस्त्री, मजदूर, ठेला चलाने वाले उसे ध्यान से देखते हैं। उसे बिना ध्यान दिए सुनते हैं, क्योंकि उनका ध्यान अपने घरों की ओर है, जहाँ वे अपनी महुआ की आखिरी घूँट खत्म कर लौटने वाले हैं।

हरिमन उस गिलास को इतना पटकता है कि उसके टुकड़े हो जाते हैं। दरअसल वह खुद अपने को टुकड़े करने लग जाता है। सलिहा जंगल की हरी उदासी और उसका मटमैला दुख उसका पीछा करते हैं, जिस सपने के लिए उसने अपना एक बेटा जंगल को कुर्बान किया था।

वह जंगल अब लोहा कम्पनी और पुलिस के हाथों कुचला जा रहा है। पूरा जंगल उजाड़ दिया गया है। महानदी की छाती पर पाइप डालकर उसका खून चूसा जा रहा है। जंगल में रहने वालों को दूर खदेड़ दिया गया है। यह खदेड़ना जंगल और जमीन तक ही सीमित नहीं होने वाला है, जब तक कि उन्हें इस ग्रह से न खदेड़ दिया जाए।

टूटे हुए प्लास्टिक के गिलास की एक फाँक के बीच हरिमन की छोटी अँगुली फँस गई है। उसकी पतली त्वचा से खून की महीन धार बह रही है। वह चुप हो गया है। उसके चुप होते ही सामने बैठे सारे लोग उठकर जाने लगे हैं।

पीछे हावड़ा-मुम्बई रेल लाइन पर एक मालगाड़ी कोयला लेकर जा रही है। उसकी आवाज से उस महुआ ठेके की आवाज दब गई है, जहाँ दो मतवार आपस में गाली-गलौज कर रहे हैं। एक-दूसरे को पीट रहे है। एक-दूसरे का कॉलर पकड़कर झूमाझटकी कर रहे हैं।

अपने पिता को इस तरह पीड़ित, व्याकुल और हताहत देखकर घुमनाहा उसकी ओर जाने की सोचता है। वह चाहता है कि हरिमन की खून बहती उस अँगुली को वह प्लास्टिक के गिलास की फाँक से निकाल दे, जिससे बेपरवाह हरिमन उस चबूतरे पर धीरे से लुढ़क गया है। उसके मुँह से लार बह रही है। उसके सिर के पास मक्खियाँ भिनभिना रही हैं। लेकिन वह डर गया। कहीं उसे देखकर हरिमन चीखने न लग जाए, "साले तू यहाँ क्या रहा है?" वह चुपचाप घर लौट आया।

*

घर लौटकर मधुलिका सोफे पर बैठी हुई है। उसके हाथ में बहुत पुराना अखबार है। अखबार के मुखपृष्ठ पर एक बड़ी सी तस्वीर है, जिसमें जमीन पर ढेर सारी लाशें रखी हुई हैं। साथ में कई पुलिस वाले खड़े हैं। उसके बगल में एक छोटी

तस्वीर है, जिसमें किसी मृत युवक के क्षत-विक्षत चेहरे की तस्वीर है। वह उस तस्वीर को गौर से देखते हुए सोचती है कि चारआमा थाना के परिसर के बाहर सैकड़ों लोगों की भीड़ खड़ी है। सब थाने की चहारदीवारी के पार झाँककर देखने की कोशिश कर रहे हैं।

थाने की इमारत के सामने एक ट्रैक्टर खड़ा है, जिससे सिपाही बारी-बारी से लाश उतार रहे हैं। उन लाशों की हालत बहुत ही खराब दिख रही थी। सबके चेहरे पर पास से गोली मारी गई थी। सारी लाशों को जमीन पर लिटाने के बाद एक सिपाही सब पर सफेद चादर ढाँक रहा था। दूर से एक फोटोग्राफर उस माहौल की विभिन्न कोणों से तस्वीर ले रहा था, जबकि थानेदार थोड़ी दूर कुर्सी पर बैठा सबका मुआयना कर रहा था।

कफन ओढ़ाने के बाद वही सिपाही लाशों को नम्बर देने लगा। थानेदार के वायरलेस सेट से घर्र-घर्र की आवाज के बीच कभी-कभी किसी व्यक्ति की आवाज आती, फिर वह गुम हो जाती। स्पेशल बटालियन के सिपाही अपनी गाड़ी पर बन्दूकें और असलहा रख रहे थे। कुछ थककर चबूतरे पर पसर गए थे। स्निफर डाग पुलिस जीप पर बैठा हाँफ रहा था। उसकी जीभ बाहर लटक रही थी। उससे लार टपक रही थी। लौह अयस्क को झपट लेने की लार।

थाने के अन्दर एक सिपाही टेबल पर बैठा कागज पर कुछ लिखा-पढ़ी कर रहा था, जो बीच में दीवार से भीतर झाँक रही भीड़ की ओर देखकर बुदबुदाने लगा, "सब बनगिहा को देखने आए हैं।" लेकिन भीड़ की आवाज में उसकी बुदबुदाहट गुम हो गई, जिसे वह खुद भी नहीं सुन सका।

अन्दर बरामदे के बाद एक कोने में बन्दीगृह है, जिसके भीतर दीवारों पर हरिमन की पीड़ा अभी भी मौजूद है। उसकी चीख के बेहद महीन कम्पन को अभी भी सुना जा सकता है। बन्दीगृह की दीवारों की प्लास्टर कई जगहों से उखड़ गई है, जहाँ पेशाब की बदबू भरी पड़ी थी। उस बदबू के खयाल भर से ही मधुलिका को उबकाई आने लगी।

वह अपने खयाल से बाहर आ गई। पीछे आँगन में वाश बेसिन पर जाकर वह अपना चेहरा धोने लगी। उसके चेहरे से पानी की धार नीचे की ओर बहने लगी। सामने लगे आईने में उसने अपना चेहरा देखा। उसके चेहरे पर झुर्रियों की कोंपलें फूटने लगी थीं। आँख के नीचे की त्वचा गहरे रंग में धँसी हुई-सी लग रही थी।

उसने अपने चेहरे को साड़ी के आँचल से पोंछा लेकिन चेहरा वही का वही रहा। वह चुपचाप भीतर आ गई। जिस सोफे पर वह बैठी हुई अखबार को ध्यान से देख रही थी, उसी सोफे पर उसका खयाल बैठा उसे देख रहा था कि वह कितना बदल गई है। कैसे वह अकेले जी रही है। पिछले कई सालों से वह किसी से मिली नहीं है। न ही हरिमन उसकी खोजखबर लेने आया है। वह अपने भीतर की मरी

हुई स्मृतियों को जगाना नहीं चाहती थी लेकिन बनगिहा का खयाल उसका पीछा नहीं छोड़ रहा था।

वह फिर से अपने उसी खयाल में लौट गई। वहाँ गाँव वालों की भीड़ कम होने लगी थी। कुछ लोग पास की चाय दुकान पर ठहर गए थे। उस चाय दुकान में रेडियो पर विविध भारती का कार्यक्रम चल रहा था। अचानक गाने के बीच किसी महिला की आवाज आई, "थोड़ी ही देर में समाचार प्रसारित किया जाएगा।" उसकी मधुर आवाज के रुकते ही फिर से गाना बजने लगा।

थानेदार अपनी कुर्सी से उठकर लाशों के सामने जाकर खड़ा हो जाता है। वह उनको गौर से देखता है, जैसे वह कोशिश कर रहा हो कि उनमें से कौन सी लाश एरिया कमांडर की है। वह एक लाश के पास जाकर उकड़ूँ बैठ जाता है और उसके चेहरे से कफन हटा देता है।

मृतक का चेहरा देखकर लगता है जैसे किसी ने उसे दूर तक जमीन पर घसीट दिया हो। चेहरे का एक तरफ का हिस्सा गोली लगने से उड़ गया-सा लग रहा था। दूसरी ओर का चेहरा मिट्टी और सूखे खून से सना हुआ था।

उसके इशारा करने पर एक सिपाही एक बाल्टी पानी और मग लेकर आता है। वह मृत देह के चेहरे पर एक मग पानी जोर से मारता है। उसके चेहरे से मिट्टी की परत उतर जाती है, जिसके नीचे उसकी हल्की दाढ़ी नजर आती है। उसकी आँखें खुली हुई थीं, जिस पर मक्खियाँ बैठने की फिराक में आसपास भिनभिना रही थीं। वह उसके दाहिने हाथ पर पानी डालता है। पानी की बौछार से उसके हाथ पर बना गोदना उभर आता है।

"एल पूबलिको एस रेई।"

थानेदार बिना किसी भाव के धीरे से बोलता है, "ये ही है एरिया कमांडर।"

थानेदार का कनिष्ठ उसके पास आकर पूछता है, "कैसे पहचाना साब?" थानेदार उसे गोदना दिखाते हुए कहता है, यही है पहचान। थानेदार की बात सुनकर लाशों के कफन पर संख्या लिखने वाला सिपाही मुस्कराते हुए कहता है, "अरे साब सबके हाथों पर यही गोदना है।"

प्रेस फोटोग्राफर तस्वीरें लेकर जा चुका है। स्पेशल बटालियन की गाड़ी भी जा चुकी है। चाय दुकान पर रेडियो में समाचार वाचक मुख्य समाचार पढ़ने लगता है। "सलिहा जंगल में..."

मधुलिका वह पुराना अखबार सेंटर टेबल पर रख देती है। उसकी आँखों से आँसू बहने लगते हैं। वह अपने बन्नू को याद कर फूट-फूट कर रोने लगती है।

उसके रोने की सघन आवृत्ति शान्ता तक पहुँचती है। वह बिस्तर पर करवट बदलने लग जाती है। वह एक झपकी लेने की कोशिश में बिस्तर पर देर से पड़ी हुई है। वह बिस्तर पर पसरे हुए देखती है कि घुमनाहा मैट्रिक की कॉपी बनवाने

का ठेका लेकर रतलाम गया हुआ है। रतलाम में वह कई शिक्षकों के घर सूची लेकर घूम रहा है। उसने एक विषय की कॉपी बनवाने के लिए तीन सौ रुपये लिए हैं। उसने कई विषयों का ठेका लिया हुआ है। उसे अपनी इस उद्यमशीलता पर बहुत भरोसा है।

शान्ता फिर एक बार करवट बदलती है। साथ ही उसके खयाल भी बदल जाते हैं। वह देखती है कि उसके घर के बाहर लोगों की भीड़ लगी हुई है। सब शोरगुल मचाए हुए हैं। एक पुलिस वाला भी घर की देहरी पर खड़ा लोगों से बातें कर रहा है। बुतरू खिड़की से बाहर झाँककर उनकी बातें ध्यान से सुनता है। सब अपना पैसा वापस माँगने के लिए आए हुए थे। कई बच्चे अपनी परीक्षा में फेल हो गए थे, जिनकी कॉपी बनवाने के लिए घुमनाहा ने उनसे पैसे लिए थे।

शान्ता की करवटों से परेशान हरिमन बिस्तर पर थोड़ा सरक जाता है। हरिमन की अपनी करवटों से उसकी खुद की नींद में खलल आ जाती है। वह देखता है कि शान्ता का मुँह खुल गया है और वह जोर-जोर से खर्राटे मार रही है। उसके पास बुतरू भी सोया हुआ है। उसकी आँखें मुँदी हुई हैं। वह अपनी नींद में मुस्करा रहा है। उसके होंठ के कोने से जो लार की धार बह गई थी, वह अब सूख गई है, जिसकी सफेदी चमक रही है। घुमनाहा और ऐंठबहार बगल के पलंग पर सोए हुए हैं।

हरिमन दाहिनी ओर करवट लेकर सोने की कोशिश करता है। उसकी आँखों में नींद की जगह खाली है। उस खाली जगह को उसकी स्मृति घेरने लगती है। वह देखता है कि बाबा सफेद कमीज और काले रंग की पैंट पहने रायपुर बस स्टैंड की ओर पैदल जा रहा है। उसने काले रंग का बैग कन्धे पर टाँग रखा है। पार्श्व में बहुत दूर से कोई आवाज आ रही है, जैसे सैकड़ों लोगों की भीड़ चीख-पुकार रही हो। लेकिन बाबा चुपचाप आगे बढ़ता जा रहा है। जब वह जयस्तम्भ चौक के पास पहुँचता है, तो वह भीड़ उसे घेर लेती है।

भीड़ की आवाज तेज हो जाती है, "विदेशी उत्पादों का बहिष्कार।" यह आवाज नारे में बदल जाती है। भीड़ उग्र है। पास ही पुलिस का एक दस्ता खड़ा है। लेकिन बाबा चुपचाप आगे बढ़ने की कोशिश करता है, तो सारी भीड़ उसे घेर लेती है। वह उस भीड़ में गुम हो जाता है और जब वह भीड़ अपना नारा लगाते हुए आगे बढ़ जाती है तो वह पीछे अकेला छूट जाता है अपनी चड्ढी-बनियान में।

भीड़ के अचानक हुए इस हमले से वह स्तब्ध रह जाता है। वह देर तक चुप खड़ा अपने आप को निहारता है। फिर बैग से अपनी धोती निकालकर पहन लेता है। वह धीरे-धीरे सहमा हुआ बस स्टैंड की ओर जाता है और आरंग जाने वाली बस में सवार हो जाता है।

मन्दिर हसौद से कुछ दूर आगे सड़क पर वह उतर जाता है, जहाँ से जारोबारो तक उसे पैदल जाना है। वह अपना काला बैग कन्धे पर लटकाए जैसे ही सड़क

से पगडंडी पर आता है कि कहीं दूर से हारमोनियम की मद्धिम आवाज आनी शुरू हो जाती है।—

त र र रा र रा रा...

वह उस ओर नजर उठाकर देखता है। बहुत दूर खेतों के उस पार किसबिनों का डेरा दिखता है। उसके कदम उस ओर बढ़ जाते हैं। जैसे-जैसे वह उस डेरे की ओर बढ़ता जाता है, उस हारमोनियम की आवाज तेज होने लगती है। फिर कोई महिला धीरे से अपनी तान छेड़ने लगती है। उसकी आवाज में कफ की खरखराहट है—

ना पैरा हे ना चारा
कइसे करों तैयारा
जरूर आबे ना...

हरिमन के खयाल के भीतर से यह कर्कश आवाज बाहर तक आने लगती है, जिसे सुनकर बुतरू बिस्तर पर उठ बैठता है। वह इधर-उधर देखता है। सब कमरे में आराम से सो रहे हैं। खिड़की के बाहर चाँदनी की हल्की उजास फैली हुई है। सार्वजनिक नल से पानी अभी भी टपक रहा है। वह चुपचाप बिस्तर पर लेट जाता है।

गाने की इस जानी-पहचानी आवाज से दूर फूलमती के गाँव में बिस्तर पर पड़े बाबा की नींद खुल जाती है। वह कब सो जाता है, कब जाग पड़ता है उसे पता ही नहीं चलता। वह अन्दाज लगाने की कोशिश करता है कि दुपहर के तीन बज रहे होंगे। वह रोशनदान की ओर देखता है। वहाँ अँधेरा दिखता है। या शायद रात के दो बज रहे होंगे। हारमोनियम की आवाज तेज हो जाती है। वह उसे सुनने की कोशिश करता है। इस कोशिश में उसकी पलकें झपक जाती हैं।

बाबा देखता है कि वह उस पगडंडी पर धीरे-धीरे आगे बढ़ रहा है। किसबिनों का डेरा पास आते ही उसके कदम रुक जाते हैं। वह अपने आप से घबराने लगता है। उसके माथे पर पसीना आ जाता है। वह अपने कन्धे पर लटके बैग को उतारकर जमीन पर रख देता है, जिसमें कुछ कपड़ों के अलावा एक रामचरितमानस है।

उसे पंडित की बात याद आ जाती है। वह अभी तक केवल चार बार ही रामचरितमानस का पाठ कर पाया है। वह गाँव की ओर आगे बढ़ने ही वाला होता है कि पीछे से करेजा की आवाज आती है। "कहाँ चले राजा बाबू ऐसे ही?"

बाबा देखता है कि करेजा उसके पास आकर उसका हाथ पकड़ लेती है। उसके मुँह से आ रही जर्दे वाले पान की खुशबू से बाबा को उसका चुम्बन याद आ जाता है। उसके अधेड़ मन की फड़फड़ाहट शुरू हो जाती है।

उसे लगता है कि कोई परिन्दा उसके भीतर उड़ने को बेताब है। कोई नदी है जो अपने आवेग से उसकी पसलियों को तोड़ डालना चाहती है। कोई बच्चा है जो

रोना चाह रहा है। बाबा रोने लगता है। उसे रोता देखकर किसबिन मुस्कराने लगती है, "ये क्या बच्चे जैसे।" वह उसे अपने तम्बू में ले आती है।

अगले दिन सुबह बाबा जब उस तम्बू से निकलता है तो डेरे के लोग उसे देखते ही रह जाते हैं। एक नई गुलाबी कमीज और काले रंग के पैंट में वह लाट साब जैसा दिखता है।

रोता हुआ बच्चा, परिन्दा और नदी उसकी जेहन से पिछली रात ही निकलकर बाहर चले गए थे। उसके होंठ से जर्दे वाले पान की तीखी खुशबू आती है। वह तम्बू से निकलकर जाने लगता है तो पीछे से करेजा की आवाज आती है, "राजा बाबू इ बैग।"

बैग का खयाल आते ही बाबा झट से अपनी आँखें खोल देता है। वह देखता है कि सुबह होने वाली है। बाहर फूलमती किसी से कह रही है, "ज्यादा दिन बचे नहीं है। कभी भी निपट जाएगा। इसलिए लकड़ी का इन्तजाम पहले से कर लेना चाहिए। अर्थी के लिए चारआमा बाजार से बाँस मँगवा लिया है।" उसकी बातें सुनकर बाबा को लगता है कि शायद खोरबहरा के यहाँ कोई ज्यादा बीमार होगा।

तब ही धड़ाम की आवाज के साथ बाबा के कमरे का बन्द दरवाजा खुलता है। रोशनी का आवेग अचानक कमरे को उजाले से भर देता है। इससे बाबा की आँखें बन्द हो जाती हैं। वह आँखें मिचमिचाने लगता है। फूलमती उसके बिस्तर के पास आती है। उसकी ओर देखती है। फिर साड़ी से अपनी नाक बन्द कर धीरे से फुसफुसाती है, "साला कब तब बिस्तर पर हगेगा-मूतेगा।" उसकी फुसफुसाहट चीख में बदल जाती है, जिसे कोई नहीं सुन पाता है।

उस उजाले में वह देखती है कि बाबा का कम्बल पेशाब से गीला हो गया है। पास के टेबल पर रखी रोटियाँ सूख चुकी हैं। खाट के नीचे गीला है। बाबा का शरीर हड्डियों के पिंजरे की तरह बिस्तर पर पड़ा हुआ है। पिंजरे में साँसों की बची खुची आवाजाही है। करीब सप्ताह भर बाद फूलमती ने कमरे का दरवाजा खोला था। इतने दिन वह खोरबहरा के घर में ही थी। उसे भरोसा था कि तब तक बाबा निपट जाएगा। लेकिन किसबिन की स्मृति उसे अब तक जीयाए हुए थी।

फिर से धड़ाम की आवाज के साथ कमरे का दरवाजा बन्द हो जाता है, जिसके भीतर बाबा छूट जाता है। अकेला अपनी पसलियों के भीतर मौत के फरिश्ते के इन्तजार में। वह भी अपनी पीड़ा और तकलीफ से थक चुका था। वह भी मरना चाहता था।

उसने फिर से आँखें बन्द कर ली। कमरे में अँधियारा था। कमरे में उदासी थी। कमरे में एक बूढ़ा था, जो खुद अपने मरने का इन्तजार कर रहा था। कमरे में अचानक हल्की आवाजें आने लगीं। जैसे कोई दूर से घुँघरू की छमछम कर रहा हो। कि कोई एकदम मद्धिम आवाज में शंख बजा रहा हो। कि एकदम दूर अन्तरिक्ष के मुहाने से पुकार रहा हो—

जरूर आबे ना...

बाबा ने घबराकर आँखें खोल दीं। उसने देखा रोशनदान से तेज रोशनी की धार भीतर आ रही है। उस रोशनी में संगीत घुला हुआ है। रोशनदान के मुहाने पर कोई परिन्दा अपने पंख फड़फड़ा रहा हो ऐसी हलचल का उसे एहसास होता है।

उसने देखा कि एक छोटा-सा भ्रूण अपने गुलाबी पंख फड़फड़ाते हुए उस रोशनदान से कमरे के भीतर आ गया। भ्रूण की आँखों से नीले रंग की रोशनी निकल रही थी। उसके पीछे चार और भ्रूण अपने पंख फड़फड़ाते हुए रोशनदान से कमरे के अन्दर आए। सब चिड़िया की तरह हवा में उड़ रहे थे। सब बाबा की ओर देख रहे थे।

उस कमरे का दरवाजा पटककर फूलमती उस पर ताला लगाकर बाहर जाने ही वाली थी कि उसे बन्द दरवाजे की महीन दरारों से तेज रोशनी बाहर आती दिखी। वह ठिठककर खड़ी रह गई। रोशनी की धार में हल्का नीलापन था। कमरे के अन्दर हलचल होने की आवाज आने लगी। उसने गौर से सुना। अन्दर किसी के पंख फड़फड़ाने की तेज आवाज आ रही थी।

एक भ्रूण बाबा के चेहरे के पास आकर मुस्कराने लगता है। उसकी मुस्कराहट देखकर बाबा को गुरुबारी की मुस्कराहट याद आ जाती है। तब तक दूसरा भ्रूण उसका गला दबाने लगता है। तीसरा उसके नाक और मुँह को अपनी हथेली से बन्द कर देता है। चौथा भ्रूण उसकी छाती पर आकर बैठ जाता है। पाँचवाँ उसके पैरों को दबा देता है।

बाबा की बूढ़ी देह कसमसाकर रह जाती है। उसकी आँखों के अन्दर अँधेरे का तेजाब उतर जाता है। वह चीखना चाहता है पर उसकी आवाज उसके गले के भीतर ही सूखकर झर जाती है। उसकी मरियल पसलियों के भीतर आत्मा नाम की चिड़िया फड़फड़ाने लगती है। प्राण उसकी धमनियों से रिसकर बाहर निकलने लगता है। उसकी नाक से खून बहने लगता है। उसकी देह पर पड़ा कम्बल पेशाब से गीला हो जाता है।

एकदम आखिरी वाली साँस पर बाबा को लगता है कि कोई बहुत दूर से उसे पुकार रहा है। उसकी पुकार में थकान भी है उत्साह भी। वही पुरानी पिपरमिंट सी हल्की मद्धिम आवाज उसे सुनाई देने लगती है—

हवै तोरेच सहारा
जरूर आबे ना...

बाबा की पसलियों के भीतर फड़फड़ाती हुई चिरैया उस आवाज की ओर निकल जाती है। दूर। बहुत दूर। बिस्तर पर पड़ी रह जाती है उसकी बूढ़ी देह।

उस कमरे के दरवाजे से सिर टिकाकर फूलमती खड़ी थी। वह अन्दर होने वाली हलचल को टोहने की कोशिश कर रही थी। उसने देखा कि दरवाजे की फाँक से रोशनी निकलनी बन्द हो गई है। पंखों के फड़फड़ाने की आवाज आनी भी बन्द हो गई है। भीतर के सन्नाटे में चींटियों के चलने की पदचाप गूँज रही थी। उसकी पसलियों पर सन्नाटा आकर चिपक गया था।

फूलमती ने धीरे से उस कमरे का दरवाजा खोल दिया। भीतर खाट पर बाबा की ठंडी देह पड़ी थी। उसकी आँखें खुली हुई थीं। एकटक आकाश की ओर ताकती हुई स्थिर उसकी पुतलियाँ। फूलमती को कमरे के भीतर किसी हलचल का एहसास होता है। फूलमती रोशनदान की ओर देखती है, जिससे भ्रूण बाहर निकलकर चले जाते हैं। फूलमती उस कमरे से बाहर आ जाती है।

बाहर दरवाजे पर जोर की दस्तक की आवाज से शान्ता उठ जाती है। खिड़की के बाहर उजाला हो चुका है। सार्वजनिक नल पर औरतों की भीड़ है। उनकी किचकिच की आवाज आ रही है। वह हरिमन को उठाने की कोशिश करती है। लेकिन वह गहरी नींद में है।

शान्ता बिस्तर छोड़कर सामने वाले कमरे में आ जाती है। जाफरी के पार उसे एक आदमी खड़ा दिखता है। वह उसे देखकर कहता है, "टेलीग्राम।" शान्ता कागज का टुकड़ा लेकर रजिस्टर पर हस्ताक्षर कर देती है। पीछे खड़ा हरिमन उसके हाथ से टेलीग्राम झपट लेता है, जिसमें लिखा होता है, "बाबा डाइड।"

हरिमन चुपचाप खड़ा रह जाता है। शान्ता उसका कन्धा सहलाने लगती है। थोड़ी देर सोचने के बाद हरिमन कहता है, "तुरन्त किराये की गाड़ी से जाना होगा।"

करीब दस घंटे की यात्रा के बाद वे मुंजालगोंदी पहुँचते हैं। आगे पगडंडी से उन्हें पैदल जाना पड़ता है। जैसे-जैसे वे आगे बढ़ते जाते है, वैसे-वैसे ही अँधियारा होने लगता है। झींगुरों की आवाज तेज होने लगती है। अँधियारे में गाँव के बाहर बने श्मशान के पास से वे आगे बढ़ते हैं। श्मशान में राख के नीचे आग रखी हुई सी जान पड़ती है। हवा के बहाव से उससे चिनगारी निकलने लगती है। वे चुपचाप आगे बढ़ जाते हैं।

जब हरिमन अपने परिवार के साथ फूलमती के घर पहुँचता है तो फूलमती उन्हें देखकर जोर-जोर से रोने लगती है। उसे देखकर हरिमन की आँखों से आँसू निकलने लगते हैं। लेकिन वह खुद को रोक लेता है। शान्ता फूलमती से लिपटकर रोने लगती है। घुमनाहा, ऐंठबहार और बुतरू एक-दूसरे को देखने लगते हैं।

घर के भीतर लालटेन जला दी गई थी। खोरबहरा ने कुछ मजदूर काम के लिए भेज दिए थे। भीतर रसोई में कोई महिला चुपचाप बैठी थी। हरिमन चुपचाप उस कमरे की ओर गया, जहाँ बाबा ने रोशनदान से उन भ्रूणों को अन्दर आते देखा था। कमरे में अभी भी पेशाब की बू थी। दीवार के पास फूलमती ने एक दीया

जला दिया था। उसके उजियारे में हरिमन ने देखा कि कमरे में पीड़ा और दुख के सिवाय कुछ नहीं था। वह बाहर आ गया।

वह बाबा के अन्तिम संस्कार में नहीं पहुँच पाया था। उसकी पीड़ा उसके भीतर चिनगारी बनकर उड़ रही थी। वह घर से भी बाहर आ गया। वह चुपचाप अकेले गाँव के बाहर बने श्मशान चला गया। श्मशान की राख के नीचे ताप थी। वह उस की ओर देर तक देखता रहा। वह चुपचाप रोने लगा।

उसके रोने की आवाज सुनकर पास के नीम पर बैठी सैकड़ों गौरेया फड़फड़ाकर उड़ने लगीं। उनकी चहचहाहट सुनकर पास सो रहे कुत्ते भी जोर-जोर से भौंकने लगे।

सलिहा जंगल के पेड़ों के पत्ते भी जोर-जोर से सरसराने लगे। दूर सियार और लोमड़ी के रोने की आवाज आने लगी। हिरण और बारहसिंगा इधर से उधर भागने लगे। जंगल में अफरातफरी होने लगी।

एकदम बीहड़ में बच गए कुछ बागी खड़े हो गए। वे समझ गए। बहुत दिनों के बाद हरिमन के सलिहा जंगल में आगमन पर वे आकाश में गोलियाँ चलाने लगे। जंगल ने हरिमन की रोने की आवाज को देर तक सुना। जब वह घर लौट आया, तब सन्नाटे ने जंगल को चारों ओर से घेर लिया।

स्मृतियों के भीतर

राजिम के संगम पर बाबा की अस्थियों की राख समर्पित करते हुए हरिमन के कान में बाबा की आवाज गूँजने लगी—"जहाँ का अन्न खाया है, वहीं की खाद बनना है।" महानदी, सोंढूर और पैरी नदियाँ अपनी बाँहें पसारे उसका ही इन्तजार कर रही थीं। वह अपनी जमीन और नदी में राख बनकर लौट रहा था।

पीतल के लोटे में एकत्रित अस्थियों की राख और फूलों को वह धीरे-धीरे नदी में प्रवाहित करने लगा। नदी की चमकीली सतह पर गेंदा फूल के साथ राख की परत हिचकोले खाती हुई ऐसे आगे सरकने लगी, जैसे अपने पुरखों की ओर लौट रही हो। नदी की तलहटी पर लौह अयस्क और कोयले के चूरे साफ-साफ दिख रहे थे।

जब वह फूलमती के गाँव लौटा तो उसने देखा कि मकान के बाहर बने बरामदे पर लोग बैठे हुए हैं। वे हरिमन को देखकर खड़े हो गए। सबने एक स्वर में उसका स्वागत करते हुए कहा, "जोहार गुरुजी।" हरिमन ने उनकी ओर गौर से देखा और सिर हिलाकर उनके अभिवादन पर अपनी प्रतिक्रिया दी, "पहचाना नहीं?" उसने अपने कन्धे पर लटका बैग उतारकर नीचे रख दिया।

सबके चेहरे पर हल्की मुस्कान तैर गई। अपने गुरुजी को इस तरह हाँफते देखकर वे चिन्तित हो गए। उन्होंने देखा कि हरिमन के चेहरे पर झुर्रियों की आमद होने होने को है। उसकी देह की हड्डियों का उभार दिखने लगा था। उसकी आँखों के नीचे गड्ढे बन गए थे, जिसमें उसकी ढेर सारी अनिद्रा रखी हुई थी। उसका पेट फूला हुआ-सा दिख रहा था। सब अपने गुरुजी को ध्यान से देख रहे थे।

तब तक हरिमन उस बरामदे पर बैठ गया। बुतरू भीतर से एक लोटा पानी लेकर आया। लोटे के पानी से अपना चेहरा धोने के बाद हरिमन ने अपना सवाल दोहराया, "मैं पहचाना नहीं?"

हरिमन ने तौलिए से अपना चेहरा पोंछ लिया। तब एक व्यक्ति ने जवाब दिया, "सर बरसों पहले वो साइकिल के पहिये में हम लोगों ने ही अपने मुँह से हवा भरी थी। आपको याद नहीं?" हरिमन ने असहमति में अपना सिर हिला दिया। सच में उसे कुछ याद नहीं था।

हरिमन उन लोगों को खाट पर बिठाकर घर के भीतर चला गया। भीतर जाने के बाद वह उन विद्यार्थियों को भूल गया। वह थककर खाट पर लेट गया। ना जाने कब उसे नींद आ गई। शान्ता ने घुमनाहा के हाथों चाय बनाकर भेजी लेकिन तब तक बाहर बैठे सारे विद्यार्थी जा चुके थे।

*

जब दशगात्र की तैयारी के लिए हरिमन चारआमा बाजार जा रहा था, तब उसकी मदद के लिए दो मजदूर साइकिल लेकर साथ चल रहे थे। पगडंडी से होकर जब वे मुख्य सड़क पर पहुँचे, तो हरिमन एक मजदूर की साइकिल पर सवार हो गया।

साइकिल धीरे-धीरे उस सड़क पर आगे बढ़ने लगी। उस सड़क पर लोहा कम्पनी के सैकड़ों डम्परों और अन्य मशीन लदी गाड़ियों के थोड़ी देर पहले गुजरने के निशान मौजूद थे। हवा में डीजल के धुएँ की गन्ध फैली हुई थी।

जब वे चारआमा कस्बे पहुँचे, तब बाहर वही पुराना थाना मौजूद था, जिसे देखकर वह चकित रह गया। हरिमन ने देखा कि थाने की इमारत नई हो गई है। उसका रंग रोगन हो चुका है।

बाहर की चहारदीवारी ऊँची कर दी गई थी, जिस पर कंटीले तार बिछे हुए थे। सामने का मुख्य द्वार ऊँचा कर दिया गया था। थाने की इमारत के मुख्य दरवाजे पर दो बन्दूकधारी सिपाही ड्यूटी पर तैनात थे।

कस्बे के छोटे से बाजार में हरिमन उन मजदूरों के साथ देर तक इधर-उधर दुकानों में घूमता रहा। काफी मोलभाव करने के बाद वह दशगात्र के लिए सामान खरीद सका। उसने गुप्ता भंडार से बयालीस जोड़ी धोती-कुर्ता, आधा दर्जन सूती का गमछा, तीन छतरी, चार बैटरी वाला टॉर्च, तीन कम्बल, एक काला बैग खरीदा। पास के बर्तन दुकान से दो बाल्टी, एक पीतल का लोटा खरीदा।

बाकी का सामान बीस चादर, तीन चमड़े का जूता, शेविंग के दो सेट, तीन मच्छरदानी, एक घड़ी, दो तम्बाकू डिब्बा, सैंतीस पाकेट डायरी, दो फाउंटेन पेन, दो रामचरितमानस, तीन बोरी चावल, एक बोरी गेहूँ, दस किलो अरहर दाल, एक नमक का पैकेट, खड़ी हल्दी, लाल मिर्च, एक किलो प्याज, एक किलो आलू, एक बोतल सरसों तेल किराना दुकान से खरीदा।

और अन्त में स्थानीय बैंक की शाखा से एक रुपये के नोट का बंडल लेकर फूलमती के गाँव लौट गया।

इतने सारे सामान देखकर बुतरू ने शान्ता से कहा, "मैं भी वो बैटरी वाला टॉर्च लूँगा।" उसके हाथ से टॉर्च लेकर शान्ता ने कहा, "नहीं ये बाबा के लिए है।" बुतरू ने कहा, "लेकिन बाबा तो हैं नहीं।" शान्ता ने जवाब दिया, "फिर भी उन्हीं के लिए है।"

वह चुपचाप मकान से बाहर आ गया। बाहर खाट पर बैठा हरिमन गाँववालों से बातें कर रहा था।

एक गाँववाले ने हरिमन से पूछा, "तो बाबू साब दो दिन कैसे लगे आने में?"

"टेलीग्राम देर से मिला।"

"हाँ लेकिन फूलमती को तो पता ही था ना कि चलाचली की बेला है।"

"क्या पता?"

"तब ही तो उसने दस दिन पहले से ही अर्थी का सामान मँगवा लिया था।"

उनकी बातों को ध्यान से सुन रहे एक गाँव वाले ने अपने मुँह का तम्बाकू थूककर कहा, "हाँ लकड़ी भी पहले से ही मँगवा ली थी खोरबहरा ने।"

हरिमन चुप रहा। वह ऊपर आसमान की ओर देखने लगा। आसमान में ढेर सारी गौरेयाँ उड़ रही थीं।

"एक बात बताऊँ।" यह कहते हुए वह हरिमन के एकदम पास आ गया। उसने इधर-उधर देखा और हरिमन के कान से मुँह सटाकर धीरे से बोला, "बेचारा बाबा भूख से तड़प-तड़पकर मर गया।"

हरिमन उसकी ओर आश्चर्य से देखने लगा। फिर थोड़ी देर बाद बोला, "कौन बाबा?"

गाँववाले भी ऊपर आसमान की ओर देखने लगे। आसमान एकदम खाली था।

पंडित के विभिन्न कर्मकांड सम्पन्न कराने के बाद घर के आँगन में गाँववालों को बुलाया जाता है। उन गाँववालों के बीच खड़ा होकर हरिमन कहता है, "बाबा की सारी जमीनें मैं गाँव के बच्चों की पढ़ाई के लिए दान करता हूँ।"

हरिमन के यह कहते ही गाँववाले हँसने लगते हैं। नंगे बदन बैठे एक बूढ़े से उसके पास बैठा युवक कहता है, "इसे पता ही नहीं कि बाबा की सारी जमीनें खोरबहरा निगल चुका है।" फिर वे दोनों जोर-जोर से हँसने लगते हैं। भीतर रसोई में फूलमती दशगात्र में आए गाँववालों के लिए भोजन का इन्तजाम कर रही है।

इन सब से बेखबर हरिमन अपनी बातें कहना जारी रखता है, "खेतों को बेचकर उनके लिए एक स्कूल बनाया जाए। जल, जमीन और जंगल के साथ ही शिक्षा और स्वास्थ्य भी जरूरी है।" यह कहते हुए हरिमन के चेहरे पर जोश आ जाता है। उसके चेहरे की झुर्रियाँ झर गई सी लगती हैं। बाहर कुत्ते अपनी नींद की झपकी से जाग जाते हैं। गायें चारा खाना छोड़कर इधर-उधर देखने लग जाती हैं।

हरिमन को अपनी लुंगी की गाँठ ठीक करते देख तमाम गाँव वाले मुस्कराने लगते हैं। वह अपनी बातें जोर-जोर से कहना जारी रखता है। शान्ता उसे दूर से चुप रहने का इशारा करती है। लेकिन वह अपनी रौ में बहे चला जाता है। इस बीच फूलमती घर से बाहर निकल जाती है। बच्चे ट्रांजिस्टर पर गाना सुनने की

कोशिश करते हैं लेकिन उसका सिगनल नहीं मिलता है। गाँव वाले जोर-जोर से हँसने लग जाते हैं।

भोज के लिए जमीन पर पंगत में बैठे गाँववालों के सामने पत्तल रख दी गई थी। उसके बाद मजदूर उन्हें गिलास में पानी देने लगे। घुमनाहा चावल के बर्तन लेकर रसोई से बाहर आता है और सबके पत्तल पर चावल परोसने लगता है। उसके पीछे ऐंठबहार दाल परोसने लगता है। खोरबहरा के घर से आई कामवाली बाई सब्जी लेकर आ जाती है।

इन सब बातों से बेखबर हरिमन जोर-जोर से कहना जारी रखता है कि "हमारी जमीन की छाती से वे सारा माल ले जाएँगे और अन्त में हमारे पास बचेगा धूल और धुआँ।"

पंगत पर बैठे गाँव के लोग मजे से पूड़ी, उड़द का बड़ा, रायता, भात, दाल और आलू-बैगन की सब्जी खाने में मगन रहते हैं। उनका ध्यान अपने खाने पर रहता है। वे पूरी तन्मयता से भोज खाने के बाद अपने घरों को लौट जाते हैं।

देर शाम फूलमती जब खोरबहरा के घर से लौटती है, तब हरिमन उससे पूछता है, "कैसे हुई थी मृत्यु?" उसके अचानक दागे इस सवाल से फूलमती थोड़ा सकपका जाती है। वह रोने लगती है। उसके रोने का स्वाँग उसके चेहरे पर झलकने लगता है।

उसके चुप होने के इन्तजार में बैठा हरिमन दीवार की ओर देखता रहता है, जहाँ छिपकली एक कीड़े को दबोचने के लिए तैयार बैठी रहती है।

"कैसे हुई थी?" वह अपना सवाल दोहराता है। फूलमती साड़ी के पल्लू से अपने आँसू पोंछती है और इसी दौरान जवाब देती है, "मैं कितना कहती थी कि खाना खा लो लेकिन वह कहना मानते ही नहीं थे। भात देने पर कहते थे रोटी बनाकर ला। जब रोटी बनाकर देती तो कहते थे कि मुझे डबलरोटी खानी है। कभी-कभी तो मछली खाने की जिद करते थे।" यह कहते हुए फूलमती सुबकने लगी।

"और कभी-कभी तो मुझे देखकर कहते कहाँ चली गई थी रे करेजा? मैं पूछती कौन करेजा तो फिर चुप हो जाते। बोलते, मुझे पेशाब करने जाना है चल बाहर ले जा। एक दिन मैं उन्हें घर के बाहर ले गई तो चिल्लाने लगे। अरे ये हरामजादी फूलमती रोटी में जहर मिलाकर देती है रे, गाँववालो मुझे बचा लो। बाबा के कारण देर रात सारे बागी आ गए थे। उन्होंने देर तक मुझसे कई सवाल किए। बाप रे। बहुत ही टेढ़ा आदमी था।" फूलमती की आँखें सूख चुकी थीं।

"आखिरी दिन क्या हुआ था?" हरिमन की आवाज में ठसक थी। वह शान्त और गम्भीर होकर फूलमती की बातों को सुन रहा था। वह उसकी बातों को नहीं सुन रहा था।

"आखिरी दिन।" फूलमती ने उसके वाक्य को दोहराया, फिर कहने लगी, "आखिरी दिन। आखिरी दिन। आखिरी दिन जब मैं सुबह तालाब जाने वाली थी,

तब मैंने देखा कि बाबा के कमरे के दरवाजे की दरारों से नीली रोशनी की पतली धार बाहर आ रही थी। मैं घबराकर ठिठक गई। फिर कमरे से किसी पंछी के पंख फड़फड़ाने की आवाजें आने लगी। मैं दरवाजे से सिर टिकाकर अन्दर टोहने की कोशिश करने लगी।" इतना कहकर फूलमती ने अपनी साँसों की गति को शान्त होने दिया, फिर उसने आगे बताया।

"अन्दर एकदम मद्धिम आवाज में किसी के गाने की आवाज आ रही थी। एकदम मद्धिम आवाज में किसी के रोने की आवाज आ रही थी। फिर अचानक सब कुछ शान्त हो गया। मैंने जैसे ही दरवाजा खोला तो देखा कि बाबा खाट पर पड़ा हुआ है। चार भ्रूण पंख फड़फड़ाते हुए तेजी से रोशनदान से बाहर भाग निकले। उनके पीछे पाँचवाँ भ्रूण भी निकल गया, जो बाबा की ओर देखकर मुस्करा रहा था।"

फूलमती की बातें सुनकर शान्ता भी वहाँ आ गई थी। बच्चे भी उसकी बातों को ध्यान से सुन रहे थे। थोड़ी देर चुप रहने के बाद फूलमती फिर से सुबकने लगी और सुबकते हुए बोली, "मैंने पहली बार मौत के फरिश्तों को इतने पास से देखा था।" फिर एक चुप्पी पसर जाती है, जो देर शाम तक घर को अपनी आगोश में जकड़े रहती है।

जब अँधियारा घिर आया, तब झींगुरों की तेज आवाजें आने लगी। हरिमन वापस सालमोंगरा कस्बा जाने के बारे में विचार करता है, तब ही दरवाजे पर कोई दस्तक देता है। वह दरवाजा खोल देता है। बाहर चाँदनी की फुहार में चीजें अस्पष्ट सी दिख रही थी।

वह अपनी आँखों पर जोर देकर देखता है कि उसके दरवाजे पर एक युवक हाथ जोड़कर खड़ा है। वह विनम्रता में झुका हुआ है। वह हरिमन को देखते ही जोर से कहता है, "लाल जोहार।" हरिमन उसकी ओर देखकर मुस्करा देता है। फिर दोनों गाँव के बाहर स्कूल के मैदान की ओर चले जाते हैं।

स्कूल के मैदान में सैकड़ों युवक खड़े दिखते हैं। सबके कन्धे पर बन्दूक लटकी दिखती है। सबने अपने चेहरे को गमछे से छिपाया हुआ है। उन्हें देखकर हरिमन कुछ याद करने की कोशिश करता है। लेकिन वह कुछ भी याद नहीं कर पाता है। सारे युवक झटके में जमीन पर अपना एक पैर पटकते हुए चिल्लाते हैं, "लाल जोहार।"

उसे कुछ याद आने-सा होता है। फिर भी वह कुछ समझ नहीं पाता। उसे इस तरह हतप्रभ और पथराया हुआ देखकर उसके पास खड़ा युवक अपने चेहरे से गमछा हटा देता है। उस उजियारे में हरिमन ध्यान से उसका चेहरा देखता है और खुशी से चीख पड़ता है, "अरे बनगिहा!"

वह युवक उसकी ओर देखकर मुस्कराने लगता है। उसकी हल्की दाढ़ी और चौड़ा माथा एकदम बनगिहा की तरह दिखता है। उसका चेहरा एकदम चमकदार। एकदम रौबदार। बनगिहा की तरह।

हरिमन बीच मैदान में हाथ जोड़कर चुपचाप खड़ा रह जाता है। वह बहुत कुछ कहना चाहता है लेकिन वह कुछ भी कह नहीं पाता है। उसकी जीभ पथरा जाती है। उसकी आँखों से आँसू बहने लगते हैं। उसे पथराया और चुप खड़ा देखकर सारे युवक अपने चेहरे से धीरे-धीरे गमछा हटाने लगते हैं।

हरिमन अपनी आँखों पर जोर देता है। वह देखता है कि सब युवकों के धड़ पर बनगिहा का सिर लगा हुआ है। इतने सारे बनगिहा देखकर वह चीखना चाहता है, लेकिन उसकी आवाज दगा दे जाती है। वह फुफकार कर रोने लगता है। पास खड़ा युवक हरिमन का कन्धा पकड़कर उसे ढाढ़स-सा देता है।

हरिमन युवकों के पास जाकर उनके चेहरे छूने लगता है। उन्हें टटोलने लगता है। सबका चेहरा चमकदार और रौबदार दिखता है। बनगिहा के जैसा। सबसे आखिर में खड़े युवक के पास वह पहुँचकर पीछे पलटता है और देखता है कि सब अपने चेहरे को गमछे से ढकने लगे हैं।

वह वापस अपनी जगह पर लौट जाता है। उसके पास खड़े युवक के इशारे पर सारे युवक फिर से अपने पैर जमीन पर पटकते है और जोर से चिल्लाते हैं, "लाल जोहार।"

उनकी जाती हुई पीठ देखकर हरिमन चुपचाप खड़ा रहता है, जैसा कि वह वर्षों पहले इस मैदान में खड़ा था। जब बनगिहा ने उसके कान में धीरे से फुसफुसाकर कहा था, "मैं बनगिहा।" और अपने चेहरे को गमछे से ढकते हुए वहाँ से चला गया था।

सुबह होने के पहले जब वह घर लौटता है तो देखता है कि शान्ता खाट पर पड़ी जाग रही है। वह उसे सारी बातें बताने लगता है। दूसरी खाट पर लेटे घुमनाहा और ऐंठबहार भी उसकी बातें सुनते रहते हैं। जब हरिमन कहता है कि सबके चेहरे बनगिहा जैसे थे तो दोनों भाई एक-दूसरे का चेहरा देखते हैं। मुस्कराने लगते हैं। घुमनाहा धीरे से कहता है, "बिना महुआ के ऐसा ही होता है।"

कुछ दिनों बाद हरिमन अपने घर लौटने की तैयारी करता है। बच्चे अपने घर जाने की खुशी में सुबह से ही तैयार हो जाते हैं। शान्ता घर के सामानों को उनकी जगह पर व्यवस्थित रखवा देती है। कामवाली बाई घर की साफ-सफाई कर देती है।

थोड़ी देर बाद जब फूलमती खोरबहरा के घर से आती है, तब हरिमन और उसका परिवार मुंजालगोंदी जाने के लिए निकलता है। उन्हें जाता देखकर फूलमती रोने लगती है। वह बच्चों को गले लगाकर रोने लगती है। वह शान्ता को गले लगाकर रोती है। वे गली में मुड़ने से पहले पलटकर पीछे देखते हैं, फूलमती तब भी वहीं खड़ी उनकी ओर देखती रहती है।

लौटते हुए हरिमन देखता है कि जंगल में सिर्फ धूल और बारूद की गन्ध फैली है। पेड़ों की फुनगियों और पत्तियों पर धूल की परत चढ़ी हुई है। सड़क और

पगडंडी पर पुलिस के जूतों के निशान मौजूद हैं। धान के खेतों में लोहा कम्पनी की राख और अयस्क के चूरे गिरे पड़े हैं। किसानों के खेत बरबाद हो गए हैं। खेतों में धान की सूखी ठूँठ फैली हुई है। पगडंडी पर पैदल चलते हुए हरिमन पीछे पलटकर गाँव की ओर देखता है।

पीछे कच्चे मकानों की खपरैल दिख रही थी। सुबह की धूप धीरे-धीरे उतर रही थी। आकाश में दूर चिड़ियों का एक झुंड उड़ा चला जा रहा था। जब वे श्मशान के पास पहुँचे, तब हरिमन थोड़ी देर के लिए ठिठक गया। वह उस ओर देखने लगा, जहाँ कुछ दिनों पहले बाबा का अन्तिम संस्कार किया गया था, जिसमें वह शामिल नहीं हो सका, क्योंकि खोरबहरा ने टेलीग्राम करने में दो दिन लगा दिए थे।

हरिमन को इस तरह ठिठककर खड़ा देखकर बच्चे भी रुक गए। उनके पीछे शान्ता भी ठहर गई। सब श्मशान की ओर देखने लगे, जिस पर टीन की शेड लगी हुई थी। जमीन पर सफेद राख पड़ी हुई थी। दूर कोने में बाबा की सफेद मटमैली धोती का टुकड़ा पड़ा हुआ था। उसके चमड़े का फटा हुआ जूता भी वहीं फेंक दिया गया था।

शेड के पीछे की ओर एक बड़ा सा पीपल का पेड़ था, जिसके नीचे सीमेंट से बना एक चबूतरा था। सुबह के इस वक्त भी झींगुर की आवाज से श्मशान साँय-साँय सा करता जान पड़ रहा था। तब तक अपने कन्धों पर बैग और सूटकेस उठाए मजदूर बहुत आगे जा चुके थे।

करीब तीन किलोमीटर पैदल चलने के बाद वे लोग मुंजालगोंदी की मुख्य सड़क तक आ पहुँचे। मजदूर एक पेड़ की छाँव में सामान नीचे रखकर उनकी ही बाट जोह रहे थे। सड़क एकदम सुनसान थी। थोड़ी दूर पर एक चाय की दुकान थी।

उस दुकान पर कुछ लोग बैठे थे। पीछे की पहाड़ी धूप में धीरे-धीरे हरियर दिखने लगी थी। कांकेर से रायपुर की ओर जाने वाली सरकारी बस आने में अभी वक्त था। बच्चे सूटकेस और बैग पर बैठ गए थे। शान्ता पेड़ की छाँव में चुपचाप खड़ी हो गई।

हरिमन उस चाय की दुकान की ओर चला गया। चाय दुकान का मालिक उसे देखते ही जोर से बोला, "जोहार साब।" वह उसे देखकर मुस्कराने लगा। हरिमन ने बहुत धीरे से कहा, "जोहार।" दुकान पर बैठे लोग हरिमन को देखकर खड़े हो गए।

उनमें से एक व्यक्ति आगे बढ़ा और उसने हरिमन के पैर छूकर कर कहा, "प्रणाम सर।" हरिमन उसे ध्यान से देखने लगा। लेकिन वह उसे पहचान नहीं पाया। सब दुकान की खपरैल वाली छत के नीचे से निकलकर बाहर चले गए।

चाय दुकान के सामने मिट्टी का पतला सा चबूतरा बना था, जिसे बेंच की तरह इस्तेमाल किया जाता था। उस पर हरिमन बैठ गया और अपनी पनामा सिगरेट निकालकर पीने लगा। उसकी छाती पर चिपकी पीड़ा निकोटीन की भाप से उड़कर जाने लगी।

हरिमन ने जोर का कश लगाया, जिससे उसकी आँखों के किनारे की झुर्रियाँ उभर आईं। उसे देखकर दुकानदार ने धीरे से कहा, "एक बात कहूँ साब।" हरिमन ने बिना उसकी ओर देखे सहमति में सिर हिला दिया।

"बनगिहा की मुखबिरी खोरबहरा ने की थी।" दुकानदार इतना कहकर चुप हो गया। हरिमन उसकी ओर पलटकर देखने लगा और चकित होकर बोला, "कौन खोरबहरा?"

जब दूर से सरकारी बस आती दिखती है तो साथ आए मजदूर सड़क पर आकर उसे रुकने का इशारा करते हैं। बस के रुकने पर सब उस पर सवार हो जाते हैं। कंडक्टर की तस्दीक के बाद ड्राइवर बस आगे बढ़ा देता है। सरकारी बस धुआँ छोड़ते हुए आगे बढ़ जाती है।

कुछ दूर बाद कोचवाही घाट का चढ़ाव शुरू हो जाता है। बस की रफ्तार थोड़ी धीमी हो जाती है। इतनी धीमी कि दूर की चीजें एकदम साफ और स्पष्ट दिखने लगती हैं।

बस की खिड़की वाली सीट पर बैठे ऐंठबहार देखता है कि बस पहाड़ी के घुमावदार रास्ते पर मुड़ रही है। उसकी ढलान पर सैकड़ों लोग खड़े हैं। सबके कन्धों पर बन्दूकें टँगी हैं। सब उनकी ओर देखकर हाथ हिला रहे हैं। बस जैसे ही घुमाव से और आगे बढ़ती है सारे बन्दूकधारी सड़क के नजदीक आ जाते हैं। कुछ अपने गमछे हिलाने लगते हैं।

ऐंठबहार और घुमनाहा की आँखें खुली रह जाती हैं। वे गौर से उन युवकों के चेहरे को देखते हैं। सबका चेहरा चमकदार और रौबदार दिखता है। बनगिहा की तरह। वे सामने की सीट पर बैठे हरिमन का कन्धा हिलाकर उसे बताना चाहते हैं। तब तक बस घुमावदार मोड़ से ढलान पर आ जाती है। बस तेजी से रायपुर की ओर भागने लग जाती है।

बस की तीन घंटे की यात्रा के बाद वे सब रायपुर पहुँचते हैं, जहाँ से सालमोंगरा कस्बा जाने वाली पैसेंजर ट्रेन चार घंटे बाद आने वाली है। रायपुर रेलवे स्टेशन के प्लेटफार्म नम्बर दो पर एक चाय की दुकान है। उसके थोड़ा आगे सार्वजनिक नल। उस चाय की दुकान में रेडियो पर गाना बज रहा है। सीढ़ी के पास कचरा डिब्बा रखा हुआ है।

आगे किताबों की दुकान है, जहाँ से हरिमन ने चे ग्वेरा की किताब 'द मोटर साइकिल डायरीज' खरीदी थी। उसके ठीक बाजू में बरगद के पेड़ के नीचे सीमेंट का चबूतरा बना हुआ था। उस पर शान्ता बैठ गई। हरिमन उसके पास बैठ गया। बच्चे चाय की दुकान में चाय पीने चले गए।

प्लेटफार्म नम्बर दो पर कुछ मजदूर अपनी पोटली लिए बैठे थे। दूर में सफाई कर्मचारी बैठे गप्पें मार रहे थे। प्लेटफार्म नम्बर एक पर उनके ठीक सामने जीआरपी

थाना था। उससे थोड़ा आगे पार्सल आफिस और कुलियों के बैठने की जगह थी। नागपुर जाने वाली पैसेंजर अभी आई नहीं थी, जिसका इन्तजार करते हुए यात्री प्लेटफार्म नम्बर एक पर इधर से उधर हो रहे थे।

बरगद पेड़ के नीचे सीमेंट के चबूतरे पर बैग पर सिर टिकाकर शान्ता लेट गई। हवा के झोंके से उसकी आँखें बन्द हो जा रही थीं। उसकी बन्द आँखों के भीतर चिन्ता थी। उसकी बन्द आँखों के पीछे लोगों की भीड़ खड़ी थी।

वे जोर-जोर से चिल्ला रहे थे, "हमारे बच्चे फेल हो गए। हमारा पैसा वापस दो। उसने पास करवा देने का वादा किया था। फिर भी फेल हो गए। हमारा पैसा खा गया फरेबी।"

तब घुमनाहा होटल सालसा में अपनी दोस्त सोनपियारी के साथ कोने की टेबल पर बैठा हुआ था। उस टेबल पर बहुत ही मद्धिम रोशनी थी। उसकी मद्धिम रोशनी में सोनपियारी की आँखें इधर-उधर देख रही थीं, जबकि होटल का वेटर दूसरे ग्राहक के पास खड़ा आर्डर ले रहा था।

घुमनाहा टेबल के नीचे से सोनपियारी की हथेली अपनी हथेली में लेकर सहलाने लगा। सोनपियारी उसकी ओर देखकर मुस्कराने लगी। दोनों देर तक इसी तरह चुप बैठे रहे। जब वेटर मसाला पापड़ का प्लेट उनके सामने रखकर चला गया तो सोनपियारी ने अपना हाथ उससे छुड़ाते हुए कहा, "तुम्हारे घर के लोग मान तो जाएँगे ना?"

घुमनाहा ने अपने अँगूठे को मसाला पापड़ पर जोर से धँसा दिया, जिससे उसके कई टुकड़े हो गए। उस पर रखे बारीक कटे प्याज और टमाटर के टुकड़े हवा में उड़कर टेबल पर बिखर गए। उसकी हरकत को सोनपियारी ध्यान से देख रही थी।

घुमनाहा ने जवाब दिया, "मान तो जाना चाहिए। तुम भी तो सवर्ण ही हो ना।" सोनपियारी तब मेन्यू को बिना वजह दोबारा देख रही थी।

"जात-पाँत का मुझे नहीं पता।" सोनपियारी ने बिना उसकी ओर देखे कहा। दोनों फिर देर तक चुप रहे। उसी चुप्पी में उन्होंने खाना खाया और होटल से बाहर आ गए। जब वह सोनपियारी को रिक्शे में बैठा रहा था, तब उसने घुमनाहा से पूछा, "तुम तो कुछ कमाते नहीं फिर ये नौ सौ रुपये कहाँ से लाए?"

अपनी जेब में सिगरेट का पैकेट टटोलते हुए घुमनाहा ने कहा, "रतलाम से।" फिर वह उसकी ओर मुस्कराकर देखने लगा। रिक्शा उसे लेकर महिला छात्रावास की ओर बढ़ गया।

रेल इंजन के हॉर्न की तेज आवाज से चबूतरे पर झपकी में डूबी शान्ता घबराकर उठ जाती है। मुम्बई से हावड़ा की ओर कोयले से भरी मालगाड़ी तेजी से जाने लगती है। उसकी गति से रेलवे ट्रैक पर पड़े कागज और प्लास्टिक के टुकड़े हवा में उड़ने लगते है।

नीचे के गँदले पानी की बदबू तेजी से फैल जाती है। शान्ता अपनी साड़ी के आँचल से अपनी नाक बन्द कर लेती है। वह देखती है कि उसके पास ही बैठा हरिमन ऊँघ रहा है।

हरिमन अपनी ऊँघ में देखता है कि घुमनाहा पटेल ज्वैलर्स की दुकान पर कोने की कुर्सी पर चुपचाप बैठा है। वहाँ एक परिवार सोने के गहने देख रहा है। घुमनाहा दुकान के शो केस में प्रदर्शित तमाम गहनों को ध्यान से देख रहा है।

थोड़ी देर में दुकानदार उसके पास आता है और पूछता है, "आपको क्या चाहिए?" घुमनाहा अपनी पैंट की जेब से एक सोने की चेन निकालकर उसके सामने रख देता है।

"ये बेचनी है।"

"चोरी की तो नहीं है ना?"

"नहीं।"

"सोच लो पुलिस केस नहीं होना चाहिए।"

"पक्का।"

"ठीक है बीस परसेंट कटौती होगी।"

दुकानदार चेन को अपनी हथेली पर उठाकर वजन नापने की कोशिश करता है। फिर एक छोटे से तराजू में उस सोने की चेन को तौलते हुए कहता है, "आठ ग्राम है। दो हजार चार सौ रुपये होते हैं।"

घुमनाहा चुपचाप सहमति में सिर हिला देता है। दुकानदार उस चेन को छोटी-सी पेटी में रख लेता है और गल्ले से दो हजार चार सौ रुपये निकालकर घुमनाहा को दे देता है।

अपनी जेब में रुपये रखकर घुमनाहा दुकान से बाहर आ जाता है। वह साइकिल पर सवार होकर कस्बे के कई मुहल्लों और गलियों में घूमता है। वह उन सब विद्यार्थियों के पैसे वापस कर देता है, जो परीक्षा में फेल हो गए थे। और जो पास हो गए थे, उनके पैसे अपनी जेब में रख लेता है, करीब नौ सौ रुपये।

उन रुपयों की बू से उसके चेहरे पर चमक आ जाती है। वह बार-बार उन रुपयों को अपनी नाक लगाकर सूँघता है। "कितनी मादक है इन नोटों की खुशबू," यह सोचते हुए वह महिला छात्रावास की ओर बढ़ जाता है, जहाँ वह अपनी दोस्त सोनपियारी की एक झलक पाने के लिए देर तक उस छात्रावास की खिड़की के नीचे खड़ा रहता है।

इस प्रतीक्षा के दौरान वह कई सिगरेट फूँक लेता है। उसको सिगरेट फूँकते देख हरिमन को भी सिगरेट पीने की तलब होती है। वह अपनी ऊँघ से बाहर निकलकर रायपुर रेलवे स्टेशन के प्लेटफार्म नम्बर दो पर आ जाता है, जहाँ दूर की बेंच पर घुमनाहा बैठा अखबार पढ़ रहा है। ऐंठबहार और बुतरू जाती हुई मालगाड़ी के डिब्बे गिन रहे थे।

हरिमन अपनी आँखें मींचते हुए जोर की जम्हाई लेता है। फिर वह इधर-उधर देखता है। अभी भी सालमोंगरा जाने वाली पैसेंजर ट्रेन आने में करीब दो घंटे बचे हैं। वह अपनी पैंट कमर के ऊपर करने के लिए खींचता है। फिर चप्पल घसीटते हुए प्लेटफार्म के एकदम आखिर में बने बेंच पर जाकर बैठ जाता है। सिगरेट का धुआँ उसके फेफड़ों में उतर जाता है।

वह जोर-जोर से खाँसने लगता है। उसको खाँसता देखकर सामने प्लेटफार्म नम्बर एक से जीआरपी थाना में बैठे सिपाही उसे देखने लगते हैं। वह उन्हें देखकर सहम जाता है और अपनी खाँसी को अपनी पसलियों के भीतर ही ताकत लगाकर रोक लेता है। उसकी आँखें लाल हो जाती हैं। उसे सब कुछ लाल-लाल दिखने लगता है।

लाल रंग की मालगाड़ी के डिब्बे को गिनते हुए बुतरू ऐंठबहार से पूछता है, "ये बाबा का सारा नया सामान वो पंडित क्यों ले गया?" बुतरू की आवाज जाती हुई मालगाड़ी की आवाज में दब गई। ऐंठबहार का ध्यान मालगाड़ी पर ही था।

मालगाड़ी लोहे का अयस्क लेकर राउरकेला की ओर जा रही थी। उसके चूरे हवा में उड़ने लगे थे। उस लाल चूरे से ऐंठबहार को खाँसी आने लगी। धीरे-धीरे पूरे स्टेशन में वह लाल चूरा उड़ने लगा। जब मालगाड़ी का आखिरी डिब्बा निकला, तो उसने देखा कि प्लेटफार्म के सारे लोग जोर-जोर से खाँस रहे हैं। खाँसते-खाँसते शान्ता भी उठ बैठी। उसने देखा आखिरी डिब्बे में खड़ा गार्ड हरी झंडी हिला रहा है।

कुछ देर बाद जब पैसेंजर ट्रेन आई, तब हरिमन अपने परिवार के साथ ट्रेन पर सवार हो गया। ट्रेन के भीतर लोगों की भीड़ थी। मौसम में थोड़ी उमस थी। ऊपर की एक खाली बर्थ पर घुमनाहा, ऐंठबहार और बुतरू चढ़कर बैठ गए। नीचे की सीट पर हरिमन और शान्ता बैठ गए। सूटकेस और तीन बैग उस सीट के नीचे की जगह में ठूँसकर रख दी गईं।

जब ट्रेन आगे बढ़ी, तो खिड़की से हवा आने लगी। उस हवा के झोंके की पीठ पर सवार होकर नींद भी आ गई। नींद से ऐंठबहार का सिर एक ओर झुक गया। बुतरू ने उसे सीधा कर दिया।

अपनी नींद के भीतर ऐंठबहार भागने लगा। वह किसी सुनसान सड़क पर तेजी से भाग रहा है। उसके दौड़ने की गति धीरे-धीरे कम होने लगी। वह गंथर गति से धीरे-धीरे भागने लगा। उसे गोलियों की धाँय-धाँय की आवाजें आनी लगीं। फिर उस आवाज को किसबिन के गाने ने ओवरलैप कर दिया। फिर हारमोनियम की तेज आवाज ने उस किसबिन के गाने की आवाज को दबा दिया।

वह भागते हुए एक धुएँ की सुरंग में घुस गया। भीतर लोगों के चीखने-चिल्लाने की आवाज आने लगी। उसने पलटकर देखा कि पीछे सलिहा जंगल के आदिवासियों को पुलिस वाले बाल पकड़कर घसीट रहे हैं। उनके चीखने की आवाज से तेंदू के पत्ते झरकर जमीन पर गिर रहे हैं। महिलाओं और बच्चों को भी पीटा जा रहा है। दूर

कोने में कुछ पुलिस वाले एक आदिवासी महिला के कपड़े उतारते हुए जोर-जोर से अट्टहास कर रहे हैं। वह महिला चीख रही है।

उसकी चीख से घबराकर ऐंठबहार नींद से जाग जाता है। वह देखता है कि ट्रेन भाटापारा स्टेशन पर रुकी हुई है। हरिमन और शान्ता नीचे की सीट पर एक-दूसरे पर टिककर सो रहे हैं। घुमनाहा धर्मयुग पत्रिका को बड़े ध्यान से पढ़ रहा है। उससे सटकर बुतरू भी उस पत्रिका की ओर नजर टिकाए बैठा है। उसकी आँखों की चौंधियाई हुई चमक पानी बनकर फैली-सी दिख रही थी। ऐंठबहार धीरे से उनकी ओर झुका और उस पत्रिका के भीतर झाँका। दोनों भाई 'आधी रात' पत्रिका की रंगीन और मादक तस्वीरों को ध्यान से देख रहे थे।

वह फिर से अपनी नींद में उतर जाता है। नींद के भीतर दूर तक अँधियारा है। एक अजीब-सी ठंडक है। ऐंठबहार ने देखा कि सोनपियारी कालेज के पीछे मैदान में अकेली खड़ी है। उसका शरीर काँप रहा है। वह चुपचाप खड़ी सुबक रही है। उसके सुबकने की आवाज धीरे-धीरे उस तक आने लगी।

उसने ध्यान से देखा कि उसकी पीठ पर चाकू टिकाकर घुमनाहा खड़ा है। वह डरी हुई खड़ी है। घुमनाहा ने चाकू की नोक को उसकी पीठ पर जोर से धँसाते हुए कहा, "मेरे से प्यार कर। नहीं तो मर।"

सोनपियारी रोने लगी। उसने रोते हुए कहा, "हाँ। करती हूँ।" फिर वह तेजी से उस मैदान से भाग गई। उस मैदान में ऐंठबहार अकेला खड़ा रह गया। अपने सपने में अपने आप को अकेला देखने के लिए।

पत्रिका की तस्वीरों के बारे में सोचते और कल्पना करते हुए बुतरू भी ऊपर की बर्थ पर लुढ़क गया। वह अपनी नींद में खजुराहो के मन्दिरों में भटकने लगा। वह मन्दिर की दीवारों पर उकेरी गई प्रतिमाओं और उनकी विभिन्न मुद्राओं को ध्यान से देखने लगा।

वह चिड़िया की भाँति उड़ने लगा। वह मन्दिर के शिखर पर उकेरी गई मुद्राओं को पास देखने लगा। वह उन्हें छूने लगा। वह उन्हें सहलाने लगा। उसके इस तरह सहलाने से मन्दिर की दीवार पर उकेरी गई स्त्रियाँ लजा सी गईं। वे इधर से उधर होने लगीं।

उन्हें इस तरह लजाते देखकर बुतरू ने एक का हाथ पकड़ लिया और दोनों उड़ते हुए दूर एकान्त की ओर जाने लगे। वे बादलों के उस पार चले गए। बादलों के उस पार हवा में एक सुनहरा पलंग उड़ रहा था। दोनों उस पलंग पर बैठ गए। वह महिला बुतरू का हाथ पकड़कर सहलाने लगी। फिर उसने धीरे से कहा, "तुम कुछ छोटे नहीं हो।"

बुतरू ने उसके नर्म और गुलाबी हथेली को धीरे-धीरे सहलाते हुए कहा, "तीन फीट दो इंच कम है!" स्त्री उसकी ओर मुस्कराते हुए देखती है और चुहल के अन्दाज में कहती है, "तुम्हें तो सर्कस में होना चाहिए।" फिर वह खिलखिलाकर हँसती है।

उसकी हँसी बुतरू की पसलियों को भेदने लगती है। उसकी छाती लहू के रंग से छलछला उठती है। वह गुस्से में उसका नर्म हाथ झटक देता है और अपने सपने से बाहर आ जाता है। सपने के बाहर उसकी नींद थी। उसकी नींद के बाहर ट्रेन थी, जो बिलासपुर के प्लेटफार्म नम्बर एक पर पहुँच रही थी।

वह अपनी नींद के बाहर आकर रोने लगता है। वह अपने बगल में मुँह खोलकर सो रहे घुमनाहा को एक लात मारता है। उसका गुस्सा सपने से उसकी जाग तक आ जाता है। उसके कानों में उस गणिका की आवाज गूँजने लगती है। उसकी आवाज का अनुनाद उसके मस्तिष्क में पिघलने लगता है।

वह गुस्से में घुमनाहा को एक और लात मारता है। लेकिन वह अपनी गहरी नींद में पड़ा रहता है। वह घुमनाहा को देखकर उस दिन के बारे में सोचता है।

उसकी सोच में रामलीला मैदान का दृश्य उभर जाता है, जहाँ जमना सर्कस वालों की ट्रकें और जीप खड़ी हैं। उन ट्रकों से बड़े-बड़े खम्भे और तम्बू उतारे जा रहे हैं। बहुत सारे मजदूर काम कर रहे हैं। एक पुरानी एम्बेसडर कार के पास सफेद कमीज और पैंट पहने हुए एक आदमी खड़ा है। वह लोगों के काम का मुआयना कर रहा है।

बड़े तम्बू के पीछे छोटे-छोटे कई तम्बू लगाए जा रहे थे। पास में जानवरों के बाड़े लगाए जा चुके थे, जिनमें शेर, भालू, बन्दर आदि कैद थे। उनके ठीक बगल में हाथियों का झुंड खड़ा था।

सर्कस का मालिक अपनी एम्बेसडर कार से दूर हटकर खड़ा हो गया। उसके बगल से कई घोड़े निकल गए। सर्कस में करतब दिखाने वाली नेपाली लड़कियाँ अपने तम्बुओं की व्यवस्था में जुटी हुई थीं। बुतरू ने देखा कि घुमनाहा उस मालिक के पास पहुँचता है।

मालिक उसकी ओर देखकर पूछता है, "कैसे?" घुमनाहा इधर-उधर देखता है। फिर वह धीरे से कहता है, "एक बौना बेचना है खरीदोगे।" वह मालिक की ओर बुतरू की तस्वीर आगे बढ़ा देता है।

ट्रेन की हार्न की आवाज से बुतरू घबराकर अपनी सोच से बाहर आ जाता है। पैसेंजर ट्रेन धीरे-धीरे बिलासपुर स्टेशन छोड़कर आगे बढ़ने लगती है। ट्रेन की खिड़की से हवा अन्दर आने लगती है। नीचे लोग बैठने की जुगत में इधर-उधर हो रहे हैं। एक चायवाला लोगों की भीड़ से बचते हुए आगे बढ़ रहा है। हरिमन उससे दो कप चाय खरीदकर शान्ता को उसकी नींद से जगाने लगता है।

शान्ता अपनी कच्ची जाग और कच्ची नींद में चाय का कप लेकर सुड़कने लगती है। हरिमन चुपचाप चाय पीते हुए ट्रेन की खिड़की से बाहर देखने लगता है। खिड़की के बाहर धान के खेत हरे धब्बों की तरह पीछे छूटते जाते दिख रह थे। पीछे बहुत कुछ छूट गया था। हरिमन अपने छूटे हुए को याद करने लगा।

अपनी स्मृति के भीतर, बहुत अन्दर वह मधुलिका के कमरे में बैठा हुआ है। मधुलिका उसकी गोद में सिर रखकर सो रही है। वह उसका माथा सहला रहा है। कमरे में खामोशी है। कमरा बन्द है और दोनों का मन खुला हुआ है। इधर से उधर उड़ता हुआ।

मधुलिका अचानक उसे अपनी ओर खींच लेती है। वह उसकी गोद में गिरता चला जाता है। उसकी अनन्त खोह के भीतर, जैसे गर्भ के भीतर पड़ा रहता है भ्रूण।

फिर अचानक वह खुद को एक सड़क पर चलते हुए देखता है। वह तीन लड़कियों का पीछा कर रहा है। वह उनसे बचकर चल रहा है। उनसे एक दूरी बनाए हुए है। लड़कियाँ स्कूल की ड्रेस में बेखबर आगे बढ़ी जा रही हैं। दो लड़कियाँ एक दुकान पर रुक जाती हैं।

तीसरी सड़क किनारे रुक जाती है। तीसरी लड़की सड़क पर खड़ी नीचे देख रही है। उसके कन्धे पर स्कूल का बैग लटका है। उसकी लम्बी चोटी उसके कमर तक झूली हुई है। वह उसकी ओर बढ़ने लगता है। हरिमन जैसे-जैसे आगे बढ़ने लगता है, उसे एक अजीब-सी बू आने लगती है।

इस तरह की खुशबू वाली इत्र की कल्पना उसने कभी नहीं की थी। वह तीसरी लड़की के पास से गुजरता है, तो वह गन्ध उसके नथुने में कौंध जाती है। केरोसिन की तीखी बू से उसका माथा भन्ना जाता है। तीसरी लड़की तब भी अपना सिर नीचे किए खड़ी रहती है।

हरिमन को बाबा की बात याद आती है, "लड़की है ठीक पर उससे केरोसिन की बू आती है।" हरिमन बिना उसकी ओर देखे आगे बढ़ जाता है।

शान्ता अपनी कच्ची नींद में चाय पीकर, उसका कुल्हड़ ट्रेन की खिड़की से बाहर फेंक देती है। वह अपना सिर हरिमन के कन्धे पर टिका देती है। हल्की हवा के झोंके से उसे फिर से नींद आ जाती है, जहाँ ऐंठबहार अपनी डायरी लिए नरक दरवाजा वाले कमरे में चुपचाप बैठा है। वह पेन की नोक को अपने गालों पर फिरा रहा है। उसे इस तरह सोचता देखकर पास खड़ी जोजबोलही उससे कहती है, "सिर्फ प्रेम कविता ही लिखते हो या फिर किरांतीकारी भी?"

ऐंठबहार उसकी ओर देखकर मुस्करा देता है। उसकी चुप्पी को मसलने को आतुर जोजबोलही अपना सवाल दूसरी तरह से उठाती है, "लिख नहीं पाते या फिर लिखना नहीं आता?" उसकी हँसी की नुकीली आवाज से ऐंठबहार अपनी सोच से बाहर आता है और चीखते हुए कहता है, "लिख दूँगा किरांतीकारी कविता कभी।" उसको चिढ़ाने की खुशी अपने मन में लिए जोजबोलही अपने मकान लौट जाती है।

ऐंठबहार अपनी गोद में डायरी लेकर कविता लिखने लगता है 'किरांतीकारी।' उसकी सोच का बारूद उबलने लगता है। उसके शब्दों की आग धधकने लगती है और डायरी से निकल खपरैल वाले छत तक चली जाती है। देखते ही देखते

कविता की लपटों से उसकी छत जलने लगती है। खपरैल में लगी आग देखकर मुहल्ले वाले इकट्ठा हो जाते है। सब चिल्लाने लगते हैं, "आग। आग। आग।"

उनकी चीख-पुकार सुनकर ऐंठबहार घबरा जाता है। वह देखता है कि उसके ऊपर की खपरैल में आग लगी हुई है। उसकी लपटें नीचे की ओर भी लपलपा रही हैं। उसकी तपिश से ऐंठबहार पसीने से भीग जाता है। एक जलती हुई लकड़ी उस पर गिरने को होती है, जिसे वह अपने हाथ से रोकता है। उसकी त्वचा झुलस जाती है। वह चीखते हुए बाहर आ जाता है, "आग। आग। आग।"

मुहल्ले के लोग पानी की बाल्टी लेकर उसे बुझाने लग जाते हैं। पीछे सिक्ख परिवार की सारी महिलाएँ और बच्चे छत के ऊपर से पानी की बौछार करने लगते है। रिक्शे वाले भी खपरैल पर धूल फेंककर आग बुझाने की कोशिश करते हैं। जब लपटें अपनी अनुपस्थिति में लौट जाती हैं, तब पुलिस और दमकल वाले भी वहाँ पहुँच जाते हैं। पुलिस वाला ऐंठबहार से कुछ सवाल करता है। उसे अपनी डायरी में नोट करता है। फिर वे चले जाते हैं। इन सब घटना को दूर से शान्ता देखती रहती है। शान्ता के पास बुतरू भी खड़ा रहता है। उनके ठीक पीछे जोजबोलही खड़ी उसकी ओर देखकर मुस्कराती रहती है, "और लिखेगा रे किरांतीकारी कविता।"

ऐंठबहार अपने झुलस गए हाथ को देखता है जिस पर उसकी जली हुई त्वचा की पिलपिली स्मृति बनी रहती है, जिसके भीतर अभी भी उतना ही ताप रखे हुए, जितनी आग अपने भीतर रखा करती है। उसकी जलन से उसका चेहरा बिगड़ जाता है।

उसे देखकर शान्ता घबरा गई। उसे घर के अन्दर ले गई। उसकी जली हुई त्वचा पर शान्ता ने कोलगेट टूथपेस्ट लगा दिया। पेस्ट की ठंडक उसकी त्वचा के भीतर उतरने लगी। शान्ता भी अपनी नींद की ठंडी खोह में उतर गई। ट्रेन की गति और आवाज से बेखबर होकर वह जोर से खर्राटा मारने लगी। ट्रेन अकलतरा और चाम्पा होते हुए खरसिया पहुँचने वाली है।

ऐंठबहार ऊपर की बर्थ पर करवट बदलकर सो जाता है। घुमनाहा उसकी बगल में लेटा हुआ है। वह करीब तीन घंटे सोने के बाद चाहकर भी नहीं सो पा रहा है। वह अपनी बर्थ से नीचे झुककर खिड़की से बाहर झाँककर देखता है। बाहर ट्रेन खरसिया स्टेशन पहुँच रही होती है। अभी और चालीस मिनट यह सोचकर वह अपनी जगह पर लेट जाता है। वह ट्रेन की छत की ओर देखने लगता है। छत की ओर देखते हुए वह हरिमन के बारे में सोचने लगता है कि हरिमन के पास टेटमेरिही और समारू बैठे हुए हैं। दोनों किसी बात पर हरिमन को राजी करने की कोशिश कर रहे हैं। फिर अचानक टेटमेरिही जोर-जोर से रोने लगती है। समारू हरिमन के पैर पकड़ लेता है। वह बुदबुदाने लगता है, "कृपया मदद कर दो। बुचकी की शादी में करीब पचास हजार का खर्च है।"

पीछे रसोई में बैठी शान्ता का ध्यान इस ओर ही है कि क्या होने वाला है। हरिमन अपने ससुर को उठा लेता है और कहता है, "ठीक है, चिन्ता मत करो। मैं गाँव के खेत बेचकर व्यवस्था कर दूँगा।" यह सुनकर ऊपर आकाश में विचरण कर रहे देव हर्षित होकर फूल बरसाने लगते हैं।

समारू उसे गले लगा लेता है। टेटमेरिही अपने आँसू पोंछने लगती है। भीतर रसोई में बैठी शान्ता को भी राहत मिल जाती है। आखिर उसकी बहन की गृहस्थी और जीवन का जो सवाल था। उनके चले जाने के बाद ऐंठबहार अपने पिता से पूछता है, "लेकिन सवाल ये है कि आप कब तक दूसरों की मदद करते रहोगे?" हरिमन उसके सवाल पर चुप रह जाता है।

जब हरिमन गाँव के खेत बेचकर आता है तो उसकी दूर की मौसी और चाचा भी पैसे की मदद माँगने आ पहुँचते हैं। पैसे की बू से सारी मधुमक्खियाँ खिंची चली आती हैं। दो दिन बाद टेटमेरिही और समारू आकर अपने हिस्से के पचास हजार ले जाते हैं। उनके जाने के बाद ऐंठबहार फिर हरिमन से सवाल करता है, "सबको पता कैसे चलता है कि आपके पास पैसे हैं?" हरिमन तब भी चुप रह जाता है।

तीन बाद गाँव से उसके बड़े पिताजी का दामाद भी घर पहुँच जाता है कि उसे किराये पर देने के लिए साइकिल की दुकान खोलनी है। हरिमन अपनी बहन का जीवन संवारने के लिए उसे भी दस हजार रुपये की मदद करता है। जब शान्ता थूककर लगाकर बचे हुए नोटों को गिनती है, तो उसकी हथेली में सिर्फ तेरह सौ रुपये बचते हैं।

वह उसे स्टील की आलमारी के भीतर कपड़ों के नीचे ठूँसकर रख देती है, जिसकी बू से घुमनाहा कई महीनों तक परेशान रहा था। पैसे की बू की याद से वह अपनी सोच से बाहर आ जाता है। बाहर किरोड़ीमल नगर स्टेशन पर पुराने बाँसों का ढेर रखा दिखता है। ट्रेन सिगनल मिलने के इन्तजार में खड़ी रहती है। इस बीच तीन कोयला भरी मालगाड़ियाँ बगल की रेल लाइन से गुजर जाती हैं।

लौटने और भुगतने की थकान से चूर सब सालमोंगरा स्टेशन आने की प्रतीक्षा में तैयार रहते हैं। ऊपर की बर्थ से घुमनाहा, ऐंठबहार और बुतरू नीचे उतर जाते हैं। शान्ता भी अपनी नींद से पूरी तरह बाहर आ जाती है।

वह अपने हैंडबैग से कंघी निकालकर अपने बालों को सुलझा रही है। हरिमन सीट के नीचे धँसाकर रखे गए तीन बैग और सूटकेस बाहर निकाल लेता है। ट्रेन रेलवे फाटक पार चुकी है, वह धीरे-धीरे सालमोंगरा स्टेशन की ओर बढ़ती जाती है।

वे स्टेशन से बाहर निकलते हैं और रिक्शा पकड़कर घर पहुँच जाते हैं, जहाँ मकान के सामने घास उग आई थी। जाफरी वाले दरवाजे पर धूल जम गई थी। बाहर की ओर खुलने वाली खिड़की का एक पल्ला अपनी जगह से हिल गया था।

घर के अन्दर धूल की एक परत जमी हुई थी, जिसे साफ करने में करीब दो घंटे लग गए। तब हरिमन पास की डेयरी से दूध लेने गया था। बुतरू और ऐंठबहार सार्वजनिक नल के पास खड़े होकर हमीद की दुकान की ओर देख रहे थे। सामने स्टेशन जाने वाली सड़क पर कुछ औरतें अपने सिर पर लकड़ी का बंडल उठाए जा रही थीं।

वडयार कमरे में घुमनाहा बैग और सूटकेस से कपड़े निकालकर स्टील की आलमारी में अन्दर रखने लगा। उसके चेहरे का भाव स्निफर डॉग की तरह होने लगा। उसके नथुने फड़कने लगे। उसकी इंद्रियाँ पैसे की लालच में हलाकान होने लगती हैं।

घुमनाहा ने पहले हरिमन के पुराने पैंट को सूँघा। फिर उसे आलमारी में रख दिया। उसने शान्ता के हैंडबैग को उलट-पलटकर देखा। उससे भी नाक सटाकर देखा। उसे वह बू नहीं मिली, जिसकी उसे तलाश थी। उसने तेजी से सारे कपड़े ऐसे ही ठूँस दिए और पीछे आँगन की ओर चला गया।

आँगन में घुटनों तक घास उग आई थी। आम पेड़ की छाल निकलने लगी थी। उसकी डंगाल पर ढेर सारी चींटियों ने घर बना लिया था। हरी पत्तियों का गोल कटोरा जैसा उनका घर पेड़ की डंगाल पर लटका धूप से चमक रहा था। जोजबोलही के जाने के बाद उनके मकान के पिछले दरवाजे पर नमी के चलते दीमक लगनी शुरू हो गई थी।

उस मकान की खपरैल पर भी थोड़ी-थोड़ी घास उग आई थी। उनका बोरियों से घिरा खुला स्नानागार ध्वस्त हो गया था। उसकी बोरियाँ कई जगहों से फट गई थीं। बाँस भी सड़ने लगा था। वह अपनी रसोई से लगे चबूतरे पर उकड़ूँ बैठ गया। वह जोजबोलही को सोचते हुए सोनपियारी को सोचने लगा।

करीब तीन घंटे बाद हरिमन डेयरी से दूध लेकर लौटा, तब तक शान्ता ने पूरा घर साफ कर दिया था। पलंग पर नई चादर बिछा दी थी। आलमारी के ऊपर बिछा हुआ कवर बदल दिया था। आले पर लगे परदे को भी बदल दिया, जिसके पीछे रेडियो और खजुराहो की कुछ बेरंग मूर्तियाँ रखी हुई थीं। दीवारों के कोने और छत पर बने मकड़ी के जालों को भी साफ कर दिया था।

हरिमन को देखकर बुतरू और ऐंठबहार भी सार्वजनिक नल से हटकर उसके पीछे घर में दाखिल हुए। उन्हें देखकर शान्ता अपने माथे का पसीना पोंछते हुई बोली, "इतनी देर कहाँ थे?" उसकी बातों का जवाब दिए बिना हरिमन रसोई की ओर बढ़ गया।

वह दीवार से सटकर जमीन पर पसर गया। उसकी आँखों में अजीब-सी बेचैनी दिख रही थी। शान्ता को लगा कि वह बाबा की याद में उदास हो गया होगा कि वह फूलमती की बेरुखी को याद कर नाराज हो गया होगा कि वह बनगिहा को याद कर दुखी हो रहा होगा।

शान्ता ने हरिमन के कन्धे पर अपना हाथ रखा और उससे धीरे से पूछा, "क्या हो गया जी?" हरिमन ने अपना सिर अपने घुटनों पर टिका लिया। वह देर तक चुप रहा फिर उसने अपनी चुप्पी तोड़ते हुए कहा, "डेयरी से पकड़कर पुलिस थाने ले गई थी।"

"लेकिन क्यों?" शान्ता ने उसकी बात बीच में काटते हुए कहा।

"पुलिस ने कई सारे सवाल किए। तुम लोग सलिहा जंगल क्या करने गए थे? वहाँ कितने दिन रहे? वहाँ किन किन लोगों से मिले? क्या तुमने वहाँ के थानेदार को अपने आने की सूचना दी थी?"

"तो तुमने बताया नहीं कि हम बाबा के अन्तिम संस्कार के लिए वहाँ गए थे।" शान्ता दूध के पैकेट से दूध बर्तन में निकालते हुए बोली। तब घुमनाहा पीछे के आँगन में बैठा उनकी बातें सुन रहा था।

"मैंने कहा फिर भी वे इधर-उधर की बातें करते रहे। फिर अचानक थानेदार ने कहा कि घुमनाहा तेरा बेटा है ना?"

यह कहते हुए हरिमन अपनी सोच में डूब गया। वह याद करने लगा कि थानेदार उसका कॉलर पकड़कर उसे घसीटने लगा था। फिर जमीन पर पटक दिया था। थानेदार हरिमन के कान के पास आकर जोर से चीखा था, "साले तेरा बेटा घुमनाहा तमंचा बेचने का धन्धा करता है और तुझे पता नहीं। इधर-उधर की बातें करता है। अन्तिम संस्कार में गया था कि तमंचा खपाने गया था।"

थानेदार की बात सुनकर हरिमन की साँसें थमने-सी होती हैं। उसे हिचकी आनी शुरू हो जाती है। वह अपने दोनों हाथ जोड़कर थानेदार से कहता है, "सच में साब मुझे कुछ नहीं मालूम।"

थानेदार कहता है, "मैं जानता हूँ कि तुझे कुछ नहीं मालूम। तू तो गाँव के स्कूल में महुआ पीकर पड़ा रहता है।"

फिर वह हरिमन का कॉलर ठीक करते हुए अपनी बात जारी रखता है, "घुमनाहा लड़कों के हास्टल में तमंचा लेकर बेचने गया था। उसे समझा देना। वरना आर्म्स एक्ट में अन्दर कर दूँगा। अभी युवा है। कॉलेज की नेतागिरी तक ठीक है लेकिन ये सब नहीं चलेगा।"

फिर अचानक हरिमन अपनी सोच में ठहर जाता है। वह कुछ भूलने लगता है। वह अपने भूलने की इस आदत से परेशान हो जाता है। वह अपनी सोच में इधर-उधर भटकने लगता है। वह अपनी सोच का वह सिरा पकड़ने की कोशिश करता है, जिस पर वह अभी ठहरा हुआ था, जिसके बारे में वह शान्ता को बताना चाह रहा था।

वह फिर से कहना शुरू कर देता है, "नहीं-नहीं। थानेदार ऐंठबहार के बारे में पूछ रहा था। वह उसके बारे में पूछताछ करने लगा था।" हरिमन अपनी सोच के इस सिरे से याद के भीतर उतरने लगता है। थानेदार उसकी कॉलर ठीक करते हुए

कहता है, "झंडू कवि है ना तेरा बेटा। क्या नाम उसका? हाँ ऐंठबहार। वही ना जो गरम मसाला से कोफ्ता बना रहा था।"

हरिमन की बात सुनकर शान्ता चौंक जाती है, "गरम मसाला। कोफ्ता।"

"गरम मसाला यानी बारूद और कोफ्ता यानी सुतली बम।"

हरिमन अपनी याद में ठहरकर शान्ता को समझाता है। शान्ता उसकी बात सुनकर घबरा जाती है। वह उसकी बात सुनकर स्तब्ध रह जाती है। हरिमन उसकी जिज्ञासा को समझ जाता है।

वह बताने लगता है, "जब नरक दरवाजा वाले कमरे की छत पर आग लग गई थी ना, वह इसी कोफ्ता के फट जाने की वजह से लगी थी। देखना ऐंठबहार का हाथ, उस पर बारूद से झुलसने के निशान होंगे?"

शान्ता उसकी बात काटते हुए कहती है, "लेकिन वो तो कह रहा था कि किरांतीकारी कविता से खपरैल में आग लग गई थी।"

फिर दोनों चुप हो जाते है। देर तक चुप बैठा हरिमन अपनी यादों में अपने भीतर दौड़ता-भागता रहता है। स्मृति के बहुत भीतर वह देखता है कि हरिया उसे दौड़ा रही है। वह खेतों में भाग रहा है। धान के खेतों में आग लगी है। उससे निकलने वाली धुएँ से आकाश में अँधियारा छा गया है।

वह देखता है कि बाबा रामचरितमानस का पाठ करते हुए आगे-पीछे हिल रहा है। वह देखता है कि बनगिहा की लाश को सिपाही एक बड़े से गड्ढे में फेंककर मिट्टी से दबा रहे हैं। वह देखता है कि मधुलिका उसकी पुरानी तस्वीरें जला रही है।

वह देर तक अपनी स्मृति में भटकता रहता है। उन स्मृतियों की नमी उसकी आँखों से बहने लगती है। उसे रोता देखकर शान्ता पूछती है, "बाबा की याद आ रही है ना?"

हरिमन अपने आँसू पोंछते हुए कहता है, "कौन बाबा?"

जुगनू और राख

महुआ फूल झरने के मौसम में उसकी खुशबू जोंधराडीपा स्कूल के बीच मैदान तक आ रही थी। फूलों की महक से व्याकुल हरिमन अपने स्कूल के मैदान में खाट पर अकेला लेटा हुआ, चपरासी की राह देख रहा था। वह खाट पर लेटे हुए आसपास की इमारतों की छतों पर टहलती थुलथुली औरतों को भी देख रहा था, जो कब्ज और गैस से परेशान थीं। वह खाट पर लेटे हुए आकाश की ओर भी देख रहा था। आकाश एकदम कोरा था।

वह खाट पर पड़े हुए सोचने लगा कि वह कब से इस स्कूल में आया है? कि वह कब से इस खाट पर ऐसे ही अकेले पड़ा है? कि कब से सोचने की कोशिश में सोच रहा है? उसे कुछ याद नहीं आया। वह अपनी इस सोच की घबराहट से बाहर आ गया।

बाहर उसने देखा कि स्कूल के मुख्यद्वार पर हलचल हो रही है। उसने अपना ध्यान उधर ही केन्द्रित कर दिया। लकड़ी का बड़ा दरवाजा थोड़ा सा खुला, जिससे सबसे पहले चपरासी अन्दर आते दिखा। उसके पीछे गाँव के व्यापारियों के दो लड़के आते दिखे। हरिमन खाट पर उठकर बैठ गया।

स्कूल मैदान के तीन ओर पंक्तिबद्ध कमरे थे, जिनमें कक्षाएँ लगती थीं। उन कक्षाओं के सामने बरामदा बना हुआ था। मुख्य दरवाजे के बगल से स्कूल का कार्यालय था। कार्यालय के बगल में एक छोटा-सा कमरा था, जिसमें हरिमन रहता था। उसके बाद थोड़ी सी जगह खाली थी, जिसमें स्कूल के अन्य शिक्षक अपनी लूना और टीवीएस मोपेड रखा करते थे। मैदान के दूर कोने में शौचालय और स्नानगृह था, जिसका दरवाजा बन्द था। वहीं पर नीम के पेड़ों की कतार थी। उन पेड़ों पर गौरेया आकर सो रही थीं।

चपरासी हरिमन के कमरे की ओर चला गया। दोनों युवक पास आकर उसकी खाट पर बैठ गए। उनके नमस्कार का जवाब देते समय हरिमन के हाथ काँप रहे थे। उसकी देह की चर्बी कम होती जा रही थी। उसका पेट दिनोदिन फूलता ही जा रहा था। वह दिनोदिन सब कुछ भूलता ही जा रहा था।

उसने दोनों युवकों से पूछा, "आप कौन?" दोनों युवक मुस्कराने लगे। फिर एक ने कहा, "क्या गुरुजी रोज तो हम साथ बैठते हैं!" हरिमन ने अपनी याद करने की प्रतिभा का इस्तेमाल किया, "अच्छा! अच्छा! महुआ मित्र।" फिर सब जोर-जोर से हँसने लगे। उनकी आवाज सुनकर छत पर टहल रही महिलाएँ उनकी ओर देखने लगीं।

थोड़ी देर में चपरासी एक लकड़ी का बड़ा पट्टा और महुआ की बोतल लेकर आया। उसके हाथों से हरिमन ने बोतल ले ली। चपरासी ने लकड़ी का पट्टा खाट पर इस तरह रख दिया कि वह एक अस्थायी टेबल बन जाए। उस टेबल पर महुआ की बोतल रख दी गई। फिर चपरासी कमरे से एक पुराना अखबार और मिक्सचर का पैकेट लेकर बाहर आया। अखबार बिछाकर उस पर नमकीन का पैकेट रख दिया। चपरासी अपनी जेब से प्याज और नीबू निकालकर, उसे चाकू से काटने लगा। नीबू को चार टुकड़े कर अखबार पर रख दिया। फिर वह काँच की गिलासों में महुआ उड़ेलने लगा।

हरिमन ने एक हाथ से गिलास उठा लिया और दूसरे हाथ से कटे हुए नीबू का टुकड़ा। उसने नीबू के टुकड़े को दबाकर उसके बीजों को जमीन पर गिरा दिया। फिर उसने महुआ भरी गिलास को अपने मुँह से लगा लिया। उसकी आँखें मुंद गईं। उसका मुँह बिचक-सा गया। सारा महुआ पी लेने के बाद वह नीबू का टुकड़ा चूसने लगा। उसकी आँखों से पानी बहने लगा। उसके हाथों की कँपकँपी थम-सी गई। उसने रौब और भरोसे के साथ मिक्सचर उठाया और उसे धीरे-धीरे चबाने लगा।

पास बैठे युवक अपने साथ लाए भुने हुए काजू चबाने लगे। उन्हें कोई हड़बड़ी नहीं थी। वो धीरे-धीरे महुआ सुड़क रहे थे। चपरासी जमीन पर उकड़ूँ बैठ गया। उसने गिलास में अपनी दो अँगुली डुबोकर बाहर निकाला और उसमें लटकी हुई महुआ की बूँदों को जमीन पर झटककर टपका दिया। फिर अपने दोनों हाथ जोड़कर सिर झुका लिया। उसने अपने दोनों कानों को पकड़कर माफी माँगने की भंगिमा बनाई और फिर झटके से पूरा गिलास अपनी हलक के नीचे उतार लिया।

उसे हड़बड़ी थी। उसे करीब सात किलोमीटर दूर अपने घर साइकिल चलाकर जाना था। चपरासी ने युवक से भुना हुआ काजू माँगा और चबाने लगा। उसे देखकर हरिमन ने कहा, "अबे यहाँ ऊपर बैठ ना खाट पर।"

चपरासी ने फिर से हाथ जोड़ लिया, "नहीं सर। नहीं-नहीं।"

फिर वह जमीन पर पालथी मारकर बैठ गया। दोनों युवक अपनी गिलासों में धीरे-धीरे महुआ डाल ही रहे थे कि अचानक किसी छत से किसी महिला ने जोर से चीखते हुए कहा, "अरे उन शराबियों के चक्कर में मत पड़ो रे लड़को।" दोनों युवक अपनी गिलासों का महुआ पी कर, तेजी से बाहर की ओर चले गए। तीन गिलास पीकर चपरासी भी अपने घर जाने के लिए उठा। उसने हरिमन से कहा,

"कमरे में चावल और मछली झोल रख दिया है।" तब हरिमन आकाश की ओर देख रहा था।

आकाश के विशाल परदे पर घुमनाहा और सोनपियारी रिक्शे पर सवार होकर घर की तरफ जा रहे हैं। सोनपियारी सफेद रंग का फ्रॉक पहने हुए है। उस फ्रॉक में लाल और नीले रंग के बहुत महीन फूल उकेरे गए हैं। चलते हुए रिक्शे पर लगती हुई हवा से, उसकी घुटने तक का फ्रॉक ऊपर उठा जा रहा है, जिसे वह बार-बार अपने हाथों से नीचे कर रही है।

उसके साथ बैठा घुमनाहा सिगरेट के धुएँ उड़ाते हुए मुस्करा रहा है। उसकी मुस्कराहट से सड़क किनारे लगे रंगीन झंडे और तोरण हवा में लहरा रहे हैं। सबके घरों के सामने रंगोली बनी हुई है। उन पर रंगबिरंगे फूलों की पंखुड़ियाँ बिखेर दी गई हैं। घरों की छतों और दरवाजों पर दीये जला दिए गए हैं। अन्तरिक्ष से सितार और मृदंग की हल्की मधुर धुन आ रही है, जो उनके रिक्शे का पीछा करते हुए चल रही है। घर के सामने उनका रिक्शा रुकते ही, वहाँ स्वागत में खड़ी गणिकाएँ और दासियाँ फूलों की वर्षा करने लगती हैं। इन स्वर्णिम क्षणों की एक झलक पा लेने के लिए लोग अपने घरों की छतों पर खड़े हैं।

घुमनाहा रिक्शा से उतरकर सोनपियारी को नीचे उतरने में मदद करता है, लेकिन हवा कोई मदद नहीं करती है। उसका फ्रॉक बार-बार उड़ जाता है, जिसे वह बड़ी मुश्किल से सँभालती है। फूलों की बारिश से उनके बालों पर गिरी फूलों की पंखुड़ियाँ उलझ जा रही हैं।

जब दोनों घर के अन्दर दाखिल हुए, तो किसी ने तेज आवाज में शंख बजाया। उस शंख की आवाज के साथ मुहल्ले के समृद्ध घरों की बैठक कक्ष में रखे टेलीविजन सेट पर रामायण धारावाहिक आरम्भ हो गया। सोनपियारी के आने के चलते बुतरू रामायण देखने गुप्ता के घर नहीं जा सका। उसे समोसा लाने शान्ता ने पुरकू होटल भेज दिया था।

सोनपियारी के आने की खबर से शान्ता ने वडयार कमरे की खिड़की का परदा बदल दिया। दोनों पलंग पर नई चादर बिछा दी। तकिया पर लगे तेल के दाग छिपाने के लिए उस पर भी कवर चढ़ा दिया। दीवार की घड़ी जो कई महीनों से बन्द पड़ी थी, उसे भी बैटरी लगाकर चालू कर दिया गया। उसके बगल में बाबा की तस्वीर लगा दी गई थी। उस तस्वीर के बगल में टँगा हिन्दू पंचाग कैलेंडर हवा में फड़फड़ा रहा था।

तब ऐंठबहार नरक दरवाजा वाले कमरे का दरवाजा बन्द कर अन्दर अकेला लेटा हुआ था। उस कमरे तक केरोसिन की हल्की बू आ रही थी। ऐंठबहार ने कमरे में गुलाबजल वाला इत्र छिड़क दिया था। दीवार के आले पर उसकी कविताओं की डायरी थकी पड़ी थी। ऊपर खपरैल वाली छत पर आग लगने के पुराने निशान

मौजूद थे। थोड़ी देर कुछ सोचने के बाद वह इमानुएल कांट की किताब निकालकर पढ़ने लगा।

शान्ता ने सोनपियारी को पलंग पर बिठा दिया और उसे निहारने लगी। सोनपियारी की आँखें काजल की घेराबन्दी में चमक उठी थीं। सस्ती लिपस्टिक के गुलाबी रंग से उसके होंठ पान में डालने वाले गुलकन्द की तरह चिपचिपे लग रहे थे। उसके गले में नकली सोने की चेन थी। उसने अपने हाथों में भी वैसी ही पीली चूड़ियाँ पहनी हुई थीं। वह बार-बार अपना फ्रॉक ठीक कर रही थी। बुतरू को आता देखकर शान्ता रसोई की ओर चली गई, जहाँ घुमनाहा पानी का गिलास लेकर खड़ा हुआ था। "जा ना।" उसे देखकर शान्ता ने कहा।

वडयार कमरे में बैठी सोनपियारी, उस कमरे का मुआयना कर रही थी। वह अपने सम्भावित ठिकाने का मुआयना कर रही थी। वह उनकी औकात का मुआयना कर रही थी। कमरे में जो लोहे की आलमारी थी, उसका रंग उड़ गया था। आलमारी का हैंडिल ढीला होकर लटक गया था। दीवार के आले पर रखा रेडियो बन्द पड़ा था। उसके नीचे के खाने में रखी खजुराहो की कई मूर्तियाँ टूट गई थीं।

लकड़ी के पुराने टेबल पर सिन्नी का पुराना बिजली का पंखा रखा हुआ था। खिड़की का परदा हवा में लहरा रहा था। कमरे में केरोसिन की हल्की बू आ रही थी। सोनपियारी ने नाक पर रूमाल रख लिया था। उसे इस तरह नाक पर रूमाल रखे देखकर घुमनाहा ने कहा, "वो हमारे यहाँ गैस वाला चूल्हा नहीं है ना।" घुमनाहा ने पानी का गिलास सोनपियारी की ओर बढ़ा दिया।

उसके पीछे समोसे का प्लेट लेकर शान्ता भी आ गई। उसके आते ही कमरे में केरोसिन की तीखी बदबू भर गई। मानो कमरा केरोसिन में डूब गया हो। केरोसिन की तीखी बू से सोनपियारी को उबकाई आने वाली थी लेकिन उसने किसी तरह अपने पर काबू किया। उसने प्लेट से एक समोसा उठाते हुए कहा, "क्या वो मान जाएँगे?"

शान्ता उसका पीठ सहलाते हुए बोली, "कौन?"

"वही किरांतीकारी।"

घुमनाहा चुपचाप पलंग पर बैठे दीवार घड़ी पर घूम रहे सेकेंड के काँटे को देख रहा था। बुतरू सोनपियारी के फ्रॉक पर बने फूलों को देख रहा था। उसकी नजरों की तितली उन फूलों पर इधर से उधर उड़-फुदक रही थी। वह सोनपियारी के हाथ हिलाकर बात करने की अदा को ध्यान से देख रहा था। सोनपियारी चुप होकर शान्ता की ओर देख रही थी, जो बार-बार अपने माथे का पसीना पोंछ रही थी। उसके चेहरे पर थकान की आहट दिख रही थी। उसकी पसलियों के भीतर से कोई चीत्कार बाहर आ रही थी।

वह जोर से खाँसने लगी। फिर खाँसते हुए बाहर चली गई। उसके बाहर जाते ही बुतरू सोनपियारी के पास चला गया। सोनपियारी के फ्रॉक में बने फूलों को

देखते हुए उससे धीरे से पूछा, "मैं इन फूलों को छू सकता हूँ?" सोनपियारी उसके सिर पर हाथ फेरते हुए बोली, "नहीं रे छोटू।" वह नाराज होकर शान्ता के पीछे चला गया, जो आँगन के चबूतरे पर बैठकर हाँफ रही थी।

हरिमन खाट पर उठकर बैठ जाता है, जैसे वह अभी अपनी सोच में हाँफ रहा हो। सच में वह भी हाँफ रहा था। चपरासी उसके कमरे के दरवाजे का ताला बन्द कर रहा था। चावल और मछली झोल की खुशबू से बिल्लियों के आने का खतरा था। वह ताला बन्द कर हरिमन के पास आया और उसकी चाबी देकर बोला, "चलता हूँ सर। देर हो रही है। घर में सब इन्तजार कर रहे होंगे।"

हरिमन चाबी लेकर सोचने लगता है कि उसका किसी को इन्तजार नहीं है। लेकिन यह एकतरफा सच था। घर में उसका इन्तजार घुमनाहा को था। घर में उसका इन्तजार शान्ता को था। वह उनके इन्तजार में लौट जाता है। घर में शान्ता बैठी चावल चुन रही थी। घुमनाहा लोहे की आलमारी से रायपुर की जमीन के कागजात निकालकर देख रहा था। बुतरू पलंग पर बैठा था। ऐंठबहार नरक दरवाजा वाले कमरे के एकान्त में देकार्त की किताब पढ़ रहा था।

हरिमन को देखकर घुमनाहा तेजी से जमीन के कागजात लेकर बाहर चला गया। हरिमन के हाथ से बैग लेकर बुतरू ने उसे लोहे की आलमारी के ऊपर रख दिया। शान्ता ने बुतरू को बाहर जाने का इशारा किया। वह भी घर से बाहर चला गया। कमरे में सिर्फ चुप्पी और प्रतीक्षा बच गई थी। हरिमन चुपचाप पलंग पर पसर गया। शान्ता चावल की थाली रसोई में रखकर वापस आई और हरिमन की छाती सहलाते हुए बोली, "वो घुमनाहा शादी करना चाहता है।"

इतना सुनते ही हरिमन ने झटके से उसे अपने से दूर किया और चीखकर कहा, "साला खिलाएगा क्या?" कमरे में मौजूद चुप्पी के परखच्चे उड़ गए। आँगन में आम पेड़ की पुरानी छाल अपने तने से अलग होकर गिर गई। खिड़की का परदा जोर-जोर से लहराने लगा।

फिर वह कमरा तर्कों, कुतर्कों, आवाजों, जिरहों और चीखों से भर गया, जो देर तक चलता रहा। हरिमन की चीख और शान्ता की गिड़गिड़ाने की आवाज दरवाजे की दरारों से बाहर तक आने लगी।

उनकी ये आवाजें सुनकर नरक दरवाजा वाले कमरे में किताब पढ़ रहा ऐंठबहार घबराकर उठ बैठा। वह धीरे से कमरे से बाहर निकला। उसने देखा कि हरिमन गुस्से में अपने हाथ हवा में हिला रहा है। शान्ता उसका गुस्सा ठंडा होने का इन्तजार करने लगी। गुस्से में हरिमन के हाथ काँपने लगे थे। उसकी कमजोर देह की पसलियाँ चरमराने लगी थीं। वह हाँफने लगा था। जब शान्ता उसकी पीठ सहलाने की कोशिश करने लगी, तो उसने शान्ता के हाथों को झटककर दूर कर दिया।

फिर घर में तीन दिन चुप्पी बनी रही। उन तीन दिनों घुमनाहा घर से बाहर ही रहा। उन तीन दिनों बुतरू और ऐंठबहार नरक दरवाजा वाले कमरे में ही रहे। उन तीन दिनों में शान्ता कई बार रोई। उन तीन दिनों में कई बार हरिमन की छाती में दर्द उठा। उन तीन दिनों हरिमन ने घर में जमकर महुआ पिया।

कुछ दिनों बाद जब वह जोंधराडीपा स्कूल जाने लगा, तब शान्ता ने वडयार कमरे का दरवाजा बन्द कर दिया। हरिमन बैग लेकर निकलने वाला था, लेकिन वह शान्ता को देखकर चौंक गया। उसके पैर पथरा गए। वह चाहकर भी अपने कदम आगे बढ़ा नहीं पा रहा था।

उसकी छाती में फिर से वही हल्का दर्द होने लगा। उसने देखा कि शान्ता केरोसिन से भरा प्लास्टिक का केन लेकर जमीन पर बैठ गई है। आधा केरोसिन उसने अपने ऊपर उड़ेल लिया है। पूरा कमरा केरोसिन की तीखी बदबू से भर गया था। शान्ता ने पास में रखी माचिस की डिब्बी को उठाकर कहा, "शादी के लिए हाँ कर दो नहीं तो..."

हरिमन उसकी इस हरकत से घबरा गया। उसके हाथ-पैर काँपने लगे। वह इस अंजाम के लिए तैयार नहीं था। उसने इधर-उधर देखा। घर में कोई नहीं था। उसने खिड़की का परदा लगा दिया, जिससे बाहर खड़ी औरतों की आवाजें आ रही थीं, जो सार्वजनिक नल पर पानी लेने आई थी।

उसने देखा पीछे रसोई का दरवाजा भी बन्द था। उसने देखा विकल्पों का दरवाजा भी बन्द था। उसने किसी तरह अपने गुस्से को सँभाला। उसने कहा, "ठीक है।"

फिर वह सामने का दरवाजा खोलकर बाहर आ गया। बाहर की हवा एकदम साफ और शुद्ध थी। वह अपना बैग लेकर बस स्टैंड की ओर जाने लगा। केरोसिन की तीखी बू पीछे छूटने लगी।

हरिमन अपने पुराने दुख से भीगकर खाट पर पसर गया। उसने देखा कि सामने स्कूल का मुख्य दरवाजा खुला हुआ है। उसके साथ खेलने वाले बच्चों के आने का समय होने वाला है। मैदान के सुनसान पर वह अकेला है। एकदम अकेला। वह अपने आप से फुसफुसाने लगा। खाट की निवाड़ से उसकी पीठ अकड़ गई थी। वह करवट बदलकर सोचने लगा।

उसकी सोच की खोह में घुमनाहा की शादी तैयारी चल रही थी। पीछे के आँगन में मंडप लगाया जा रहा था। घर में केरोसिन की तीखी बदबू को दबाने के लिए रंगरोगन हो रहा था। वडयार कमरे के पलंग को बाहर निकालकर, उसकी लकड़ी पर पेंट किया जा रहा था। खिड़की का परदा बदल गया था। लोहे की आलमारी को रंग दिया गया था और उसका लटका हुआ हैंडिल भी ठीक कर दिया गया था।

हरिमन सामने वाले कमरे में बैठा था। उसके पास शान्ता बैठी थी। दोनों सम्भावित खर्च का हिसाब लगा रहे थे। दोनों सम्भावित लोगों को टोह रहे थे,

जिनसे पैसे की मदद ली जा सके। टेटमेरिही और समारू के नाम को सम्भावितों की सूची से शान्ता ने यह कहते हुए हटा दिया था कि अभी वे इतने पैसे कहाँ से लाएँगे। फिर देर तक विचार करने के बाद हरिमन ने फैसला किया कि वह गाँव की आखिरी जमीन बेच देगा।

गाँव की जमीन के आखिरी टुकड़े को बेचकर घर में खुशी आई। हरिमन जारोबारो से जब साठ हजार रुपये लेकर लौट रहा था, तब उसकी आँखों में आँसू आ गए। उसे लगने लगा कि वह अब कभी इस गाँव नहीं लौट पाएगा, कि वह अब कभी खेती की मिट्टी की खुशबू को नहीं जान पाएगा, कि वह बाबा की कमाई हुई आखिरी सम्पत्ति को बेचकर अपने पुरखों के सामने क्या मुँह दिखाएगा?

दूसरों की खुशी के लिए हरिमन ने दुख को मोल ले लिया। उसकी देह की चर्बी और कम हो गई। उसकी पसलियाँ और उभर गईं। उसका पेट और थोड़ा फूलकर बाहर आ गया।

शादी के बाद हरिमन अपने स्कूल लौट आया, जहाँ वह अभी महुआ के नशे में खाट पर पड़ा है। खाट के नीचे नीबू के टुकड़े पड़े हैं, जिन पर मक्खियाँ भिनभिना रही हैं। लकड़ी का पट्टा जमीन पर गिरा हुआ है। स्कूल के पास की इमारतों में टहल रही औरतें नीचे चली गई हैं।

आकाश के कैनवास पर नारंगी रंग फैला हुआ है। उसने खाली महुआ की बोतल को अपने से मुँह से सटाकर उलटा कर दिया। बोतल की कुछ बूँदें उसके मुँह में उतर गईं। हरिमन ने उस बोतल को दूर फेंक दिया। उसके गिरने से हवा में काँच के चूर-चूर होने की आवाज फैल गई।

उधर नरक दरवाजा वाले कमरे में घुमनाहा और सोनपियारी बैठे हुए हैं। उस पलंग पर नया गद्दा और चादर बिछा हुआ है। कमरे में मोंगरा फूल की खुशबू फैली हुई है जिसके चलते शान्ता के जिस्म से आने वाली केरोसिन की तीखी बदबू कम हो गई है। कमरे में सोनपियारी को उपहार में मिली आलमारी और ड्रेसिंग टेबल रखी हुई है। वह ड्रेसिंग टेबल में लगे आईने में अपना चेहरा देखकर मुस्करा रही है।

पलंग पर लेटा हुआ घुमनाहा उसके पास आने का इन्तजार कर रहा था। सोनपियारी ने अपने बालों में मोंगरा फूल की वेणी लगाई, फिर अपने चेहरे की लिपस्टिक को रुई के फाहे से पोंछ दिया। इमामी क्रीम चेहरे पर लगाने के बाद वह घुमनाहा की ओर पलटकर देखने लगी, जो उसकी ओर ही देख रहा था। सोनपियारी कमरे का साठ वॉट का पीला बल्ब बन्द कर देती है। कमरे में सौ वॉट का प्यार पनपने लगता है।

उसके पास आते ही घुमनाहा सोनपियारी को अपनी ओर खींच लेता है। वह खुद ही उसकी गोद में गिर जाती है। दोनों पास-पास आ जाते हैं। सामने वाले कमरे में लेटा बुतरू उनकी हल्की आवाज को सुन रहा था। उसने ध्यान से सुना। सोनपियारी

ने एकदम धीरे से घुमनाहा के कान के पास अपना मुँह सटाकर कहा, "वो चाकू मुझे दे दो। हमारे प्यार की निशानी।" फिर कमरे से चूड़ियों के खनकने की आवाजें आने लगती हैं। बुतरू नरक दरवाजा की दरारों से भीतर झाँकने की कोशिश करता है।

अन्दर सौ वॉट की निकटता है। सौ वॉट की पकड़ापकड़ी है। सौ वॉट की छुअन है। बुतरू अपनी आँखें बन्द दरवाजे की दरार से चिपका देता है। वह देखता है कि घुमनाहा अपनी पैंट की जेब से चाकू निकालकर सोनपियारी के हाथ में पकड़ा देता है। फिर वह उसे अपनी बाँहों में भर लेता है और धीरे से कहता है, "अब से मेरा सारा जख्म भी तुम्हारा।" उसकी बात सुनकर सोनपियारी मुस्कराने लगती है।

दोनों पलंग पर बैठ जाते हैं। घुमनाहा दीवार पर टँगी थैली में छिपाकर रखी काले रंग की प्लास्टिक निकालता है। फिर उस प्लास्टिक कैरी बैग का मुँह खोल देता है। काले रंग की प्लास्टिक बैग में हाथ डालकर ढेर सारे जुगनू निकालता है और उसे सोनपियारी के ऊपर फूल की तरह फेंकने लगता है। पूरा कमरा टिमटिमाते जुगनुओं की चमक से जल उठता है।

कमरे में चमकीले शब्द इधर से उधर हवा में उड़ने लगते हैं। उन नन्हे चमकीले शब्दों को अपनी देह पर सरकते-फिसलते देखकर सोनपियारी सिहर उठती है, "ये शब्दों के जुगनू तुमने जगाए हैं।"

घुमनाहा अपने चेहरे की मुस्कान के पीछे से कहता है, 'हाँ।" वह पूरा प्लास्टिक बैग सोनपियारी पर उड़ेल देता है। उसके भीतर बचे सारे जुगनू सोनपियारी की देह पर गिरकर धीरे-धीरे नीचे सरकने लगते हैं। सोनपियारी उन जुगनुओं को अपनी हथेली पर रख लेती है। कुछ उसके सिर के बालों में उलझ जाते हैं। कुछ जुगनू उसकी पीठ पर बैठ जाते हैं।

सोनपियारी जुगनुओं से लद जाती है। एक जगमगाती-चमचमाती परी की तरह पलंग पर बैठे हुए वह मुस्कराने लगती है। फिर धीरे से उन जुगनुओं को घुमनाहा अपनी खाली डायरी पर उतारने लगता है। सारे जुगनू स्वत: ही उसकी डायरी में आकर बैठने लग जाते हैं।

डायरी के पन्नों पर उतरते ही जुगनू शब्दों में बदलने लग जाते हैं। धीरे-धीरे सारे जुगनू उस डायरी में उतर जाते हैं। कमरे में फिर से सौ वॉट का अँधेरा पसर जाता है।

घुमनाहा टॉर्च की रोशनी में अपनी डायरी में बिखरे शब्दों को हौले से पढ़ना शुरू करता है। उसके पढ़ने में एक सलीका है। उसके उच्चारण में सटीक उतार-चढ़ाव है। उसके पढ़ने में जरूरी ठहराव है—

तितली की तरह उतरने दो
तुम्हारे स्पर्श को
देह की टहनियों पर

लौट जाने के पहले
लिपट जाने दो पसलियों को
इस उम्दा चाहत के पार
कौन पुचकारेगा तुम्हें इस तरह
खुशबू की तरह पसरने दो
होंठों को
होंठ की पँखुड़ियों पर...

घुमनाहा बिना रुके अपनी डायरी में लिखी कविताओं को पढ़ता रहता है। उसकी बेहिचक और भारी आवाज से कविता कमरे में गूँजने लगती है। कमरे में उसकी आवाज का अनुनाद किसी मंत्रोच्चार जैसा लगता है। उसकी आवाज के जादू से सोनपियारी मुग्ध हो जाती है।

जगमगाते शब्दों से भरी कविता सुनते हुए सोनपियारी स्तब्ध हो जाती है। कविता उसे सच से बहुत दूर ले जाती है। कविता से उसकी त्वचा में सुरसुरी आ जाती है। वह सुनने के आनन्द में ठहर जाती है। वह घुमनाहा की पीठ से टिककर सो जाती है।

वह अपनी नींद में अपने तकिए के नीचे छिपाकर रखी साहित्यिक पत्रिका 'सारिका' निकाल लेती है। वह उस पत्रिका की अनुक्रमणिका पर अपनी अँगुली फिराते हुए नीचे जाती है। उसकी अँगुली जहाँ पर सिहरकर रुक जाती है, वहाँ लिखा होता है, 'ऐंठबहार की पाँच कविताएँ।'

वह अनुक्रमणिका के अनुसार पेज नम्बर तैंतीस पर जाती है, जहाँ ऐंठबहार की श्वेत-श्याम तस्वीर के नीचे उसका संक्षिप्त परिचय लिखा हुआ था। उसके नीचे उसकी पाँच कविताएँ मुद्रित थीं। सोनपियारी अपनी नींद में करवट बदलकर सो जाती है।

उन जुगनुओं की चमक से दरवाजे की दरार पर टिकी बुतरू की आँखें चुंधिया जाती हैं। बुतरू की साँसें जोर-जोर से चलने लगती हैं। उसके जिस्म के चारों ओर जो ठंडक बन गई थी, वह छँट जाती है। उसके नथुने में देहों के निकट आने की जो खुशबू थी, उसे केरोसिन की तीखी बू कुचलने लगती है।

सामने के कमरे में ऐंठबहार खाट पर लेटा हुआ है। उसकी छाती पर क्रिस्टोफर काडवेल की किताब 'इल्यूजन एंड रियालिटी' रखी हुई है, जो उसकी साँसों के साथ ऊपर-नीचे हो रही है। उसका मुँह नींद में खुल गया है। उसकी आँखें बन्द हैं। वह अपनी बन्द आँखों के भीतर किसी गुलाबी कमरे में लेटा हुआ है। उस कमरे में चकाचौंध उजाला है। उजाले का धुआँ कमरे में फैला हुआ है। कमरे में सैकड़ों हथेलियों की लताएँ हवा में तैर रही हैं। वे उसकी देह को छूना चाहती हैं। वे उसे सहलाना चाहती हैं।

ऐंठबहार उन हथेलियों के स्पर्श से इधर से उधर भागने लगता है। किसी महिला की खिलखिलाहट उसके कानों में गूँजने लगती है। वह थोड़ा सकपका जाता है। हथेलियों की लताएँ उसे अपने चंगुल में ले लेती हैं। उसे हवा में उठा लेती हैं। फिर धीरे से एक अजीब से बिस्तर पर लिटा देती हैं। उस बिस्तर पर टिकते ही ऐंठबहार की आँखें असीम आनन्द में मुँद जाती हैं। वह रुआँसा होने लगता है।

उसकी देह में करंट दौड़ जाती है। उसकी त्वचा में मीठे फफूँद उगने लगते हैं। वह अपनी हथेलियों से उस नर्म बिस्तर को छूने लगता है। उसे सहलाने लगता है। उसकी हथेलियों को बहुत पुरानी स्मृति का आनन्द आने लगता है। उसकी हथेली में वही मांसल खुशबू लिपट जाती है।

वह ध्यान से देखता है कि वह सैकड़ों स्तनों के ढेर पर पड़ा है। बिस्तर की नरमी में उसकी देह इधर-उधर हो रही है। उसकी देह का ताप बढ़ने लगता है। वह अपने खयाल में सच का मरने लगता है। उसकी साँस तेज चलने लगती है। वह उस कमरे से बाहर आना चाहता है। लेकिन वह घबरा जाता है। वह जोर से चीखता है।

उसके चीखने की आवाज सुनकर नरक दरवाजा वाले कमरे में मुसलसल कविता पाठ कर रहा घुमनाहा घबराकर बाहर आता है। वह देखता है कि ऐंठबहार नींद में बड़बड़ा रहा है। वह उसका कन्धा पकड़कर हिलाता है। ऐंठबहार अपनी नींद में मुस्कराने लगता है। उसकी छाती से सरककर क्रिस्टोफर कॉडवेल की किताब नीचे जमीन पर गिर जाती है, जिसे घुमनाहा उठाकर टेबल पर रख देता है और चुपचाप भीतर चला जाता है, जहाँ सोनपियारी अपनी नींद में कुहरने लगती है।

जोंधराडीपा स्कूल के मैदान में महुआ बोतल गिरने की आवाज सुनकर दीवार के पास बैठे कुत्ते डर जाते हैं और अपनी दुम दबाकर भाग जाते हैं। हरिमन खाट पर बैठे हुए आकाश की ओर देखता है। बादलों का टुकड़ा लगातार अपनी आकृति बदल रहा है। वह उस बादल को देखने लगता है। बादल धीरे-धीरे स्नान करती महिला की आकृति में बदल जाता है। वह फिर से अपनी सोच में डूब जाता है।

वह देखता है कि शान्ता स्नानगृह में केरोसिन से भीगे अपने सारे कपड़े उतार रही है। फिर वह पास रखी कटोरी से हल्दी और चन्दन का लेप लेकर अपने पूरे शरीर पर लगाने लगी। उसके उतरे हुए कपड़े और उसकी देह से बहुत तेज केरोसिन की बदबू आ रही है। बन्द दरवाजे के भीतर स्नानगृह में चन्दन की खुशबू के लिए कोई जगह ही नहीं बची है। उसे घुटन-सी महसूस हुई। उसने दरवाजे को थोड़ा खोल दिया ताकि साफ हवा अन्दर आ सके।

केरोसिन से भीगे कपड़ों को वह स्नानगृह से बाहर फेंक देती है। उसकी बू से आसपास बैठी मक्खियाँ भाग जाती हैं। लकड़ी के पीढ़े पर बैठकर वह अपने पैरों को रगड़ने लगती है। फिर अपनी पीठ और छाती पर लेप लगाकर मलने लगती है।

फिर वह तीन-चार मग पानी अपने पूरे शरीर पर उड़ेल लेती है। हल्दी और चन्दन का लेप उसके शरीर से निकलकर बह जाता है। फिर वह लाइफबॉय साबुन लगाती है। जब वह नहाकर निकलती है, तब आँगन में बुतरू खड़ा दिखता है।

बुतरू का कपड़ा भी केरोसिन से भीगा दिखता है। वह चुपचाप शान्ता की ओर देखने लगता है। शान्ता उसके पास आकर पूछती है, "ये कैसे हुआ?" बुतरू अपनी भीगी हुई कमीज अपने दोनों हाथों से पकड़कर कहता है, "जब आप अपने ऊपर केरोसिन डाल रही थी, तब मैं वहीं पलंग के नीचे छिपा हुआ था।" शान्ता मुँह बिचका देती है, "जा नहा ले। और कपड़े बाहर ही उतार देना।"

आईने के सामने खड़े होकर शान्ता बार-बार अपने हाथों और जिस्म को सूँघने की कोशिश करती है। लेकिन उसे हर जगह से केरोसिन की बदबू आती है। उसके लगता है कि यह उसका भ्रम है। वह पास बैठे ऐंठबहार को अपने पास बुलाती है और उससे पूछती है, "क्या अब भी वह बदबू आ रही है?" ऐंठबहार तेज साँस लेकर आसपास की हवा को अपने नथुने अन्दर खींचता है, "हाँ बहुत तीखी है।"

शान्ता फिर से स्नानगृह जाती है और पानी की बाल्टी में मोंगरा फूल की खुशबू वाला इत्र और गुलाबजल की पूरी बोतल उड़ेल देती है। फिर वह उससे स्नान करती है। वह देर तक उस पानी से भीगी खड़ी रहती है। फिर अपनी देह को टावेल से पोंछकर वह बाहर आती है।

वडयार कमरे में दीवार पर लगे आईने के सामने खड़े होकर शान्ता अपने चेहरे पर इमामी क्रीम लगाने लगती है। उसे देखकर घुमनाहा मुस्कराने लगता है, "सोनपियारी भी यही लगाती है।" शान्ता उसे अपने पास बुलाती है, "तेरी नाक तो बड़ी तेज है ना! बता मेरे शरीर से केरोसिन की बदबू अभी भी आ रही है क्या?" घुमनाहा शान्ता के सिर के पास अपनी नाक ले जाता है। फिर उससे दूर होकर कहता है, "बहुत ज्यादा बदबू आ रही है।"

शान्ता फिर से स्नानगृह जाती है। इस बार वह पानी की बाल्टी में ढेर सारा डेटॉल डाल देती है। वह तीन बार लाइफबॉय साबुन लगाती है। फिर स्नान करती है। वह बाहर आती है। ऐसा वह कई दिनों तक करती है। कभी-कभी तो दिन में तीन बार भी स्नान करने चली जाती है। उसकी सारी कोशिशों के बावजूद केरोसिन की बदबू उसकी देह पर चिपकी रह जाती है।

एक दोपहर वह हमाम साबुन से नहाकर स्नानगृह से बाहर निकली। उसने देखा कि जिस मकान में जोजबोलही का परिवार रहता था। उसके दरवाजे पर मकड़ी का घना जाला बन गया है। उसकी खपरैल पर लम्बी-लम्बी घास उग आई है। आँगन सुनसान और खाली है। शान्ता को बीच आँगन में टावेल में लिपटा देखकर सोनपियारी ठहर जाती है।

"देख तो बहू केरोसिन की बदबू आ रही है क्या?" शान्ता उसके पास आकर कहती है। सोनपियारी दूर से ही जोर की साँस लेती है, "हाँ माँ।" शान्ता बुदबुदाते हुए भीतर चली जाती है, "भाड़ में जाए बदबू।"

स्कूल के मैदान में पीछे बने शौचालय से बदबू आने लगती है, जिससे हरिमन अपनी सोच से बाहर आ जाता है। आसमान में नारंगी रंग की रोशनी फैलने लगती है। बादलों का छोटा छोटा टुकड़ा इधर-उधर फैला-सा दिखता है। बादलों का रूप बदलना जारी रहता है।

वह देखता है कि बादलों के टुकड़े धीरे-धीरे उड़ते हुए पंछी से दिखने लगते हैं। वह देखने की कोशिश में अपनी आँखों पर जोर देता है, जिस पर महुआ की नमी ने एक धुँधली-सी परत बना दी है।

हरिमन उस धुँधलके में गौर से देखता है कि नरक दरवाजा वाले कमरे में सोनपियारी बिस्तर पर बार-बार करवट बदल रही है। उसकी त्वचा पर जलन बढ़ने लगी है। उसने महसूस किया कि उसकी देह पर किसी ने चिनगारियाँ टाँक दी हैं। फिर उसे याद आया कि रात उसकी देह पर सैकड़ों-हजारों जुगनू उतरे थे। यह जलन उनकी चमक की तपिश से हो सकती है। उसे अपना पूरा शरीर चिनगारी से लिपटा लगने लगा।

वह बिस्तर से उतरकर पीछे आँगन जाती है। वहाँ लगे बड़े से आईने में अपना चेहरा देखकर चौंक जाती है। उसके पूरे चेहरे पर लाल-लाल छोटे दाने उभर आए हैं। वह थोड़ा और पास जाकर देखती है। उसे अपनी गर्दन पर भी कई दाने दिखते हैं। उसे अपने हाथों में भी वैसे ही उभार दिखते हैं। उसे अपनी पीठ पर भी कुछ महसूस होता है। उसे अपना पूरा जिस्म जुगनुओं से झुलस गया-सा लगता है। वह खीझ जाती है।

वह गुस्से में नरक दरवाजा वाले कमरे की ओर लौटती है। कमरे में घुमनाहा गहरी नींद में सो रहा है। वह उसे नींद से जगाती है। घुमनाहा आँखें मींचते हुए उठ जाता है और गुस्से से उसकी ओर देखता है।

"सच बताना वो कविताएँ चोरी की थी ना?" सोनपियारी उसका हाथ पकड़कर पूछती है। घुमनाहा सकपका जाता है, "नहीं तो।"

"तो फिर जुगनुओं से झुलसने के ये जख्म।" सोनपियारी अपने शरीर पर उभर आए छोटे-छोटे लाल दाने दिखाते हुए चीखती है। घुमनाहा चुपचाप असहमति में सिर हिलाने लगता है।

"जुगनुओं से जख्म?" वह मुस्कराते हुए कहता है।

"चोरी के जुगनुओं से तो होता है ना।" यह कहते हुए सोनपियारी तकिए के नीचे रखी पत्रिका निकालती है और घुमनाहा के मुँह पर दे मारती है। घुमनाहा की गोद में 'सारिका' गिर जाती है। वह उसे अपनी गोद से नीचे फेंक देता है।

सोनपियारी का हाथ पकड़ लेता है। उसके स्पर्श से वह चौंक जाता है। वह गुस्से और बुखार में काँपने लगती है।

घुमनाहा उसे अपनी बाँहों में जकड़ लेता है। सोनपियारी के जिस्म का ताप उसकी पसलियों में उतरने लगता है। वह उसे और जोर से पकड़ लेता है। वह अपने चारों ओर कम्बल लपेट लेता है। कम्बल के भीतर दो देह पसीने में भीगने लगती हैं। धीरे-धीरे देह का ताप उतरने लगता है। सोनपियारी की आँखें मुँद जाती हैं। वह धीरे से सोनपियारी को बिस्तर पर लिटा देता है।

घुमनाहा दीवार घड़ी की ओर देखता है। फिर वह कमरे में रखी आलमारी की ओर देखता है, जिसके भीतर सोनपियारी की दर्जनों साड़ियाँ, लहँगे आदि रखे थे। नीचे लॉकर में उसके गहने और घुमनाहा की कविता की डायरी रखी थी। उसके नीचे के खाने में घुमनाहा के कपड़े रखे थे। सबसे नीचे के खाने में बेकार की जरूरी चीजें रखी थीं।

घुमनाहा आलमारी खोलता है। सबसे नीचे के खाने के सामानों को उलटता-पुलटता है। फिर कपड़े में लिपटी एक छोटी-सी मूर्ति को बाहर निकलता है। वह मूर्ति को ध्यान से देखता है। मुस्कराता है। फिर उसी कपड़े में लपेटकर भीतर छिपा देता है। वह खड़ा होता है और लॉकर से अपनी कविता की डायरी निकालता है। उसे लेकर पीछे आँगन चला जाता है।

जब वह हाथ में एक कटोरी लेकर लौटता है, तब सोनपियारी बिस्तर पर करवट बदलती है। उसकी पीठ के पास घुमनाहा बैठ जाता है। वह उसकी पीठ सहलाने लगता है। वह उसके कान में धीरे से फुसफुसाकर कहता है, "उठो मरहम लाया हूँ।" सोनपियारी उठ जाती है। वह उस कमरे के सौ वॉट अँधियारे में उसे हाथ का सहारा देकर उठाता है।

कटोरी में रखे लेप की गन्ध से सोनपियारी चौंक जाती है। लेकिन अँधेरे में उसे कुछ दिखाई नहीं देता है। घुमनाहा उसकी गर्दन, पीठ और छाती पर वह लेप लगाने लगता है। लेप की ठंडक सोनपियारी के त्वचा पर फैले महीन दानों से त्वचा के भीतर रिसने लगती है। उसे लगता है कि सारे जख्म उसकी त्वचा से निकलकर उड़ जा रहे हैं। राख की सोंधी गन्ध उससे लिपट जाती है। वह चुपके से घुमनाहा से लिपट जाती है।

सोनपियारी उससे लिपटे हुए कहती है, "कहीं किराये के मकान में रहने चलें क्या?" घुमनाहा बिना चकित हुए कहता है, "क्यों?" सोनपियारी उसकी छाती सहलाने लगती है। वह कहने लगती है, "कितनी तकलीफ है यहाँ। इस एक कमरे में बन्द रहना। पैखाना भी बहुत पीछे है। और उस भुतहा कमरे से किसी के रोने की आवाज आती रहती है। इन्हीं सब बातों से मुझे बुखार हो जाता है।"

घुमनाहा अपनी अँगुलियों में बच गए लेप को उसके हाथों में लगाने लगा। सोनपियारी अपनी बात कहने में मगन थी, "ये कोई दरवाजा है। बन्द भी रखो तो

इसकी दरारों से वो छोटू भीतर झाँकता रहता है। बाथरूम भी एकदम खुला-सा है। बोरियों को घेरकर बनाया हुआ। नहाने जाओ तो चिड़िया भी नीचे झाँक लेती है।" सोनपियारी का मुँह सूख जाता है। वह अनजाने में ही अपने मुँह के भीतर जीभ चलाने लगती है। मुँह का लार शब्दों के स्वाद चखने लगता है।

घुमनाहा उसकी बात सुनते हुए भी नहीं सुनता है। वह उसके पास बैठे हुए भी दूर रहता है। वह बहुत दूर चला जाता है। वह शहर के बाहर ढाबा खोलने की योजना बनाता है। बंजारी मन्दिर के आगे वह सड़क किनारे जमीन घेरने जाने वाला है। ढाबा खोलने का सामान खरीदने के लिए उसे पैसे की जरूरत है। पैसे का खयाल आते ही उसका नथुना फड़कने लगता है। वह सूँघने की कोशिश करता है। आसपास पैसे की बू नहीं होती है। सोनपियारी उसे कुहनी मारकर वापस इस कमरे में ले आती है।

वह अपना कहना जारी रखती है, "और वो केरोसिन बाई। दिन भर कुछ ना कुछ बुदबुदाती रहती है। उसके पास जाने से मेरा सिरदर्द करने लगता है। उस केरोसिन की बदबू से ऐसा लगता है कि दूर से उस पर जलती माचिस की तीली डाल दूँ।"

सच में उस कमरे में केरोसिन की तीखी बदबू आ रही थी। घुमनाहा अपनी अँगुलियों पर सूख गई राख को झाड़ने लगता है। वह सोनपियारी की ओर देखने लगता है। सोनपियारी उसकी ओर देखकर कहती है, "सुन रहे हो ना मेरी बात?"

घुमनाहा सिर हिलाते हुए कहता है, "लेकिन हम भी चले गए तो घर खाली हो जाएगा। ऐंठबहार भी तो दिल्ली जाने वाला है।" सोनपियारी मुँह बिचका देती है और पलंग पर उसकी ओर पीठ कर लेट जाती है।

*

हजरत निजामुद्दीन स्टेशन से ऑटो लेकर ऐंठबहार सीधे लेखिका के बताए पते पर पहुँच जाता है। लेखिका यमुना पार के गरीब इलाके में बने अपार्टमेंट रहती है। अपार्टमेंट के नजदीक ही झुग्गी-झोंपड़ी है, जहाँ कई इलाकों से आए गरीब मजदूर रहते हैं, फिर भी वह इलाका बांग्लादेशी कालोनी कहलाता है। अपार्टमेंट की चौथी मंजिल की खिड़की से नीचे देखते हुए ऐंठबहार को वह इलाका नेशनल जियोग्राफी के फोटो जैसा दिखता है। दूर-दूर तक टीन, बोरी और प्लास्टिक की बनी छतें नजर आती हैं।

ऐंठबहार अपनी नजर फेर लेता है। इधर अपार्टमेंट की गैलरी में कुछ गमले रखे हुए हैं। गमलों में रंगबिरंगे फूल खिले हुए हैं। उनकी महक गाड़ियों के धुएँ से कसैली लग रही है। वह काँच का सरकने वाला दरवाजा बन्द कर अपार्टमेंट के अन्दर आ गया।

लेखिका किसी काम से उसे अकेला छोड़कर बाहर गई हुई थी। वह सोफे के पास रखे एक स्टूल पर चुपचाप बैठ गया। सड़कों पर भागती-दौड़ती सैकड़ों गाड़ियों की आवाज धीमी हो गई थीं।

थोड़ी देर बाद लेखिका उसे अपने साथ नीचे ले जाती है। करीब सात मिनट पैदल चलने के बाद वे उस झोंपड़पट्टी के अन्दर पहुँच जाते है। वे एक पक्के मकान के सामने रुक जाते हैं। लेखिका उसे अन्दर पहली मंजिल पर उसका कमरा दिखा देती है। ऐंठबहार अपना बैग कमरे में रख देता है और पास की दुकान में ताला-चाबी खरीदने चला जाता है। जब वह लौटता है, तब लेखिका उसे कुछ पैसे देती है। फिर वह उसे एक कागज में लिखा अपना टेलीफोन नम्बर देती है। वह वापस अपने अपार्टमेंट लौट जाती है।

किराये के कमरे में एक बड़ा सा आला है, जिसमें ऐंठबहार अपना बैग रख देता है। फिर बैग से अखबार निकालकर जमीन पर बिछा देता है। उस अखबार के ऊपर चादर बिछा देता है। बैग को अपने सिर के नीचे तकिया बनाकर रख लेता है और कमरे की छत की ओर देखते हुए सोचने लगता है।

वह यहाँ क्या करने आया है? यह सवाल उसे कचोटने लगता है। मकान के पीछे की नाली की बदबू कमरे में फैल जाती है। वह उठकर कमरे की खिड़की बन्द कर देता है। वह अपनी सोच की खिड़की बन्द कर देता है। थकान की चपेट में वह सो जाता है।

ऐंठबहार की नींद के भीतर घुमनाहा और सोनपियारी अपने सामान पैक कर रहे थे। आलमारी के कपड़े निकालकर बैग में भर चुके थे। सोनपियारी को दहेज में जो उपहार और बर्तन मिले थे, उन्हें बोरी में रख दिया गया था।

सोनपियारी पलंग के नीचे झाँककर देख रही थी। घुमनाहा दीवार घड़ी निकाल रहा था। बाहर माल ढोने वाला एक वाहन खड़ा था, जिसमें सारे सामानों को घुमनाहा रखता जा रहा था। भीतर शान्ता इन सब से अनजान रसोई में बैठी थी। हालाँकि उसका पूरा ध्यान उनके कदमों की आहट पर ही था। बुतरू बीच-बीच में बाहर आकर झाँक लेता और उसे बताता, "माँ अभी आलमारी निकाल रहे हैं।"

सारा सामान वाहन पर रख देने के बाद घुमनाहा रसोई के भीतर गया। उसने शान्ता को बताया कि वह सोनपियारी के साथ दूसरी जगह रहने जा रहा है। शान्ता उसकी बात सुनकर उसकी ओर देखने लगी। "बहुत बढ़िया।" वह बस इतना ही कहती है।

घर छोड़ते समय घुमनाहा ने बुतरू के सिर पर हाथ फिराया। उसके पीछे शान्ता भी बाहर आ गई। तब ऐंठबहार वाहन पर सारे सामानों को गिन रहा था। वह वाहन से नीचे कूद गया। घुमनाहा और बुतरू उस वाहन पर सवार होकर निकल गए।

सोनपियारी और ऐंठबहार ऑटो लेकर उस वाहन के पीछे चले जाते हैं। पीछे दरवाजे पर खड़ी शान्ता उनकी ओर देखती रहती है। चलते हुए ऑटो में सोनपियारी

अपने हैंडबैग में कुछ टटोलने लगती है। फिर कपड़े में लिपटा एक सामान निकालकर वह ऐंठबहार को देते हुए कहती है, "ये सँभालकर रख लीजिए। प्लास्टर ऑफ पेरिस की बनी है।"

ऐंठबहार उस सामान को छूकर टोहने लगता है। अन्दर एक मूर्ति-सी लगती है। वह उस पर लिपटा कपड़ा हटाने लगता है। कपड़े में खजुराहो की बारहवीं मूर्ति लिपटी रहती है। ऐंठबहार की अँगुलियाँ उस मूर्ति को टटोलने लगती हैं। वह उसे ध्यान से देखता है।

मूर्ति देखकर उसकी त्वचा के रोयें उठने को होते हैं। वह देखता है कि प्लास्टर ऑफ पेरिस से बनी मूर्ति में एक स्त्री, पुरुष के सामने अपने घुटनों पर बैठी है। उसका चेहरा पुरुष की जाँघों के बीच धँसा हुआ है। पुरुष का चेहरा असीम आनन्द से भरा दिख रहा है। स्त्री के दोनों हाथ पुरुष की कमर पर रखे हुए हैं।

वह लजाकर उस मूर्ति को वापस कपड़े में लपेट देता है। तब सोनपियारी ऑटो से बाहर देख रही थी। बाहर बाजार में दुकानें थी। कुछ रेहड़ी वाले सड़क किनारे खड़े थे।

फिर अचानक वह ऐंठबहार की ओर पलटकर कहती है, "इसे देखकर तुम्हारा भाई बहुत परेशान करता है।" फिर वह खिलखिलाने लगती है।

ऐंठबहार ऑटो से बाहर देखने लगता है। बाहर सड़क छोड़कर ऑटो दाईं गली में मुड़ जाती है। वे उस मकान के पास पहुँच जाते हैं, जहाँ वाहन से घुमनाहा और बुतरू सामान उतार रहे थे।

ऐंठबहार और बुतरू वापस अपने घर पहुँचते हैं। जैसे ही दोनों घर के वडयार कमरे तक पहुँचते हैं, दोनों एक साथ चीखते हैं, "अरे केरोसिन की बदबू कम हो गई है।" उनके चीखने की आवाज सुनकर रसोई में बैठी शान्ता दौड़कर बाहर आती है।

उसे देखकर दोनों फिर से चीखते हैं, "माँ केरोसिन की बदबू कम हो गई।" शान्ता अपने शरीर को सूँघने लगती है। वह अपने हाथों को सूँघती है। फिर वह बुतरू से कहती है। बुतरू उसकी बाँहें, पीठ और गर्दन सब जगह सूँघता है और कहता है, "पचास फीसदी कम है।" शान्ता मुस्कराने लगती है।

दरवाजे पर हुई दस्तक से ऐंठबहार अपनी सोच से बाहर आ जाता है। वह उठकर दरवाजा खोलता है। सामने मकान मालकिन खड़ी रहती है। वह उसे देखकर मुस्कराती है। उसके हाथ में एक प्लास्टिक की बोतल है। वह उसे ऐंठबहार की ओर बढ़ाते हुए कहती है, "और किसी चीज की जरूरत हो तो बताना।" ऐंठबहार पानी की बोतल लेकर अन्दर आ जाता है।

बाहर स्कूल मैदान में खाट पर पड़ा हरिमन महुआ की नदी में डूब गया था। उसके चेहरे के पास मक्खियाँ भिनभिना रही थीं। पास के मकान की छत पर खड़ी महिला उसकी ओर देखकर मुँह बिचकाकर कहती है, "हूँ शराबी।"

खाट के नीचे दुबककर बैठा कुत्ता बाहर आ जाता है। वह इधर-उधर देखता है और खाट के पाए पर मूत कर दरवाजे की ओर बढ़ जाता है।

कस्बे के बाहरी इलाके में बने किराये के मकान में घुमनाहा आँगन में बैठा है। अन्दर रसोई में सोनपियारी खाना पकाकर बैठी हुई है। उसे लगता है कि उसकी देह से पसीने की बू आ रही है। वह अपने पसीने से भीगे बदन को सूँघती है। उसका मुँह बन जाता है। उसे सिरदर्द होने लगता है। उसे अपने बदन से केरोसिन की बदबू आने लगती है। वह झट से रसोई से बाहर आ जाती है।

वह देखती है कि आँगन में घुमनाहा उकड़ूँ बैठा है। वह कागजों के ढेर में आग लगाने की कोशिश कर रहा है। उन कागजों के ढेर से धुआँ निकल रहा है। वह उन कागजों में मौजूद आग को भड़काने के लिए जोर-जोर से फूँक मारने लग जाता है।

उसे इस तरह कागज जलाते देखकर सोनपियारी चौंक जाती है। वह धीरे-धीरे उसकी ओर बढ़ती है। वह जैसे-जैसे आगे बढ़ती है, उसे वैसे-वैसे उस कागजों के ढेर से शब्दों की चमक दिखाई देने लगती है। उन कागजों के जुगनू फड़फड़ाकर मरने लगते हैं। जुगनुओं की चमक आग बनकर लपलपाने लगती है।

वह देखती है कि घुमनाहा पास में रखी कविताओं की डायरी से कागज फाड़कर उस आग की लपटों में उछाल रहा है। कागजों की कविताओं में भरी बारूद तेजी से भड़कती जा रही है। उनकी भभक से सोनपियारी की आँखें चौंधिया गईं।

उसने उकड़ूँ बैठे हुए घुमनाहा के कन्धे पर धीरे से हाथ रखा। लेकिन घुमनाहा ने कोई प्रतिक्रिया नहीं दी। वह उसी तरह डायरी में लिखी कविताओं के पन्नों को आग के हवाले करने लगा। सोनपियारी ने पूछा, "ये क्या कर रहे हो?"

घुमनाहा बिना उसकी ओर देखे बोला, "तुम्हारे जख्म के लिए मरहम बना रहा हूँ।"

जब कविताओं के पन्ने पूरी तरह जलकर सिर्फ राख रह गए, तब उनके ठंडा होने पर घुमनाहा ने उस राख को एक कटोरी में बटोर लिया। कटोरी में मरी हुई कविताओं की राख का लेप बनाकर वह अन्दर के कमरे में चला गया। उसके पीछे सोनपियारी भी चली गई।

सोनपियारी पलंग पर चुपचाप अपनी छाती के बल लेट गई। घुमनाहा धीरे से उसके ब्लाउज के बटन खोलने लगा। उसने देखा सोनपियारी की पीठ पर अभी भी जुगनुओं से झुलसने के पुराने जख्म मौजूद हैं। वह उन जख्मों पर मरी हुई कविता से बनी राख का लेप लगाने लगा।

लेप की ठंडक और उसकी हथेली के स्नेह की आँच से सोनपियारी की आँखें मुँदने लगीं। घुमनाहा ने जिन पन्नों को जलाकर लेप बनाया था उसमें ऐंठबहार की पीठ पर लिखी लम्बी कविता भी थी।

सोनपियारी ने अपनी बन्द आँखों के पीछे से घुमनाहा से पूछा, "क्या मुझसे भी केरोसिन की बदबू आ रही है?"

लेप लगाता हुआ घुमनाहा उसकी पीठ की ओर झुका और जोर की साँस लेने लगा। उसके नथुने में केरोसिन की तीखी बदबू भर गई। वह झट से उसकी पीठ से दूर हो गया। उसने धीरे से कहा, "हाँ। पचास फीसदी तेज।"

पीठ पर इधर-उधर पसरती अँगुलियों के स्पर्श की आँच और मरी हुई कविताओं की राख से सोनपियारी की पीठ पर जुगनुओं से बने पुराने जख्म धीरे-धीरे मुरझाने लगे। उसकी पीठ पर कविता की राख सूखने लगी, सफेद और भुरभुरी-सी।

लौटने की कथा में व्यथा

जब लेखिका का पत्र ऐंठबहार के पास आया था, तब वह किसी भागती हुई नदी पर ठहरी हुई नाव की तरह अपने कमरे में पड़ा हुआ था। उस पत्र में लेखिका ने 'सारिका' पत्रिका में प्रकाशित ऐंठबहार की कविताओं की प्रशंसा करते हुए, उसे दिल्ली में काम करने का प्रस्ताव दिया था।

बेरोजगारी झेल रहे ऐंठबहार के लिए यह एक बेहतरीन अवसर था। उसने इस प्रस्ताव के बारे में शान्ता से बात की। शान्ता ने उसे हरिमन से इजाजत लेने की सलाह दी। ऐंठबहार अगली सुबह जोंधराडीपा चला गया।

वह ओडिशा जाने वाली मुख्य सड़क पर सरकारी बस से उतर गया। बस आगे चली गई। वह गाँव की ओर पैदल बढ़ने लगा। सँकरे रास्ते पर चलते हुए उसे एहसास हुआ कि सब लोग उसकी ओर ही देख रहे हैं। सब उसकी ओर देखकर फुसफुसा रहे हैं। सब उसकी ओर देखकर हँस रहे हैं।

वह उन सबको अपनी कनखियों से देख रहा था। वह धीरे-धीरे गाँव के भीतर पहुँच गया, जहाँ उसे देखकर महिलाएँ खिलखिलाने लगीं। बच्चे भी उसे देखकर शोर मचाने लगे, "एकदम हरिमन गुरुजी जैसा दिखता है।" उन बच्चों को शोर मचाते देखकर बुजुर्गों ने डाँटकर अन्दर भगा दिया।

गाँव के भीतर की सँकरी गलियों से होता हुआ ऐंठबहार स्कूल की ओर बढ़ने लगा। गली के आगे स्कूल का बड़ा दरवाजा दिखने लगा। स्कूल के आसपास व्यापारियों की इमारतें थीं, जो पड़ोसी राज्य ओडिशा में चावल की तस्करी कर रईस हो चुके थे। उन इमारतों के सामने जीप और कारें खड़ी थीं।

जब ऐंठबहार स्कूल के दरवाजे के पास पहुँचा, तब उसे अन्दर से बच्चों के खेलने और चिल्लाने की आवाजें सुनाई देने लगीं। उसने दरवाजे से अन्दर झाँककर देखा।

अन्दर स्कूल के मैदान में हरिमन अपने कन्धे पर एक लकड़ी का टुकड़ा बन्दूक की तरह लटकाए हुए खड़ा है। उसने अपने सिर पर काले रंग का गमछा बाँधा है। उसके पैर का जूता फटा हुआ है। वह आगे-आगे तेज कदमों से चलने की कोशिश कर रहा है। उसकी इस कोशिश में उसका पैर घिसटने लगता है।

छोटे बच्चे उसके पीछे चल रहे है। उन बच्चों के कन्धों पर भी उसी तरह लकड़ियों के टुकड़े बन्दूक की तरह लटके हुए हैं। सभी ने सुतली से उन लकड़ियों को बाँधकर अपने कन्धे पर लटकाया हुआ था। सारे बच्चे हरिमन के चलने की अदा की नकल कर रहे हैं। वे भी उसकी तरह जमीन पर पैर घिसटकर चल रहे हैं।

हरिमन उन्हें सावधान करने के लिए हवा में हाथ उठाकर रुकने का इशारा करता है। बच्चे रुक जाते हैं। हरिमन चीखता है, "हमले के लिए तैयार गोरिल्ला।" सारे बच्चे अपने कन्धों पर लटकी बन्दूक उतार लेते हैं। हरिमन जमीन पर छाती के बल लेटकर पोजिशन बनाता है। सारे बच्चे उसकी नकल करते हुए जमीन पर छाती के बल लेट जाते हैं। हरिमन अपने मुँह से बन्दूक चलाने की आवाज निकालता है। फिर अपनी जेब में रखे पत्थर के कंकड़ निकाल सामने दुश्मन की ओर उछाल देता है।

बच्चे भी बन्दूक की नाल सामने की ओर कर देते है। अपने पैंट की जेब से पत्थर निकालकर सामने पुलिस दल बने बच्चों की तरफ फेंकने लगते हैं। बच्चे बीच-बीच में चिल्लाते हैं, "फायर।" फिर सारे बच्चे अपने मुँह से गोली चलने की आवाज निकालने लगते हैं।

सामने से भी गोली चलनी शुरू हो जाती है। स्कूल के बरामदे की आड़ में खड़ी पुलिस टीम भी फायर करने लगी। उधर पुलिस अधिकारी बना बच्चा आदेश देता है, "ग्रेनेड।"

पुलिस अधिकारी के आदेश की आवाज इतनी जोर थी कि पास की इमारत में कपड़े सुखाने आई महिला अपनी छत पर रुक जाती है और नीचे स्कूल मैदान की ओर देखने लग जाती है, "ग्रेनेड?"

यह शब्द सुनकर बागी बने बच्चे जमीन से उठकर तेजी से पीछे की ओर भागते हैं। उनके भागने से जमीन की धूल हवा में उड़ने लगती है। पुलिस दल की ओर से एक ईंट का टुकड़ा उड़ता हुआ बागी दल की ओर आता है।

जब धूल का गुबार छँट जाता है, तब ऐंठबहार देखता है कि सामने हरिमन जमीन पर पैर पसारकर बैठा हुआ है। लकड़ी की बन्दूक उसके कन्धे पर ही लटकी हुई है। ईंट का एक टुकड़ा उसके पैर के पास पड़ा हुआ है। वह अपने हाथों से सिर पकड़े बैठा है। उसके हाथों से रिसकर बहता हुआ खून उसकी कुहनी से जमीन पर टपक रहा है। उसका शरीर आगे-पीछे डोल रहा है।

उसे देखकर ऊपर छत पर खड़ी महिला घबराकर अन्दर चली गई। ऐंठबहार के पैर पत्थर के हो गए। उसने खुद की जड़ता को तोड़ने की हिम्मत जुटाई। उसके पैर उठ गए। वह दौड़ता हुआ उस ओर गया।

ऐंठबहार ने हरिमन को स्कूल के उसके कमरे में खाट पर लिटा दिया। हरिमन के मुँह से महुआ की तीखी गन्ध आ रही थी। उसके सिर पर बँधे काले गमछे

को हटाते ही खून फैल गया। हरिमन की आँखें बन्द थीं और मुँह साँस लेने की कोशिश में खुला हुआ था।

ऐंठबहार ने पास में रखे गिलास के पानी से उसके गमछे को गीला किया और उसके सिर की चोट पर बाँध दिया। जब वह दवा की तलाश में बाहर आया, तब उसने देखा कि बागी और पुलिस दल बने सारे बच्चे उसे देखकर भाग गए।

ऐंठबहार जब हरिमन को ऑटो में लेकर पास के कस्बे पहुँचता है, तब उधर से चपरासी भी अपनी साइकिल में आ जाता है। गाँव के व्यापारियों के दो लड़के भी अपनी स्कूटर से वहाँ आ जाते हैं। कस्बे के बाहर बने दवाखाना में गरीबों और मजदूरों की भीड़ लगी है।

दवाखाना के बाहरी कमरे में टेबल पर रजिस्टर लेकर बैठे व्यक्ति से दोनों लड़कें बात करते हैं और ऐंठबहार को अन्दर आने का इशारा करते हैं। ऐंठबहार और चपरासी हरिमन को पकड़कर उस दवाखाना के अन्दर ले जाते हैं।

अन्दर एक बड़े से टेबल के पीछे एक अधेड़ व्यक्ति बैठा था। उसने अपने गले पर स्टेथोस्कोप लगाया हुआ था। उसके मुँह में पान दबा हुआ था। कमरे में चारों तरफ आलमारी रखी हुई थी, जिनमें विभिन्न प्रकार की दवाएँ रखी हुई थीं। वह कमरा दवाओं की मिलीजुली गन्ध से भरा हुआ था। पास में खड़े युवक ने बाहर बनाई गई पर्ची देखकर उसे डॉक्टर की ओर बढ़ा दिया। उसने हरिमन को पास के स्टूल पर बैठने का इशारा किया।

डॉक्टर ने हरिमन की नाड़ी देखी। उसकी आँखों की बन्द पलकों को हटाकर देखा। उसके मुँह के भीतर टॉर्च मारकर देखा। उसके मुँह के भीतर से मरे हुए साँड़ की बदबू आ रही थी। डॉक्टर ने झट से उसका मुँह बन्द कर दिया। उसने हरिमन की पीठ पर स्टेथोस्कोप लगाकर ध्यान से सुना। उसने हरिमन के हाथ की अँगुलियों को ध्यान से दबा दबाकर देखा।

फिर उसके फूले हुए पेट की ओर इशारा करते हुए पूछा, "ड्राइवर है क्या?" ऐंठबहार समझ नहीं पाया। व्यापारी के लड़के ने बात को सँभालते हुए कहा, "नहीं गुरुजी हैं।" डॉक्टर की हिकारत वाली मुस्कान देखकर ऐंठबहार का खून जल गया।

बहुत सारी दवाएँ, कागज की पर्ची और सिर पर मरहम पट्टी करवाकर वे स्कूल लौट गए। हरिमन को स्कूल के कमरे में खाट पर लिटा दिया और ऐंठबहार चपरासी के साथ कमरे के बाहर आ गया।

बाहर दोनों लड़के खड़े थे। उसे देखकर दोनों लड़के ऐंठबहार के पास आ गए। एक लड़के ने ऐंठबहार से कहा, "गुरुजी तुम्हारी बहुत तारीफ करते हैं। कहते मेरा ऐंठू ही कुछ कर दिखाएगा। बहुत होशियार है।"

फिर तीनों देर तक बातें करते रहे। इस दौरान चपरासी ने हरिमन के लिए पानी गर्म कर दिया। गिलास में दूध उबालकर रख दिया। ब्रेड निकालकर प्लेट

पर सजा दिया। जब दोनों लड़के जाने लगे, तब एक ने कहा, "बहुत पीते हैं आजकल।"

ऐंठबहार कमरे की ओर लौट गया। हरिमन के मुँह से महुआ की बदबू आ रही थी। वह खाट के पास खड़ा उसे देख रहा था। हरिमन की पलकें हिलने लगीं। फिर उसने धीरे से अपनी आँखें खोलीं और ऐंठबहार से पूछा, "तू कब आया रे?"

"जब आप बच्चों के साथ खेल रहे थे तब।" ऐंठबहार की आवाज के नुकीलेपन से बेपरवाह हरिमन ने अपनी याददाश्त पर जोर दिया। उसने याद करने की बहुत कोशिश की। लेकिन उसे कुछ याद नहीं आया। उसने कहा, "कौन बच्चे?"

चपरासी ने हरिमन को सहारा देकर खाट पर बिठा दिया। उसकी गोद में लकड़ी का वही पट्टा रख दिया, जिस पर महुआ की बोतल और नमकीन रखा जाता था। फिर उसने गर्म दूध का गिलास और ब्रेड उस पर रख दिया।

"मैं दिल्ली जाने वाला हूँ।" ऐंठबहार ने लेखिका का पत्र दिखाते हुए कहा। हरिमन ने उस पत्र की ओर बिना देखे ही कहा, "ठीक है। लेकिन काम क्या करेगा?" यह कहते हुए हरिमन की जुबान लड़खड़ा जा रही थी। उसका मुँह भी खुल गया था। उसके सारे दाँत पान खाने के कारण कत्थई दिख रहे थे।

"लेखिका के लिए कहानी-कविता लिखूँगा।" ऐंठबहार ने कहा।

"पैसे कितने मिलेंगे?"

"अभी तो पता नहीं। लेकिन काम चला लूँगा।" ऐंठबहार खाट पर उसके पैर के पास बैठ गया।

"ठीक है फिर।" हरिमन फिर से खाट पर लुढ़क गया। हरिमन ने फिर से अपनी आँखें बन्द कर लीं। उसने अपनी आँखों को अपने हाथों से ढक लिया था। हरिमन की साँसें तेज चलने लगी थीं। वह थोड़ी ही देर में खर्राटे भरने लगा।

ऐंठबहार ने नींद में डूबे अपने पिता के चरण स्पर्श किए और कमरे से बाहर निकल आया। वह कमरे के दरवाजे से बाहर निकलकर ठहर गया। उसने पलटकर पीछे देखा। उसने देखा कि हरिमन अपने हाथों के पीछे छिपकर उसकी ओर देख रहा है। उसकी आँखों की नमी चमक रही है।

वह अपने पिता को रोते हुए देखकर रोने लगा। तब स्कूल में कोई नहीं था। न चपरासी, न बच्चे और न ही नीम के पेड़ों पर चहकने वाली चिड़ियाँ। वह देर तक स्कूल के मुख्य दरवाजे की आड़ में खड़ा होकर रोता रहा।

जब वह मुख्य दरवाजे से बाहर निकला, तब उसने देखा कि बाहर सैकड़ों बच्चे खड़े हुए हैं। सबकी आँखों से आँसू बह रहा है। जिस बच्चे ने ग्रेनेड हमले का आदेश दिया था, वह चीख-चीखकर रो रहा था। बाहर नलकूप पर खड़ी महिलाएँ भी रो रही थीं। दूर घरों के बाहर बैठे बुजुर्ग भी रो रहे थे।

वह जैसे-जैसे गाँव की गलियों से होते हुए मुख्य सड़क की ओर जाने लगा, वैसे-वैसे उसे सब तरफ से विलाप और चीत्कार की आवाजें सुनाई पड़ने लगीं। ऐंठबहार इतना रो चुका था कि जब बस आई तब तक उसकी आँखें सूख चुकी थीं।

वह बस पर सवार हो गया। वह बिछोह पर सवार हो गया। उसने बस की खिड़की से पीछे देखा। पीछे स्कूल के कमरे से आँसू का सैलाब निकलकर गाँव में फैलने लगा था। उसकी धार मुख्य सड़क तक आ चुकी थी, जिस पर बच्चे कागज की नाव चला रहे थे।

बस के झटके से उसने सिर सामने घुमा लिया। सामने तेजी से उनकी ओर दौड़ती सड़क थी। बस तेजी से भाग रही थी। उसकी आँखें दृश्य से सामंजस्य नहीं बिठा पा रही थीं।

*

बंजारी के जंगल के आगे मोड़ पर बस से उतरकर घुमनाहा ने सड़क किनारे की जमीन का मुआयना किया। वह देर तक इधर-उधर होता रहा। उसके साथ आए दो मजदूरों को उसने जमीन नापकर लकड़ी का बाड़ा बनाने का निर्देश दिया। उसकी जेब से पैसे की तीखी बू आ रही थी।

वह उस बू के नशे में झूम रहा था। उसने रायपुर की जमीन करीब दो लाख रुपये में बेच दी थी। पैसों की गर्मी घुमनाहा का सत्यानाश न कर जाए, इसलिए सोनपियारी की माँ ने अपने दामाद से सारे रुपये लेकर रख लिए थे।

किराना सामान की किचकिच और पैसे की तंगी के चलते बेरोजगार दामाद अपने ससुराल में रहने चला गया था। शुरू में शान्ता ने उसकी गृहस्थी चलाने में मदद की। हरिमन ने भी परिचित किराने की दुकान से उसे हर महीने किराना सामान देने की व्यवस्था करा दी थी।

लेकिन पैसे की बू उसे कब हरामी बना देती थी, उसे खुद पता नहीं चलता था। घुमनाहा महीने का किराना सामान उस सिन्धी दुकान से ले जाता और कस्बे के बाहर के दूसरी किराना दुकान में बेच आता था। उनसे मिले पैसे वह शराब पीकर उड़ा देता था। जब यह बात हरिमन को पता चली, तब उसने किराने की इस व्यवस्था को ही बन्द करा दिया।

तब सोनपियारी उससे झगड़ा कर अपने मायके चली गई। वह जैसे ही मकान के अन्दर गई, वैसे ही उसकी माँ ने अन्दर से चीखते हुए कहा, “अरे ये केरोसिन की बदबू कहाँ से आ रही है?” तब सोनपियारी की छोटी बहन ने अपनी माँ को जवाब दिया, “देखो दीदी आई है।”

दीदी के अन्दर जाते ही केरोसिन की बदबू अन्दर के कमरों में फैल गई। उसके पास आते ही सोनपियारी की माँ ने उसके हाथों को सूँघकर देखा। उसकी

गर्दन को सूँघकर देखा। उसकी पीठ को सूँघकर देखा। उसके नथुने में केरोसिन की बदबू समा गई। वह दूर होते हुए बोली, "क्यों रे सोनू केरोसिन में नहाकर आ रही है क्या?" सोनपियारी चुपचाप अपने बैग से कपड़े निकालने लगी।

घुमनाहा शराब पीकर शहर में इधर-उधर भटकता रहता। रात में रेलवे स्टेशन के प्रतीक्षालय में सो जाता। सुबह वहीं निवृत्त हो जाता। खाना वह किसी भी होटल में खा लेता। लेकिन यह भी ज्यादा दिन तक नहीं चल पाया।

एक सुबह वह प्रतीक्षालय में उठा और अपनी जेब टटोलने लगा। उसकी जेब से पैसे की बू गायब हो गई थी। उसके हाथ काँपने लगे थे। उसका पूरा बदन पसीने से लथपथ हो गया था। वह किसी तरह पास की देशी शराब की दुकान तक पहुँचा। उसने अपनी कलाई घड़ी पास खड़े एक रिक्शेवाले को पैंतीस रुपये में बेच दी। महुआ पीने के बाद उसके हाथों का कम्पन थम गया और वह सधे हुए कदमों से चलते हुए स्टेशन लौट आया। वह चुपचाप पहली पैसेंजर ट्रेन पकड़कर अपनी ससुराल चला गया।

सोनपियारी के मायके में उसकी दो बहनों के अलावा उसकी माँ और पिता रहते थे। उसका पिता किसी व्यापारी के यहाँ हेल्पर का काम करता था। उसकी माँ सरकारी स्कूल में अध्यापिका थी। मायके का पूरा खर्च सोनपियारी की माँ के वेतन से ही होता था। उसकी दोनों बहनें सिलाई का काम करती थीं। तीन कमरे के घर में वे किसी तरह अपना जीवन गुजार रहे थे। उस पर घुमनाहा के पहुँच जाने से वहाँ और दिक्कतें बढ़ गईं।

मायके में एक कमरे में घुमनाहा और सोनपियारी रहते थे। दूसरे कमरे में उसका बाकी परिवार। तीसरा कमरा रसोई का काम करता था। उसके पीछे आँगन था। फारिग होने दूर के खेत में जाना पड़ता था।

घुमनाहा सबके चले जाने के बाद सुबह देर से उठता और नाश्ता कर अपने कस्बे सालमोंगरा के लिए निकल जाता। वह दिन भर सालमोंगरा में इधर-उधर भटकता और फिर शाम की पैसेंजर ट्रेन पकड़कर वापस अपने ससुराल लौट जाता।

इस तरह उसने भटकाव को चुन लिया था। वह भी चाकू की नोक पर। अब जख्म और दर्द उसके साथ ही चला करते थे। वह जहाँ भी जाता, वे उसके पहले ही पहुँच जाते थे। एक दिन वह सालमोंगरा स्टेशन के प्लेटफार्म नम्बर एक पर जैसे ही उतरा कि उसे कुछ लोगों ने घेर लिया। उस दिन ऐंठबहार दिल्ली जाने के लिए प्लेटफार्म नम्बर दो पर पीपल के नीचे खड़े होकर अपनी ट्रेन उत्कल एक्सप्रेस का इन्तजार कर रहा था।

ऐंठबहार ने दूर से प्लेटफार्म नम्बर एक की ओर देखा, जहाँ कुछ लोग किसी युवक को पीट रहे थे। पास में खड़ी भीड़ थोड़ी देर रुकने के बाद स्टेशन से बाहर चली गई। भीड़ के छँटते ही ऐंठबहार ने देखा कि प्लेटफार्म पर घुमनाहा जैसा दिखने

वाला कोई युवक बैठा हुआ है। उसके कपड़े अस्त-व्यस्त हैं। पास खड़ा एक युवक उसके बाल पकड़कर उसे घसीटने की कोशिश कर रहा है। तब तक ऐंठबहार भी रेल लाइन के ऊपर बने लोहे के पुल को पार कर प्लेटफार्म नम्बर एक पर पहुँच गया।

उसने पास पहुँचकर देखा। सच में वह घुमनाहा ही था। उसके मुँह से खून निकल रहा था। उसका चेहरा सूज गया था। उसके कपड़े फट गए थे। ऐंठबहार ने उन लड़कों को उससे दूर किया। "क्यों पीट रहे हो इसे?" ऐंठबहार ने तेज आवाज में कहा।

अपनी कमीज की बाँह ऊपर करते हुए युवक ने कहा, "अरे भाई इसने अस्पताल में गरीब मरीजों की मदद के लिए हमसे रक्तदान करवाया। हमने कर दिया। लेकिन इस कमीने ने...।" यह कहते हुए वह घुमनाहा की ओर लपकने लगा। लेकिन ऐंठबहार ने बीच-बचाव कर उसे रोक दिया। "तो फिर इसे पीट क्यों रहे हो?" ऐंठबहार ने जानना चाहा।

स्टेशन में उत्कल एक्सप्रेस आने की सूचना प्रसारित की जा रही थी। कुली भी भागकर प्लेटफार्म नम्बर दो की ओर जाने लगे थे। यात्री भी रेल लाइन पर बने पुल पर तेजी से जा रहे थे। उधर ठेले वाले व्यापारी में भी हलचल होने लगी थी। ऐंठबहार ने देखा वहाँ पीपल पेड़ के नीचे उसका सामान पड़ा हुआ था। पास में और भी यात्री खड़े हुए थे।

"क्योंकि इसने उन मरीजों के परिवार वालों से खून के बदले पैसे ले लिए। हमने इनसानियत के नाते खून दिया और इसने नीचता कर दी। साला दोस्त बनता है।" युवक का चेहरा गुस्से से लाल हो गया। घुमनाहा चुपचाप सिर नीचे किए जमीन पर बैठा रहा। उसके मुँह से शराब की तीखी बदबू आ रही थी।

ऐंठबहार ने उन्हें समझाया, "नशेड़ी आदमी है छोड़ दो। पैसे चाहो तो मेरे से ले लो।" यह कहते हुए ऐंठबहार अपनी जेब से पैसे निकालने लगा। थोड़ी दूर ही खड़े मरीज के परिचित ने कहा, "रहने दो। कोई बात नहीं।" सब उसे कोसते हुए स्टेशन से बाहर चले गए। ऐंठबहार भी उसे उसी हाल में छोड़कर वापस प्लेटफार्म नम्बर दो पर चला गया, जहाँ उत्कल एक्सप्रेस आने वाली थी।

उत्कल एक्सप्रेस के बोगी नम्बर एस सेवन की सीट पर बैठा ऐंठबहार खिड़की के बाहर देखने लगा। बाहर खेतों की धान की फसल पककर पीली हो गई थी। दूर ऐडू वन के पहाड़ और उसके गहरे हरे पेड़ पीछे जाते हुए दिख रहे थे। सामने की सीट पर नन की ड्रेस में दो महिलाएँ बैठी थीं। उनके साथ तीन अन्य लड़कियाँ थी, जो थोड़ी सहमी हुई-सी बैठी थीं।

"आप लोग कहाँ जा रही हैं?" ऐंठबहार ने सामने बैठी साँवली लड़की से सवाल किया। वह सकपका गई। वह अनजान बनकर खिड़की के बाहर देखने लगी। ऐंठबहार उसकी ओर देखते ही रह गया। "दिल्ली।" पास खड़ी अधेड़ नन ने

जवाब दिया, जो सीट के नीचे बैग घुसेड़कर खड़ी हुई थी। "आपको क्या मतलब?" उसने थोड़ा रूखेपन से कहा।

"नहीं मैं ऊपर की बर्थ पर जाकर लेटना चाहता हूँ।" ऐंठबहार ने लगभग मिमियाते हुए कहा। अधेड़ नन ने सिर हिलाकर इजाजत दे दी। उनकी बातों को सुनकर कमउम्र की नन मुस्कराने लगी। फिर उसने झट से अपनी मुस्कान को लपेट लिया। वह अपनी मुस्कान के बिना भी खूबसूरत लग रही थी। उसके साँवले रंग की दैवीय आभा से नजरें हटा पाना ऐंठबहार के लिए मुश्किल हो रहा था। वह भी उसकी ओर देखकर मुस्कराने लगा। तब वह खिड़की से बाहर देख रही थी।

ऐंठबहार ने अपना बैग ऊपर की बर्थ पर रख दिया और उस पर सिर टिकाकर चलती ट्रेन की ठहरी हुई छत को देखने लगा। छत के सनमाइका पर किसी ने अपनी प्रेमिका का नाम लिख दिया था, जो लोगों के बार-बार हाथ लगने के कारण धुँधला हो गया था। उसकी स्याही आसपास फैल गई थी। स्याही से उसे हरिमन के बाँह पर उभर आए रंग का खयाल आया। वह भी तो इसी तरह सूखा स्याह रंग था।

उस रंग को देखकर डॉक्टर ने खून जाँच कराने को कहा था। जाँच की रिपोर्ट के अनुसार उसकी रगों में सोडियम की कमी पाई गई। तब हरिमन डॉक्टर की बात सुनकर मुस्करा रहा था।

डॉक्टर के जाने के बाद उसने ऐंठबहार से कहा, "मालूम है। हमारे शरीर के जो न्यूरोट्रांसमीटर्स हैं वो सोडियम आयन ही तो हैं। न्यूरोट्रांसमीटर्स यानी चेतना। मुझमें चेतना की कमी हो गई है।" फिर वह देर तक मुस्कराता रहा। उसकी मुस्कराहट से कमरा चमचमाने लगता है।

जब जोंधराडीपा के व्यापारियों के लड़कों ने सालमोंगरा आकर सूचना दी कि हरिमन की तबीयत बहुत ज्यादा खराब है, तब ऐंठबहार और शान्ता किराये की जीप लेकर जोंधराडीपा स्कूल पहुँच गए। स्कूल के कमरे में हरिमन खाट पर अचेत पड़ा हुआ था।

उसके शरीर की सारी चर्बी गल गई थी। वह बस अस्थियों का ढेर लग रहा था। उसका पेट फुटबाल की तरह फूला हुआ था। उसके शरीर पर कई जगह सूखी नीली स्याही के धब्बे उभर आए थे। उसका मुँह खुला हुआ था।

हरिमन के खुले मुँह की बदबू से शान्ता को उबकाई आने लगी थी। वह कमरे से बाहर चली गई। ऐंठबहार और चपरासी ने मिलकर उसे जीप की पिछली सीट से टिकाकर बिठा दिया। हरिमन के बगल में शान्ता बैठ गई। उसने अपनी साड़ी के आँचल से अपनी नाक ढक ली थी। दूसरी बाजू में ऐंठबहार बैठ गया। ताकि हरिमन सीट पर स्थिर बैठा रहे।

हरिमन की देह की गर्मी से शान्ता और ऐंठबहार को पसीना आने लगा। उसकी रगों में बहता हुआ बारूद अन्दर ही अन्दर उबल रहा था। पिछले बीस साल की

चुप्पी ने उसकी चेतना को खोखला कर दिया था। महुआ ने उसकी देह को भीतर से कुतर दिया था। ऐंठबहार की त्वचा में जलन होने लगी थी। उसे एहसास होने लगा कि ओजस्वी होने का ताप कितना अधिक होता है। उसे एहसास होने लगा कि बुझते हुए तारे से भी आग ही निकलती है। उसने जीप की सीट से टिकी अपनी पीठ थोड़ी हटा ली ताकि हवा लग सके।

सालमोंगरा के जिला अस्पताल के पीछे के वार्ड में उसे भर्ती किया गया। अस्पताल में मौजूद डॉक्टर ने उसे देखते ही पूछा, "ड्राइवर है क्या?" शान्ता ने असहमति में सिर हिला दिया, जबकि ऐंठबहार उस सवाल की निरन्तरता से थोड़ा असहज हो गया। उसने डॉक्टर से पूछा, "आप ऐसा क्यों कह रहे हैं।"

हरिमन की पुरानी रिपोर्ट देखते हुए डॉक्टर ने कहा, "अक्सर ड्राइवर लोग ही शराब ज्यादा पीते हैं ना। इसलिए पूछा।" डॉक्टर के जवाब ने ऐंठबहार को अधमरा कर दिया। वह शान्ता की ओर देखने लगा जो सब कुछ सुनकर भी चुप थी। वह अपने हैंड बैग में दवाओं की पुरानी पर्ची टटोल रही थी ताकि डॉक्टर को दिखा सके। डॉक्टर स्टेथोस्कोप लगाकर हरिमन की छाती पर उसे इधर-उधर घुमाने लगा। फिर वह एक जगह पर स्थिर हो गया।

डॉक्टर ने ध्यान से सुना। अन्दर लोकतांत्रिक अधिकार और वनवासी जीवन की कठिनाइयों पर हरिमन के बहुत पुराने भाषण की अनुगूँज मौजूद थी। करीब सात मिनट तक वह डॉक्टर उसी तरह स्टेथोस्कोप पर कान लगाए सुनता रहा। फिर पलटकर बोला, "रिवोल्यूशनरी। हुँह।"

फिर वह उसके पेट पर धीरे-धीरे हाथ फिराने लगा। काटे जाने वाले बकरे की तरह हरिमन चुपचाप सब देखता रहा। डॉक्टर जिस भी जगह पर अपनी अँगुलियों से दबाता हरिमन दर्द से सिहर उठता। उसके शरीर में करंट दौड़ जाता। उसे इस तरह दर्द से कराहता देखकर ऐंठबहार को याद आया कि हरिमन अक्सर कहा करता था कि देह पीड़ा का घर है और कुछ नहीं।

फिर वह हरिमन के हाथ के नाखूनों को दबाकर देखने लगा। उसकी हथेली और नाखून पीले पड़ गए थे। शान्ता की दी हुई पर्ची को देखकर डॉक्टर ने कहा, "जब इन्हें पीलिया हो गया था तो पहले क्यों नहीं लाए?"

डॉक्टर के जाने बाद नर्स हरिमन को बिस्तर पर लिटा देती है। उसे कुछ दवाएँ खिलाती है। उन दवाओं के असर से हरिमन नींद में चला जाता है। हरिमन के खून को एक छोटी शीशी में देकर नर्स कहती है कि इसे जाँच के लिए पास के पैथोलॉजी लैब ले जाओ।

ऐंठबहार वार्ड से बाहर निकलता है तो देखता है कि सामने से हमीद भाई, जरीवाला बंगाली, रजाई वाला हबीब, छोटू पानवाला, प्यारे नाई, करिया धोबी, दूधवाला उसकी ओर आ रहे हैं। वह ठहर जाता है। हमीद पूछता है, "कैसी है

तबीयत?" ऐंठबहार वार्ड की ओर इशारा कर देता है और खुद लैब की ओर चला जाता है।

कुछ दिनों बाद जिला अस्पताल के डॉक्टरों ने बताया कि हरिमन की तबीयत सुधर नहीं रही है। उन्हें विशेष चिकित्सा निगरानी और इलाज की जरूरत है, जो ओडिशा के मेडिकल अस्पताल में ही सम्भव है। ओडिशा जाने के लिए पैसे की जुगाड़ में शान्ता सारे परिचितों और रिश्तेदारों को सूचना भिजवाती है। ऐंठबहार अपने परिचित के माध्यम से घुमनाहा तक भी पैसे की मदद करने की सूचना भिजवाता है, लेकिन घुमनाहा न तो मदद करता है और न ही हरिमन का हालचाल पूछने आता है।

टेटमेरिही तीन सौ रुपये देती है। हमीद, जरीवाला बंगाली और हरिमन के शिक्षक मित्र भी मदद करते हैं। शान्ता के पास कुल सत्ताईस सौ रुपये एकत्रित होते हैं। जूता वाला सिक्ख अपनी ओर से एम्बुलेंस की व्यवस्था करा देता है।

जब उनकी एम्बुलेंस शहर के बाहर बने श्मशान के सामने से गुजरती है, तब हरिमन खिड़की के बाहर झाँककर कहता है, "आखिर में यहीं आना है।" फिर वह लेट जाता है। उसकी आँखों पर पलकों का परदा लग जाता है। रात के अँधियारे में ओडिशा जाने वाली सड़क पर एम्बुलेंस साँय-साँय की आवाज करते हुए तेजी से दौड़ने लगती है।

मेडिकल अस्पताल में हरिमन की फिर से जाँच की जाती है। सारी रिपोर्ट देखकर विशेषज्ञ डॉक्टर कहता है, "लीवरसिरोसिस है।" उसकी सलाह पर कई प्रकार की दवाइयाँ आ जाती हैं। वार्ड में मौजूद नर्स हरिमन का कार्ड देखकर समय समय पर दवाएँ देती है। दिन में तीन बार डॉक्टर उसे देखने आते हैं। ऐंठबहार हर रोज हरिमन के खून का नमूना लेकर बाहर बने पैथोलॉजी लैब जाता है और बिलीरूबीन के स्तर की रिपोर्ट लेकर आता है।

उन्होंने अस्पताल के पास ही एक धर्मशाला में कमरा किराये पर लिया था। उस कमरे में शान्ता ने एक छोटी-सी रसोई बना ली थी। उसकी मदद करने के लिए बुतरू भी साथ रहता था। जब वे एम्बुलेंस से ओडिशा जाने के लिए निकल रहे थे, तब शान्ता ने सारा जरूरी सामान उस एम्बुलेंस में लाद लिया था। केरोसिन के स्टोव पर शान्ता हरिमन के लिए पीने का पानी गर्म करती। सब के लिए खाना पकाती। दोपहर को हरिमन के पास रहती। शाम को जब ऐंठबहार अस्पताल पहुँचता तब शान्ता धर्मशाला लौट जाती।

करीब तेईस दिन बाद हरिमन की तबीयत में थोड़ा सुधार आया। तब तक शान्ता के पास पैसे भी कम हो गए थे। डॉक्टर ने हरिमन की नाड़ी जाँची। सबसे नई खून की रिपोर्ट देखी। फिर उसके फूले हुए पेट को दबाकर देखा। उसके भीतर पड़ी दर्द की नदी कहीं गायब हो गई थी। हरिमन की त्वचा पर उभर आए सूखी

स्याही जैसे धब्बे भी गायब हो गए थे। उसकी मुस्कराहट में थकान थी। लेकिन उसकी देह से मरे हुए साँड़ की बदबू चली गई थी।

डॉक्टर ने शान्ता से कहा, "हो सकता है धीरे-धीरे मरीज को कम सुनाई देने लगे। धीरे-धीरे हो सकता है कि उसकी आँखों में जाला बन जाए। हो सकता है कि उसमें बोलने की शक्ति न बचे। इसलिए सारी दवाएँ समय पर देना। और खास ध्यान रखना कि फिर से महुआ न पीये। अन्यथा फिर मरीज को ठीक कर पाना नामुमकिन होगा। क्योंकि अभी सुधार तो दिख रहा है लेकिन आगे क्या होगा कुछ कहा नहीं जा सकता। और आप लोग के पास पैसा भी नहीं बचा है। ठीक है। मेरी बातों को ध्यान में रखना।"

जब वे लोग अस्पताल से लौट रहे थे, तब हरिमन ने अपनी तकिए के नीचे छिपाकर रखा सिगरेट पैकेट सफाईकर्मी को दे दिया। नारियल का पानी पास के मरीज को दे दिया। तब ऐंठबहार अस्पताल का बिल चुकाने गया हुआ था। बुतरू हरिमन के पास बैठा था। शान्ता बिस्तर के पास बने छोटे से आले से सारी दवाइयाँ निकालकर थैली में रख रही थी।

नर्स उनकी ओर देख रही थी। हरिमन ने अस्पताल का दिया कपड़ा उतारकर अपना कपड़ा पहन लिया था। उसकी दाढ़ी बढ़ गई थी। उसके गाल की त्वचा लटक गई थी। उसकी अस्थियों पर मामूली सी चर्बी की बढ़त दिख रही थी। वह अपनी मुस्कान छिपा नहीं पा रहा था। वह लौट रहा था। अपनी मिट्टी की ओर। अपने जंगल की ओर।

अस्पताल से बाहर निकलते समय नर्स उनके पास आई। उसने हरिमन से हाथ मिलाया और धीरे से कहा, "अब मत पीना। जहर है।" हरिमन मुस्कराते हुए नर्स का हाथ हिलाने लगा। नर्स शान्ता की ओर देखकर मुस्कराने लगी। उसने शान्ता से कहा, "रस्सी से इनके पेट को नापना, ताकि इनके फूले हुए लीवर के ठीक होने की प्रगति पता चल सके। ठीक है।" नर्स इतना कहकर पीछे हट गई। उन्हें आगे जाने का रास्ता देने के लिए।

आगे अस्पताल के बरामदे से ऐंठबहार और बुतरू बैग लेकर बाहर जा रहे थे। उनके पीछे हरिमन शान्ता के सहारे धीरे-धीरे चल रहा था। उसके पैर धीरे-धीरे उठ रहे थे। उसके माथे पर पसीना आ रहा था, जिसे वह अपनी हथेलियों से बार-बार पोंछ रहा था।

किराये की जीप में सवार होकर सब वापस सालमोंगरा लौटने लगे। पीछे अस्पताल में छूट गई पीड़ा की नमी और दुख से रोते-कराहते लोग। देह में बिंधी आत्मा और उसके निकलने छटपटाने की अनकही कहानियाँ। दवाओं का धोखा और नाजुक भरोसा कि कभी तो लौट सकेंगे सब अपने घरों की ओर, जैसे हरिमन लौट रहा था अपने घर की ओर।

नरक दरवाजा वाले कमरे में हरिमन के रहने की व्यवस्था कर दी गई थी, क्योंकि वहाँ से पीछे पैखाना पास पड़ता था। बिस्तर के पास दीवार पर बने आले में सारी दवाएँ रख दी गई थीं। उसकी जाँच रिपोर्ट और बिल को शान्ता ने सँभालकर रख लिया था, जिसे स्कूल में जमा करना था। हरिमन लम्बे चिकित्सा अवकाश पर था, इसलिए स्कूल में उसकी जगह नए प्रिंसिपल की नियुक्ति कर दी गई थी। स्कूल का कमरा खाली करने का आदेश चपरासी देकर गया था।

ऐंठबहार जोंधराडीपा स्कूल गया था। स्कूल के कमरे का ताला खोलते ही ऐंठबहार देखता है कि खाट के नीचे ढेर सारी शराब की खाली बोतलें पड़ी हुई हैं। चादर का रंग बदरंग हो गया है। कमरे में मकड़ी के जाले बन गए हैं।

पीछे लकड़ी की आलमारी का दरवाजा थोड़ा खुला हुआ-सा था। ऐंठबहार ने आलमारी से हरिमन का सारा सामान इकट्ठा किया और उसे बैग में रख लिया। उन सामानों की एक सूची बनाकर उसने चपरासी को दे दिया। स्कूल के नए प्रिंसिपल से मिलकर वह चला आया।

नरक दरवाजा वाले कमरे में खाट पर लेटा हरिमन बार-बार शान्ता से एक ही सवाल पूछ रहा था। "घुमनाहा कहाँ है? वह क्यों नहीं आया?" शान्ता के पास कोई जवाब नहीं था। शान्ता के पास जवाब था। उसने कहा, "वह अपनी ससुराल चला गया है।" फिर शान्ता चुप हो गई। लेकिन हरिमन शान्ता की आवाज सुन नहीं पाया, क्योंकि धीरे-धीरे उसके सुनने की क्षमता कम होने लगी थी।

"उसने जमीन बेची तो कुछ पैसे दिए कि नहीं?" हरिमन की आवाज तेज हो गई थी। वह हाँफने लगा था। उसका फूला हुआ पेट ऊपर-नीचे हो रहा था। शान्ता चुप रही। उसने असहमति में सिर हिला दिया। "इसलिए ही नहीं आ रहा है। पैसे ना देने पड़ जाएँ।" हरिमन किसी तरह यह वाक्य बोलकर चुप हो गया। फिर कमरे में चुप्पी घिर आई। चुप्पी के छोटे-छोटे बादल आते और बरसकर चले जाते। शान्ता दुख से और हरिमन पीड़ा से भीग जाता।

शान्ता कमरे की चुप्पी से टकराकर चूर-चूर हो जा रही थी। वह बाहर आ गई। बाहर बुतरू बैठा किताब पढ़ रहा था। 'तीस दिनों में ज्योतिषी बनें।' उसने वह किताब रख दी और शान्ता की ओर देखने लगा। वह चुपचाप रसोई की ओर चली गई।

*

ट्रेन में यात्रियों की हलचल और आवाज से ऐंठबहार अपने खयाल से बाहर आ जाता है। वह देखता है कि ट्रेन किसी शहर के बाहरी इलाके में खड़ी है। नीचे की सीट पर बैठी लड़कियाँ बाइबिल को ध्यान से पढ़ रही हैं, जबकि कम उम्र की नन ऊपर की ओर देख रही है। उसने ऐंठबहार की ओर देखकर मुस्करा दिया। ऐंठबहार उसकी साँवली मुस्कान देखता ही रह गया। वह फिर से अपनी बर्थ पर लेट गया।

उसे वह दिन याद आ गया जब घुमनाहा नशे की हालत में हरिमन से मिलने आया था। उसके कदम लड़खड़ा जा रहे थे। वह नरक दरवाजा की चौखट से टकराकर गिरने वाला था, लेकिन बुतरू ने उसे सहारा देकर बचा लिया। बुतरू को ऐसा लगा कि उसने अपनी कमीज के भीतर कोई बोतल छिपाकर रखी है। उसने देखा घुमनाहा के हाथ में एक थैली थी, जिसमें वह नारियल पानी लेकर आया था।

हरिमन उसे देखकर चीख उठा, "हरामखोर।" फिर उसकी आवाज उसके गले में अटक गई। वह चाहकर भी कुछ बोल नहीं पाया। उसके मुँह के भीतर जीभ लपलपाकर रह गई। उसके भीतर सारी पीड़ा और चीत्कार अटक गई। उसे याद आया कि जब वे मेडिकल अस्पताल से लौट रहे थे, तब डॉक्टर ने उसे बताया था कि हो सकता है धीरे-धीरे मरीज की बोलने की शक्ति भी मन्द पड़ने लग जाए।

घुमनाहा चुपचाप जमीन पर पसरकर बैठ गया। उसने प्लास्टिक की थैली से नारियल पानी निकाला और पास रखी गिलास में उड़ेलने लगा। बुतरू उसकी ओर ही देख रहा था। घुमनाहा ने पलटकर पीछे देखा और बुतरू को जाने का इशारा किया। कमरे से बाहर निकलते समय बुतरू को लगा कि घुमनाहा अपनी कमीज के भीतर से कुछ निकाल रहा है, लेकिन वह तेजी से उस नरक दरवाजा वाले कमरे से बाहर आ गया।

जब शान्ता लिवोमीन गोली लेकर कमरे के अन्दर पहुँची, तब उसने देखा कि घुमनाहा हरिमन को गिलास से नारियल पानी पिलाने की कोशिश कर रहा है। हरिमन अपना मुँह इधर से उधर फेर रहा है। वह गिलास का नारियल पानी पीने से इनकार कर रहा है। लेकिन वह कुछ बोल नहीं पा रहा है। इसलिए वह मिमियाकर रह जा रहा है।

"क्या पिला रहा है रे?" शान्ता ने पूछा।

"ना रि यल पा नी।" घुमनाहा की जीभ उसका साथ नहीं दे पा रही थी। वह गिलास हरिमन के मुँह से सटाए हुए था। हरिमन का चेहरा लाल हो गया था।

"चल हट रे। महुआ की बदबू आ रही है।"

"ये केरोसिन बाई।" यह कहते हुए घुमनाहा जोर-जोर से हँसने लगा।

उसके हाथ से नारियल पानी का गिलास लेकर शान्ता ने रख दिया और उसे कमरे से बाहर जाने को कहा। घुमनाहा लड़खड़ाते हुए जाने लगा। वह चिल्लाने लगा, "रोज आऊँगा नारियल पानी लेकर...।" फिर उसकी आवाज मन्द पड़ गई। लेकिन उसका आना-जाना लगा रहा। वह रोज नारियल पानी लेकर आता। रोज उसे देखकर हरिमन अपना मुँह फेर लेता। रोज शान्ता नारियल पानी के गिलास की बदबू से परेशान होकर उसे नाली में फेंक देती।

फिर हरिमन को धीरे-धीरे कम दिखाई देने लगा। वह घुमनाहा को शान्ता समझकर उसके हाथों से नारियल पानी पी लेता। शान्ता को घुमनाहा समझकर उसके हाथ

की दवाई को झटके से फेंक देता। बुतरू के पास आते ही देखकर डर जाता। वह चिल्लाने लगता, "चल भाग रे भैंस वाले मुझे लेने आया है।" लेकिन वह चिल्ला नहीं पाता, उसकी आवाज उसकी छाती में ही अटक जाती। वह खाँसने लग जाता। खाँसने से उसकी आँखों से आँसू निकलने लग जाते। फिर वह थककर सो जाता।

*

जब ऐंठबहार नींद से जागा, तब उसने देखा कि ट्रेन हजरत निजामुद्दीन स्टेशन पर खड़ी है। सारे यात्री उतर चुके है। उसकी बोगी एकदम खाली है। कुछ बच्चे सीट के नीचे प्लास्टिक की खाली बोतलें खोज रहे हैं। बाहर प्लेटफार्म भी खाली है। वह जल्दी से बर्थ से नीचे उतरा और ऑटो लेकर लेखिका के बताए पते पर पहुँच गया।

उसे दिल्ली आए करीब तीन महीने हो गए हैं। वह धीरे-धीरे शहर के भूगोल को समझने लगा था। वह धीरे-धीरे शहर के बाजार को जानने लगा था। यमुना पार से आईटीओ चौराहा पास था। वह अक्सर बस से इधर-उधर घूमता। देर रात अपने कमरे लौटता। झोंपड़पट्टी की भीड़ और गन्दगी से बेपरवाह वह अपने कमरे में लेटा रहता है।

लेखिका ने उसे दुख पर बारह, विदाई पर सात, दूरी पर चार, प्रेम पर तेरह, देह पर ग्यारह, विरह पर आठ, एहसास पर नौ, याद पर सात, मजबूरी पर चार, नींद पर दस और मृत्यु पर बीस कविता लिखने का काम दिया था। यह लेखिका का तीसरा काव्य संग्रह होने वाला था। पहले के दोनों कविता संग्रह काफी चर्चित हो गए थे। उसकी प्रसिद्धि बढ़ने लगी थी। वह और प्रसिद्ध होना चाहती थी। ऐंठबहार को पैसे वह पर्याप्त देती थी, लेकिन प्रसिद्धि अपने नाम रखती थी।

जब वह दूसरे कविता संग्रह के लिए अपनी कविता की डायरी लेकर उसके पास गया था, तब वह घर में अकेली थी। उसके पति का प्रकाशन का व्यवसाय था। वह कोई पत्रिका निकालता था। ऐंठबहार को देखकर लेखिका ने चहकते हुए कहा था, "आओ, तैयार हो गई कविता?"

ऐंठबहार अपनी कविता की डायरी उसकी ओर बढ़ाते हुए बोला, "हाँ पूरी अस्सी।" वह डायरी देकर जमीन पर बिछे गद्दे पर बैठ गया। लेखिका ने डायरी को टेबल पर बिना पढ़े रख दिया। वह उसकी ओर देखकर मुस्कराने लगी। उसे देखकर ऐंठबहार मुस्कराने लगा। ऐंठबहार ने देखा कि लेखिका ने नाइट गाउन पहना है, जो उसकी छाती के पास एकदम से उभर आया है। लेखिका ने उसकी निगाह को नजरअन्दाज करते हुए कहा, "आती हूँ बच्चे को फीडिंग करा के।"

ऐंठबहार ने सिर्फ सिर हिला दिया। वह उसे जाते हुए देख रहा था। दरअसल वह देख ही नहीं रहा था। वह सोच रहा था। उसने देखा कि वह एक दुधमुँहा बच्चा बन गया है। लेखिका उसे अपनी गोद में उठा लेती है और गाउन हटाकर स्तनपान

कराने लगती है। ऐंठबहार देर तक उसकी गोद में रहता है। वह उस मांसल अनुभूति में खो जाता है। वह लेखिका की गोद में रोने लगता है। वह बैठे हुए ही सोने लगता है।

"अरे बैठे हुए सो रहे हो।" लेखिका की शहद-सी आवाज से ऐंठबहार जाग गया। देर रात तक जागकर कविताएँ लिखने के कारण उसकी नींद पूरी नहीं हुई थी। वह सुबह जल्दी इसलिए आ गया था कि लेखिका को कविता की डायरी दे सके और उसके पति से भी बात कर सके। लेकिन उसका पति चला गया था।

"हाँ।" कहते हुए ऐंठबहार अपनी आँखें मलने लगा। उसे लगा कि उसके मुँह के कोने में कुछ चिपचिपा-सा लगा है। उसने सामने के शो केस में अपना चेहरा देखा। सच में उसके मुँह के कोने में दूध लगा हुआ था। उसने झट से रूमाल से अपना मुँह पोंछा और लेखिका से सात हजार रुपये लेकर अपने कमरे लौट आया।

नरक दरवाजा वाले कमरे में हरिमन बिस्तर पर पड़ा हुआ है। वह नींद में है, लेकिन उसकी आँखें खुली हुई हैं। वह बुदबुदा रहा है लेकिन उसकी आवाज नहीं है। वह सुन रहा है, लेकिन सुन नहीं पा रहा है। उसने अपनी बन्द आँखों के भीतर देखा।

सलिहा जंगल के बीच गाँववालों की भीड़ चारों ओर गोला बनाकर बैठी है। उनके बीच में दास बाबू खड़ा हुआ है। वह जोर-जोर से कुछ कह रहा है। पेड़ों पर मशालें लगा दी गई हैं ताकि दूर-दूर तक उसकी रोशनी जा सके। दूर तक फैली हुई रोशनी में भीड़ के पीछे हरिमन और बनगिहा का भी चेहरा दिख रहा है। भीड़ जोर-जोर से कोई नारा लगा रही है, जिसे हरिमन सुन नहीं पा रहा है क्योंकि उसे धीरे-धीरे सुनाई देना कम हो रहा है।

उसने आँखें खोलकर इधर-उधर देखा। उसे कमरे में सिर्फ अँधेरा ही नजर आया। उसने अपनी पलकें फिर से बन्द कर लीं। अन्दर करेजा बैठी हुई थी। वह उसे देखकर मुस्करा रही थी। करेजा ने उसे अपने पैर एक ओर सरकाने को कहा। हरिमन अपने पैर बिस्तर पर एक ओर सरका लेता है।

करेजा बिस्तर पर हारमोनियम रखकर बजाने लगी—

ऐ दे मुनगा के डारा...

वह गाने को सुनने की कोशिश करता है, लेकिन उसे कुछ सुनाई नहीं पड़ता।

उसे पैर सरकाता देखकर शान्ता कहती है, "अरे पैर मत सरकाइए ना। तेल की कटोरी गिर जाएगी।"

वह फिर से अपनी आँखें खोल देता है। उसे कुछ धुँधला-सा दिखाई देता है। कमरे में पीले रंग की धुँधली रोशनी में वह देखता है कि उसके पैर के पास शान्ता बैठी है। वह धीरे-धीरे उसके पैर की मालिश कर रही है। वह बीच-बीच में अपने माथे का पसीना पोंछ रही है। उसके पसीने से केरोसिन की तीखी बदबू आ रही है। हरिमन अपनी सोच में डूब जाता है।

सलिहा जंगल में गाँववालों की भीड़ के बीच बनगिहा अपने कन्धे पर बन्दूक लटकाए खड़ा है। वह भी जोर-जोर से चीख रहा है, लेकिन हरिमन को कुछ सुनाई नहीं देता। बनगिहा के इशारे पर उसके साथी झुरमुट से निकलकर बाहर आते हैं।

बागियों के पीछे-पीछे सात पुलिस अधिकारी रस्सी में बाँधकर लाए जाते हैं। उनका चेहरा गमछे से ढका हुआ है, जिसे बनगिहा के इशारे पर हटा दिया जाता है। हरिमन ध्यान से देखता है कि वे सारे वही पुलिस अधिकारी थे, जो उसे बेवजह उठा लेते थे और यातना दिया करते थे।

गाँववालों की भीड़ थोड़ा पीछे हो जाती है। पुलिस अधिकारियों को जमीन पर उकड़ूँ बिठा दिया जाता है। भीड़ जोर-जोर से चीखने लगती है, जिसे हरिमन सुन नहीं पाता है। लेकिन गोलियों की धाँय-धाँय की आवाज से उसका कान सुन्न हो जाता है। वह बिस्तर पर करवट बदल लेता है।

फिर उसकी पलकों के नीचे उथल-पुथल होने लगती है। वह देखता है कि सलिहा जंगल में पेड़ों की कटाई जोरों से चल रही है। मशीनों से पेड़ों को काटा जा रहा है। करीब तीस वर्ग किलोमीटर का जंगल साफ किया जा चुका है। बड़ी गाड़ियों से कोयला और लोहा ले जाया जा रहा है। नई सड़क पर विशेष पुलिस बल की बख्तरबन्द गाड़ियाँ दौड़ रही हैं।

फिर दृश्य अचानक बदल जाता है। रात का अँधेरा है। जंगल के आदिवासी अँधेरे में भागते चले जा रहे हैं। उनके पीछे बच्चे और महिलाएँ भी भाग रही हैं। उनकी चीख-पुकार से जंगल के सारे जानवर घबराकर ठिठक गए हैं।

फिर दृश्य बदल जाता है। वह देखता है कि जंगल के अन्दरूनी इलाके में सैकड़ों आदिवासी पुरुष, महिला और बच्चों की लाश जमीन पर बिखरी पड़ी है। जमीन पर खून के धब्बे पड़े हैं। बारूद की गन्ध है।

"क्या सोच रहे हो जी?" शान्ता उसके कान के पास आकर धीरे से कहती है। हरिमन उसकी आवाज सुन लेता है। वह मुस्कराने लगता है।

वह मुस्कराते हुए कहता है, "कुछ नहीं। बस पुरानी बातें मेरी मरी हुई आँखों में आ रही हैं।" फिर वह चुप हो जाता है।

"हाँ होता है कभी-कभी।" शान्ता हरिमन की ओर देखते हुए कहती है।

"कभी-कभी नहीं सिर्फ मौत के पहले।" हरिमन कहना चाहता है लेकिन कह नहीं पाता है। उसकी जीभ पथरा जाती है।

*

दिल्ली के कमरे में जमीन पर लेटा ऐंठबहार लेखिका के बारे में सोचने लगता है। तीन बच्चों के बाद भी वह कितनी युवा दिखती है। उसे लेखिका बनने का शौक है और उसके पति को लेखक लेखिका बनाने का। भाषा का अक्खड़पन लेखिका

के संवाद में भी झलकता है। अंग्रेजी माध्यम से शिक्षा होने के बावजूद वह हिन्दी भाषा में लिखना चाहती है लेकिन वह लिख नहीं पाती।

उसके पति ने ऐंठबहार को अपनी पत्रिका में कहानी लिखने का प्रस्ताव दिया था। उसने पूरे भरोसे से कहा था, "थोड़ी गरमागरम।" उसके भरोसे की बुनियाद थी। "अरे गरीब तू जाएगा कहाँ?" ऐंठबहार उठकर बैठ गया। कमरे के आले में दरियागंज से खरीदकर लाई सेकेंड हैंड किताबें रखी हुई थीं। उसने एफएम रेडियो शुरू कर दिया।

उसने बैग के अन्दर से लिफाफा निकाला। लिफाफे में वह पत्रिका थी, जिसके लिए ऐंठबहार को धारावाहिक लिखने का प्रस्ताव लेखिका के पति ने दिया था। वह उसके प्रस्ताव के 'गरमागरम' शब्द से थोड़ा हैरान था।

ऐंठबहार ने लिफाफे में रखी वह पत्रिका बाहर निकाल ली। वह उसका मुखपृष्ठ देखकर चौंक गया। उसकी आँखें उस तस्वीर पर चिपक गईं। उसके मस्तिष्क में सनसनाहट होने लगी। तस्वीर के ऊपर बड़े से अक्षरों में लिखा था—

'आधी रात।'
'वयस्कों की पत्रिका।'

नरक दरवाजा वाले कमरे में शान्ता हरिमन के पैरों की मालिश पूरी कर बाहर आँगन की ओर चली गई थी। तब बुतरू दरवाजे पर बैठकर हरिमन की ओर ही देख रहा था। हरिमन चुपचाप बिस्तर पर पड़ा हुआ था। घुमनाहा के नारियल पानी पीने के बाद उसे गहरी नींद आ गई थी, लेकिन पेट के भीतर पत्थर गिरने-सा दर्द होने पर वह फिर से जाग गया था। पीड़ा की लहरें उसके पूरे जिस्म में दौड़ जा रही थीं। उसे खुद अपनी देह से बदबू आने लगी थी।

बुतरू ने पास रखी सुतली उठा ली और हरिमन का फूला हुआ पेट नापने के लिए खड़ा हो गया। उसने पेट के एक कोने से दूसरे कोने तक सुतली रखकर उसकी लम्बाई नापी। फिर उसने कैलेंडर पर लिखे पुरानी नाप को देखा। कैलेंडर में पिछले महीने की 16 तारीख को उसकी पेट की नाप दर्ज थी 26 इंच।

बुतरू ने उस सुतली को टेग पर रखकर मापा। उसकी माप आई 30 इंच। उसने कैलेंडर पर आज की तारीख देखी—'16 जून।'

ऐंठबहार अपने कमरे से बाहर आ गया। फिर वह मुख्य सड़क पर आ गया, जो प्रीत विहार की ओर जाती थी। कुछ दूर चलने के बाद उसे एक एसटीडी पीसीओ दिखाई दिया। वह उसके सँकरे केबिन में घुस गया।

उसने जेब से लेखिका के दिए बहुत पुराने कागज को निकाला। उस पर लिखे नम्बर पर उसने टेलीफोन मिलाया। वह देर तक उससे बातें करता रहा। वह 'आधी रात' पत्रिका में कहानी लिखने के उनके प्रस्ताव को खारिज कर टेलीफोन बूथ से बाहर आ गया।

वह देर तक शहर में इधर से उधर घूमता रहा। इस दौरान उसने चौदह ब्लू लाइन बसों पर सवारी की। अन्त में वह यमुना पार जाने वाली बस से अपने कमरे लौट आया। उसे देखकर मकान मालकिन सरपट भागती आई।

"कहाँ चले गए थे? तुम्हारे घर से बार-बार फोन आ रहा है।" ऐंठबहार उसकी बातों को अनमने ढंग से सुन रहा था। मालकिन अपनी बात कहती चली जा रही थी।

"मैंने कह दिया कि सुबह से काम पर गया है। देर रात आ जाएगा। अभी साढ़े दस बज रहे हैं। थोड़ी देर में फिर उनका फोन आएगा।"

तब तक वह मकान मालकिन के पीछे चलते हुए उनके बैठक कक्ष में आ गया था, जो रात के वक्त उसके बूढ़े पति द्वितीय का शयनकक्ष बन जाता था। उसका पति द्वितीय खाँसते हुए उठ बैठा। मालकिन उसके पास बैठ गई। ऐंठबहार टेलीफोन के पास बैठ गया।

थोड़ी देर में फोन बज उठा। फोन ऐंठबहार ने ही उठाया। वह फोन पर धीरे-धीरे बातें करने लगा। उसकी आँखों से आँसू झरने लगे। फिर उसने धीरे से फोन रख दिया।

उसे देखकर मालकिन घबरा गई। वह ऐंठबहार की पीठ सहलाने लगी। उसने धीरे से पूछा, "कोई अनहोनी?"

अपनी कमीज की बाँह से अपने आँसू पोंछते हुए ऐंठबहार ने कहा, "पिताजी...।"

फिर वह जोर-जोर से रोने लगा।

अग्निस्नान

जून की तपिश से सलिहा जंगल के पेड़ों के सारे पत्ते पीले होकर झर गए थे। उनकी ठूँठ में आग भरी हुई थी। पहाड़ों की चोटी पर ताप आकर बैठ गई थी। ऐंठबहार उत्कल एक्सप्रेस से लौटते हुए खिड़की के बाहर देख रहा था। सूखी पीली घास और गर्म चट्टानों का कोलाज़ तेजी से पीछे जा रहा था। ट्रेन पेंडरारोड के मोड़ पर पहुँचकर धीमी हो गई थी। वह गर्म हवा से बचने के लिए ऊपर की बर्थ पर चला गया।

बर्थ पर लेटे हुए उसे पिछली बार ट्रेन में मिली उस कम उम्र नन की याद आ गई। वह उसके साँवले चेहरे को याद करने की कोशिश करने लगा। वह उसकी मुस्कान की मिठास को अपनी आँखों में टटोलने की कोशिश करने लगा। उस मुस्कान के धागे के सहारे वह उस रात में उतर गया, जहाँ वह नन उसे नींद से उठा रही थी।

नन को अपनी बर्थ पर अचानक रात के अँधियारे में देखकर वह चौंक गया था। नन बर्थ पर उसके पैरों के पास आकर बैठ गई थी। वह उसे देखकर मुस्कराने लगी। ट्रेन के सरपट भागने की आवाज के बीच वह कुछ कहने की कोशिश कर रही थी, लेकिन उसके मलयाली उच्चारण और अस्पष्ट वाक्य विन्यास से वह कुछ समझ नहीं पा रहा था। उसके कान के पास आकर नन ने जोर से कहा, "भूख लगी है ना?"

नन उसके चेहरे के इतने पास आ गई थी कि वह उसकी गर्म साँसों की धमक को अपने कर्णपटल पर साफ-साफ महसूस कर सका था। उसके वाक्य में इलायची की खूशबू लिपटी हुई थी। उसके साँवले गाल को छू लेने की तड़प को अपने भीतर ही कुचलकर ऐंठबहार ने कहा, "नहीं।" लेकिन उसका सिर स्वत: ही "हाँ" की मुद्रा में हिल गया।

नन उसकी साँसों की धुकधुकी को देख रही थी। वह उसकी आँखों की हसरत को दबोचने की कोशिश कर रही थी। नन अपने हैंडबैग में हाथ डालकर कुछ टटोल रही थी। ऐंठबहार अपने मन के भीतर कुछ टटोल रहा था। उसके भीतर भूख थी। उसके भीतर इच्छा थी। एकदम आदिम। एकदम अभी की। वह उसे छू लेना

चाहता था, लेकिन उसने अपनी चाहतों को बाँधकर रख लिया था। ट्रेन सरपट भागे जा रही थी। समय बहुत देर से रुका हुआ था।

नन ने एक सेब उसकी ओर बढ़ाते हुए कहा, "ले खाएगा।" लाल रंग का सेब देखकर उसकी भूख जाग गई। उसकी जीभ लार से लबालब हो गई। उसकी आँखों की चमक से नन का साँवला चेहरा चमक उठा। कच्ची नींद की चपेट में ही ऐंठबहार ने उसके हाथों से सेब ले लिया। उसने नन के तन को छू लिया। उसने नन के मन को छू लिया।

वह सेब पर अपने दाँत गड़ा ही रहा था कि उसका मुँह देखकर नन डर गई। वह थोड़ा पीछे हट गई। नन के चेहरे की भावभंगिमा को देखकर ऐंठबहार घबरा गया और उसने अपने मुँह से सटा हुआ सेब हटा लिया। उसे देखकर नन रोने लगी। ऐंठबहार ने डरकर उसका सेब वापस कर दिया। नन फिर से मुस्कराने लगी। उसे मुस्कराता देखकर ऐंठबहार को कुछ राहत महसूस हुई। उसने डरते हुए पूछ लिया, "तुम रो क्यों रही हो?"

नन सच में रोने लगी। वह सुबकने लगी। उसने कहा, "मुझे ये सब नइ बनना है।" वह रोते हुए बच्ची लगने लगी। उसकी बड़ी-बड़ी आँखों में ढेर सारा सैलाब उमड़ आया। ऐसा लग रहा था कि वह कई दिनों से रोना चाह रही थी। ऐंठबहार ने डरते हुए उसका हाथ अपने हाथों में ले लिया। वह उसकी हथेली को सहलाने लगा। वह उसके मन को सहलाने लगा, "तो तुम बोलती क्यों नहीं अपने घरवालों से?"

वह और जोर-जोर से रोने लगी। ट्रेन सरपट भागी जा रही थी। लोग नींद में थे। नन ने अपना हाथ छुड़ाकर कहा, "घरवालों ने ही तो भेजा है।" ऐंठबहार चुपचाप उसे देखने लगा। वह कुछ कर नहीं सकता था। वह कुछ कह नहीं सकता था। फिर भी उसने पूछ लिया, "क्यों?" वह थोड़ी देर चुप रही फिर अपने आँसू पोंछते हुए उसने कहा, "पैसे के लिए।"

गर्मी की तपिश ऐंठबहार तक पहुँचने लगी थी। ट्रेन के अन्दर आ रही गर्म हवा के चलते उसका बदन पसीने से तरबतर हो गया था। वह बर्थ पर उठकर बैठ गया। वह अपनी स्मृति के चंगुल से बाहर आ गया। वह बहुत दिनों बाद अपने घर सालमोंगरा लौट रहा था।

जब सालमोंगरा स्टेशन के प्लेटफार्म पर उतरकर ऐंठबहार ने इधर-उधर देखा, तब उसे दूर से बुतरू आता दिखाई दिया। पास आते ही बुतरू ने ऐंठबहार का बैग उठा लिया। प्लेटफार्म सूरज की गर्मी से तप रहा था। पीपल के सूखे पत्ते हवा में उड़ रहे थे। कबूतर प्लेटफार्म पर लगे टीन के नीले शेड के नीचे बैठे हुए थे। उसके शेड के नीचे कुछ कुली और ठेलेवाले सुस्ता रहे थे। चाय दुकान वाला उनकी ओर देखकर मुस्करा रहा था।

जून की तेज धूप से ऐसा लग रहा था कि किसी ने आग से भरी कड़ाही सिर पर रख दी हो। दोनों धीरे-धीरे प्लेटफार्म पर चलने लगे। आगे बाहर निकलने का रास्ता था। स्टेशन पर मौजूद कुछ लोग उनकी ओर देखकर फुसफसा रहे थे, "बेचारा टेम पर पहुँच जाता तो अन्तिम दर्शन कर पाता।"

ऐंठबहार और बुतरू उनकी फुसफुसाहट को अनदेखा कर आगे बढ़ गए। वे स्टेशन से बाहर निकल आए। बाहर एक पेड़ की छाँव के नीचे बुतरू ने कत्थे रंग की पुरानी लूना खड़ी कर रखी थी। वहाँ दोनों थोड़ी देर के लिए रुक गए। ऐंठबहार ने बुतरू से पूछा।

"कब हुआ?"

"कल।"

"मुखाग्नि किसने दी?"

"मैंने।"

"और वो?"

"कौन घुमनाहा?"

"वो तो आया ही नहीं।"

"पीकर पड़ा रहा होगा।"

"नहीं पैसा देना पड़ेगा इस डर से नहीं आया।"

बुतरू लूना को पैडल मारकर स्टार्ट करने की कोशिश करने लगा। उसकी कई कोशिशों के बाद वह लूना स्टार्ट हुई, जिस पर सवार होकर ऐंठबहार और बुतरू घर की ओर चल दिए।

घर में कदम रखते ही ऐंठबहार को लगा, जैसे वह किसी आग के सरोवर में उतर रहा है। वह पसीने से भीग गया। उसे घर के भीतर राख की गन्ध आने लगी। उसे लगा कि घर की हरेक चीज से आग निकल रही हैं। उसने धीरे से अपना बैग जमीन पर रख दिया। उसे देखकर ननकी, भूरी, नोनी, तोतरी, परपोरहिन, पारबती और बड़े नोनी सामने वाले कमरे से उठकर भीतर रसोई की ओर चली गईं।

आग की लपटें नरक दरवाजा वाले कमरे से आ रही थीं। केरोसिन से धधक उठी लपटें। ऐंठबहार उस कमरे में अन्दर गया। वहाँ केरोसिन की तीखी बदबू थी। शान्ता की देह से तीखी बदबू आ रही थी। उसे देखकर शान्ता के पास बैठे टेटमेरिही और समारू खड़े हो गए। शान्ता उसी तरह जमीन पर बैठी रही।

कमरे का पलंग हटाकर पीछे भुतहा कमरा की ओर जाने वाली सँकरी गली में रख दिया गया था। कमरे के कोने में एक टेबल पर हरिमन की तस्वीर रखी हुई थी। उसके सामने दीया जल रहा था।

ऐंठबहार को लगा कि उसके भीतर भी आग धधक रही हैं। उसके भीतर की आग उसके आँसुओं से भीगकर धुआँ बन गई। उसे देखकर शान्ता की आँखों में

आँसू आ गए, लेकिन वह कफ के कारण कुछ बोल नहीं पाई। टेटमेरिही अपने भीतर से आँसू, पीड़ा और दुख टटोलकर बाहर लाने की कोशिश कर रही थी। उसका चेहरा बिगड़ने लगा था।

"हाय रे मोर मनुवा।" टेटमेरिही चीखते हुए रोने लगी। उसे दहाड़ मारकर रोता देखकर शान्ता भी रोने लगी। चौखट से भीतर झाँक रहीं रामपियारी, सोनयना, फूलमती, खोरबहरीन और चमेलिया भी रोने लगीं। घर में विलाप का कोरस बजने लगा। वह उस कमरे से बाहर आ गया।

इतने कोलाहल के बावजूद घर में अजीब-सी चुप्पी थी। घर की खपरैल पर उलटे लटके चीख के चमगादड़ थे। घर की दीवारों पर पीड़ा के धब्बे थे। घर एकदम खाली था। घर में रिश्तेदार भरे हुए थे।

सब झूठ-सा लग रहा था। सब सच-सा लग रहा था। और सच यह था कि घर में हरिमन नहीं था और न ही उसकी ठोस चुप्पी, जिसे वह अक्सर उतारकर अपने सिरहाने पर रख दिया करता था।

ऐंठबहार ने देखा कि घर के बाहर एक ऑटो आकर रुकी है। उसने देखा कि ऑटो से सोनपियारी उतर रही है। फिर वह अपने हाथों का सहारा देकर घुमनाहा को उतारती है। घुमनाहा लड़खड़ाते हुए उसके साथ घर के भीतर आता है। उसके भीतर आते ही केरोसिन और महुआ की मिलीजुली गन्ध भी भीतर आ जाती है।

घर में केरोसिन की सौ फीसदी बदबू से सबको उबकाई आने लगी। टेटमेरिही नरक दरवाजा वाले कमरे से दौड़कर पीछे भुतहा कमरे की ओर चली गई। उसने रात का खाया सारा भोजन जमीन पर पलट दिया। उसके मुँह से सड़े हुए भात की बदबू आने लगी। टेटमेरिही को वमन करते देखकर भूरी भी पेट पकड़कर बैठ गई। उसने किसी तरह अपने भीतर से आने वाली लहर पर काबू पाया।

समारू आँगन की ओर चला गया। सोनपियारी और शान्ता नरक दरवाजा वाले कमरे में चुपचाप बैठे रहे। मानो वहाँ किसी तरह की कोई बदबू ही न हो। दोनों अपने घुटने तक केरोसिन की बदबू में डूबे एक-दूसरे की अनदेखी करते देर तक बैठे रहे। अपने नाक पर साड़ी का आँचल रखे हुए फूलमती भी बाहर आ गई। फूलमती ऐंठबहार को देखकर रुक गई।

वह ऐंठबहार की पीठ पर हाथ फेरते हुए बोली, "कोई बात नहीं। हरिमन भी तो बाबा के अग्नि संस्कार पर नहीं पहुँच पाया था।" ऐंठबहार तब बाहर स्टेशन की ओर जाने वाली सड़क पर हमीद की बकरियों को घास चरते देख रहा था।

"कितना मजबूत था हरिमन। उसे देखकर गाँव के सारे लोग सहम जाते थे। जब वह नाराज हो जाता तो उसका नथुना साँड़ के जैसे फूल जाता था। वह दौड़ता था तो उसके पैर की धमक से खुरों की तरह आवाज आती थी।" यह कहते हुए

फूलमती की आँखें बन्द हो जा रही थीं। मानो वह किसी भीतर की स्मृति से हरिमन को खोज निकालना चाह रही हो।

उसकी बातें सुनते हुए ऐंठबहार चुप रहा, क्योंकि उसके पास कहने के लिए बहुत सी बातें थी। मसलन् खोरबहरा के कारण हरिमन बाबा के अन्तिम संस्कार पर नहीं पहुँच सका था। बिना रोटी के बाबा भूख से तड़पकर मर गया था। लेकिन उसने कुछ नहीं कहा।

घुमनाहा पीछे आँगन की ओर चला गया। उसे देखकर टेटमेरिही और समारू मुस्कराने लगे। घुमनाहा उनके पास जाकर बैठ गया। टेटमेरिही उसकी पीठ सहलाते हुए बोली, "नौकरी तो इसे ही मिलनी चाहिए। घर का बड़ा लड़का जो है।" फिर थोड़ी देर वह चुप रही। "लेकिन वह कवि चाहता है कि नौकरी बुतरू को मिले।" उसकी बात सुनकर घुमनाहा तमतमाते हुए घर से बाहर चला जाता है।

उनकी बातें सुनकर बुतरू चुपचाप रसोई में आ गया। रसोई में केरोसिन से जलने वाला चूल्हा बन्द पड़ा था। उसकी टंकी भी खाली थी। रसोई में लकड़ी से जलने वाला अस्थायी चूल्हा तैयार किया गया था, जिस पर भूरी और तोतरी सबके लिए बिना हल्दी की खिचड़ी पका रही थीं।

शान्ता नरक दरवाजा वाले कमरे में चटाई पर लेट गई। कमरे की उदासी और एकान्त के भारीपन के चलते सोनपियारी दूर टेबल पर रखी किताब 'हिन्दू मैरिज एक्ट' निकालकर पढ़ने लगी। कमरे में फेफड़े को मरोड़ देने की हद तक केरोसिन की तीखी बदबू थी, लेकिन दोनों इससे बेखबर थीं।

सोनपियारी उस किताब को गौर से पढ़ रही थी। उसने किताब से कुछ बातें एक कागज पर नोट कीं। फिर वह पैतृक सम्पत्ति बँटवारा पर लिखी कानूनी किताब पढ़ने लगी। देर शाम घुमनाहा नशे में लड़खड़ाते हुए पहुँचा और बुतरू को अपने साथ भुतहा कमरे की ओर ले गया। बुतरू की छाती पर चाकू धँसाकर घुमनाहा ने कहा, "बोल साले नौकरी चाहिए?"

बुतरू उसकी इस हरकत से घबरा गया। वह डर गया। वह जानता था कि नशे में आदमी कुछ भी कर सकता है। उसने फ़ुसफ़ुसाते हुए कहा, "नहीं मुझे नहीं चाहिए अनुकम्पा नौकरी।"

"तो उस कवि को भी समझा दे। नौकरी तो मैं ही लूँगा। ऐसे या वैसे।" बुतरू उसकी बात को पूरा सुने बिना ही दौड़कर सामने कमरे की ओर चला गया। तब भुतहा कमरे से रोने की आवाज आ रही थी। घुमनाहा भी लड़खड़ाते हुए बाहर आ गया, जहाँ रेलवे स्टेशन जाने के लिए सोनपियारी उसका इन्तजार कर रही थी।

रात जब सारे लोग खा-पीकर सो गए, तब शान्ता और ऐंठबहार नरक दरवाजा वाले कमरे में बैठे जाग रहे थे। शान्ता चटाई पर लेटी हुई थी। ऐंठबहार उसके पैरों

के पास बैठा हुआ था। कमरे में हरिमन की तस्वीर के सामने दीया जल रहा था। "दिल्ली की नौकरी कैसी है?" शान्ता ने ऐंठबहार को दुख के माहौल से राहत देने की कोशिश में यह सवाल दागा।

"बस ठीक ही है।" ऐंठबहार ने बिना उसकी ओर देखे कहा। उसका ध्यान पीछे की सँकरी गली की ओर था, जहाँ रखे पलंग पर जाकर लेट जाने का उसका मन कर रहा था। फिर शान्ता चुप हो गई। दोनों काफी देर तक चुप रहे।

"ये सब कैसे हो गया?" ऐंठबहार ने शान्ता से पूछा।

शान्ता उठकर बैठ गई। उसने बताना शुरू किया, "सब ठीक चल रहा था। उनकी तबीयत भी ठीक हो रही थी। बुतरू रोज सुतली लेकर उनका फूला हुआ पेट नापता था। वह भी धीरे-धीरे कम हो रहा था। लेकिन जब से घुमनाहा उन्हें नारियल पानी पिलाने लगा, तब से उनकी तबीयत बिगड़नी शुरू हो गई थी। धीरे-धीरे उनकी बोलने की क्षमता चली गई। फिर वो सुन नहीं पाते थे। फिर उन्हें दिखना बन्द हो गया था।"

शान्ता थोड़ा रुक गई। उसे लगा कि चौखट के बाहर खड़ा कोई उनकी बातें सुन रहा है। उसने ऐंठबहार को इशारा किया। ऐंठबहार ने बाहर झाँककर देखा। उसे टेटमेरिही की जाती हुई पीठ दिखाई दी।

"पहले तो घुमनाहा के नारियल पानी पिलाने पर वो चीखते थे। चिल्लाते थे। तब मैं उसे धकेलकर भगा देती थी। उसके हाथ से नारियल पानी छीनकर फेंक देती थी। लेकिन बाद में ना जाने वह कब चुपचाप घर आ जाता और नारियल पानी पिलाकर चला जाता था।"

थोड़ी देर चुप रहने के बाद शान्ता ने बताया कि, "फिर उसके बाद तो वो अचेत ही पड़े रहते थे। ना खाना। ना पीना। ना बोलना। ना सुनना। ना देखना। सब बन्द। फिर एक सुबह उनकी देह में जोर की फड़कन हुई। वो कुछ बोलना चाह रहे थे। लेकिन उनके होंठ फड़फड़ाकर रहे गए। फिर उनकी साँसें भी बन्द हो गईं।"

शान्ता इतना कहकर ध्वस्त हो गई। उसकी आँखें छलछला उठीं। ऐंठबहार देर तक अपनी माँ की पीठ सहलाता रहा। जब वह सो गई, तब वह भी पीछे की सँकरी गली में पलंग पर जाकर लेट गया। वह थोड़ी ही देर में नींद में उतर गया। नींद में स्मृति थी। उसका खयाल था। सपने थे। ठंडक थी।

उसने देखा कि दूर दो स्त्रियाँ आग की नदी में डूबी एक-दूसरे को स्नान करा रही हैं। आग की नारंगी धार उनकी देह पर गिरती और फिर भभक उठती। मानो दोनों स्त्रियों की देह केरोसिन की बनी हों। दोनों की पूरी देह से आग की लपटें लिपट गईं। वे दोनों उस अग्नि स्नान में देर तक डूबी रहीं।

वह जब जागा तो उसने देखा कि सुबह की धूप उसके माथे पर पड़ रही है। नींद के टूटते ही वह एकदम से बाहर आ गया। बाहर उसे बुतरू जगाने की कोशिश

कर रहा था, "अरे तुम यहाँ सो गए थे।" ऐंठबहार ने अनमने मन से जवाब दिया, "मुझे भुतहा कमरे से डर थोड़े ही लगता है।"

फिर वे तैयार होकर हरिमन की अस्थियाँ चुनने बरपारा के श्मशान की ओर चले गए। बरपारा शहर का बहुत पुराना मोहल्ला था, जहाँ सौदेबाज औरतें पुरुषों को उनकी पत्नियों के प्यार के पहले ही प्यार करना सिखाती थीं। श्मशान के बगल से जाने वाली सड़क के आखिर में महुआ की दुकान थी। उसके आगे नदी पर छोटा-सा पुल था।

श्मशान की ओर मुड़ते ही ऐंठबहार ने देखा कि उस गली के कच्चे मकान अब पक्के हो गए हैं। जहाँ पहले गौशाला थी, वहाँ अब डेयरी फार्म खुल गया है। अन्दर की गली में रहने वाली सौदेबाज औरतें भी नहीं दिख रही थीं। महुआ का ठेका नदी के उस पार धकेल दिया गया था।

पुल के नीचे से बहती नदी की धार पतली हो गई थी। नदी का इठलाना कम हो गया था। उसके भीतर की चट्टान बाहर उभर आई थी, जहाँ बरसों पहले ऐंठबहार और घुमनाहा बैठकर शवयात्रा से बटोरे हुए सिक्कों को धो रहे थे।

श्मशान के अन्दर पहुँचते ही ऐंठबहार को एक अजीब-सी शान्ति महसूस हुई। अन्दर चारों तरफ अशोक के पेड़ लगे थे। दूर एक बड़ा सा पीपल का पेड़ था, जिसके चारों ओर सीमेंट का चबूतरा बना हुआ था। उसके नीचे शिवलिंग रखा हुआ था। श्मशान के बीच में टीन का शेड बना हुआ था, जिसके नीचे राख की सफेद गर्म चादर रखी हुई थी। उसके नीचे अंगारों की हल्की नारंगी चमक बीच-बीच में दिख रही थी। उसकी ताप दूर से ही महसूस हो रही थी।

समारू अपने गमछे से माथे का पसीना पोंछने लगा। बुतरू पीपल पेड़ के पास बैठ गया। ऐंठबहार जमीन पर पड़ी हरिमन की देह की राख को देखने लगा। वह उसके चारों ओर परिक्रमा लगाने लगा। उसने अन्दाज लगाया कि इधर हरिमन की देह का सिर रखा रहा होगा। उधर पैर। और आत्मा किधर रखी रही होगी? वह अपने इस सवाल से खुद हैरान हो गया।

वह ऊपर की ओर देखने लगा। ऊपर टीन के शेड में खाली जगह छोड़ दी गई थी ताकि अग्निसंस्कार से निकलने वाली आग और धुआँ असीम आकाश की ओर जा सकें। वह देर तक उधर ही ताकता रहा।

पंडित के आने के बाद बुतरू पीछे नदी से स्नान कर गीले कपड़ों में ही लौट आया। पंडित ने बुतरू को राख की चादर के एक ओर बैठकर जमीन पर लोटे के पानी से तर्पण करने को कहा। फिर बुतरू ने कुछ फूल अर्पित किए। फिर उसने अगरबत्ती जलाई। आँखें बन्द कर अपने पुरखे को याद किया। पंडित इस बीच कुछ श्लोक बुदबुदा रहा था।

तब तक समारू नदी से एक बड़ी बाल्टी में पानी लेकर आ गया। पंडित के संस्कार होने के बाद समारू ने बाल्टी का पानी सफेद राख की शान्त

चादर पर उड़ेल दिया। पानी के पड़ते ही अचानक भरभराकर कुछ उठने की आवाज आई।

पानी के गिरने की गति और उसकी आवाज इतनी भयावह थी कि ऐसा लगा मानो उस चादर के नीचे आराम से सो रहा हरिमन जाग गया हो। वह अपनी शान्ति में खलल से नाराज हो गया हो। चारों तरफ राख उड़ने लगी। अन्दर के धधकते अंगारे काले पड़ गए। धीरे-धीरे उसकी आँच भी कम होने लगी। हवा में उड़ रही राख भी धीरे-धीरे जमीन पर बैठ गई।

राख की मोटी परत के बीच ढेर सारी अस्थियों के टुकड़े और कई पिघली हुई लोहे की राड नजर आईं। उन पिघली हुई लोहे की राडों को देखकर बुतरू ने ऐंठबहार से पूछा, "ये क्या है?" उसकी जिज्ञासा को देखकर ऐंठबहार ने कहा, "ये सब हड्डियों के टूट जाने के बाद पिताजी की देह में डाली गई लोहे की राड हैं। इसीलिए तो उनके अन्दर इतना इस्पात था।"

बुतरू उस गीली राख को लकड़ी से कुरेदने लगा। पंडित ने उसे देह के पाँच जोड़ों की अस्थियाँ उठाने को कहा। गर्दन, कमर, कुहनी, घुटना और एड़ी की अस्थियों को एक पीतल के लोटे में समेटकर बुतरू श्मशान के बाहर चला गया।

ऐंठबहार और समारू श्मशान की बची हुई राख, अस्थियाँ एवं लोहे की पिघली हुई राडों को पीछे बह रही नदी में प्रवाहित करने चले गए। जब वे लौटे, तब उनके लोटे में हरिमन की ठोस और सफेद अस्थियाँ थी, अग्नि की पुचकार से सनी हुई।

उन अस्थियों को लेकर बुतरू और ऐंठबहार चन्दरपुर चले गए, जहाँ महानदी और माँड नदी के संगम पर उन्हें विसर्जित करना था। जब वे जीप से उतरकर पैदल नदी के तट पर बिखरी रेत पर चले जा रहे थे, तब ऐसा लग रहा था कि वे अन्तरिक्ष के एकदम मुहाने की ओर जा रहे हैं। बुतरू का कन्धा तीन सौ ग्राम अस्थियों के बोझ से दुखने लगा था। ऐंठबहार रेत में धँस जा रहे अपने पैरों को बड़ी मुश्किल से उठा पा रहा था। उसे लग रहा था कि कोई उसके पैरों को नीचे खींच रहा है।

ठीक संगम पर पहुँचने के बाद पंडित ने बुतरू को जमीन पर पालथी मारकर बैठने का इशारा किया। बुतरू ने पीतल के लोटे पर जल छिड़का। उसे अगरबत्ती दिखाई। उसे प्रणाम किया। फिर पंडित के कहने पर लोटे में एकत्रित अस्थियों को नदी के जल में प्रवाहित कर दिया।

हरिमन की अस्थियाँ खुशी-खुशी हिचकोले खाते हुए आगे की ओर बढ़ गईं। ऐंठबहार और बुतरू बिना पीछे देखे अपने घर लौट आए।

घर के अन्दर आते ही ऐंठबहार को कुछ अजीब-सा लगने लगा। एक खालीपन उसके भीतर भँवर की तरह घुमड़ने लगा। उसके नथुने में राख की गीली खुशबू बसी हुई थी। वह श्मशान भूमि पर पड़ी गर्म सफेद राख की चादर को भूल नहीं पा रहा था। वह श्मशान की चहारदीवारी से भीतर की ओर ताकती आँखों को भूल नहीं पा

रहा था। वह उन औरतों को भी नहीं भूल पा रहा था जो आपस में फुसफुसा रही थीं, "किरांतीकारी का ताप देखो। उसकी आँच यहाँ तक आ रही है।"

तभी घर में हरिमन के साथी शिक्षक आते हैं। ऐंठबहार उन्हें सामने वाले कमरे में बिठाता है। सब चुप रहते हैं। फिर एक शिक्षक बुतरू के कन्धे पर हाथ रखकर कहता है, "एकदम इस्पात की तरह मजबूत थे तुम्हारे पिता।" उस शिक्षक की बात सुनकर टेटमेरिही बाहर आ जाती है, "हाँ ठीक कहते हैं आप।" फिर बाकी शिक्षक हरिमन के किस्से सुनाने लगते हैं। टेटमेरिही देर तक उनकी बात सुनती है। फिर अचानक पूछती है, "वैसे जीपीएफ, ग्रैच्युटी का कितना पैसा मिलेगा?" कमरे में सन्नाटे की बर्फ गिरने लगती है।

जब हरिमन के पुराने विद्यार्थी आते हैं, तब सारे शिक्षक चले जाते हैं। एक साथ इतने सारे लोग उस कमरे में बैठ नहीं सकते इसलिए उन्हें देखकर शान्ता बाहर आती है। सारे अधेड़ विद्यार्थी जमीन पर लेटकर साष्टांग हो जाते हैं। वे देर तक जमीन पर वैसे ही पड़े रहते हैं। शान्ता उन्हें उठा लेती है। सारे अधेड़ अचानक हरिमन की बातें करते हुए बच्चे बन जाते हैं। घर बच्चों की चहचहाहट से भर जाता है। घर हरिमन की यादों से भर जाता है।

जब हरिमन के बचपन के मित्र गनेस, तेवारी, बंगाली, किशन, चन्दरभान, यादव गुरुजी आते हैं, तब सारे विद्यार्थी चले जाते हैं। उन्हें देखकर समारू बाहर आता है। सामने वाले कमरे में बिछी चटाई पर सब बैठ जाते हैं। सब बहुत देर तक चुप और स्तब्ध बैठे रहते हैं। मानो वे किसी से मिलने नहीं आए हैं। वे बस चुपचाप बैठने ही आए हैं। उन्हें चुप देखकर समारू बात छेड़ता है, "आप गनेस हैं ना?" दीवार पर पीठ टिकाए चेचक दाग वाले मित्र की ओर इशारा करते हुए समारू कहता है।

गनेस चुपचाप अपना सिर हिला देता है। "और वो गरम मसाला से कोफ्ता बनाने वाला कौन था?" समारू एक सवाल मित्रों की ओर उछाल देता है। सब तेवारी की ओर इशारा करते हैं। तेवारी अपनी आँखें बन्द कर लेता है। मानो वह स्मृति के पन्ने पलट रहा हो।

"हाँ। मैंने ही बारूद का नाम गरम मसाला रखा था। तब दास बाबू हमें सलिहा जंगल ले गया था। वहाँ मैंने और हरिमन ने कोफ्ता मतलब सुतली बम बनाना सीखा था। लेकिन हमसे भी तेज बनगिहा था। उसके हाथों से बने सुतली बम की बात ही अलग थी।" फिर तेवारी चुप हो गया।

मानो वह इससे ज्यादा कुछ बोलने का इच्छुक नहीं था। उसकी आँखों की नमी उसकी पलकों को धोखा देकर किनारे से बहने लगी थी। जब तेवारी बोल रहा था, तब कमरे के अन्दर एक गौरेया आकर बैठ गई थी। वह देर तक उसकी बातें सुनती रही और जब तेवारी चुप हो गया तो वह भी उड़ गई।

उनकी बातें देर तक चलती रहीं। जब मुहल्ले के लोग आने लगे, तब हरिमन के पुराने मित्र चले गए। मुहल्ले के लोगों को देखकर फूलमती बाहर आ गई। वह उनसे बातें करने लगी। तब ऐंठबहार दीवार पर पीठ टिकाकर ऊँघ रहा था। बुतरू अन्दर वडयार कमरे में सो रहा था। सारे रिश्तेदार नरक दरवाजा वाले कमरे में बैठे थे।

ऐंठबहार अपनी नींद में इधर-उधर विचरने लगा था। उसकी नींद में उसके खयाल दौड़ रहे थे। उसने देखा कि लेखिका के पहले कविता संग्रह का विमोचन हो रहा है। लेखिका मंच पर बैठे हुए मुस्करा रही है। अतिथि लेखक और कवि उन कविताओं की प्रशंसा कर रहे हैं, जिसकी गूँज ऐंठबहार के कानों में आने लगती है।

अपनी कविताओं के सरोगेसी लेखक की तरह वह चुप विमोचन कार्यक्रम को दूर खड़ा देख रहा था। उसे लगा कि उसे अपनी सारी कविताओं पर केरोसिन छिड़ककर आग लगा देनी चाहिए। उसे केरोसिन की ताजी बदबू आने लगी। मानो किसी ने केरोसिन से भरापूरा ड्रम उड़ेल दिया हो।

उसकी नींद में फिर से अग्नि स्नान करती औरतें आ गई थीं। दोनों एक-दूसरे पर आग उड़ेल रही थीं। दोनों के घुटने तक आग फैल गई थी। उनकी साड़ी से लपटें लिपट गई थीं। दोनों एक-दूसरे को अग्नि स्नान कराते हुए मुस्करा रही थीं। अग्नि की धार इधर-उधर बहने लगी थी।

फिर अचानक उसकी नींद में चीखने और चिल्लाने की आवाज पत्थर की तरह गिरने लगी। उसे लगा कि कोई उसे जोरों से हिला रहा है। उसने आँखें खोलीं तो देखा कि बुतरू उसके कन्धे को पकड़कर जोर-जोर से हिला रहा है।

घर में चीख-पुकार का शोर है। बच्चे डरकर इधर-उधर भाग रहे हैं। ननकी, भूरी, तोतरी जोर-जोर से चीख रहे थे, “आग आग आग!” टेटमेरिही और समारू नरक दरवाजा वाले कमरे से निकलकर तेजी से आँगन की ओर भागे। आँगन से केरोसिन जलने की बदबू आ रही थी। उनके पीछे ऐंठबहार भी भागा।

उसने देखा कि आँगन के बीच दो औरतें घुटने तक आग में डूबी हुई हैं। उनकी साड़ी से लिपटी लपटें धधक रही थीं। दोनों एक-दूसरे को धकेल रही थीं। दोनों एक-दूसरे को खींच रही थीं। दोनों चीख रही थीं। दोनों चिल्ला रही थीं।

शान्ता और सोनपियारी को आग से जूझता देखकर ऐंठबहार तेजी से उनकी ओर भागा। तब तक बुतरू पानी की बाल्टी लेकर आ गया। पानी की बौछार पड़ते ही आग धुआँ हो गई। उन्हें देखकर बच्चे घबरा गए थे। तोतरी और नोनी डरकर काँप रही थीं। टेटमेरिही ने सोनपियारी की साड़ी में लगी आग को अपने हाथों से बुझाया।

ऐंठबहार और बुतरू शान्ता की साड़ी पर पानी डाल रहे थे। शान्ता की साड़ी घुटने तक जल चुकी थी। उसकी देह से चमड़ी के जलने की बदबू आ रही थी। वह घबरा गई थी। शान्ता की साँसें तेज चल रही थीं। उसके पैरों में आग की जलन भर गई थी। वह सिसकने लगी थी।

सोनपियारी की साड़ी पूरी तरह गीली थी, इसलिए लपटों का असर ज्यादा नहीं हुआ। उसकी भी साड़ी जल गई थी, लेकिन उससे साजिश की बू आ रही थी। वह अपने जले हुए पैरों के बावजूद भी शान्ता को देखकर मुस्करा रही थी। आँगन के कोने में खड़ा घुमनाहा यह सब होते चुपचाप देख रहा था।

बस टेटमेरिही ही बुदबुदा रही थी, "बेचारी के पास और कोई रास्ता भी तो नहीं था।" सब रिश्तेदार उसकी ओर देखने लगे। टेटमेरिही ने सोनपियारी को हाथ देकर उठाया और उसे लेकर बाहर चली गई। उसके पीछे घुमनाहा भी बाहर चला गया। सारे रिश्तेदार आँगन में स्तब्ध खड़े थे। घर में सिर्फ जले हुए कपड़े की बदबू थी। बुतरू शान्ता के जले हुए जख्मों पर स्याही लगा रहा था।

ऐंठबहार को देर तक कुछ समझ नहीं आया। तब तक मुहल्ले के लोग भी आ गए। हमीद ने ऐंठबहार को पुलिस थाने जाकर रिपोर्ट लिखाने का सुझाव दिया। जब दोनों थाने पहुँचे तो देखा कि उसके बाहर घुमनाहा भी खड़ा है। बाहर लोगों की भारी भीड़ लगी हुई थी, जिन्हें एक सिपाही हटाने की कोशिश कर रहा था।

दूर एक ऑटो खड़ा था। भीड़ उसके चारों ओर खड़ी थी। लोग उसके अन्दर झाँक रहे थे। अन्दर जली हुई साड़ी में सोनपियारी बैठी थी। उसके हाथ में एक कागज था। वह चुपचाप बैठी थी। उसके अन्दर न कोई झिझक थी और न ही कोई अफसोस। उसने अपनी जली हुई साड़ी को घुटने तक उठा लिया था। उसके पैरों पर जलने के बहुत हल्के निशान थे।

भीड़ से बचते हुए ऐंठबहार और हमीद थाने के अन्दर गए। अन्दर पहुँचते ही ऐंठबहार ने थानेदार से कहा, "हमें शिकायत देनी है।" उसकी बात सुनकर थानेदार हँसने लगा। वह हँसते हुए कहा, "लेकिन शिकायत तो तुम लोगों के खिलाफ पहले से ही दर्ज है।" उसकी हँसी में पास बैठे सिपाही भी शामिल हो गए।

"कैसी शिकायत?" ऐंठबहार ने उनकी हँसी को अनदेखा करते हुए कहा। "दहेज उत्पीड़न।" यह सुनते ही ऐंठबहार सुन्न पड़ गया। बुतरू के पैर भी पथरा गए। थानेदार ने आगे कहा, "तुम्हारी ही भाभी ने लिखवाया है। ये देखो।" यह कहते हुए थानेदार ने एक कागज उसकी ओर बढ़ा दिया।

कागज पढ़ने के बाद ऐंठबहार ने उसे थानेदार को लौटा दिया। पास खड़े सिपाही ने कहा, "इसमें तो सीधा जेल।" यह कहते हुए उसने पान की पीक थाने की चहारदीवारी की ओर उछाल दी, जहाँ सैकड़ों की भीड़ जमा थी। लोग बार-बार ऑटो के अन्दर झाँककर सोनपियारी की खुली और जली हुई टाँग को देख रहे थे।

हमीद और ऐंठबहार दोनों थाने के बाहर आ गए। दोनों एक कोने में खड़े होकर बातें करने लगे। तब एक व्यक्ति सोनपियारी की ओर से समझौता प्रस्ताव लेकर आया। फिर उन लोगों ने देर तक बातें की। बुतरू को घुमनाहा का प्रस्ताव बताने के लिए शान्ता के पास भेज दिया गया।

थोड़ी ही देर में टेटमेरिही और समारू भी थाने आ गए। टेटमेरिही सोनपियारी की ओर बढ़ गई। समारू ऐंठबहार के पास आकर खड़ा हो गया, "तुम लोग थाने क्यों आए हो?" ऐंठबहार चुप रहा।

बुतरू ने लौटकर बताया कि शान्ता उस प्रस्ताव के लिए तैयार है। फिर हमीद और सोनपियारी के वकील के साथ ऐंठबहार थाने के अन्दर गया। बुतरू और समारू बाहर ही रह गए।

उनके पीछे घुमनाहा और सोनपियारी भी अन्दर आ गए। उन सबके सामने थानेदार ने कहा, "अच्छे घर के लगते हो। काहे का ये सब करते हो? ए लड़की, तू तैयार है ना अपनी शिकायत वापस लेने को? आँय?" थानेदार ने सोनपियारी की ओर इशारा किया। सोनपियारी ने सहमति में सिर हिला दिया। "अब जा तेरा यहाँ काम नहीं है।" यह कहकर थानेदार ने उसे बाहर भेज दिया।

अनुकम्पा नौकरी मिलने की एवज में घुमनाहा और सोनपियारी ने दहेज उत्पीड़न की अपनी शिकायत वापस ले ली। थानेदार ने घुमनाहा के जाने के बाद सोनपियारी की लिखित शिकायत का कागज ऐंठबहार को दिखाते हुए कहा, "ये देख तेरे सामने जला रहा हूँ।"

फिर थानेदार ने माचिस से उस शिकायती कागज को जला दिया। जब हमीद और ऐंठबहार लौटने लगे तो एक सिपाही ने दरवाजे के पास रोककर कहा, "कागज जलाने का पाँच हजार भिजवा देना।" दोनों अपनी सहमति देकर आ गए।

जब वे घर लौटे तो सारे रिश्तेदार अपना बैग हाथ में लेकर खड़े थे। घरघोरहिन ने उनकी ओर देखकर कहा, "ऐसे घर में नहीं रहना। कौन पुलिस थाना, कचहरी के चक्कर में पड़ेगा।" ऐंठबहार चुप रहा। भीतर शान्ता भी चुप बैठी रही। "जैसी आपकी मर्जी।" बुतरू का जवाब सुनकर सभी रिश्तेदार पैदल ही रेलवे स्टेशन की ओर चले गए।

घर में न चीख थी। न पीड़ा। न दुख। न ही केरोसिन की तीखी बदबू। एकदम शान्ति। एकदम चुप्पी। सिर्फ फूलमती ही रुक गई थी। वह हरिमन के सारे संस्कार होने तक रुकी। फिर वह भी चली गई।

कई दिनों बाद घुमनाहा घर आया। उस दिन उसके कदम एकदम सधे हुए जमीन पर पड़ रहे थे। सोनपियारी के कपड़ों से गुलाबजल की खुशबू आ रही थी। उसने असली सोने का बड़ा सा हार पहना हुआ था। उसके हाथों में भी सोने के कड़े थे। बनारसी साड़ी में वह भी सधे कदमों से चलते हुए अन्दर आ गई।

उन्हें देखकर शान्ता चुप ही रही। घुमनाहा ने कुछ कागजात पर शान्ता से हस्ताक्षर लिए। फिर बुतरू और ऐंठबहार से अनापत्ति प्रमाण-पत्र पर हस्ताक्षर लिए। उसने बिना पूछे ही बताया कि इन कागजों को जमा कर देने के बाद उसे महीने भर में अनुकम्पा नियुक्ति का पत्र मिल जाएगा।

घर का सूनापन उसकी आवाज से दरक जा रहा था। सोनपियारी अपना आँचल सँभालने में व्यस्त रही। शान्ता ने अपने गले की कफ को ठीक करते हुए पूछा, "और रायपुर की जमीन के पैसे का क्या किया?" घुमनाहा तब उन कागजों को सोनपियारी के हैंडबैग में रख रहा था। उसने नहीं सुन पाने का भाव अपने चेहरे पर बनाया, "क्या कहा माँ?"

माँ शब्द सुनते ही शान्ता भड़क गई। उसने अपने पास रखा गिलास उसकी ओर दे मारा। वह किसी तरह उससे बचा। सोनपियारी भी सकपका गई। उसने जल्दी से अपने हैंडबैग का चेन बन्द किया और बाहर जाने के लिए उठ खड़ी हुई। हालाँकि घुमनाहा तब भी मुस्करा ही रहा था। शान्ता उसकी मुस्कराहट के तीखेपन से चीख पड़ी, "माँ कहता है और अपनी औरत के साथ मिलकर मुझे जेल भेजना चाह रहा था। भाग यहाँ से। अब कभी मत दिखना।"

शान्ता की चीख बहुत देर तक घर में उड़ती रही। फिर वह अपने आँसू के सूखे नमक को पोंछने लगी। उसने देखा। दीवार पर टँगी हरिमन की तस्वीर उसकी ओर देखकर मुस्करा रही थी। "कैसे केरोसिन बाई।" फिर यह वाक्य शान्ता के कान में गूँजने लगा। वह अपनी हथेलियों से कान बन्द कर बिस्तर पर लेट गई। उसने हरिमन की तस्वीर की ओर पीठ कर दिया। तस्वीर में हरिमन के रौबदार चेहरे से मुस्कान गायब थी।

शान्ता की चीख सुनकर बुतरू और ऐंठबहार सहम गए। उन्होंने घुमनाहा और सोनपियारी को मुस्कराते हुए घर से बाहर जाते देखकर अन्दाज लगाया कि इनके ही कारण शान्ता नाराज हुई होगी। घुमनाहा को देखकर बुतरू को भुतहा कमरे की याद आई।

नरक दरवाजा वाले कमरे के पीछे की सँकरी गली पार कर जब दोनों भुतहा कमरे पहुँचते हैं, तब ऐंठबहार को जोजबोलही की याद आ जाती है। वह उसकी याद में खोने जैसा होता है कि बुतरू उसे कुहनी मारकर कहता है, "वो देखो महुआ की खाली बोतलें।"

भुतहा कमरे की जमीन पर महुआ की दर्जनों खाली बोतलें इधर-उधर बिखरी हुई थीं। उनसे खट्टी बदबू आ रही थी। ऐंठबहार ने बुतरू से कहा, "तो? कुछ समझा नहीं।"

बुतरू ने कहा, "डॉक्टर ने पिताजी को महुआ पीने से मना किया था ना।"

"हाँ तो?"

"तो फिर भी ये घुमनाहा पिताजी को नारियल पानी में महुआ पिलाता था।"

"तुम्हें कैसे मालूम?"

"वो जब भी आता था तो उसकी कमीज के भीतर एक बोतल जरूर होती थी। पिताजी को जब वह नारियल पानी पिलाने की कोशिश करता था तो वह अपना मुँह इधर-उधर करते थे।"

"तो तुमने रोका नहीं?"

"वो मुझे डराकर भगा देता था।"

"और माँ?"

"जानते तो हो ना माँ के बारे में?"

"हाँ घुमनाहा उसकी जान है।"

दोनों उस भुतहा कमरे से वापस लौट जाते हैं। उनके लौटने पर किसी के सुबकने की आवाज आने लगती है। उसकी आवाज सुनकर बुतरू डरकर तेजी से बाहर भाग जाता है। जब दोनों सामने वाले कमरे में आते हैं, तब उन्हें चन्दन की हल्की खुशबू आती है। वो उस खुशबू का पीछा करते हुए भीतर वडयार कमरे की ओर जाते हैं।

बिस्तर पर गहरी नींद में लेटी शान्ता की स्मृति से वह चन्दन की खुशबू बाहर आ रही थी। दोनों एक-दूसरे की ओर देखकर मुस्कराने लगते हैं।

तब ही हरिमन के स्कूल से कुछ लोग आते हैं। वे देर तक घर में रुकते हैं। वे देर तक शान्ता से कई कागजों पर हस्ताक्षर लेते हैं। फिर वे हरिमन के बारे में देर तक बातें करते हैं। अन्त में वे शान्ता के हाथ में तीन चेक थमाकर चले जाते हैं।

जीपीएफ, ग्रेच्युटी और लीव इनकैशमेंट का पैसा शान्ता के बैंक खाते में जमा कर दिया जाता है। आलमारी में बैंक पासबुक रखते वक्त शान्ता हरिमन का आखिरी पासबुक निकालकर देखती है। उसमें अन्तिम राशि दर्ज होती है तीन सौ बारह रुपये। वह उसे बन्द कर आलमारी में वापस रख देती है।

घर के सूनेपन को शान्ता की देह की चन्दन की खुशबू कुतरने लगती है। धीरे-धीरे हरिमन स्मृति में पथराने लगता है। धीरे-धीरे सब सामान्य होने लगता है। धीरे-धीरे घुमनाहा और सोनपियारी का आना कम हो जाता है। धीरे-धीरे शान्ता मुस्कराने लगती है। धीरे-धीरे घर में चीजें बदलने लगती हैं।

सबसे पहले रसोई में कई दिनों से बन्द पड़े केरोसिन के चूल्हे को निकाल दिया जाता है। उसके बदले गैस चूल्हा खरीदा जाता है। फिर पुराने घुन खा रहे पलंग के बदले नया पलंग खरीदा जाता है। फिर बुतरू के कहने पर कत्थई रंग की पुराना लूना बेचकर नई हीरो पुक ली जाती है। रेडियो का डायोड खराब होने के चलते उसे उठाकर नरक दरवाजा वाले कमरे में रख दिया जाता है और नेशनल पैनासॉनिक का नया रंगीन टेलीविजन किस्तों में लिया जाता है। उसकी किस्त समाप्त होते ही कैलिविनेटर का रेफ्रिजरेटर लिया जाता है।

शान्ता के कहने पर वाशिंग मशीन खरीदी जाती है, जिसे देखकर शान्ता बहुत खुश हो जाती है। उसे पहली बार इतना खुश देखकर ऐंठबहार मुस्कराने लगता है। शान्ता अपने हाथ दिखाते हुए कहती है, "देख ना साबुन सोडा से फट जाता था।"

फिर लोहे की एक बड़ी आलमारी खरीदी जाती है। धीरे-धीरे घर के सारे परदे, चादर, बर्तन, मसाला के डिब्बे और कनस्तर बदल दिए जाते हैं।

घर की दीवारों पर लगे पीड़ा के धब्बे नए रंगरोगन से मिट जाते हैं। चीख का अनुनाद बन्द हो जाता है। दुख की नमी उड़ जाती है। चुप्पी के जाले निकालकर फेंक दिए जाते हैं। ऐंठबहार वापस दिल्ली जाने की सोचने लगता है।

वह अपनी सोच में दिल्ली की सड़कों पर पैदल घूमने लगा। उसने देखा कि दरियागंज की पुरानी किताबों के बाजार में वह अकेला खड़ा है। पास के सड़क पर तेज दौड़ती-भागती बसों और कारों पर उसका ध्यान नहीं है। वह फुटपाथ पर बिखरी किताबों को खड़ा होकर देखने लगा। जमीन पर काफ्का, दोस्तोवोस्की, टॉलस्टाय, बाल्जाक, सलमान रशदी, विक्रम सेठ और अन्य कई लेखकों की किताबें पड़ी हुई थीं।

उसकी नजर ओक्तावियो पाज की कविताओं की किताब पर पड़ी। ऐंठबहार उस कविता संग्रह को उलट-पुलटकर देखने लगा। कविता संग्रह में एक ओर स्पेनिश भाषा में कविता मुद्रित थी तो दूसरी ओर उसका अंग्रेजी अनुवाद। उसने वह किताब खरीद ली। जब वह अपने यमुना पार वाले कमरे में उस संग्रह की कविताओं को पढ़ रहा था, तब उसे लेखिका याद आने लगी। वह बहुत दिनों से उससे मिलने नहीं गया था।

लेखिका उससे कविता लिखने की तकनीक सीखना चाहती थी। ऐंठबहार खुद हैरान था कि कविता लिखने की तकनीक क्या होती है। उसे खुद ही नहीं पता था कि कविता को कैसे लिखा जाता है। उसे कैसे लिखा जाना चाहिए। उसने लेखिका से कहा भी था, "कविता अन्दर होगी तो अपने आप बाहर आ जाएगी। उसे गिटार बजाने की तरह नहीं सिखाया जा सकता है।"

"और यदि कविता बाहर हो तो फिर?" लेखिका ने ऐंठबहार का हाथ अपने हाथ में ले लिया और उसे अपनी छाती से सटा दिया। बाहर सिर्फ देह थी। लालच थी। महत्त्वाकांक्षा थी। कमरे में उमस थी। खिड़की खुली थी। मन मरा हुआ सा था। कविता दूर-दूर तक नहीं थी।

ऐंठबहार ने झट से अपना हाथ खींच लिया। हालाँकि उसका हाथ उसके ही पास था। बस उसने छाती से सटे होने की कल्पना कर ली थी। उसने खुद से कहा, "इसी कल्पना करने की तकनीक से लिखी जाती है कविता।" लेकिन उसकी आवाज उसके गले से बाहर आ न सकी।

वह अपनी सोच के किनारे पर आकर ठहर गया। फिर वह धीरे से बाहर आ गया। बाहर सच में कोई कविता नहीं थी। वह वडयार कमरे में बिस्तर पर लेटे हुए कब नींद में उतर गया था उसे पता ही नहीं चला था। उसने देखा सामने शान्ता जमीन पर बैठी अपने आप में ही बुदबुदा रही थी। ऐंठबहार ने ध्यान से सुना। वह कह रही थी, "बनगिहा से कहूँगी वो मुझे जेल भेजना चाहता था।"

“कौन जेल भेजना चाहता है माँ?” ऐंठबहार ने जोर से कहा तो शान्ता सकपका गई। वह चुप हो गई। वह उसकी ओर देखने लगी। उसकी आवाज खाँसी बनकर बाहर आई। वह जोर-जोर से खाँसने लगी। ऐंठबहार शान्ता की पीठ सहलाने लगा।

“वो घुमनाहा। तुझे नहीं पता। उसकी औरत सोनपियारी ने मेरे खिलाफ पुलिस में शिकायत की थी।” शान्ता की आँखें लाल हो गई थीं। उसके मुँह से निकलने वाले शब्दों की भाप दूर तक फैल जा रही थी।

“वो बात तो बीत चुकी माँ।” ऐंठबहार ने उसे समझाया। लेकिन वह लगातार अपनी बातें कहने लगी, “तू बता। हमने कब दहेज माँगा? उल्टा उसकी गृहस्थी का सारा खर्चा तेरे पिताजी ही देते थे।” शान्ता का मुँह सूख गया था। वह पास रखे लोटे से पानी पीने लगी।

“अरे माँ। वो शिकायत मैंने हटवा दी है।”

“लेकिन उसने तो सौदा किया ना। नौकरी दो और दहेज का केस वापस।”

“छोड़ ना माँ।”

“नहीं मुझे बार-बार वही बात याद आ रही है।”

“लेकिन टेटमेरिही ने तो उसे उकसाया था। बड़ा बेटा है। उसे ही नौकरी मिलनी चाहिए। नहीं मालूम?” ऐंठबहार ने उसे समझाया।

अपनी माँ टेटमेरिही का नाम सुनकर शान्ता चुप हो गई। फिर वह हमेशा चुप रहने लगी। फिर घर में इस बारे में कभी किसी ने कोई बात नहीं की।

उस दिन भी नहीं जब घुमनाहा नौकरी ज्वाइन करने की मिठाई देने आया था। उल्टे उस दिन शान्ता की खुशी देखने लायक थी। उसकी आवाज की चहक से ऐंठबहार चौंक गया था। वह घुमनाहा से सोनपियारी और उसके गर्भवती होने के बारे में बातें करने लगी थी।

तब ऐंठबहार चुपचाप नरक दरवाजा वाले कमरे में चला गया। कमरे में न हरिमन की तस्वीर थी और न ही उसकी स्मृति में टिमटिमाने वाला दीया। वह पलंग पर लेट गया। नींद उसके इन्तजार में ही थी। स्मृति अन्दर खदबदाने लगी।

उसने अपनी नींद के अन्दर देखा कि दूर, बहुत दूर आग की एक नारंगी नदी बह रही है, जिसकी आँच से उसके तट पर बैठी दो औरतों का चेहरा चमक रहा है। उनके पैर घुटने तक उस आग की नदी में डूबे हुए हैं। आग की लपटें नदी से बाहर उफान मार रही हैं। लपटें ऊपर की ओर लपलपा रही हैं।

दोनों औरतें मुस्कराती हुई अपनी अंजुरी में नदी से आग की लपटें निकालकर एक-दूसरे की ओर उछाल रही हैं जो दोनों की देह से लिपटकर नीचे बह जा रही है। दोनों एक-दूसरे को आग की नदी में झोंक देने की ठिठोली कर रही हैं।

दोनों की खिलखिलाहट धीरे-धीरे अम्लीय अट्टहास में बदल कर गूँजने लगी।

लकड़ी का सन्दूक

परिवार में सब ठीक होने के बाद ऐंठबहार दिल्ली वापस जाने की सोचता है। वह यह जानकर सन्तुष्ट था कि शान्ता भी हरिमन की मृत्यु के सदमे से उबर गई थी। उसकी देह से केरोसिन की बू पूरी तरह गायब हो चुकी थी। सब नए सिरे से जीवन के लिए तैयार हो चुके थे। बुतरू भी शहर के पास स्थापित लोहा कम्पनी में नौकरी की जुगत में लगा हुआ था।

घुमनाहा पास के कस्बे अखरसिया में अनुकम्पा नौकरी पर लग चुका था। उसके बेहतर जीवनयापन की उम्मीद में उसके ससुराल वाले खुश थे। सोनपियारी ने पुत्र को जन्म दे दिया था, जिसे देखने के लिए शान्ता बुतरू के साथ अस्पताल गई थी। इस बात की जानकारी ऐंठबहार को नहीं थी।

उस दिन वह दूरसंचार विभाग में टेलीफोन का कनेक्शन फार्म जमा करने गया हुआ था। जब वह घर लौटा, तब वह काफी थक गया था। उसकी पिंडली में दर्द हो रहा था। वह हीरो पुक की किक मारकर थक गया था। वह चुपचाप सामने वाले कमरे में खाट पर जाकर लेट गया।

उसे लेटते ही लेखिका का मुस्कराता हुआ चेहरा याद आने लगा। फिर उसकी आँखों के सामने जोजबोलही आकर मुँह बिचकाने लगी। वह चीखने लगी, "क्यों रे चूजे तू तो बड़ा कवि बन गया!" उसने देखा कि वह महराजिन की पीठ सहला रहा है। महराजिन उसकी हथेली को अपनी छाती की तरफ खींचकर ले जा रही है।

फिर अचानक उसे दूर से हरिमन साइकिल पर आता दिखाई देता है। हाँफता हुआ सा। उसके कन्धे पर लकड़ी का टुकड़ा सुतली से बँधा टँगा हुआ था। बन्दूक के जैसा। फिर उसे ननकी, भूरी, तोतरी, टेटमेरिही, समारू और ढेर सारे बच्चे चीखते-चिल्लाते इधर से उधर दौड़ते-भागते दिखाई देते हैं।

दृश्य तेजी से बदलता जाता है। वह देखता कि वह बाबा का हाथ पकड़कर रायपुर की पुरानी बस्ती की गलियों में घूम रहा है। उसके हाथ में प्लास्टिक का खरगोश है, जिसे रस्सी से बाँधे हुए वह उसे घसीट रहा है। खिलौने की जमीन से रगड़ने की अजीब-सी आवाज आ रही है।

फिर वह खुद को एक शवयात्रा के पीछे चलते देखता है, जो केलो नदी की ओर जाने वाली सड़क पर अपना हाफ पैंट सँभालते हुए चल रहा है। वह इधर-उधर देख रहा है और लोगों की नजरों से बचकर सड़क पर गिरे हुए सिक्कों को उठा रहा है।

फिर दृश्य बदल जाता है। उसने देखा कि कई किसबिनें उसे धरने-दबोचने उसकी ओर दौड़ रही हैं। पार्श्व में एकदम धीमी आवाज में गाना बज रहा है। "जरूर आबे ना...।"

किसबिनें उसे दबोच लें, उससे पहले ही वह घबराकर अपनी आँखें खोल देता है। सामने उसकी ओर देखता बुतरू खड़ा रहता है। वह ऐंठबहार को देखकर मुस्कराने लगता है। वह मुस्कराते हुए धीरे से पूछता है, "कुछ सोच रहा था ना?" ऐंठबहार चुप रहता है।

वह उसकी ओर देखने लगता है। बुतरू के हाथ में बॉयोडाटा और अंकसूचियों की फाइल थी।

"कब मिल रही है नौकरी?"

ऐंठबहार के सवाल पर बुतरू थोड़ा उदास हो जाता है। वह अपने हाथ की फाइल खाट पर रखकर बैठ जाता है। वह अपने माथे का पसीना पोंछते हुए कहता है, "अपन तो हीरो पुक की किक मारकर थक जाते हैं। पिताजी कैसे बीस किलोमीटर रोज साइकिल चला लेते थे?" फिर दोनों चुप हो जाते हैं।

"चल लकड़ी के सन्दूक में कविताओं की पुरानी डायरी खोजते हैं।" ऐंठबहार बुतरू का कन्धा पकड़कर कहता है। दोनों खाट से उठकर रसोई की ओर चल देते हैं, जहाँ नए गैस चूल्हे पर शान्ता खाना पका रही थी। रसोई में ना धुआँ था और न ही शान्ता की खाँसी। दीवार के बर्तन स्टैंड में रखे स्टील के नए बर्तन ट्यूब लाइट की रोशनी में चमचामा रहे थे।

"हम लोग लकड़ी का सन्दूक खोलने जा रहे हैं।" बुतरू चहकते हुए कहता है।

शान्ता चुपचाप सहमति में अपना सिर हिला देती है। ऐंठबहार रसोई से लगकर बने एक छोटे से कमरे का दरवाजा खोलता है। उस कमरे में किसी को भी जाने की इजाजत नहीं थी। सिर्फ शान्ता ही उस छोटे से स्टोर रूम में अन्दर जाती थी।

दरवाजा खुलते ही भीतर की बदबू फैल जाती है। अन्दर मकड़ी के जाले हवा में तैर रहे थे। कमरे में अँधेरा था, जिसे बाहर की रोशनी तोड़ रही थी। उस थोड़ी सी रोशनी में ऐंठबहार ने देखा कि अन्दर एक पुरानी साइकिल का ढाँचा दीवार से सटाकर रखा हुआ है।

उसके पास लोहे की पुरानी बाल्टी रखी हुई थी। दीवार की खूँटी पर पुराना सूपा टँगा हुआ था। एक पुराने खाट की लकड़ी समेटकर रखी गई थी।

ठीक कोने में लकड़ी का एक बड़ा सा सन्दूक था। करीब पाँच फीट लम्बा और चार फीट चौड़ा। दरवाजे से लगकर बिजली का बोर्ड दिखाई दे रहा था, जिस पर लगे कई बटनों को उसने दबाकर देखा। कमरे में लगा बोर्ड खराब हो चुका था।

बुतरू उसके पीछे खड़ा होकर अन्दर झाँक रहा था। वह थोड़ा घबराया हुआ था, क्योंकि बहुत पहले घुमनाहा उसे डराने के लिए कहा करता था इस कमरे के अन्दर ही रोने वाली बुढ़िया रहती है, जिसकी आवाज भुतहा कमरे से बाहर आती है।

कमरे में खड़खड़ की तेज आवाज आई, जिसे सुनकर बुतरू थोड़ा पीछे हो गया। उसके हटते ही एक बड़ा-सा चूहा कमरे से निकलकर बाहर की ओर भाग गया।

ऐंठबहार मोमबत्ती जलाकर कमरे में उजाला करता है। मोमबत्ती की रोशनी में मकड़ी का जाला उभर आता है। उसे अपने हाथों से हटाकर ऐंठबहार कमरे के अन्दर दाखिल होता है।

ऊपर की खपरैल काली हो गई थी। उसकी बाँस और बल्लियाँ सड़ गई थीं। वह धीरे-धीरे लकड़ी के सन्दूक की ओर बढ़ता है। कमरे में रखे पुराने कबाड़ के सामानों से ताप निकलने का एहसास होता है। ऐंठबहार के पीछे-पीछे बुतरू भी कमरे में दाखिल हो जाता है।

मोमबत्ती को पास के पुराने टूटे हुए टेबल पर रखकर ऐंठबहार उसकी रोशनी में कमरे का मुआयना करने लगा। उसने देखा कि दीवार में एक आला बना हुआ है, जिसमें पीतल की एक पुरानी चिमनी रखी हुई है। कोने में बाबा की छड़ी रखी है। इधर-उधर नजर फेरने के बाद ऐंठबहार ने उस लकड़ी के सन्दूक को खोलने के लिए अपना हाथ आगे बढ़ा दिया।

भय और जिज्ञासा में बुतरू उसकी पीठ से चिपक गया था। वह उसके पीछे से झाँक रहा था। उसने भी देखा कि जैसे ही ऐंठबहार ने उस सन्दूक का पल्ला हटाया, वैसे ही उसके अन्दर से किसी के खाँसने की आवाज आई।

ऐंठबहार ने घबराकर सन्दूक का पल्ला छोड़ दिया। सन्दूक पर सालों से जमी धूल की परत हवा में उचककर आ गई। दोनों उस धूल से बचने के लिए थोड़ा पीछे हो गए।

बुतरू डरकर बाहर भागने ही वाला था कि खाँसने की आवाज दोबारा आई। उसका डर कम हो गया। उसने दरवाजे से बाहर झाँककर देखा। बाहर शान्ता अपनी पसलियों को पकड़कर जोर-जोर से खाँस रही थी। उसकी आँखें लाल हो गई थीं। उसे देखकर ऐसा लग रहा था, जैसे किसी प्रेत ने उसे जकड़ लिया हो। कोई बुरी आत्मा उसके अन्दर प्रविष्ट कर गई हो। वह खाँसते हुए जमीन पर बैठ गई।

ऐंठबहार ने पुनः उस सन्दूक को धीरे से खोला। अन्दर अतल गहराई दिख रही थी। अन्दर सामानों का जखीरा पड़ा हुआ था। अन्दर पुरानी स्मृतियाँ पड़ी हुई थीं। अन्दर सामानों और स्मृतियों का घालमेल था। उसे लगा कि वह पृथ्वी के

आर-पार को देख रहा है। सन्दूक के अन्दर, अन्तरिक्ष के धुंधलके में दूर चमकते तारे इधर से उधर जाते दिख रहे थे।

वह उस अलौकिक दृश्य के उन्माद में डूब ही जाने वाला था कि उसकी पलकें झपक गईं। वह अपनी आँखों को मींचकर फिर से सन्दूक के अन्दर झाँकने लगा। वह उस सन्दूक के भीतर अपनी सरसरी नजर दौड़ाने लगा।

वह अपनी पुरानी कविताओं की डायरी को टोह रहा था। उन कविताओं के ताप को टटोलने के लिए ऐंठबहार ने अपना हाथ भीतर डाल दिया। उसके हाथ में एक लिफाफा आया। उसने अपना हाथ बाहर निकाल लिया। उसने सन्दूक का पल्ला बन्द कर दिया।

बुतरू उसके साथ ही कमरे से बाहर आ गया। कमरे में बहुत गर्मी थी। कमरे में अजीब-सी अनुभूति थी। शान्ता अपना माथा पकड़कर दीवार के सहारे टिककर बैठी हुई थी। वह अपनी हाँफ से बाहर आ चुकी थी।

उसने ऐंठबहार की ओर देखकर पूछा, "क्या निकाल लाया रे उस सन्दूक से?"

ऐंठबहार ने वह लिफाफा उसकी ओर कर दिया।

"इसमें है क्या, तेरी कविताएँ?" शान्ता ने धीरे से पूछा।

ऐंठबहार ने लिफाफे के भीतर रखी एक श्वेत-श्याम तस्वीर निकाली। तस्वीर बहुत पुरानी लग रही थी। उसके कोने फट गए थे। उसके पीछे दीमक लगना शुरू हो गया था। ऐंठबहार ने शान्ता को वह तस्वीर दिखाई। शान्ता ने तस्वीर को बहुत देर तक देखा। वह याद करने की कोशिश करने लगी।

फिर उसने बताया, "ये जो बनारसी साड़ी में है वो मधुलिका है। उसके बगल में हरिमन और सामने जो बच्चा खड़ा है, वो बनगिहा है।"

"बनगिहा। कौन बनगिहा माँ?" बुतरू के इस सवाल का वह कोई जवाब नहीं देती। बल्कि अपनी सोच में खो जाती है।

ऐंठबहार उस तस्वीर को ध्यान से देखता है। तस्वीर में मधुलिका बनारसी साड़ी पहने दिख रही थी जबकि हरिमन अंग्रेजी कोट और पैंट पहने हुए था। उसकी टाई हवा में लहरा गई-सी लग रही थी। दोनों एक-दूसरे के कन्धे पर हाथ रखकर मुस्करा रहे थे। उनके सामने बनगिहा हाफ पैंट पहने खड़ा हुआ था। तेज धूप के कारण उसकी आँखें बन्द-सी हो गई थीं। उसका सामने का बाल बिगड़ गया था।

दीवार में पीठ टिकाकर बैठी शान्ता मुस्कराने लगती है। उसकी आँखें बन्द हो जाती हैं। कल्पना और स्मृति के घालमेल में वह मधुलिका के कमरे में पहुँच जाती है, जहाँ हरिमन बॉटनी की किताब लेने गया हुआ है। मधुलिका अन्दर कॉफी बना रही है। कमरे में चारों तरफ लकड़ी की बुक शेल्फ रखी हुई है। हरिमन उन बुक शेल्फ में रखी किताबों को देख रहा है।

वह उठकर एक किताब निकाल लेता है। उस किताब के ताप से उसकी हथेली झुलसने लगती है। वह किताब उसके हाथ से छूट जाती है। किताब के पन्ने खुल जाते हैं, जिससे बारूद की बू आने लगती है। वह चुपचाप लौटकर सोफा पर बैठ जाता है।

मधुलिका दो कप कॉफी लेकर कमरे में दाखिल होती है और चौंक जाती है।

"अरे ये बारूद की बू कहाँ से आ रही है?"

हरिमन जमीन पर पड़ी उस किताब की ओर इशारा करता है। मधुलिका मुस्करा देती है, "अरे पिताजी की किताबें हैं। सिर्फ वही इसे पढ़ सकते हैं। वही इसे छू सकते हैं। मैं तो इधर झाँकती भी नहीं।" फिर वह खिलखिलाकर हँसने लग जाती है। उसकी हँसी हरिमन को चुभ जाती है। फिर भी वह मुस्कराने लगता है।

जब मधुलिका हरिमन की ओर कॉफी का कप बढ़ाती है तो वह उसकी झुलसी हुई हथेली को देखकर सकपका जाती है।

"अरे ये कैसे हुआ?" वह कप टेबल पर रखकर उसका हाथ को अपने हाथ में ले लेती है। वह उसकी झुलसी हुई हथेली पर फूँक मारने लगती है। हरिमन उसे गौर से देखता रहता है। उसे हरिया की याद आ जाती है। उसकी आँखों की नमी उभर जाती है।

किताब के स्पर्श से झुलसने की जलन कम होने लगती है। एक स्त्री के स्पर्श की ठंडक उसके भीतर उतरने लगती है। वह देखता है कि मधुलिका के घुँघराले बाल लटककर उसके गालों पर आ गए हैं। पसीने की बूँदे चमक रही हैं। उसका चेहरा गुलाबी हो गया है। मधुलिका उसका हाथ पकड़े हुए रोने लगती है। हरिमन उसकी देह में खुद को डुबोने लगता है। खुद आत्मा की पकड़ को खोने लगता है।

सन्दूक के बन्द होने की तेज आवाज से शान्ता अपनी कल्पना से बाहर आ जाती है। बाहर बुतरू सन्दूक से निकले एक पीतल के बड़े से परात में रखे सामानों को उलट-पुलटकर देख रहा था, जिसमें महूर की सूखी पुरानी शीशी थी। चूड़ियों का एक पैकेट रखा हुआ था। रंग उधड़ी पायल। अगरबत्ती स्टैंड। ददा की बीड़ी के बचे हुए बंडल। दवाओं की खाली शीशी।

"ये किसकी दवा की शीशी है माँ?" बुतरू उसे शान्ता को दिखाकर पूछता है।

शान्ता अपने मस्तिष्क पर जोर देने की कोशिश करती है। उसे याद आ जाता है, "ये गोसइनीन की दवा की शीशी है। बहुत पुरानी। जब तुम्हारे पिता का जन्म भी नहीं हुआ था।"

शान्ता का जवाब सुनकर बुतरू पूछता है, "फिर आपको कैसे मालूम?"

तब ही अन्दर वाले कमरे से ऐंठबहार कुछ फाइलें लेकर बाहर आता है। वह उन्हें जमीन पर पटक देता है ताकि उस पर पड़े दीमक के मिट्टी के खोखले घरौंदे टूटकर अलग हो जाएँ। एक फाइल से कई सारे कागज बाहर आ जाते हैं।

उन कागजों को लेकर बुतरू देखने लगता है। "अरे ये तो पिताजी का स्थानान्तरण आदेश है।" बुतरू जिज्ञासा में चहककर कहता है। ऐंठबहार भी उसके पास उकड़ूँ बैठ जाता है।

दोनों भाई उन कागजों को बारी-बारी से देखने लग जाते हैं। स्थानान्तरण के कुल चौरानबे आदेश देखकर वे किनारे रख देते हैं। फाइल से दूसरे कागज बाहर निकालते हैं। उनमें तमाम तरह के कारण बताओ नोटिस और चेतावनी पत्र थे।

उनके कागज इतने पुराने हो गए थे कि हाथ में लेते ही टूट जा रहे थे। उनके हाथों के दवाब से कुछ कागज चूरे में बदल गए। ऐंठबहार ने उन्हें बाहर आँगन की ओर उछाल दिया। उसके हाथों में कागजों की बू बहुत देर तक रही।

दूसरी फाइल से पुलिस के ढेर सारे पत्र और नोटिस बाहर निकलते हैं। एक नोटिस निकालकर ऐंठबहार पढ़ने लगता है, "तीन दिनों के भीतर पुलिस थाने आकर अपना बयान लिखवाओ। सलिहा जंगल में बारूद पहुँचाने की मदद की खुफिया सूचना मिली है, जिसमें आपके भी शामिल होने का अंदेशा है।" ऐंठबहार उसे वापस फाइल में रखकर दूसरी नोटिस उठा लेता है, जिसमें लिखा होता है—"कोफ्ता कूट सन्देश का मतलब क्या है?"

इस तरह कई और नोटिस उस फाइल से निकलती हैं, जिन्हें बुतरू गिनकर वापस उसी फाइल में रख देता है करीब बहत्तर नोटिस और रिमाइंडर। एक अन्य फाइल से बहुत सारे पत्र निकलते हैं। उन पत्रों को पढ़कर बुतरू के चेहरे पर धीरे-धीरे मुस्कान तैरने लगती है। वह उन पत्रों के शब्दों और वाक्यों में उनके गढ़न को देखकर चकित हो जाता है।

वह शान्ता की ओर देखता है। शान्ता सन्दूक से निकली खजुराहो की टूटी-फूटी मूर्तियों को देख रही है। वह मूर्तियों पर लगी धूल को अपनी हथेली से साफ करने लगी। बुतरू उन पत्रों को लेकर भीतर कमरे की ओर गया, जहाँ ऐंठबहार उस सन्दूक के भीतर चीजों को उलट-पुलट रहा था। कमरे में पुरानी स्मृतियों की धूल उड़ रही थी। उनके कण हवा में तैर रहे थे।

बुतरू ने उन पत्रों को मोमबत्ती के उजाले में ऐंठबहार को दिखाते हुए कहा, "देखो ये किसी मधुलिका ने पिताजी को भेजे हैं।" ऐंठबहार उन पत्रों को सरसरी निगाह से देखता है और मुस्कराने लगता है, "किरांतीकारी का प्रेमपत्र।" फिर दोनों हँसने लगते हैं।

"घुमनाहा भी ऐसे ही पत्र लिखता था सोनपियारी को।" यह कहकर ऐंठबहार सन्दूक के अन्दर झाँकने लगता है। "लेकिन उसकी हिन्दी तो अच्छी नहीं है।"

बुतरू उन पत्रों को वापस फाइल में रखते हुए कहता है, "वैसे तो उसका कुछ भी अच्छा नहीं।"

ऐंठबहार का जवाब सुनकर बुतरू जोर-जोर से हँसने लगता है। उसकी हँसी की आवाज सुनकर शान्ता भी उस कमरे की चौखट तक आ जाती है।

"अभी गुरुबारी हँस रही थी क्या?" शान्ता की बात सुनकर दोनों पलटकर पीछे देखते हैं। बुतरू खीझकर पूछता है, "कौन गुरुबारी?" शान्ता चुपचाप वापस लौट जाती है।

"तुम्हें मालूम है?" बुतरू ऐंठबहार से कहता है।

"क्या?"

"यही कि घुमनाहा को बेटा हुआ है।"

"हाँ मालूम है। लेकिन माँ को नहीं बताना। नहीं तो हरिमन पैदा हुआ बोलकर दौड़ती चली जाएगी।" ऐंठबहार बुतरू को धीरे से बात करने का इशारा करता है।

"लेकिन वह तो अस्पताल में मिलकर आ चुकी है।"

"कब?"

"करीब तीन महीने पहले।"

"किसके साथ?"

"मेरे साथ।"

"तो पहले क्यों नहीं बताया?"

"माँ ने मना किया था।"

"तो अब क्यों बता रहा है?"

"क्योंकि जरूरी है।"

"मतलब?"

"वो माँ घुमनाहा के लड़के को गोद में लेकर खिलाने की दो सौ रुपये फीस देती है।"

फिर बुतरू चुप हो जाता है। वह ऐंठबहार की प्रतिक्रिया के इन्तजार में उसकी ओर ताकता रहता है। ऐंठबहार चुप रहता है। वह बहुत देर चुप रहता है। लेकिन वह चुप नहीं रह पाता। वह कुछ बुदबुदाते हुए सन्दूक के भीतर सामानों को टटोलने लग जाता है।

उसके हाथ में एक जंग लगा हुआ देशी तमंचा आता है, जिसे देखकर बुतरू घबरा जाता है। ऐंठबहार उसे हाथ में लेकर विभिन्न प्रकार की आक्रामक मुद्राएँ बनाता है। वह कभी किसी दीवार की तरफ निशाना लगाता है, तो कभी ऊपर खपरैल की ओर तमंचा तान देता है। फिर वह अचानक पलटकर बुतरू की कनपटी पर तमंचा सटा देता है, "ये भी उस घुमनाहा का ही है।"

ऐंठबहार के वाक्य खत्म होने से पहले ही बुतरू उस तमंचे को अपनी कनपटी से हटा देता है। "वह तमंचे का धन्धा भी करने लगा था। एक दिन हास्टल में तमंचा दिखाने के चक्कर में एक लड़के की बाँह पर गोली धँस गई थी, जिसे उसने

दूर गाँव के झोलाछाप डॉक्टर से निकलवाया था। इस बात की भनक पुलिस को लग गई थी।"

ऐंठबहार का वह लम्बा वाक्य वहीं थम जाता है। फिर वह सन्दूक में उस तमंचे को वापस रख देता है। उसे याद आता है कि जब वे लोग बाबा की मृत्यु के बाद गाँव से सालमोंगरा लौटे थे, तब हरिमन को पुलिस ने थाने में बुलाया था।

उस दिन हरिमन दूध लाने गया था, तो करीब तीन घंटे बाद घर लौटा था। वह दुख और शर्म से छलनी हो चुका था। वह यह स्वीकार ही नहीं कर पा रहा था कि उसका बेटा देशी तमंचे का अवैध कारोबार करता है।

उस दिन थानेदार ने देर तक उसे बिठाकर रखा था। थानेदार ने धमकी देते हुए कहा था, "जिस दिन भी वह हथियार के साथ मिल गया उसे सीधा जेल में डाल दूँगा। और तू किरांतीकारी। तुझे हथियार का सौदागार बताकर अन्दर कर दूँगा। फिर झेलते रहना कोर्ट-कचहरी।" यह वाक्य हरिमन के कानों में कई दिनों तक फँसा रहा था।

"उस दिन घुमनाहा से वह तमंचा लेकर माँ ने इस सन्दूक में छिपा दिया था।" ऐंठबहार यह कहते हुए रुक गया। बुतरू ने पलटकर पीछे देखा। पीछे चौखट पर शान्ता चुपचाप खड़ी हुई थी। उसके हाथ में वही श्वेत-श्याम तस्वीर थी। उसने उसे बुतरू की ओर बढ़ाते हुए कहा, "ये वहाँ जमीन पर पड़ी रह गई थी।"

बुतरू को तस्वीर देकर शान्ता आँगन की ओर चली गई। बुतरू उस तस्वीर को देखने लगा। तस्वीर में बनारसी साड़ी पहने हुए मधुलिका थी। उसके पास हरिमन खड़ा हुआ था। उनके सामने आँखें बन्द किए हुए एक बच्चा खड़ा था। उस तस्वीर को देखकर बुतरू ने पूछा, "ये औरत कौन है?" ऐंठबहार उसकी ओर देखता है और मुस्कराते हुए कहता है, "हमारी एक और माँ।"

ऐंठबहार की बात सुनकर सन्दूक के अन्दर से हँसने की आवाज आने लगी। बुतरू चौंककर इधर-उधर देखने लगा। उसे लगा रोने वाली बुढ़िया ऐंठबहार की बात सुनकर हँस रही हो। वह खपरैल की ओर देखने लगा। फिर वह पीछे चौखट की ओर देखने लगा। कहीं कोई बुढ़िया नहीं थी। शान्ता पीछे आँगन में कपड़े सुखा रही थी।

ऐंठबहार ने सन्दूक के भीतर झाँककर देखने के लिए पास की टेबल पर जल रही मोमबत्ती उठा ली। वह जैसे ही मोमबत्ती को सन्दूक के पास ले गया, उसके भीतर बेतरतीब से रखे पुराने सामान पर उसकी पीली रोशनी गिरने लगी। बाबा के रामचरितमानस के नीचे एक पुराना सा कैलेंडर पारदर्शी प्लास्टिक में करीने से रखा था।

ऐंठबहार ने उस कैलेंडर को बाहर निकाल लिया। उसने मोमबत्ती को वापस टेबल पर रख दिया। वह कैलेंडर लेकर उस कमरे से बाहर आ गया। बाहर साफ

हवा थी। तेज रोशनी थी। उसने मुँह फाड़कर जोर की साँस ली। तब तक शान्ता भी आँगन से रसोई में आ गई।

ऐंठबहार जमीन पर पालथी मारकर बैठ गया। उसके पास बुतरू भी बैठ गया। दोनों भाई कैलेंडर को ध्यान से देखने लगे। कैलेंडर का कागज कई जगहों से फट गया था। कई सालों से सन्दूक के भीतर रखे होने के कारण कागज की कड़की नरम हो गई थी।

ऐंठबहार ने ध्यान से देखा। कैलेंडर के सबसे पहले पन्ने पर लिखा था—'वर्ष 1975।' उसके नीचे किसी कम्पनी का नाम लिखा था। उसके नीचे किसी गाँव की ओर जाती पगडंडी का दृश्य था। उस दृश्य के नीचे बारह महीनों के छोटे खाने बने हुए थे।

पीछे कैलेंडर के अलग-अलग पन्नों में अलग-अलग महीने का बड़ा और विस्तृत वर्णन था, जिसमें कौन सी तिथि को कौन सा मुहूर्त है। कौन सा नक्षत्र है। किसकी जयन्ती है। कौन सा त्योहार है। कैलेंडर में बड़े-बड़े अक्षरों में हर तिथि के अंक मुद्रित थे। उन तिथियों के नीचे एकादशी से लेकर अमावस्या और पूर्णिमा तक का उल्लेख था।

उसने धीरे से कैलेंडर का पहला पन्ना पलट दिया। जनवरी और फरवरी महीने का पन्ना पलटाने के बाद वह मार्च महीने के पन्ने पर ठहर गया। उस पन्ने पर बहुत सी बातें पेन से लिखी गई थीं। उन घसीटा शब्दों को वह पढ़ने की कोशिश करने लगा। उसने ध्यान से देखा कि 14 से 20 मार्च की तारीख को किसी ने लाल पेन से गोल घेर दिया है। वह देर तक उसे देखता रहा।

ऐंठबहार को लगा कि यह तारीख उसकी स्मृति में अभी-अभी उभरकर गुम हो गई थी। अचानक उसे ध्यान आया। वह उस सन्दूक वाले कमरे में फिर से गया। उसने फिर से उस सन्दूक से हरिमन की फाइलें निकालीं। उसने एक फाइल में बन्द कारण बताओ नोटिस के कागजों को निकाला। कई कागजों को पलटने के बाद वह एक कागज पर रुक गया।

जिसमें लिखा था—'14 से 20 मार्च, 1975 को बिना सूचना के कार्यस्थल से गायब रहने का स्पष्टीकरण तीन दिनों के अन्दर जिला शिक्षा अधिकारी के समक्ष प्रस्तुत करें। अन्यथा आपके विरुद्ध अनुशासनात्मक कार्रवाई की जाएगी।'

ऐंठबहार उसे कई बार पढ़ता है। फिर उसे वापस फाइल में और फाइल को वापस सन्दूक में रखकर कमरे से बाहर आ जाता है।

बाहर बुतरू कैलेंडर के अप्रैल महीने वाले पन्ने को ध्यान से देख रहा था। अप्रैल महीने की 26 तारीख के पास दर्ज स्मृति विवरण को किसी ने नीले पेन से रंग दिया था ताकि उसे पढ़ा ना जा सके। ऐंठबहार भी उस पन्ने को ध्यान से देखने लगा। फिर उसने पास बैठकर चावल चुन रही शान्ता से पूछा, "आपको

26 अप्रैल, 1975 वाले दिन का कुछ याद है क्या?" शान्ता ने सिर हिलाकर अपनी अनभिज्ञता जताई।

बार-बार सन्दूक खोलने-बन्द करने और उस कमरे से अन्दर-बाहर होने के कारण ऐंठबहार थक जाता है। उसकी मांसपेशियों में हल्की अकड़न आ जाती है। वह थोड़ा उदास हो जाता है। उसके बदन पर पुरानी स्मृतियों की धूल पड़ी रहती है। वह अपनी कमीज झाड़ते हुए घर से बाहर आ जाता है।

बाहर मटकी चौक पर लोगों की आवाजाही बढ़ गई थी। उसने देखा कि सामने स्टेशन रोड से आते एक रिक्शे पर लाउडस्पीकर लगा हुआ है। उसके पीछे बच्चे दौड़ रहे हैं। कहीं-कहीं पर रिक्शा रुकवाकर लोग कुछ खरीदकर आगे बढ़ जा रहे हैं।

जैसे-जैसे वह रिक्शा पास आता जाता है, वैसे-वैसे ही उस लाउडस्पीकर की आवाज तेज होने लगती है। उसकी आवाज स्पष्ट होने लगती है।

वह साफ-साफ सुनता है। "शहर का कहर। साप्ताहिक लहर।" इस घोषणा के बाद कुछ सेकेंड के लिए संगीत बजता है। फिर किसी अधेड़ की आवाज गूँजने लगती है, "शहर में लोहा कम्पनी के गुंडों का आतंक।"

फिर संगीत बजता है, "स्थानीय युवकों को रोजगार देने के लिए आन्दोलन की चेतावनी।"

फिर वही संगीत कुछ सेकेंड के लिए बजकर रुक जाता है।

रिक्शा उसके पास से गुजरकर थाना रोड की ओर मुड़ जाता है। लाउडस्पीकर की आवाज धीरे-धीरे मद्धिम होते जाती है। वह उस साप्ताहिक अखबार के बारे में सोचने लगता है, जिसका कार्यालय सदर बाजार में गुरुद्वारा के सामने की गली के अन्दर था।

गुरुद्वारा के पास एक दवा की दुकान थी, जहाँ से उसने घुमनाहा को कई बार कफ सीरप खरीदते देखा था। वह घुमनाहा के बारे में सोचता है। वैसे ही ऐंठबहार को वह सामने से स्कूटी में जाते हुए दिखता है। वह तेजी से कोतरा रोड की ओर निकल जाता है।

ऐंठबहार घर के अन्दर आता है। वह शान्ता से थोड़ा तमतमाकर पूछता है, "तुम घुमनाहा का बच्चा खिलाने उसके घर जाती हो?" उसकी आवाज के तीखेपन से चौंककर बुतरू उसकी ओर देखने लगता है। शान्ता भौचक उसकी ओर देखकर कहती है, "घुमनाहा का बच्चा! कौन बच्चा?"

फिर वह चावल चुनने लग जाती है। "मैं तो घर से बाहर निकलती ही नहीं।" वह चावल चुनते हुए कहती है। "उसका तो मैं मुँह भी ना देखूँ।" शान्ता का सिर नीचे ही रहता है, जहाँ वह सूपा में चावल के दानों को अपनी अँगुलियों से इधर से उधर सरका रही थी।

बुतरू उसकी ओर देखता है। वह बिना कुछ कहे ही कह देता है, "सठिया रही है।" लेकिन उसकी मुस्कान इस वाक्य को चूर-चूर कर देती है। वह उसके गले में फँसकर ही रह जाती है। वह दूसरी बात कहता है, "अगले सोमवार को शहर में आन्दोलन है। लोहा कम्पनी का घेराव है। स्थानीय लोगों को लोहा कम्पनी में नौकरी देने का आन्दोलन है।"

बुतरू की बात को अनुसना करते हुए ऐंठबहार कहता है, "लेकिन मेरी कविताओं की डायरी तो अभी तक नहीं मिली। ना जाने कहाँ समा गई है उस सन्दूक के अथाह अँधियारे में।" उसके होंठ लपलपाने लगते हैं। उसकी भौंह के बाल तन से जाते हैं। वह अपने बालों को पीछे करते हुए आईना देखता है। वह अपना चेहरा ध्यान से देखने लगता है।

उसे लगता है कि उसके पीछे जोजबोलही खड़ी है। वह उसे देखकर मुँह बिचका रही है, "बीच में माँग निकालने से अमिताभ हो जाएगा क्या?" फिर वह जोर-जोर से हँसने लगती है। उस अट्टहास से आईना चूर-चूर होकर गिर जाता है। वह पीछे पलटकर देखता है। पीछे न जोजबोलही थी और न ही सामने कोई आईना।

वह चुपचाप जमीन पर पसर जाता है। वह अपनी पीठ दीवार पर टिका देता है। वह धीरे से बुदबुदाता है, "आज और नहीं हो पाएगा। कल खोजेंगे। जा मोमबत्ती बुझाकर बाहर ले आ और कमरे का दरवाजा बन्द कर दे।" बुतरू उसकी बात सुनकर उठ जाता है।

बुतरू उस कमरे के अन्दर डरते हुए जाता है। तेजी से सन्दूक बन्द करता है। तेजी से फूँक मारकर मोमबत्ती बुझाता है। तेजी से उस कमरे से बाहर आता है। तेजी से दरवाजा बन्द करता है। बन्द दरवाजे के पीछे से वही अट्टहास की आवाज बाहर आने लगती है। वह दौड़कर शान्ता के पीछे छिप जाता है।

अगली सुबह जब ऐंठबहार जागता है, तो देखता है कि शान्ता पूजा वाले कोने में पालथी मारकर बैठी है। उसकी आँखें प्रार्थना में बन्द हैं। अगरबत्ती का धुआँ कमरे में फैला हुआ है। घी का दीया जल रहा है।

सामने लकड़ी के छोटे से टेबल पर देवी-देवताओं की तस्वीर पर फूल माला अर्पित है। उनके बाजू में जमीन पर ढेर सारी टूटी-फूटी मूर्तियाँ रखी हैं, जिनके चरणों में सफेद रंग का मोंगरा फूल चढ़ा हुआ है। शान्ता बार-बार उन मूर्तियों के सामने झुककर प्रणाम कर रही है।

ऐंठबहार पीछे आँगन की ओर चला जाता है। आँगन के आम पेड़ के नए पत्तों का लालपन उनकी हरियर उपस्थिति के पीछे से झाँक रहा था। ढेर सारी गौरेया उस पेड़ की टहनियों पर फुदक रही थीं। चहक रही थीं।

उस पेड़ के ठीक नीचे जोजबोलही के घर की रसोई थी, जिसकी खिड़की से

वह अक्सर आँगन की ओर झाँका करती थी। उस खिड़की का पल्ला धूप और नमी से अकड़ गया था। उसकी दरारों से भीतर का अँधेरा बाहर आ रहा था।

आँगन के कोने में बना खुला स्नानागार ढह गया था। उसकी बोरियाँ फटकर बिखर गई थीं। कोने में लगी बल्लियाँ वैसे ही खड़ी थीं। पीछे की दीवार पर कपड़ा टाँगने के लिए ठोकी गई कील में जंग लग चुका था। तुलसी चौरा के चारों ओर फिर से घास उग आई थी।

आँगन से पीछे निकलने वाले टीन के दरवाजे का रंग उड़ चुका था। आँगन के जिस ओर से भुतहा कमरे जाने का सँकरा रास्ता था वहाँ पुराने पेड़ के तनों का ढेर पड़ा हुआ था। उन पर भी घास उग आई थी।

अचानक बुतरू तेजी से आँगन में आया। उसने ऐंठबहार के कान में फुसफुसाकर कुछ कहा जिसे सुनकर सारी गौरेया खिलखिलाकर हँसने लगीं। दोनों रसोई के भीतर आ गए। तब शान्ता वडयार कमरे में जाकर लेट गई थी। ऐंठबहार को देवमंडल की ओर देखने का इशारा करते हुए बुतरू ने कहा, "वो देखो।"

ऐंठबहार ने उस ओर ध्यान से देखा। देवमंडल के दाहिनी ओर जमीन पर खजुराहो की टूटी-फूटी मूर्तियाँ रखी हुई थीं। उनके चरणों पर मोंगरा के फूल पड़े हुए थे। उन मूर्तियों के चरणों में शान्ता के माथा टिके होने की पुरानी छाप रखी हुई थी। दोनों एक-दूसरे को देखकर मुस्कराने लगे।

"चलें खजाना खँगालने!" दोनों रसोईघर से लगे उस सन्दूक वाले कमरे का दरवाजा खोलकर अन्दर चले जाते हैं। बुतरू कमरे में टॉर्च का उजाला कर देता है। "ये बाबा के दशगात्र वाला टॉर्च है ना?" ऐंठबहार उससे पूछता है। बुतरू हँसते हुए जवाब देता है, "हाँ। बाबा के नाम का माल पंडित क्यों खाए इसलिए मैंने मार लिया था।"

ऐंठबहार सन्दूक खोलता है। सन्दूक के अन्दर टॉर्च की रोशनी से सामानों की आकृति चमक उठती है। वह देखता है कि पुराने केरोसिन चूल्हे के नीचे ढेर सारी 'आधी रात' पत्रिकाएँ रखी हुई हैं। उनके पास रजनीश की किताबें बेतरतीब-सी फैली हुई हैं। उन किताबों के नीचे खून सना पुराना कॉमिक्स दबा हुआ है, जिससे अभी भी जंगल की बू आ रही है।

ऐंठबहार उन सामानों को उलट-पुलटकर एक किनारे रख देता है। उनके नीचे उसका खिलौने वाला खरगोश दिखता है। खरगोश की आँखों का रंग उड़ गया था। उसका एक कान केरोसिन चूल्हे के भार से टूटकर लटक गया था। उसके पास ही एक बड़े से काँसे की थाली में शान्ता को दहेज में मिली चार पिचकी हुई कटोरियाँ और छह चम्मचें दबी हुई थीं।

ऐंठबहार ने उन सामानों को सन्दूक से निकालकर बाहर रख दिया। उनके नीचे दो पुरानी फाइलें रखी हुई थीं। एक फाइल में ऐंठबहार की अंकसूचियाँ और

स्कूल के बच्चों का समूह फोटोग्राफ भी था। श्वेत-श्याम तस्वीर का रंग हल्का भूरा हो गया था। कुछ बच्चों के चेहरे के पास कागज उधड़ गया था।

उसने देखा कि वह सबसे सामने वाली पंक्ति में सातवें नम्बर पर खड़ा है। उसका गाल फूला हुआ है। उसकी टाई गले से बँधी हुई है। सामने से पड़ रही धूप के कारण उसकी आँखें बन्द हो गई हैं। उसके सामने का बाल बिगड़ गया है। उस तस्वीर में उनकी शिक्षिकाएँ भी हैं, जिन्हें वह पहचान नहीं सका। उसने फाइल नीचे जमीन पर पटक दी।

दूसरी फाइल में हरिमन की चिकित्सा सम्बन्धी कागज थे। उसने देखा कि तमाम तरह की जाँच रिपोर्ट और दवाओं की पर्ची भी उस फाइल में रखी हुई है। उसमें ओडिशा मेडिकल कॉलेज की ढेर सारी रिपोर्ट थी।

एक रिपोर्ट में एक खास शब्द के चारों ओर डॉक्टर ने लाल रंग के पेन से गोला बना दिया था। ऐंठबहार ने ध्यान से उस शब्द को पढ़ा। 'कारसिनोजेनिक।' उसने उस फाइल को सँभालकर वापस उसी सन्दूक में रख दिया, जैसे वह अपनी वंशावली का कोई एंथ्रोपोलॉजिकल सबूत धर रहा हो।

सन्दूक के सबसे नीचे हरिमन की एक पुरानी नोटबुक रखी हुई थी, जिसके मुखपृष्ठ पर उसने बड़े से अक्षरों में लिखा था। 'एल पूबलिको एस रेई।' ऐंठबहार उस नोटबुक के पन्ने पलटने लगा। अन्दर से बारूद की गन्ध आ रही थी। तीखी और ज्वलनशील। वह उस पन्ने को ध्यान से पढ़ने लगा, जहाँ विस्तार से गरम मसाला से कोफ्ता बनाने की विधि हरिमन ने दर्ज की थी। उसकी लहरदार हस्तलिपि देखकर वह मुग्ध हो गया था। वह देर तक उस हस्तलिपि को देखता रहा था।

नोटबुक के अगले पन्ने पर गोरिल्ला कौशल, उसकी रणनीति और तकनीक पर बिन्दुवार छोटे-छोटे नोट लिखे हुए थे। उसके नीचे अंग्रेजी में कुछ कोट्स लिखे हुए थे।

नोटबुक के पिछले पन्नों पर हरिमन ने बहुत से हिसाब लिखे थे, जिसमें घुमनाहा की शादी का ब्यौरा और टेटमेरिही की दो बेटियों को दहेज में दिए सामानों की सूची, उनकी कीमत और सम्बन्धित दुकान का नाम लिखा था। ऐंठबहार ने उस नोटबुक को धीरे से सन्दूक के अन्दर वापस रख दिया।

टॉर्च की रोशनी में बुतरू सन्दूक के अन्दर झाँककर देखता है और एक बड़ा सा पीले रंग लिफाफा उठा लेता है। उस लिफाफे से शान्ता की एक्सरे फिल्म निकलती है। बुतरू उस एक्सरे फिल्म पर टॉर्च की रोशनी मारता है। रोशनी पड़ते ही काले रंग की फिल्म में शान्ता की सफेद अस्थियाँ और फेफड़े की धुँधली आकृति उभर आती है। उस धुँधली आकृति में काले बिन्दु की ओर इशारा कर ऐंठबहार कहता है, "तकलीफ यहाँ है।"

ऐंठबहार सन्दूक के बचे सामानों को उलट-पुलटकर देखने लगता है। बहुत नीचे उसे अपनी कविताओं की डायरी मिलती है। वह उन तीनों डायरियों को लेकर

सन्दूक बन्द कर देता है। बुतरू तब भी शान्ता की एक्सरे फिल्म को ध्यान से देख रहा था। ऐंठबहार उस कमरे से बाहर निकल गया। वह नरक दरवाजा वाले कमरे में जाकर अपनी डायरी के पन्ने को पलटने लगा।

वह जैसे ही अपनी कविता की डायरी खोलता है, वैसे ही उससे बारूद की गन्ध बाहर आने लगती है। उसे अपनी हथेली के पुराने जख्म पर वैसी ही जलन महसूस होती है। वह अपनी ही कविताओं के ताप से झुलसने लगता है। डायरी के पन्नों पर बिखरी धधकती कविताओं को वह अपने भीतर ही धीरे-धीरे पढ़ने लगता है। उसके होंठ पढ़ने के अभिनय में धीरे-धीरे बेआवाज हिलने लगते हैं।

उसकी बुदबुदाहट धीरे-धीरे उसके मुँह से फूटने लगती है। धीरे-धीरे वह उन कविताओं को जोर-जोर से पढ़ने लग जाता है, जिसका उसे पता ही नहीं चलता। उसकी आवाज से ऊपर खपरैल पर लगे मकड़ी के जाले काँपने लगते हैं। दीवार पर रेंग रही छिपकली तेजी से भागकर दीवार घड़ी के पीछे छिप जाती है। कमरा बारूद की गन्ध से कौंधने लगता है।

कविता पढ़ने के आवेश में ऐंठबहार के हाथ हवा में लहराने लगते हैं। उसकी मुट्ठियाँ कसकर भिंच जाती हैं। उसकी आँखें लाल हो जाती हैं। उसके गर्म होंठ फड़फड़ाने लगते हैं। कमरे में कविता का ताप बढ़ने लगता है। वह कविता पढ़ते हुए पसीने से तरबतर होने लगता है। उसे अचानक किसी चीज के जलने की बू आती है।

वह नीचे पलंग की ओर देखता है। पलंग का लकड़ी का पाया धीरे-धीरे सुलगने की कोशिश में धुआँ छोड़ रहा है। उसके आसपास लपटें हवा में फड़फड़ा रही हैं। वह कविता पढ़ना बन्द कर देता है और अपने पैर सिकोड़कर पलंग के ऊपर कर लेता है।

नरक दरवाजा वाले कमरे से निकलने वाली बारूद और धुएँ की गन्ध सूँघकर शान्ता रसोई से दौड़ती-भागती आती है। वह चौखट पर खड़ी होकर भौचक अन्दर झाँकती है, जहाँ ऐंठबहार पलंग पर अपने पैर सिकोड़े हुए बैठा है। नीचे पलंग का एक पाया सुलगने ही वाला है। उससे सफेद धुआँ निकल रहा है। शान्ता ऐंठबहार को पलंग पर चुपचाप बैठे हुए देखकर पूछती है, "तू फिर से कोफ्ता बना रहा था क्या रे बनगिहा?"

शान्ता को देखकर ऐंठबहार पलंग से कूद जाता है। वह एक किनारे खड़े होकर जोर से चीखता है, "मैं बनगिहा नहीं ऐंठबहार हूँ।" लेकिन शान्ता उसके चीखने को अनसुना कर अपना मुँह बिचका देती है। मानो कहना चाहती हो "हाँ जो भी हो।" लेकिन वह उसकी चीख से सहम जाती है। तब तक पीछे से बुतरू आ जाता है।

बुतरू चौखट पर भौचक खड़ी शान्ता को एक किनारे कर देता है और पानी की बाल्टी लेकर अन्दर चला जाता है। वह दूर से ही बाल्टी का पानी सुलगते हुए लकड़ी के पाये पर उड़ेल देता है। पलंग के पाये के पास पड़े कागजों के ढेर और

सिगरेट की जलती हुई ठूँठ बुझ जाती है। कविता और आग दोनों शान्त हो जाते हैं। ऐंठबहार अपनी कविता की पुरानी डायरी बन्द कर दीवार पर बने आले में रख देता है। सब नरक दरवाजा वाले कमरे से बाहर आ जाते हैं।

देर रात जब ऐंठबहार खुद को अपने बिस्तर पर अकेला पाता है तो वह हैरान रह जाता है। उसके बगल में सोने वाला बुतरू नदारद है जो रात में अकेले पेशाब करने जाने के लिए भी उसका साथ चाहता है। उसे न पाकर ऐंठबहार उठ जाता है।

खिड़की से बाहर की दूधिया रोशनी अन्दर आ रही थी। दूसरे पलंग पर शान्ता गहरी नींद में थी। उसका मुँह साँस लेने के लिए बार-बार खुल जा रहा था। उसकी पसलियाँ ऊपर-नीचे हो रही थीं।

ऐंठबहार अँधेरे में रसोई का दरवाजा टटोलते हुए उस कमरे की तरफ जाता है, जहाँ से तेज रोशनी बाहर आ रही थी। वह धीरे से उस सन्दूक वाले कमरे की चौखट पर जाकर ठहर जाता है। वह देखता है कि अन्दर बुतरू जमीन पर पालथी मारकर बैठा हुआ है।

उसके पीछे टूटे हुए टेबल पर उसने जलता हुआ टॉर्च रख दिया था ताकि उसकी रोशनी सीधे उस पत्रिका पर पड़े, जिसे वह बहुत ध्यान से देख रहा था। टॉर्च की रोशनी में बुतरू की परछाईं जमीन पर पड़ रही थी। उस परछाईं को देखकर ऐंठबहार चौंक गया। बुतरू की परछाईं ध्यान मुद्रा में बैठे किसी योगी की आकृति जैसे बन रही थी।

ऐंठबहार चुपके से उस कमरे के अन्दर दाखिल हुआ। वह दबे पाँव बुतरू के पीछे जाकर खड़ा हो गया। बुतरू 'आधी रात' पत्रिका की रंगीन तस्वीरों को ध्यान से देख रहा था। उसे इस बात का आभास ही नहीं हुआ कि उसके पीछे ऐंठबहार आकर खड़ा हो गया है।

वह उस पत्रिका के पन्ने पलटते जाता और झुककर उन तस्वीरों में विभिन्न कामुक मुद्राओं में खड़ी युवतियों को ध्यान से देखता। वह एक पन्ने पर रुक गया और उसके पास झुककर उस तस्वीर में युवती की छाती के फूल को अपने हाथों से सहलाने लगा। मानो सच में वह युवती उसके सामने पसर गई हो। वह आमंत्रण की मुद्रा बनाए हुए युवती की तस्वीर देखकर स्पर्श के उत्सव में शामिल हो गया।

ऐंठबहार भी थोड़ा सा नीचे झुककर उस तस्वीर को देखने लगा। तस्वीर में एक युवती सीढ़ी से उतरने की मुद्रा में खड़ी है। उसके पीछे पुराना जर्जर मकान है, जिसकी खपरैल खिसक गई है। उस पर घास उग आई है। युवती ने नीले रंग का जीन्स पहना हुआ है और उसका टॉप इस तरह से खुला हुआ है कि उसके मांसल फूल बाहर आ गए से लग रहे थे। उसकी छाती के दाहिनी ओर एक बड़ा सा तिल था, जिसे देखकर ऐंठबहार अपनी स्मृति में उस तिल को टटोलने लगा।

उसे याद आ गया। उस दिन जब लेखिका अपने बच्चे को स्तनपान करा रही थी, तब उसने चुपके से उसकी छाती की ओर देख लिया था। वहीं दाहिनी ओर ऐसा ही एक बड़ा सा तिल था। वह उस तस्वीर को और पास से देखने की कोशिश करता है। इस कोशिश में ऐंठबहार के दोनों हाथ जलती हुई टॉर्च की रोशनी के बीच में आ जाते हैं। उन दोनों हाथों की परछाईं जमीन पर पड़ती है, जिसे देखकर बुतरू डर जाता है।

वह चीखते हुए भागने की कोशिश करता है। लेकिन उसका कन्धा पकड़कर ऐंठबहार उसे रोक देता है। वह काँपते हुए बुतरू को सहलाने लगता है। वह उसे भरोसा दिलाता है कि वह रोने वाली बुढ़िया नहीं है बल्कि उसका भाई ऐंठबहार ही है। बुतरू उसे कनखियों से देखता है। ऐंठबहार उसे अपने से चिपटा लेता है। वह उसके भय के कम्पन को अपने शरीर पर महसूस करता है। "अरे मैं हूँ ऐंठबहार। वो बुढ़िया नहीं।"

"देख मैं फिर से अपने हाथों की परछाईं बनाकर दिखाता हूँ।" यह कहकर ऐंठबहार उसी तरह टॉर्च की रोशनी के बीच अपने दोनों हाथों को हवा में लहराने लगता है। उसके लहराते हुए हाथों की परछाईं जमीन पर पड़ने लगती है। वह खुद अपने हाथों की परछाईं को देखकर भौचक रह जाता है।

जमीन पर एक रोती हुई बुढ़िया की हिलती हुई परछाईं बन जाती है। वह अपने हाथों को इधर से उधर हिलाने लगता है। वह बुढ़िया भी इधर से उधर डोलने लग जाती है। बुतरू कमरे से बाहर चला जाता है।

बुतरू के जाने के बाद ऐंठबहार उस कमरे में जमीन पर उकड़ूँ बैठ जाता है। वह टेबल से टॉर्च उठा लेता है और सीधे पत्रिका पर उसकी रोशनी मारता है। पत्रिका में मुस्कराती युवती को वह पास से देखता है। उतने ही पास से जितना उसने दिल्ली के कमरे में उस लेखिका को देखा था। उसकी दाहिनी छाती पर वैसा ही बड़ा सा तिल था। वह तस्वीर के नीचे कोने में ध्यान से देखता है, जहाँ लिखा होता है—फोटोग्राफर सैम्युएल। मॉडल लेखिका वर्मा।

ऐंठबहार मार्च 1978 में प्रकाशित उस 'आधी रात' पत्रिका के अंक बारह को तेजी से पलटकर लकड़ी के सन्दूक में वापस रख देता है। टॉर्च बन्द करते ही कमरे में अँधेरा छा जाता है। वह धीरे से उस कमरे से बाहर निकल आता है। वह धीरे से उसका दरवाजा बन्द कर देता है। पीछे से किसी के हँसने की हल्की आवाज सुनकर तेजी से वडयार कमरे में आ जाता है। वह बुतरू की पीठ सहलाते हुए कब सो जाता है उसे भी पता नहीं चलता।

अगली सुबह जब वह जागता है तो उसे खिड़की के बाहर से लोगों के चहल-पहल की आवाजें आने लगती है। साइरन बजाती पुलिस की गाड़ियाँ इधर से उधर भाग रही हैं। मुहल्ले के लोग अपने घरों के बाहर आकर खड़े हो गए हैं।

उसने खिड़की से बाहर झाँककर देखा। बाहर बहुत भीड़ थी। सड़क किनारे की दीवारों पर पोस्टर और नारे छाप दिए गए थे। उसने धीरे से बुतरू को नींद से जगाया, "आज सोमवार है क्या?"

पीछे रसोई से शान्ता आकर खड़ी हो गई। वह भी खिड़की से बाहर झाँकने लगी। उसने पूछा, "कोई नेता आने वाला है क्या?"

ऐंठबहार ने मुस्कराते हुए कहा, "नहीं माँ आज आन्दोलन है।"

उसने बुतरू को हुरसते हुए उठा दिया। बुतरू आँखें मलते हुए पलंग पर बैठ गया। उसने भी उठते ही पूछा, "आज सोमवार है क्या?" ऐंठबहार ने सहमति में अपना सिर हिला दिया।

जब वे लोग सुबह का नाश्ता दिन के ग्यारह बजे कर रहे थे, तब ही दूर से लाउडस्पीकर पर आवाज आने लगी। दूर से आती वह आवाज धीरे-धीरे पास और साफ आने लगी।

ऐंठबहार ने ध्यान से सुना।

"जल, जंगल और जमीन हमारी है। हम मालिक और लोहा कम्पनी नौकर। स्थानीय लोगों को लोहा कम्पनी में रोजगार देना होगा। नहीं तो कम्पनी का घेराव किया जाएगा।" फिर लोगों के नारे लगाने की आवाजें आने लगीं।

उनकी आवाजें सुनकर बुतरू घर के बाहर आकर खड़ा हो गया। उसके पीछे ऐंठबहार भी बाहर आ गया। उनके पीछे दरवाजे की चौखट पर खड़े होकर शान्ता भी बाहर देखने लगी। बाहर लोगों की भारी भीड़ थी। लोगों के हाथों में तमाम नारे लिखे पोस्टर और बैनर थे। सब हवा में हाथ लहराकर जोर-जोर से नारे लगा रहे थे। उनकी आवाज से बिजली के तार काँप जा रहे थे। पेड़ों की डंगालें लहराने लगी थीं।

युवकों की भीड़ धीरे-धीरे थाना रोड की ओर मुड़ गई। उन युवाओं के जुलूस को देखने के लिए मुहल्ले के लोग अपने घरों से बाहर आ गए थे। महिलाएँ अपने घरों की छतों से बाहर देख रही थीं। बच्चे उन नारों की नकल कर रहे थे।

जुलूस के पीछे चल रहे लोगों में जोश कम दिख रहा था, जिसके आखिर में एक रिक्शे पर लाउडस्पीकर लगा हुआ था। उस रिक्शे पर खड़ा एक युवक माइक हाथ में लिए जोर-जोर से नारे लगा रहा था। उस नारे को जुलूस में शामिल सारे लोग दोहरा रहे थे।

शान्ता ने दूर से उस युवक को देखा। वह उसे ध्यान से देखने लगी। उसे लगा कि वह उस युवक को पहचानती है। वह अपनी स्मृति को खंगालने लगी। वह देर तक सोचती रही। फिर वह अपनी सोच से बाहर आ गई। उसने फिर से उस युवक को ध्यान से देखा।

युवक ने अपने माथे पर काले रंग का गमछा बाँधा हुआ था। उसके रौबदार चेहरे पर दाढ़ी बेतरतीब-सी बढ़ी हुई थी। युवक की आवाज से रिक्शे का हैंडिल

पिघलने लगा था जिसे छोड़कर रिक्शा वाला दूर खड़ा हो गया था। नारों की गूँज से बिजली के तारों से चिनगारी निकलने लगी जिसके चलते भीड़ थोड़ी तितर-बितर हो गई थी।

अपनी स्मृति के मुहाने पर खड़ी शान्ता बच्चों सी फुदकती हुई उस युवक को देखकर जोर-जोर से चिल्लाने लगी, "अरे बनगिहा! बनगिहा! इधर देख।"

उसे चिल्लाता देखकर जुलूस के पीछे चल रहे पुलिस और खुफिया विभाग के अधिकारी शान्ता की ओर घूरकर देखने लगे। उन्हें देखकर ऐंठबहार सहम गया।

वह तेजी से पीछे पलटा और अपनी हथेली से शान्ता का मुँह दबाकर उसे लगभग घसीटते हुए घर के भीतर ले गया।